고통의 시 쓰기,
사랑의 시 읽기

고통의 시 쓰기, 사랑의 시 읽기

초판 1쇄 펴낸 날 2019년 5월 10일

지은이 | 김정신
펴낸이 | 김삼수
편　집 | 신중식 · 김소라
디자인 | 이든 디자인

펴낸곳 | 아모르문디
등　록 | 제313-2005-00087호
주　소 | 서울시 마포구 성미산로13길 87 201호
전　화 | 0505-306-3336 팩　스 | 0505-303-3334
이메일 | amormundi1@daum.net

ISBN 978-89-92448-82-6　93800

※ 이 도서의 국립중앙도서관 출판예정도서목록(CIP)은 서지정보유통지원시스템 홈페이지(http://seoji.nl.go.kr)와 국가자료공동목록시스템(http://www.nl.go.kr/kolisnet)에서 이용하실 수 있습니다.(CIP제어번호: CIP2019016563)

고통의 시 쓰기, 사랑의 시 읽기

윤동주에서 최승자까지 한국 근현대시 다시 읽기

아모르문디

김정신 지음

저자 서문

한때 시 쓰기와 시 읽기는 세상을 살아가는 저의 유일한 힘이요 통로였습니다. 매일 시를 생각하고 쓰고 고치기를 반복하던 어느 날, 신문에서 최승자 시인에 관한 기사를 읽었습니다. 신문 기사가 전하는 최승자 시인의 모습은 몹시 상해 있었습니다. 밥 대신 소주로 살았고 시인이지만 '기초생활수급자'였으며, 정신분열증(지금은 조현병이라고 부릅니다)을 앓고 있다는 사실에 내심 연민이 일었습니다. 물론 최승자의 시집은 이미 오래 전에 읽은 적이 있었습니다. 그렇게 최승자 시인은 저에게 말없이 '고통의 시인'으로 다가왔습니다.

그 후 최승자 시인에 대해 본격적인 연구를 하면서 시인의 해박한 지식에 상당히 놀랐습니다. 지금까지 최승자 시인은 시집 8권, 시선집 2권, 산문집 2권, 그리고 20여 권이 넘는 번역서를 이 땅에 내놓았습니다. 아픈 몸과 마음으로 어떻게 그런 작업을 할 수 있었을까요? 그것은 이 시대를 살아오며 시인이 나름대로 인식한 세상과 개인적 질곡과 고통이 겹친 데 있다고 생각합니다. 이러한 요인이 최승자 시인이 시를 쓰고 번역을 할 수 있었던 힘이요 원천이라는 생각이 듭니다.

최승자 시인에 대한 연구를 하는 또 다른 한편으로 저는 기독교 시에 대한 관심도 컸습니다. 크리스천이기도 한 저는 서정주의 『화사집』을 기독교적 관점에서 다루어 보았습니다. 또한 구약 성서 중 시편 연구에서 주로 쓰인 '탄식시'라는 개념을 가져와 윤동주 시에 적용시켜 보았습니다. 문학과 종교 사이에서 오랫동안 방황했던 구상 시인의 시를 깊이 들여다보기도 했습니다.

한편 1997년 4월경부터 격주로 약 8개월간 이성복 시인의 가르침을 받으며 시 동호인들과 함께 스터디를 한 적이 있습니다. 『카프카와의 대화』에서부터 시작하여 한국 시인들과 세계 시인들의 시를 읽으며 창작에 대한 이론과 실제에 대해 공부하는 귀한 시간이었습니다. 그 후 이성복 시에 대한 논문을 쓰게 됐고, 김혜순 시인의 시도 그 무렵에 만나게 된 것 같습니다. 이후 여성 시인에 대해서도 관심을 가지게 되었습니다. 또한 우연히 이승하 시인의 시집들을 읽어보니 아픈 누이를 노래한 시가 너무 애절하게 가슴에 와 닿았습니다. 그리하여 고통의 시에 대해 더욱 관심을 갖고 연구하게 되었습니다.

이처럼 1부에서는 4편의 논문을 최승자 시 연구로 엮었고, 2부에서는 기독교적 탄식에서부터 사랑의 시에 이르기까지 6편의 논문을 고통과 사랑의 시학이라는 주제 하에 묶게 되었습니다. 작은 바람이지만 이 책이 고통과 아픔 속에서도 시를 쓰고 읽는 분들에게, 또 가족이나 연인, 더 나아가 이 세상을 사랑하는 이들에게 작은 위로가 될 수 있으면 좋겠습니다. 책으로 엮어주신 아모르문디 출판사 김삼수 대표님께 감사드립니다.

2019년 5월, 김정신

차례

1부

최승자 시 연구

1장 최승자 시에 나타난 '자기고백'의 의미

1. 고백시의 출현 배경과 의의

문학 작품은 대개 '고백'의 성격을 띤다. '고백(confession)'이란 용어는 성 아우구스티누스가 『고백록』에서 절대자를 향한 귀의의 모습을 보여준 이래 문학사에서 중요한 위치를 차지하게 되었으며, 자아인식의 추구와 인간의 내면적 고통을 다루는 현대 고백시에서 중심주제가 되었다.[1)]

기독교에서는 이런 고백을 '믿음의 공언', 즉 신의 뜻과 신의 세계에 대한 믿음을 공공연히 말하는 행위로 받아들인다. 고백은 세속 세계의 질서를 버리고 신의 세계의 질서로 들어가겠다는 선언이므로 고백자는 신의 세계로부터 소외되어 세속 세계에서 보내는 생활이 불행

---

1) 김정휘, 「실비아 플라스의 고백시 연구」, 중앙대 석사논문, 2001, 2쪽.

하고 또 바람직하지 못하다는 사실을 시인하는데, 이것이 종교적 고백의 핵심이다. 이러한 종교적 고백에는 신의 공동체로부터의 고립, 자기소외, 불안과 불행, 고통스러운 자각과 죄의식, 회개와 죄의 공언, 신의 공동체로의 복귀와 자기동일성의 회복 등의 과정이 포함된다.[2)]

한편 문학사에서 말하는 고백시(confessional poetry)는 페르소나(persona)를 사용하는 대신 시인 자신의 개인적 또는 자전적 내용을 자신의 목소리를 통해 직접 독자에게 전달하는 시를 뜻한다.[3)] 고백시라는 용어는 특별히 1950~1960년대 미국 시단에 등장한 시적 경향을 일컫는데, 미국의 시인이자 비평가인 마샤 로젠탈은 『새로운 시인들 The New Poets』(1967)에서 로버트 로웰의 『인생 연구Life Studies』(1959)에 실린 시들을 '고백으로서의 시'라고 불렀다. 그는 또한 실비아 플라스, 앨런 긴즈버그 등을 '고백시인'으로 묶고 고백시의 경향이 존재함을 공식화했는데, 이때부터 '고백시', '고백시인'이라는 말이 일반화되기 시작했다. 로젠탈은 고백시의 가장 중요한 주제는 고통을 겪고 있는 시인 자신의 내밀한 삶이고, 이러한 심리적 위기가 국가적, 문화적 차원의 위기에 대한 상징으로 느껴질 때가 있다고 설명한다. 즉, 위기에 놓인 자신의 내밀한 삶을 토로하는 것은 시인 자신의 고통을 덜기 위함이라기보다는 위기에 놓인 문명과 역사에 대해 말하기 위함이라는 것이다. 영국의 시인이자 평론가인 알프레드 알바레즈는 『잔혹한 신: 자살의 연구 The Savage God: A Study of Suicide』(1971)에서 고백시의 생성 원인을 1950~1960년대 전체주의 사회에서 개인이 자

---

2) 송무, 「고백시의 성격과 의의」, 『영미어문학연구』 1집, 1984, 96~97쪽.

3) 최병현, 『시와 시론: 미국 현대시-1950년대 이후』, 한신문화사, 1995, 14쪽.

치 능력을 상실하게 된 것에서 찾고 그 치유 방법으로서 고백시를 평가한다. 제임스 브레슬린은 『정신분석-정치학적 시인들 The Psycho-Political Muse』(1987)에서 고백시를 문화적 부적응으로 인해 위축된 자아를 '극적 고백'을 통해 되살려내려는 시도로 정의한다. 래머크리스난은 『위기의식과 고백』(1988)에서 고백시의 생성 원인을 실존주의적 위기의식과 불안감에서 찾고 그에 대한 예술적 초월로서 고백시를 평가한다. 이러한 정의를 종합하면, 고백시는 단순히 억압된 무의식을 풀어헤친 것이 아니라 1950년대 거대문명 앞에서 상대적으로 왜소해진 개인의 실존적 위기의식을 '극적 고백'의 형식을 통해 표현한 것이라고 할 수 있다.[4]

미국의 시인이자 비평가인 로버트 필립스는 이러한 고백시의 특징을 16가지나 들고 있다. 그 특징을 열거하면, ① 매우 주관적이고 ② 표현이 개성적이며, ③ 치료적/속죄적(정화적)이며, ④ 자주 서사적이고 ⑤ 정서적 내용면에서 개인적이며, ⑥ 불안정하고 심신을 괴롭히거나 고립된 주인공들, ⑦ 아이러니하고 ⑧ 시적 상징으로서의 자아, ⑨ 소재에 제한이 없음, ⑩ 독자와 시인 사이에 장애물이 없음, ⑪ 일상적 화법의 열린 언어, ⑫ 열린 형식들, ⑬ 도덕적 용기, ⑭ 내용에 있어서 반-제도적인 경향, ⑮ 개인적 실패와 심리적 질환을 주제로 선호함, ⑯ 보편화보다는 개인화를 추구함 등을 들 수 있다.[5] 그중에는 용기의 요소 또한 존재하는데, 로버트 로웰의 경우, 알코올 중독, 성적

---

4) 신정현, 「로웰(Lovert Lowell)과 플라쓰(Sylvia Plath)의 고백시: 합리주의 문명과 예술에 대한 거세공포증」, 『현대 영미시 연구』 2집, 1997, 32쪽, 40쪽.

5) 송무, 앞의 글, 90쪽. 김승희, 「한국 현대 여성시의 고백시적 경향과 언술 특성」, 『여성문학연구』 18집, 2007, 242쪽에서 재인용.

죄의식, 정신병원 입원 등에 따른 시인의 수치와 고통을 드러내고 있지만 이러한 개인적 경험의 고백을 통해 현대 문명에 대한 비판과 미국 사회의 모순에 대한 비판의식을 함께 드러내 보인다. 이와 같이 로웰의 『인생 연구』에 실린 대부분의 시에는 미국의 정치 상황과 그 현실을 살아가는 로웰의 개인적인 내면적 갈등이 매우 복합적으로 맞물려 있는 것이다.[6] 이렇게 일반적으로 '금기적인 경험'들까지 고백할 경우, 사회로부터의 평가절하와 고립에 처해질 수 있음에도 불구하고 고백시인은 신분의 위험을 무릅쓰며, 진실의 발언이 위험이 되는 가치체계를 초월한다. 자신의 사회적 파멸이 예상되는데도 끝까지 진실을 추구하려는 고백시인들의 정신은 '비존재를 무릅쓰고' 진실에 대면하려는 용기를 보여주는 것이다.[7] 이것이 '고백'의 진정한 의의이며, 고백시인이 가져야 할 극복과 초월의 길이다.

2. 고백의 계기

최승자는 1979년 『문학과 지성』 가을호에 「이 시대의 사랑」 외 네 편의 시를 발표함으로써 시단에 등장하여 지금까지 8권의 시집과 2권의 산문집을 펴냈다. 시집으로는 『이 時代의 사랑』(1981), 『즐거운 日記』(1984), 『기억의 집』(1989), 『내 무덤, 푸르고』(1993), 『연인들』(1999), 『쓸쓸해서 머나먼』(2010), 『물 위에 씌어진』(2011), 『빈 배처럼 텅 비어』(2016)가 있고, 산문집으로는 『한 게으른 시인의 이야기』(1989)와 『어

---

6) 유희석, 「Robert Lowell의 고백시와 그 역사적 의미」, 서울대 석사논문, 1989, 58쪽.
7) 송무, 앞의 글, 99~100쪽.

떤 나무들은—아이오와 일기』(1995)가 있다. 또한 옮긴 책으로는 『빈센트, 빈센트, 빈센트 반 고흐』(1981), 『자살의 연구』(1982), 『침묵의 세계』(1993), 『굶기의 예술』(1999) 등이 있다. 이와 같이 최승자는 1980년대에서 2010년대에 이르기까지 한국 사회의 문제점과 문학적 긴장을 창작 활동을 통해 지속적으로 드러내 왔다.

『이 時代의 사랑』 표지

최승자 시에 대한 선행 연구는 크게 두 가지로 나눌 수 있다. 첫째, 최승자의 시세계를 죽음 의식과 사랑에 관해 살펴본 연구를[8] 들 수 있다. 이들은 최승자의 시세계가 죽음의 편재성에서 출발하였을 뿐만 아니라 사랑을 갈구하는 모습을 띤다고 보았다. 둘째로, 최승자의 시세계를 페미니즘적 관점으로 접근한 연구와[9] '몸' 이미지에 주목한 연구를[10] 들 수 있다. 이들은 최승자의

---

8) 김현, 「게워냄과 피어남—최승자의 시세계」, 『말들의 풍경』, 문학과지성사, 1990; 정효구, 「최승자론—죽음과 상처의 시」, 『현대시학』, 1991년 5월호; 이상희, 「사랑과 죽음의 전문가」, 『현대시세계』, 1991년 10월호; 김용희, 「죽음에 대한 시적 승리에 대하여—말의 공간, 죽음의 공간, 최승자의 시 읽기」, 『평택대 논문집』 13호, 1999; 김수이, 「최승자론—사랑과 죽음」, 『풍경 속의 빈 곳』, 문학동네, 2002; 유준, 「사랑의 형이상학에 관한 연구: 오정희와 최승자의 작품을 중심으로」, 고려대 박사논문, 2013.

9) 장석주, 「죽음 · 아버지 · 자궁 그리고 시쓰기—최승자론」, 『문학, 인공정원』, 프리미엄북스, 1995; 지은경, 「최승자 詩研究: 實存意識과 페미니즘을 中心으로」, 명지대 박사논문, 2007; 김향라, 「한국 현대 페미니즘시 연구—고정희 · 최승자 · 김혜순의 시를 중심으로」, 경상대 박사논문, 2010.

10) 이광호, 「위반의 시학, 혹은 신체적 사유—최승자론」, 『위반의 시학』, 문학과지성사,

시세계를 신체적 사유, 여성적 글쓰기, 여성문화의 입장에서 살펴보았다. 이외에 실존의식에 주목한 연구와[11] 부정성에 초점을 맞춘 연구[12] 등이 있는데, 전자의 경우 최승자의 시세계를 자신의 존재의미를 찾는다는 면에서 탐구하였고, 후자의 경우 최승자의 시세계가 욕설과 비어 등을 통해 자신과 현실을 부정한다고 보았다.

일련의 선행 연구에서 알 수 있듯이 최승자의 시는 죽음과 사랑, 여성과 몸, 실존의식, 부정성 등 인간의 내면적인 고통과 상처를 주로 다루고 있다. 이러한 최승자의 시는 크게 자기고백적 시와 문명비판적 시로 구분할 수 있다. 특히 자기고백적 시는 병리학적 징후를 보이고 있어 더욱 주목할 필요가 있다. 본고에서는 자신의 사생활을 폭로하고 도덕적으로 은폐되어야 할 개인의 무의식 세계마저 숨김없이 드러내는 최승자 시에 나타난 '자기고백'의 의미를 살펴보기로 한다. 왜냐하면 최승자의 시에 나타나는 자기해체와 죽음 의식, 절망, 불안, 고독, 고통과 정신병원 입원 등은 시인에게 있어서 '자기고백'의 형태를 띠고 있기 때문이다.

김승희는 한국 여성시가 고백시적인 경향으로 전환하게 된 원인을 세 가지로 보았다. 첫째, '개인'이 억압을 당하자 내면의 위기를 탐구하기 위한 방법으로 고백적 성향이 부상하였다는 것이다. 둘째, 1960년대의 순수/참여 논쟁, 1970년대의 민족문학 혹은 민중문학 논쟁에

1993; 이재복, 「몸과 자궁의 언어-최승자론」, 『현대시학』, 2000년 2월호.

11) 이재헌, 「최승자 詩의 自我意識 연구」, 단국대 박사논문, 2012; 신영연, 「최승자 시의 실존의식 연구」, 한남대 박사논문, 2018.

12) 이경호, 「삶의 긍정, 부정 혹은 그 사이」, 『세계의 문학』, 1989년 9월호; 심은정, 「최승자론—〈부정적 서정성〉을 중심으로」, 동국대 석사논문, 2001; 김정신, 「최승자 시에 나타난 부정의 정신」, 『현대문학이론연구』 58집, 2014.9.

서 다 표현할 수 없었던 '개인'의 무의식이 고백적 목소리로 분출되었다는 것이다. 셋째, 페미니즘 이론의 소개와 고백시의 번역, 소개 등에서 문화적 자극을 받아서 고백시가 나타났다는 것이다.[13] 또한 김승희는 1970년대 초반까지의 여성시를 여성적(feminine) 시로, 후반부터의 시를 여성주의적 시로 명명하고, 후자를 '여성주의적(feministic) 비판시'와 '여성주의적 고백시(feministic confessional poems)'로 나누어 최승자, 박서원, 이연주의 시를 '여성주의적 고백시'로 분류하였다.[14] 이 중 최승자의 시가 지닌 개인의 위기와 불안, 공포와 죽음, 자기 파괴와 신체 훼손 등의 이미지는 개인적인 차원에 머무는 것이 아니라 우리 시대의 보편적인 정서와 분위기를 반영하는 것으로 이해하는 것이 필요하다. 이에 본고에서는 최승자 시에 나타난 '자기고백'의 특성이 자기 파괴와 치유라는 두 가지 의미 범주로만 국한할 수는 없지만, 이러한 '자기고백'의 의미를 통해 미국 고백시의 의의—개인의 내면과 문화적·국가적 위기의 상호 조응의 산물—처럼 최승자 시에 대한 이해를 확장시키고자 한다.

최승자 시인은 충청도 지방의 조그만 시골 마을, 대전과 조치원 사이의 작은 마을에서 태어나서 거기서 십여 년을 살았다. 시인은 그곳을 "내 마음 속에서 언제까지나 아늑하고 따뜻하게, 푸르르게 살아있을 장소와 시간이 있다면, 바로 내가 태어났던 그 마을, 그리고 거기서 살았던 시간들일 것"[15]이라고 고백하고 있다. 그곳에서 시인은 외삼촌들이 중고등학교 때 공부했던 국어책들과 무협지, 탐정소설, 낡은

---

13) 김승희, 앞의 글, 236쪽.

14) 김승희, 앞의 글, 240~241쪽.

15) 최승자, 「유년기의 고독 연습」, 『한 게으른 시인의 이야기』, 책세상, 1989, 120쪽.

『현대문학』 잡지들을 읽었고, 후일의 자신에게 영향을 주었음직한 김말봉의 『산유화』도 읽었다. 이 책은 한 남자 교사와 두 여제자 사이의 삼각관계를 다룬 소설이었는데, 최승자는 이 책을 통해 남녀의 정신적인 사랑에 눈떴을 뿐만 아니라 고독과의 의식적인 첫 만남이라는 소득도 얻게 된다. 이때 책을 읽으면서 얻었던 고독의 느낌들은 "남들과 어울리지 않고 혼자 있는 것, 말을 잘 하지 않는 것, 깊은 생각에 잠기는 것, 간간이 미소를 띠는 것"16) 등으로, 시인은 실제 고독을 실행에 옮기기 시작한다. 고독의 실행 작업은 집뿐만 아니라 학교에서도 활발하게 전개된다. 하지만 "유년기의 이 의식적인 고독 연습은 오래 지속되지 않았다. 왜냐하면 그 조금 후에 나는 서울 초등학교로 전학하여 낯선 학교, 낯선 아이들 속에서 실제로 외로움을 타기 시작했고, 이 세계 속에서 한 독립된 개체로 성장해가면서 한 인간이 그의 삶 속에서 경험할 수 있는 온갖 종류의 고독을 '실제로' 겪기 시작했기 때문"17)이다. 이처럼 최승자 시인은 어렸을 때부터 책을 통해, 그리고 서울로 가게 되면서 실제로 고독과 접하게 된다.

또한 최승자 시인의 삶에 있어서 매우 중요한 사건도 이 시기에 발생하였다. 나이가 차자 시인은 십 리 거리에 있는 초등학교에 다니게 되었는데 그보다 앞서 건넛마을에 있는 예배당에 다니기 시작했다. 의자도 없이 맨바닥에 앉아서 "귀하고 귀하다. 우리 어머님이 들려주시던 재미있게 듣던 말 이 책 중에 있으니 이 성경 심히 사랑합니다."라는 찬송가를 부르며 자랐던 시인은 "그 행복한 시절이 어느 날 우연한,

16) 최승자, 위의 글, 124쪽.
17) 최승자, 위의 글, 126쪽.

불의의 사고로 끝나버렸다."[18]고 고백하고 있다. 당시 '더펄개'라는 별명으로 통했던 시인은 대사를 실감나게 읊는 재주를 갖고 있어서 곧잘 어린이 연극의 주인공으로 뽑혔다. 그날도 시인은 엄마가 서울에서 사다 주신 예쁜 원피스에 빨간 리본을 매고 부푼 가슴을 진정시키며 예배당을 향해 집을 나섰다.

> 그런데 아뿔사 너무도 흥분한 나머지 발을 헛디뎌 예배당 앞에 있는 작은 도랑 한가운데 빠져버렸다. 내 옷은 도랑의 진흙물에 엉망진창이 되어버렸고 아름다운 프리마돈나의 환상 또한 엉망진창이 되어버렸다. 나는 일어나 교회당의 즐거운 밝은 불빛을 말없이 오래 바라보다가 이윽고 그 엉망진창이 되어버린 꼴을 교회 친구들에게 보이고 싶지 않아 소리 없이 돌아서서 도로 집을 향해 터덜터덜 걷기 시작했다. 결국 크리스마스이브의 어린이 공연은 공연되지 못했다. 나는 그 이후 다시는 예배당 근처에도 가지 않았다. 그 후 얼마 뒤에 나는 서울로 떠나왔다.[19]

이 두 가지 사건은 최승자 시인에게 큰 트라우마로 작용한다. 특히 두 번째 사건은 어린 시인에게 수치심의 기원으로 작용하였고, 이 자괴감은 시인에게 평생에 걸쳐 고통을 내면화하는 괴로운 상황으로 이어진다. 이후 시인은 대학에서 독문학을 전공하고, 독일 문학 작품들을 읽으면서 지적 교양을 쌓았는데, 이런 지식과 고통이 바탕이 되어

18) 최승자, 「나의 유신론자 시절」, 『한 게으른 시인의 이야기』, 89쪽.
19) 최승자, 위의 글, 90쪽.

쓴 시 「이 시대의 사랑」, 「무서운 초록」, 「자화상」, 「비 · 꽃 · 상처」, 「만리포, 마카로니 웨스턴」이 『문학과 지성』 1979년 가을호에 게재되면서 등단하였다. 시인은 번역 활동도 병행하였는데, 『빈센트, 빈센트, 빈센트 반 고흐』(1981), 『자살의 연구』(1982), 『상징의 비밀』(1998) 등, 옮긴 책들의 대부분은 부정적인 내용을 담고 있는 고통의 책들이다. 최승자 시인에게 있어서 이러한 일련의 사건들은 유년기의 수치심으로 인해 스스로를 괴롭히는 원인이 되어, 한편으로는 시작(詩作)으로, 다른 한편으로는 번역으로 고백의 형식을 띠고 이루어진 것이다. 이러한 최승자의 고백은 1980년대 한국 사회의 독재와 억압적 분위기를 뚫고 폭발하려는 용기와 시대적인 분위기와 맞물려 나타난다.

3. '자기고백'의 양상

(1) 자기학대와 자기소외

1980년대 한국 여성 시인들은 근대의 폭력 앞에서 병든 개인의 내면과 고립의 고통을 솔직하게 표현하였다. 그중에서도 최승자는 고백시 이전의 시인들이 도입한 자전적 요소를 보다 노골적으로 드러낸다. 최승자는 첫 번째 시집인 『이 時代의 사랑』(1981)에서부터 개인의 깊은 절망과 좌절, 죽음에의 충동을 보여주고 있다.

> 쳐라 쳐라 내 목을 쳐라.
> 내 모가지가 땅바닥에 덩그렁
> 떨어지는 소리를, 땅바닥에 떨어진
> 내 모가지의 귀로 듣고 싶고

그러고서야 땅바닥에 떨어진

나의 눈은 눈감을 것이다.

—「사랑 혹은 살의랄까 자폭」, 『사랑』, 15쪽[20]

이 시에서 시적 화자는 자신의 생을 긍정하고 사랑하기보다 끝없이 자신을 부정하고 학대한다. 자신의 모가지가 떨어지는 소리를 듣고 싶어 하는 시적 화자는 처절하게 자기를 학대하는 모습을 보여준다. 그런 모습을 시인은 사랑 혹은 자폭으로 규정하고 있다. 이렇게 최승자는 첫 번째 시집에서부터 치명적으로 자기를 학대하는 모습을 보인다.

제1시집 『이 時代의 사랑』과 제2시집 『즐거운 日記』(1984)에서 시적 화자는 "한없이 나락으로 떨어지고 싶어"(「꿈꿀 수 없는 날의 답답함」, 『사랑』, 27쪽) 하지만, 그 나락으로도 떨어지지 않는 답답함과 우울함을 고백하고 있다. 또한 "버히고 싶은 것은 오직 나 자신일 뿐"(「허공의 여자」, 『사랑』, 56쪽)이라면서 자신을 학대한다. 그런 시적 화자는 괴로운 밤 "죽음의 그늘 아래서"(「너의 약혼 소식을 들은 날 너에게」, 『사랑』, 62쪽) 멈추고 싶어 하고, "오늘 저녁이 먹기 싫고 내일 아침이 살기 싫으니" "쥐도새도모르게 잠들어 버리리라"(「오늘 저녁이 먹기 싫고」, 『日記』, 26~27쪽)고 계속적인 자기 파괴와 죽음 충동을 드러낸다.

---

20) 앞으로 인용되는 최승자의 시들은 출판된 순서대로 다음과 같이 표기한다. 『이 時代의 사랑』(문학과지성사, 1981)은 『사랑』으로, 『즐거운 日記』(문학과지성사, 1984)는 『日記』로, 『기억의 집』(문학과지성사, 1989)은 『기억』으로, 『내 무덤, 푸르고』(문학과지성사, 1993)는 『내 무덤』으로, 『연인들』(문학동네, 1999)은 『연인들』로, 『쓸쓸해서 머나먼』(문학과지성사, 2010)은 『머나먼』으로, 『물 위에 씌어진』(천년의시작, 2011)은 『물 위』로, 『빈 배처럼 텅 비어』(문학과지성사, 2016)는 『빈 배』로 표기하기로 한다.

그러나 깨닫고 보면 참으로 엄청나구나.

내가 파놓은 이 심연

드디어는 내 발목을 나꿔챌

무지몽매한 이 심연.

(중략)

이게 뭐냐, 가해와 피해와 가학과 자학과

자기 기만으로 얼룩진 밥.

—「散散하게, 仙에게」, 『日記』, 70~71쪽

이 시에서 시적 화자는 가해자이기도 하고 피해자이기도 한 자기 자신을 들여다보고 있다. 시적 화자가 파놓은 심연은 실로 엄청나다. 자신을 나꿔챌 것 같은 심연. 그러나 시적 화자는 그런 "죽고 싶음의 절정에서/ 죽지 못한다." 그것은 드라마도, 비극도 되지 않고, 클라이막스도 되지 않는다. "맞은편에서 병신 같은 죽음"이 시적 화자인 "날 기다리고 있다 할지라도"(「비극」, 『日記』, 85쪽) 자기학대는 죽음 의식과 결부되어 나타난다. 그것이 자신이 견뎌내야 할 비극인 것이다.

제3시집 『기억의 집』(1989)에서는 정신분열증의 징조가 예고되어 있다. 그 병적 징후는 부정적 사고와 자기학대의 과정에서 얻어진 것으로 유추해 볼 수 있다.

옛날에 옛날에

애매와 모호가 살았는데

서로 싸웠다.

너는 왜 그리 애매하냐고,

그럼 넌 왜 그리 모호하냐고,

둘은 일란성 쌍동이처럼 싸우며 죽어갔다.

정신분열증과 정신분열증 환자처럼

서로 멱살을 잡고 싸우며 죽어갔다.

—「나날」, 『기억』, 51쪽

이 시에서 옛날이야기처럼 묘사되고 있는 '애매'와 '모호'는 치열하게 싸우고 있다. 그 치열함은 갈수록 치열해지고 마치 정신분열증 환자처럼 서로 멱살을 잡고 싸우며 죽어가고 있다. 이처럼 끝없이 자신을 학대하고 파괴하는 힘은 집요하다. 그 집요함은 시 속에 병적인 요소마저 끌어들이고 있는데, 이는 시인의 앞날이 평탄하지만은 않으리라는 것을 예고해 준다.

제6시집 『쓸쓸해서 머나먼』(2010)에 이르면, 「시인의 말」에서 "오랫동안 아팠다"라고 고백하고 있다. 치열하게 삶과 죽음의 의미를 묻고 살아온 시인은 그만 앓아버린 것이다. 그녀에겐 한 세월이 있었고, 그 세월을 겪은 뒤 다시 열어놓은 "고통의 門"(「깊고 고요하다」)이 있다. 그녀는 "병원 안 컴퓨터실" "책상 앞에서가 내 인생의/ 가장 큰 천국"(「책상 앞에서」)임을 깨닫는다. 병실이 그녀의 무대인 것이다.

또다시 병실

마치 희곡 같다.

"무대는 그녀의 집 안방"
"무대는 또다시 어느 병실"

세계가 환자들만 있는
병실이라면, 끔찍한 생각.
—「또다시 병실」, 『머나먼』, 82쪽

『쓸쓸해서 머나먼』 표지

위의 시에도 「나날」에서보다 병적인 증세가 심화되어 나타난다. 병실 안에 갇힌 시적 화자는 이 세계라는 무대가 병실과 같다고 생각하고 있다. 그 세계가 환자들만 있는 병실이라면, 그 세계는 너무나 끔찍하다는 생각을 하고 있다. 최승자 시인이 시를 통해 이런 생각을 하게 된 데는 여러 가지 이유가 있을 수 있지만, 자신의 내면에 병적인 요소들을 안고 있기 때문이다. 최승자 시인에게 있어서 끝없이 자신을 미워하고 학대하는 분열의 조짐은 자기소외를 부른다. 자기소외란 인간이 자기의 본질을 상실하여 비인간적 상태에 놓이는 것을 말한다. 최승자 시인에게 이런 자기소외의 모습은 제1시집에서부터 내재되어 있다. "아무의 제자"도, "누구의 친구"도 못 되는 시적 화자는 "어둠의 자손, 암시에 걸린 육신"을 지닌 자로, "긴 몸뚱어리의 슬픔"(「자화상」, 『사랑』, 82~83쪽)을 토하는 시인의 자화상을 반영한 것이다. 이런 자기 자신으로부터의 소외는 깊다. 시적 화자인 나는 "벽 하나로 영원히 不通하"(「소외의 房」, 『기억』, 45쪽)는 세계에 갇히게 되고, "중구난방"인 시대 속에서 "한없이 외롭다."(「중구난방이다」, 『내 무덤』, 42쪽) 이런 고독의 경지는 유년기의 고독 체험에서 비롯된다. 외로운 고독의 경지, 시인의 시작 노트인 빈 공책에서까지 외롭다. "아무것도 씌어져 있지 않은 이 빈 공책", "침묵이 걸어간 발자국조차 지워져버린/ 이 태초의 빈 공책"(「빈 공책—한 추억을 위한 소묘」, 『연인들』, 22쪽), 그것은 시적 화자가 지워버린 공책이다. 시인은 시작 노트에서 자신이 써온 것을 지워버리듯, 자신의 삶을 지워나간다. 그것은 자신을 죽이는 행위라고밖에 볼 수 없다. 이런 의미에서 신학자 폴 틸리히는 죄가 소외 혹은 분리라는 정의를 내렸고, 인간의 상황을 하나님으로부터, 자아로부터, 이웃으로부터의 분리라고 생각했다.[21]

그러나 최승자는 하나님으로부터의 소외, 이웃으로부터의 소외보다 더욱 심각한 자기 자신으로부터의 소외를 토로한다. 이 가운데 최승자 시인은 2001년 '정신분열병'(schizophrenia, 지금은 '조현병'으로 명칭이 바뀜)으로 정신병원에 입원하기에 이르며, 제7시집 『물 위에 씌어진』(2011)에 실린 "시들 전부가 정신과 병동에서 씌어진 것들"[22]임을 고백하기에 이른다. 또 시인은 "정신분열증 환자가 始源病이라는 또 다른 증세까지 겹쳐 앓고" 있다고 고백하고 있다. 시인은 정신과 병동에 입원해 있으면서 자신의 몸을 추스르기도 힘들었을 텐데, 60편의 시들을 써서 출간한 것을 볼 때, 놀라운 정신력을 보여주고 있다. 이와 같이 질병은 예술과 밀접한 관계에 있을 뿐만 아니라 시인을 지탱하는 원천이요 시 쓰기의 통로가 되고 있음을 알 수 있다.

제8시집 『빈 배처럼 텅 비어』(2016)에서는 그녀의 의식 사이로 세

---

21) 폴 틸리히, 차성구 옮김, 『존재의 용기』, 예영커뮤니케이션, 2011(개정2쇄), 15쪽.
22) 최승자, 「시인의 말」, 『물 위에 씌어진』, 천년의시작, 2011, 6쪽.

계가 빠져나가 "빈 배처럼 텅 비어"(「빈 배처럼 텅 비어」) 있는 모습을 보여준다. 그 의식 사이로는 노자도 장자도 빠져나가고 없다. "나의 생존 증명서는 詩였고/ 詩 이전에 절대 고독이었다/ 고독이 없었더라면 나는 살 수 없었을 것이다// 세계 전체가 한 병동이다"(「나의 생존 증명서는」)라는 고백이 놀랍다. "내 죽음 이후에도 新生 햇빛이 비친다는 것을/ 안다는 사실 그것이 始源病이다"(「내 죽음 이후에도」)라는 고백을 통해 볼 때, 그녀의 시의 원류는 고독이고 죽음이고 질병이고 사랑임을 알 수 있다. 이것들은 따로 존재하는 것이 아니라 그녀의 내면에서 서로 섞여 지금의 그녀를 있게 한 원천인 것이다.

정신의학 전문가에 따르면, "이러한 정신질환의 기질적 원인에 해당하는 감각박탈(sensory deprivation)은 심각한 장애를 남긴다. 어린 시절의 감각박탈은 영구적 손상을 초래하고, 또한 개인의 본능적 충동과 그에 관련된 감정들이 정신장애의 원인이 된다. 여기에는 갈등, 사랑과 미움, 공포, 불안, 우울, 기쁨과 슬픔, 시기와 질투, 고독, 수치와 죄책감 등이 있다. 이때 부정적 감정은 적응에 문제를 일으키고 병적 행동과 정신장애의 원인이 된다."[23] 이는 최승자 시인의 개인적 내밀한 경험이 1970년대 유신 체제 아래에서의 참혹한 기억과 1980년대 초반의 폭력적인 사회 통제와도 밀접한 관계가 있는 것으로 보인다. 최승자 시인은 80년대 들어서 시가 요란한 양적 팽창을 보이고 동시에 과격한 질적 변화를 드러냈다면서 과격한 질적 변화 중 가장 뚜렷이 나타나는 것이 시적 표현의 폭력화 현상이라고 말하고 있다. 문학 장르 중 가장 비논리적이면서 또한 가장 예언적이라 할 수 있는 시가,

---

23) 민성길 외, 『(제4개정판) 최신정신의학』, 일조각, 2004(초판 8쇄), 127쪽.

한 시대, 한 사회 전체에 내재한 폭력적 경향들을 기존 형식의 무자비한 파괴와 폭력적 시어 자체로써 은연중에 드러내고 있다는 것이다.[24] 또한 80년대는(그보다 더욱, 70년대는) 자신에게 하나의 가위눌림(억압 구조를 달리 표현한 말)으로 작용했는데, 이러한 외부적 억압 구조, 그리고 그것으로 하여 내면에 자리 잡게 된 내면적 억압 구조의 압력에 시달리고 있었으며, 이러한 가위눌리던 시절은 데뷔작인 「이 시대의 사랑」을 쓸 때뿐만이 아니라 장기간에 걸쳐 있었고, 그 가위눌림에 대한 시적 저항은 강한 비명과 비탄, 과격한 에너지를 가진 어휘들과 이미지의 사용 등을 통해 이루어졌다고[25] 고백하고 있다. 이렇게 긴 세월 병적인 요소를 안고 있다가 발병한 후, 자신의 치명적인 질병과 불행을 고백하고 폭로했다는 점에서 최승자 시인은 1950년대 미국의 고백시인들처럼 용기 있는 작가라고 할 수 있다.

작년 어느 날
길거리에 버려진 신문지에서
내 나이가 56세라는 것을 알고
나는 깜짝 놀랐다
나는 아파서
그냥 병(病)과 놀고 있었는데
사람들은 내 나이만 세고 있었나 보다
그동안은 나는 늘 사십대였다

---

24) 최승자, 「폭력을 넘어서」, 『한 게으른 시인의 이야기』, 142~143쪽.
25) 최승자, 「'가위눌림'에 대한 시적 저항」, 위의 책, 162~164쪽.

— 「참 우습다」, 『머나먼』, 84쪽

발병 이후 씌어진 위의 시에서 시적 화자는 아파서 병과 "놀고 있었는데", 버려진 신문에 실린 기사를 통해 자신의 나이가 56세라는 것을 깨닫는다. 병과 고독 속에서 지내다 보니 세월의 흐름도 나이도 잊고 있었는데, 신문 기사 속에서 자신의 나이를 우연히 확인하게 된 것이다. 이렇듯 병과 고독은 시인의 자기소외의 결과물이다.

"고독은 끄려 하면 낱낱이 흩어져 보이지 않는다/ 고독은 먼지처럼 편재한다/ 그것은 58세 내 고독의 구도,/ 부르봉 왕가 태생도 어쩔 수가 없다."(「58세 내 고독의 構圖」, 『물 위』, 25쪽) 정신병원에서 씌어진 이 시에서 58세가 되어도 시적 화자의 고독은 없어지지 않는다. "세상이 펼쳐져 있는 한/ 삶은 늘 우울하"고, 시인은 정신병원에 갇혀 "저 혼자 깊어만 가는 이상한 江"(「서서히 말들이 없어진다」, 『물 위』, 52쪽)이 되어간다. 이렇듯 자기학대와 자기소외는 자신을 죽이는 행위에 해당하며, 최승자의 '자기고백'의 양상의 한 축을 이루고 있다고 할 수 있다.

(2) 삶의 지탱으로서의 시 쓰기

글을 쓰는 것은 마음인 동시에 '뇌'다. 뇌의 상태가 창의성에 영향을 미친다. 글을 쓰고자 하는 주체 못할 욕구를 가리켜 의학적으로는 '하이퍼그라피아(hypergraphia)'라고 한다. 이 하이퍼그라피아와 환청 현상은 모두 측두엽에 위치한 언어이해 영역, 즉 베르니케 영역(Wernicke's area)과 관련이 있으며, '내부 목소리'라는 현상과도 깊은 연관이 있다. 언어적인 의미는 대뇌피질의 측두엽에, 감정적인 의미는 변연계에 그 기초를 두고 있다고 한다.[26]

어떤 아침에는, 이 세계가
치유할 수 없이 깊이 병들어 있다는 생각.

또 어떤 아침에는, 내가 이 세계와
화해할 수 없을 만큼 깊이 병들어 있다는 생각.
—「어떤 아침에는」, 『기억』, 20쪽

이 시에서 보면, 시적 화자는 깊이 병들어 있고, 시적 화자를 둘러싸고 있는 세계 역시 깊이 병들어 있다. 이처럼 시인을 질병으로 이끈 것은 젊었을 때부터의 자기 파괴적인 생각과 부정적인 감정 상태라 할 수 있다. 그런데 예술에서의 창의성을 유발하는 것은 다름 아닌 질병이다.[27] 최승자 시인에게 있어서도 정신적 위기감 또는 질병이 그녀의 창작 활동으로 이끈 것으로 보인다. 영원히 세계와 화해할 수 없는 고독과 질병이 도리어 시인에게 있어서 예술 창작의 원천이 되는 것이다. 이 질병은 평생의 상처이자, "세계가 일평생이 상처"인 동시에 "현재 또한 늘 상처"(「다스려야 할 상처가」, 『기억』, 82쪽)로서, 시인에게는 이 세상을 살아가는 유일한 힘이 된다. 결국 자기 자신의 파괴와 세계를 향한 부정 속에서도 최승자 시인은 시 쓰기를 통해 자신을 지탱하고자 안간힘을 쓴다. 최승자 시인의 질병에 대한 예고는 이미 초기 시에서부터 내포되어 있고, 그녀가 그런 삶을 견딜 수 있었던 것

26) Alice W. Flaherty, 박영원 옮김, 『하이퍼그라피아』, 휘슬러, 2006, 111쪽, 303쪽.
27) Alice W. Flaherty, 위의 책, 95쪽.

은 시 쓰기를 통해서이다.

자기학대와 자기소외에 시달리는 시인에게, 깨고 싶고 부수고 싶고 울부짖고 싶고 비명을 지르며 까무러치고 싶은(「나의 詩가 되고 싶지 않은 나의 詩」, 『사랑』, 23쪽) 세계를 건널 수 있는 힘은 시 쓰기에 의해서만 얻어진다. 최승자 시인에게는 시 쓰기만이 그녀가 살아갈 수 있는 유일한 힘이며, 자신을 버티는 힘인 동시에 생존 전략이며, 세상과 소통하는 자기만의 방법이다.

> 내 삶의 썩은 즙,
> 한 잔 드시겠습니까?
> (극소량의 詩를 토해내고 싶어하는
> 귀신이 내 속에서 살고 있다.)
> —「자칭 詩」, 『기억』, 12쪽

이제 시적 화자의 내부 속에는 극소량의 시를 토해내고 싶어 하는 귀신이 살고 있다. 자기학대와 자기소외 속에 자신의 내부에 존재하는 썩은 즙, "극소량의 詩"를 토해내고 싶은 또 다른 자아가 버티고 있다. 최승자 시에서 '자기고백'의 양상은 한쪽에서 자기학대의 면에 시달리고 있다면, 다른 쪽에서는 그것을 시로써 폭로하고 싶은 욕구가 있는 것이다.

> 詩는 그나마 길이다.
> 아직 열리지 않은,
> 내가 닦아나가야 할 길이다.

아니 길 닦기이다.
내가 닦아나가 다른 길들과
만나야 할 길 닦기이다.
—「詩 혹은 길 닦기」, 『기억』, 13쪽

오 쓴다는 것, 써야 한다는 생각에
내가 얼마나 높이높이 내 희망과 절망을 매달아 놓았던가를
내가 얼마나 깊이깊이 중독되어왔던가를
이제 비로소 분명히 깨달을 수 있겠구나.
—「워드 프로세서」, 『내 무덤』, 35쪽

이제 시 쓰기는 시적 화자에게 길이고, 닦아나가야 할 길이며, 다른 길들과 만나야 할 길 닦기이다. 시 없이 시적 화자는 살 수 없다. 쓴다는 것은 시적 화자에게 있어서 중독이다. 시적 화자는 시를 써야 한다는 생각에 희망과 절망을 높이높이 매달아 놓아 시에 중독되었음을 고백하고 있다. "칠십년대는 공포였고 팔십년대는 치욕"(「세기말」, 『내 무덤』, 36쪽)이었던 세기말에 시적 화자는 "시로써 깃발을 올리"고 싶어 하지만, 그녀의 삶은 "시종 펄럭거리는 찢어진 깃발"(「下岸發 1」, 『내 무덤』, 62쪽)인 것이다. 이처럼 자기학대와 자기소외의 길을 걸어온 시인은 시 쓰기를 통해 삶을 지탱하려는 모습을 보여주고 있다. 이것이 최승자 시에 나타난 '자기고백'의 또 다른 한 축을 이루고 있다.

마음은 오랫동안 病中이었다.
마음은 자리 깔고 누워 일어나지도 못했다.

너무나 오랫동안 마음은 病하고만 놀았다.

詩 혹은 詩 쓰기에 대해 이제까지 나는 아무것도 바라지도 믿지도 않았지만, 이제 비로소 나는 바라고, 믿고 싶다.

시 혹은 시쓰기가 내 마음을 病席에서 일으켜 세워줄 것을.[28)]

위의 글에서 최승자 시인은 병과 죽음 의식을 통해 삶의 비극성을 드러냈는데, 이때 죽음은 온몸을 바쳐 세계에 대해 싸움을 거는 처절한 방법이며, 거짓된 세계로부터 깨어 있게 하는 힘이며, 진정으로 살고 싶은 강렬한 바람의 표현[29)]으로 평가된다. 그 절망의 끝에서 단절과 고독, 병든 세계를 딛고 일어서는 방법으로 시인은 시 쓰기를 통해 존재의 의미를 찾게 된다. 이렇듯 시인은 한편으로는 자기학대와 파괴를 비롯한 자기소외의 길로 치닫는 반면, 다른 한편으로는 그런 상황 속에서도 시 쓰기를 통해 삶을 지탱하려는 고통스러운 노력을 하고 있다. 이처럼 최승자 시인은 자신의 어둡고 불우한 상처를 드러냄으로써 다른 고백시인의 경우와 마찬가지로 사회적 고립과 소외를 초래할 수 있는 위험한 글쓰기임에도 불구하고 자신의 상처와 깊은 고통을 극적으로 드러냄으로써 심리적 위기를 치유해나간다.

틸리히는 운명, 죄의식, 죽음의 공포를 영혼을 미혹하는 세 가지 불안으로 보고 있다. 운명은 의미와 목적을 볼모로 잡고 있으며, 죄의식은 용서와 은혜가 없는 상태에서 죽음을 살아가는 것이며, 죽음은 삶

---

28) 최승자, 『내 무덤, 푸르고』, 뒤표지 글.

29) 구유미, 「최승자 시 연구」, 한국교원대 석사논문, 2005, 32쪽.

에서 의미를 찾지 못하고 상급이나 형벌에 대한 약속 없이 궁극적으로 무의미함을 경험하는 것이다. 틸리히는 운명과 죄의식의 불안에 대한 반응으로서, '확신의 용기'를 불러일으켰는데, 이때 용기는 비존재의 위험 속에서도 나타나는 존재의 자기긍정을 말한다. 이러한 자기긍정의 힘은 용기 있는 모든 행동 속에서 효력을 발휘하는 존재의 힘이다.[30] 또한 죽음에 대한 두려움은 고통, 어느 개인과 집단의 거절, 무엇인가의 상실 혹은 누군가와의 이별, 죽음의 순간 등을 무서워하는 상태를 뜻한다. 용기는 운명과 죽음(죽음의 불안), 공허함과 의미의 상실(무의미함의 불안), 죄의식과 정죄(정죄의 불안)와 같은 유형의 불안을 자기 자신 속으로 끌어들임으로써 절망을 거부한다. 그러나 병리학적인 불안은 그 속에 창조적인 잠재력이 담겨져 있는데도 하나의 질병이며 위험이므로, 존재의 용기 속으로 이끌어 들어와 치유되어야만 한다. 어떤 상황이라도 무릅쓰는 '자기긍정'의 힘, 곧 존재의 용기가 운명의 문제[31]인 것이다.

그런데 최승자의 시집 속에는 절망과 공포, 죽음 의식, 불안 등 자신의 내밀한 의식 세계를 폭로하는 도덕적인 용기는 있으나 자기긍정의 힘을 내포하는 존재의 용기는 없다. 끝없이 자신의 처절함과 죽음에 대한 의식을 시로 드러내려는 용기는 있으나 살고자 하는 의지, 생을 긍정하는 용기는 없는 것이다. '위험을 무릅쓴 용기'는 자기 자신을 긍정하는 생의 의지이다. 자신을 긍정하는 생의 의지는 어떠한 상황에서라도 부정적인 의식을 떨쳐 버리고 긍정적으로 사고하고 생을 사랑

30) 폴 틸리히, 앞의 책, 18쪽.

31) 폴 틸리히, 앞의 책, 76쪽, 104쪽, 119쪽.

하려는 노력에의 의지를 말한다. 그런 점에서 우리가 무서워해야 할 대상이 있다면, 그것은 오직 자기 자신,[32] 즉 절망하는 자신일 뿐이다. 곧 불운이나 고통이나 고난 따위가 절망이 아니라, 영원한 것을 갖지 못하고 있는 것이 절망이다.[33] 최승자 시인에게 있어서 절망은 처절한 자기와의 싸움에서 치명적인 질병과 깊은 고통을 불러온다. 이제 최승자 시인이 고통의 사제 빈센트 반 고흐에게 보냈던 찬사—"끊임없이 자신의 고통에서 흘러내리는 피를 보고서야 자신이 물리적으로 살아 있음을 정신적으로 느끼는 사람들이 있다."[34]—를 스스로에게 돌려줘야 할 때가 왔다. 이와 같이 최승자 시인의 깊은 고통과 슬픔은 한편으로는 이 시대를 사는 또 다른 환자, 즉 의사로부터의 진단은 받지 않았으나 병적 징후를 가진 독자 다수에게 공감과 위안을 불러일으킨다. 왜냐하면 절망하는 자에게는 더 큰 절망이 위안을 주기 때문이다. 그렇다고 모든 시가 앞에서 언급한 존재의 생명에 대한 긍정의 힘을 내포해야 하는 것은 아니다. 이러한 특성은 최승자의 시를 존재에 대한 긍정과 사랑으로 쉽게 귀결해 버리는 다른 시인의 시와 변별되는 특징이라 할 수 있다.

다른 한편으로 최승자 시인은 처절한 자기학대와 소외의식에 싸인 자신을 드러내는 도덕적인 용기를 통해 자기치유의 가능성도 보인다. 자신을 드러낸다는 것은 완전한 치유는 아니라 할지라도 치유의 싹은 보이기 때문이다. 최승자 시인은 이러한 시 쓰기를 통해 문학의 치유

---

32) 키에르케고르, 임춘갑 역, 『사랑의 役事(상)』, 종로서적, 1982, 24쪽.

33) 키에르케고르, 위의 책, 66쪽.

34) 어빙 스톤, 최승자 역, 「번역을 마치고 나서」, 『빈센트, 빈센트, 빈센트 반 고흐』, 까치, 1989(7판), 497쪽.

적 힘과 가치에 대한 확신이 있기 때문에 시로 생명을 유지하고, 자신의 모든 위안을 얻고자 한 것이다. 그런 점에서 최승자 시인은 '자기고백'의 성격이 강한 시를 통해 자신을 드러냄으로써 사회적 고립과 부당한 대우를 받을 수 있는 위험에도 불구하고 자기학대와 소외를 처절하게 수용하고 형상화한 데서 그 의의가 있다.

4. '자기고백'의 의미

고백시는 거대 문명 앞에서 상대적으로 왜소해진 개인의 실존적 위기의식을 '극적 고백'의 형식을 통해 표현한 것이다. 최승자 시인은 근대의 폭력 앞에서 병든 개인의 내면과 사회적 고립의 고통스러움을 '자기고백'의 성격이 강한 시에 담아 표출한다. 특히 「사랑 혹은 살의랄까 자폭」, 「나날」, 「또다시 병실」에서 자신의 질병과 불행을 통해 자기소외의 모습을 보여준다. 또 발병 이후에 쓴 「참 우습다」, 「58세 내 고독의 構圖」에서 시인의 불안과 공포, 고독을 드러냈다는 면에서 용기 있는 자라고 할 수 있다.

다른 한편 「자칭 詩」, 「詩 혹은 길 닦기」, 「워드 프로세서」 등에서 최승자 시인은 시 쓰기를 통해 자신의 삶을 지탱하려는 치열함을 보여준다. 이런 점에서 최승자 시에 나타난 '자기고백'의 두 가지 양상을 볼 수 있다. 이러한 '자기고백'의 두 양상은 최승자 시인의 개인적 경험과 1970~1980년대의 폭력적인 사회 통제와도 밀접한 관계가 있음을 보여준다.

이와 같이 최승자 시인은 깊은 절망과 정신적 고통 속에서도 정신병원에의 입원 등을 고백하고 폭로함으로써 치유의 가능성을 보여준다. 따라서 '자기고백'의 성격이 강한 최승자의 시는 사회적 고립과 소외를 불러올 수 있는 위험한 글쓰기임에도 불구하고 자신의 내밀한 의식 세계를 폭로하는 도덕적 용기를 통해 치유의 싹을 보여주고 존재의 이유를 보여준다는 점에서 그 의의가 있다. 이러한 '자기고백'의 특성은 쉽게 존재에 대한 긍정과 사랑으로 귀결해 버리는 다른 시인의 시와 변별되는 최승자 시인만의 특징이라고 할 수 있다.

2장 최승자 시에 나타난 부정의 정신

1. 최승자와 부정성

1952년 충남 연기에서 태어난 최승자 시인은 1971년에 고려대 독문과에 입학한다. 고려대 재학 중 유신을 맞은 최승자는 교지 『고대문화』의 편집장을 맡았다가 블랙리스트에 올라 학교에서 쫓겨난다. 결국 대학을 졸업하지 못한 최승자는 학교 선배인 정병규가 주간으로 있던 '홍성사' 편집부 시절 『문학과 지성』(1979년 가을호)에 「이 시대의 사랑」 외 4편의 시를 발표함으로써 등단한다. 얼마 후 최승자는 출판사를 그만두고 다른 직업을 갖지 않은 채 전문 번역가로 활동하며 시작 활동에 전념한다.[1] 이처럼 영문도 모른 채 학교에서 쫓겨나야 했

1) 장석주, 「고독한 자의식의 신음 소리 최승자」, 『나는 문학이다』, 나무이야기, 2009, 877~878쪽.

던 최승자 시인이 받은 정신적 상처와 고통은 시대적·역사적·사회문화적 의미를 담보하고 있다.

본고에서는 1장에서 살펴본 최승자에 대한 선행 연구 중 부정성에 초점을 맞춘 연구를 중심으로 살펴보기로 한다.

진형준은 최승자 시인이 자신의 삶 전체를 부정함으로써 자그마한 긍정조차 부정하려는 방법적 부정에 대해 언급한다. 시인은 방법적 부정의 과정을 거쳐 일종의 시원(詩源)의 자리로 돌아오는데, 그 자리는 부당한 억압(내적·외적 억압과 집착)에서 풀려난 자리임을 지적하고 있다.[2]

이경호는 최승자의 『기억의 집』에 대한 서평 「부정의 방과 긍정의 길」에서 시인이 세상에 대해 가지고 있는 생각들은 객관적인 체험의 세계에서 비롯된 것이라기보다는 스스로의 생각과 판단에서 비롯된 것임을 강조한다. 시인이 세상으로 나가지 않으려는 첫 번째 원인은 세상이 "깊이 병들어" 있기 때문이라는 것이다. 어둡고 황폐한 정신이 그리워할 수 있는 세계는 죽음의 세계일 따름이며 죽음이 가능하지 않기에 절망이 더욱 심화될 수밖에 없다는 것이다. 두 번째 원인으로는 "내가 이 세계와/ 화해할 수 없을 만큼 깊이 병들어 있다는 생각"에서 비롯된다는 것이다. 최승자의 시가 세계의 타락한 현실에 휘말려들지 않으면서 끊임없는 고통의 싸움을 견뎌내려면 기민하게 스스로의 형상을 변화시켜야만 한다고 지적하고 있다.[3]

이광호는 최승자의 시가 부정과 파괴라는 방법론을 가진 긍정과 생성의 시학, '부정의 거울'을 통해 현실을 부정하고 다시 그 현실을 부

---

2) 진형준, 「긍정에 감싸인 방법적 부정, 혹은 그 역」, 최승자, 『기억의 집』, 문학과지성사, 1989, 92~103쪽.

3) 이경호, 「삶의 긍정, 부정 혹은 그 사이」, 『세계의 문학』, 1989년 가을호, 417~421쪽.

정하는 '낭만주의적 충동'의 내면 풍경을 반성한다고 보았다. 최승자 시에서 이러한 '부정의 변증법'은 시인의 세계 인식의 틀이면서 동시에 미적 조직화의 원리로[4] 이해하고 있다.

장석주는 최승자의 시는 공포와 치욕과의 싸움이며, 그것들을 가져온 '아버지'와의 싸움이자, 그 공포와 치욕에 대한 방법적 부정이라고 지적했다. 이때 최승자 시에 나타난 아버지는 우리 삶에 억압적 권력을 휘두르며 심리적 억압의 아버지로 존재했던 독재자들을 비판 부정한 것으로 파악하고 있다.[5]

심은정은 최승자의 작품 속 비속어의 난무와 곳곳에 드리워진 죽음의식, 또 본격적인 부정의 정신의 추구를 '부정적 서정성'[6]이라고 명명하면서 최승자의 시가 전통적 여성시와는 달리 다소 부정적인 요소를 품고 있는 서정성이라고 보았다.

이와 같이 기존의 논의에서는 최승자 시에 나타난 부정의 정신을 주로 외부적 상황에 초점을 맞췄는데, 본고에서는 그 범위를 외부적 상황은 물론 내면세계까지 더 확장하여 살펴보기로 한다.

다시 말해서 최승자의 시는 70년대의 유신 체제 아래서의 참혹한 기억과 80년대 초반의 폭력적인 사회 통제와 밀접한 연관을 갖는다.[7] 무엇보다도 "70년대는 공포였고/ 80년대는 치욕이었다./ 이제 이 세기말은 내게 무슨 낙인을 찍어줄 것인가"(「세기말」, 『내 무덤』, 36쪽)라

---

4) 이광호, 「위반의 시학, 혹은 신체적 사유—최승자론」, 『위반의 시학』, 문학과지성사, 1993, 148~151쪽.

5) 장석주, 「죽음, 아버지, 자궁, 그리고 시쓰기—최승자론」, 『문학, 인공정원』, 프리미엄북스, 1995, 103쪽, 111쪽.

6) 심은정, 「최승자론—〈부정적 서정성〉을 중심으로」, 동국대 석사논문, 2001, 7~8쪽.

7) 이광호, 앞의 글, 160쪽.

는 고백과 "80년대는(그보다 더욱, 70년대는) 나에겐 하나의 가위눌림 이었다"(「'가위눌림'에 대한 시적 저항」)라는 고백을 통해 볼 때, 최승자 시인의 부정의 정신은 시대로부터 온 것임을 알 수 있다. 그러나 시인은 이 시대에 "외부적 억압 구조, 그리고 그것으로 하여 내면에 자리 잡게 된 내면적 억압 구조의 압력에 시달리고"[8] 있었다. 본고에서는 최승자 시에 나타난 부정의 정신이 외부적 억압 구조에 기인하는 것에 공감하면서도 내면적인 억압 구조에 기인하는 점에 초점을 맞춰 논지를 전개하기로 한다.

그런데 최승자 시인의 어린 시절과 가정환경을 엿볼 수 있는 글은 거의 찾아볼 수 없다. 어린 시절에 관한 글로는 「유년기의 고독 연습」과 「나의 유신론자 시절」이 있다. 어머니에 대한 언급은 「197×년의 우리들의 사랑」, 「즐거운 일기」, 「북」, 「부질없는 물음」, 「無題 1」, 「無題 2」, 「對敵」, 「下山」 등의 시에 나타나고, 아버지에 대한 언급은 「다시 태어나기 위하여」에 짧게 나타나 있을 뿐이다. 따라서 최승자 시인의 전 생애를 지배하는 부정의 정신이 어떻게 형성되었는지 알 수 있는 글은 쉽게 찾아보기 어렵다. 본고에서는 최승자 시인이 쓴 시집과 산문집을 통해 그녀의 의식 세계를 유추해 보기로 한다.

최승자의 시를 읽는 데는 상당한 고통이 수반된다. 왜냐하면 최승자 시에 나타난 부정의 정신은 내용뿐 아니라 시를 표현하는 형식상의 문제, 곧 난무하는 욕설과 비어들에도 나타나기 때문이다. 이런 부정의 정신은 최승자 시인의 초기 시에서부터 발견되는데, 본고에서는

---

8) 최승자, 「'가위눌림'에 대한 시적 저항」, 『한 게으른 시인의 이야기』, 책세상, 1989, 162~163쪽.

그 부정의 정신이 어디에서 비롯되며, 긍정에 도달하기 위해 철저하게 세상과 자신을 부정한 양상은 어떠한지 살펴보기로 한다.

2. 부정의 정신의 기원

먼저 부정의 정신의 측면에서 작품의 시기에 따른 정서와 시 쓰기의 추이가 어떻게 달라져 갔는지를 살펴보기로 한다. 지금까지 8권의 시집과 2권의 산문집을 출간한 최승자의 시세계는 시기별로 다음과 같은 특징을 나타낸다.

1시집 『이 時代의 사랑』(1981)의 특징은 시인이 자신의 존재뿐만 아니라 삶의 진정한 가치를 향해 절망적인 호소를 하고 있다는 점이다. 2시집 『즐거운 日記』(1984)에 나타나는 부정은 철저한 긍정에 도달하기 위해 수행하는 '전체 아니면 無'라는 비극적 전망을 밀고 나간 점[9]을 보여준다. 장석주는 "그 1980년대의 치욕, 상처, 죽음을 개체성의 몸 체험으로 수렴하여 보여 주었다는 점에서 최승자라는 이름은 한 개별자의 이름을 넘어서서 1980년대적 시인의 보통명사이다."[10]라고 보았다. 정치적 · 현실적으로 암울한 80년대에 최승자는 비속어를 통해 극단적인 부정과 죽음 이미지를 드러낸다.

3시집 『기억의 집』(1989)의 특징은 타자를 향한 열린 마음과 열린 몸으로 변모하는 과정의 고통스러움과 눈물겨움[11]을 보여줌으로써 세계에 대한 부정의 정신이 다소 완화된다. 4시집 『내 무덤, 푸르고』

9) 최승자, 『즐거운 日記』, 문학과지성사, 1984, 2쪽.
10) 장석주, 「고독한 자의식의 신음 소리 최승자」, 앞의 책, 878쪽.
11) 최승자, 『기억의 집』, 문학과지성사, 1989, 2쪽.

(1993)의 특징은 시인이 몸으로의 시 쓰기를 통해 자신과 세계에 대한 성찰로 나아가는 모습을 보여준다.

5시집 『연인들』(1999)의 특징은 비극적인 상징체계[12] 속에서 자신의 몸과 내면을 되돌아보는 시들을 담고 있어 새로운 출발의 징후를 보여준다. 이때 시인은 '사랑'이야말로 자신이 걸어가야 할 길임을 깨닫는데, 이는 세계에 대한 대결 혹은 저항에서 한 차원 승화된 사랑을 뜻한다.

『즐거운 日記』 표지

십여 년의 긴 침묵 끝에 나온 6시집 『쓸쓸해서 머나먼』(2010)에서는 절망과 죽음의 심연만을 집요하게 응시하던 시인의 시선이 비로소 바깥과 미래를 향해 열리는 감각적 총체의 순간이 펼쳐지고 있다.[13] 시인은 2001년 정신분열증을 앓은 연유로 오랫동안 침묵하다가 새로운 세계로의 열린 모습을 보여준다.

---

12) 최승자는 詩作과 번역 활동을 병행했는데, 지금까지 8권의 시집과 2권의 산문집, 그리고 20권이 넘는 책을 번역했다. 번역서로는 『울어라 사랑하는 조국이여』(1978), 『빈센트, 빈센트, 빈센트 반 고흐』(1981), 『자살의 연구』(1982), 『한낮의 어둠/ 빵과 포도주』(1982), 『짜라투스트라는 이렇게 말했다』(1984), 『침묵의 세계』(1985) 등이 있다. 최승자의 번역 텍스트와 창작시는 밀접한 관계에 있을 것으로 추정해 볼 수 있다. 『빈센트, 빈센트, 빈센트 반 고흐』, 『자살의 연구』, 『짜라투스트라는 이렇게 말했다』와 초기 시 『이 時代의 사랑』과 『즐거운 일기』의 영향 관계를 살펴보는 것도 의미 있는 작업일 것이다. 또한 최승자는 『연인들』(1999)에 앞서 데이비드 폰태너의 『상징의 비밀』(1998)을 번역 출간했다. 이 둘의 관계, 즉 詩作과 번역은 시인의 의식세계를 형성하는 데 영향 관계가 있을 것으로 추정된다.

13) 최승자, 『쓸쓸해서 머나먼』, 문학과지성사, 2010, 2쪽.

이어서 나온 7시집 『물 위에 씌어진』(2011)에 실린 시들은 전부가 정신과 병동에서 씌어진 것들로[14] 80년대를 통과하면서 보여주었던 언어의 독기가 어느 정도 제거되어 있다.

또 8시집 『빈 배처럼 텅 비어』(2016)에서는 시인을 남성의 타자가 아닌 주체로서의 여성으로 다시 태어난, 여성으로서 출생신고를 한 우리 시대의 첫 번째 시인[15]으로 규정하고 있다.

『물 위에 씌어진』 표지

이러한 시기별 특징을 토대로 최승자 시에 나타난 부정의 정신의 기원을 살펴보되, 그에 앞서 부정의 의미를 알아보기로 한다.

부정은 역사 발전의 모태이자, 인간 이성이 지닌 힘이다. 그러나 부정이 갖는 창조적 속성 이면에는 파괴적 속성 또한 도사리고 있다. 따라서 부정이 지닌 파괴적 힘이 부정하는 대상을 향해 창조적으로 적용되지 못할 때, 부정은 다만 파괴적 결과만을 낳게 된다. 이러한 '부정의 파괴적 속성'은 '비극성의 원인'으로 간주되기도 한다. 또한 내면으로 스며든 부정의 파괴적 에너지는 병적으로 전이되어 '광기'와 '죽음에 대한 열망'을 낳게 된다.[16]

최승자 시에 나타나는 죽음 의식은 자기 자신의 존재와 세계를 부정하며 인간의 본질인 외로움을 수반한다. 「외로움의 폭력」에서 시적

---

14) 최승자, 「시인의 말」, 『물 위에 씌어진』, 천년의시작, 2011, 6~7쪽.
15) 최승자, 『빈 배처럼 텅 비어』, 문학과지성사, 2016, 속표지 글.
16) 정선아, 「"not to be": Hamlet의 부정의 정신」, 서울대 석사논문, 2001, 1~4쪽.

화자는 "외로움의 총구"를 "죽음으로도 끌 수 없는/ 고독의 핏물"(『사랑』, 66쪽)이라고 하는데, 외로움은 시인에게 있어서 깊은 심연이며 공포로 작용한다. 그것은 엄청난 심연으로서 「散散하게, 仙에게」에서 "드디어는 내 발목을 나꿔챌/ 무지몽매한 이 심연"(『日記』, 70~72쪽)으로 나타나기도 한다. 심연은 자신의 존재를 집어삼킬 듯한 거대한 아가리로, 인생의 깊이를 말한다. 바닥도 보이지 않는 존재에의 커다란 구멍, 그 심연의 세계가 시인에게 공포로 다가온 것이다.

> 근본적으로 세계는 나에겐 공포였다.
> 나는 독 안에 든 쥐였고,
> 독 안에 든 쥐라고 생각하는 쥐였고,
> 그래서 그 공포가 나를 잡아먹기 전에
> 지레 질려 먼저 앙앙대고 위협하는 쥐였다.
> —「악순환」, 『日記』, 86쪽

이 시에서도 세계는 공포로 작용하고 있다. 시적 화자인 "나"는 공포라는 독 안에 든 쥐고, 그렇게 생각하는 쥐이며, 공포를 향해 위협하는 쥐로 나타나고 있다. 이렇듯 자신과 세계를 부정하면서 상당한 두려움으로 다가오는 공포 속에 시적 화자는 「일찍이 세계는」에서 "일찍이 세계는/ 내 실패들의 전시장"이며, "내 상처들의 쓰레기 더미"라고 고백하고 있다. "그리하여 지금 알 수 없는 곳에서/ 흐르는 빗물은 모두가 나의 피"(『기억』, 19쪽)인 것이다. 이처럼 세계를 향한 시인의 인식은 절망적이다.

어떤 아침에는, 이 세계가
치유할 수 없이 깊이 병들어 있다는 생각.

또 어떤 아침에는, 내가 이 세계와
화해할 수 없을 만큼 깊이 병들어 있다는 생각.
—「어떤 아침에는」, 『기억』, 20쪽

이 시는 최승자 시인의 근원을 알 수 있는 중요한 단서를 제공해 준다. 시적 화자는 이 세계가 병들었으며, 자신도 그 병든 세계와 화해할 수 없을 만큼 깊이 병들어 있다고 생각하고 있다. 즉 자신을 둘러싼 세계와 그 세계 속에 살고 있는 시적 화자 모두가 깊이 병들어 있는 것이다. 시적 화자에게 있어서 병들어 있다는 생각은 죽음 의식과 외로움과 함께 오랫동안 내재되어 있었던 것으로 추정해 볼 수 있다. 이처럼 최승자 시에 나타난 부정의 정신은 자기 자신을 부정하고 자신을 둘러싼 현실을 부정한 데서 그 기원을 찾을 수 있다.

긍정을 얻기 위해 출발한 부정의 정신은 4시집에 이르러서도 시적 화자가 자아 안에 갇혀 있음을 보여준다.「未忘 혹은 備忘 2」에서 "목숨은 처음부터 오물"(『내 무덤』, 12쪽)이라는 시적 화자의 인식은 자기 존재에 대한 모멸감으로까지 나아간다.「未忘 혹은 備忘 8」의 "내 무덤, 푸르고/ 푸르러져/ (중략)/ 그때 비로소/ 삶 속의 죽음의 길 혹은 죽음 속의 삶의 길/ 새로 하나 트이지 않겠는가"(『내 무덤』, 18쪽)라는 구절에서 시적 화자는 무덤 안에 있다. 그 무덤은 푸르고, 그 푸르름의 흔적조차 없어졌을 때, 인간의 원초적인 고독을 보여준다.「未忘 혹은 備忘 13」에서는 그 고독 속에 "죽음의 길" 혹은 "삶의 길"이 있는데, 시적 화자는 "온몸 온 정신이 방패"(『내 무덤』, 23쪽)인 것을 보여주고 있다.

> 생각해보면, 살고 싶다고 생각한 적이 한번도 없는 것 같습니다.
> 그게 내 죄이며 내 업입니다.
> 그 죄와 그 업 때문에 지금 살아 있습니다.
> —「근황」, 『내 무덤』, 51쪽

「근황」 2연에서도 최승자 시인을 이해하는 데 결정적인 단서를 찾을 수 있다. "살고 싶다고 생각한 적이 한번도 없"으며, "그 죄와 업 때문에" 살아 있다는 발언은 시인의 의식세계를 탐구하는 데 있어서 상당히 중요하다.

> 나는 언제나 나 자신으로 꽉 차 있어서 나 외부의 것에는 흥미를 느낄 여유가 없는 것인지도 모른다. 그리고 나를 꽉 채우고 있는 그 나 자신은 죽음처럼 송장처럼 내 내부에 누워 있기만 한다. 이내 내부의 송장을 어서 치워버리지 않으면 나는 언제나 이 모양 이 꼴로 살아야 할 것이다. (중략) 모든 게 그 내 안의 송장 때문이다. 이걸 어떻게 치워버리나. 이 송장이 사십 몇 년 동안 내 안에서 살면서 나의 생명력과 활력을 갉아먹고 있었다는 생각이 든다.[17)]

> 나는 너무 나 자신으로 가득 차 있다. 아니 그게 아니다. 나 자신으로 차 있는 것도 아니다. 쓸데없는, 나와는 별로 관계없는 생각들로

---

17) 최승자, 『어떤 나무들은-아이오와 일기』, 세계사, 1995, 236~237쪽.

가득 차 있다. 한 생각이 나면 그 생각이 또 다른 생각을 낳고 끊임없이 뭔가가 줄줄이 이어지고 있기 때문에 시선이 바깥쪽으로 쏠리려 들질 않는 것이다.[18]

이와 같이 자아에 갇혀 외부 세계와는 단절된 채 자기 자신에게만 집착하여 살았던 것이야말로 최승자 시인의 부정의 정신을 형성하는 바탕이 되고 있다. 한 인터뷰 기사(「최보식이 만난 사람」, 『조선일보』, 2010.11.22)에 의하면, "현실에서 시인은 5년 전부터 '기초생활수급대상자'"였다고 한다. 시인은 문단(文壇)에 나오기 전부터 삶의 허무를 알았고, 세계문학전집을 독파하면서 거기에 나오는 숱한 인물의 삶과 죽음들이 모두 내면화된 허무함을 느꼈으며, 그때 이미 시인은 세상과 운명의 본질을 다 봐 버린 것이다.

그녀는 가족이 없었다. 서울의 세 평짜리 고시원과 여관방에서 밥 대신 소주로, 정신분열증으로, 불면의 시간으로, 죽음의 직전 단계까지 간 그녀를 찾아내 2년 전 포항으로 데려온 이가 외삼촌이었다. (중략) 한때 문학은 대단하게 보였으나 (중략) 시를 쓰는 일이 시시해졌어요. (중략) 다섯 권의 시집을 내면서 난 이미 세상의 모든 것을 다 봤다는 느낌이었습니다. 삶이 한번 나서 죽는 것도 허무하고, 내가 묶여 있는 사회와 체제, 문명도 허망하기는 마찬가지였어요. 이를 초월하는 어떤 세계로 끌려 들어간 것이지요. 1994년 아이오와대학 초청으로 넉 달간 미국서 지내면서 점성술을 접한 것도 계기가 됐어요.

---

18) 최승자, 위의 책, 284~285쪽.

(중략) 선정적인 잡지를 뒤적거리다가 '오늘의 운세' 같은 '별자리점'을 보게 됐고, '나는 쌍둥이좌인데 (중략)' 이렇게 시작됐어요. 물론 그전부터 준비된 것이었어요.(포항-포항의료원, 외삼촌-신갑식—「최보식이 만난 사람」에 의거해 인용자 정리)

이렇듯 시인의 외로운 고발은 외부적 억압 구조뿐만 아니라 곳곳에서 나타나는 무수한 절망과 좌절, 고통, 죽음 의식, 불안 등이 시인의 내부에 잠재되어 있다가 마침내 2001년 발병한 것으로 추정된다. 여기에서 거론할 것은 긍정의 부정이 고통을 만들어내는 것이 아니라 고통의 경험이 부정을 인식하게 한다[19]는 것이다. 레비나스는 "무자유(non-freedom) 혹은 고통을 당하는 것에서 중요한 것은 부정(not)보다 더 부정적인 상처란 이름으로 대두된다는 사실이다. 악의 부정성은 아마도 모든 논리적 부정(not)의 근원이요, 핵일 것이다"라고 주장한다. 즉 고통이 부정의 핵이라면 고통이 부정적인 것이 아니라 고통을 통해서 부정이 태어나고 부정을 인식한다[20]는 것이다. 이처럼 최승자 시인이 겪은 현실이라는 외부적 억압 구조와 그 이면에 놓인 내면적 억압 구조에 의해 부정의 정신이 형성된 것임을 알 수 있다.

3. 부정의 정신의 세 가지 양상

(1) 불안

---

19) 손봉호, 『고통받는 인간』, 서울대학교출판문화원, 2011, 42쪽.
20) 손봉호, 위의 책, 48쪽.

키에르케고르의 『불안의 개념 The Concept of Anxiety』은 저자 자신의 개인사에 깊은 뿌리를 두고 있다고 한다. 이 책에는 키에르케고르의 심층적 정서가 형상화되어 있는데, 그것은 한마디로 "무(無)에서 비롯되는 불안"이라고 할 수 있다. 불안은 키에르케고르를 탈선하도록 만든다. 그는 "내 아버지가 나의 영혼에 채워넣었던 불안을, 아버지 자신의 무서운 우울을, 그리고 운명을 나는 여기에 적을 수도 없다. 나는 그리스도교에 대한 불안에 빠졌다. 그런데도 그 불안에 저항할 수 없는 매력을 느꼈다"[21]라고 기술하고 있다. 키에르케고르에게 있어서 불안은 단순한 예감 이상의 것이었다. 불안은 그의 삶 구석구석에 스며들어 있었으며 또 그의 삶에서 가장 근원적인 것이었다. 한마디로 그를 사로잡은 불안은 무(無)에서 비롯되는 존재론적 불안이다. 그는 이런 불안을 "무(無)의 불안"[22]이라고 부른다.

일찌기 나는 아무 것도 아니었다
마른 빵에 핀 곰팡이
벽에다 누고 또 눈 지른 오줌 자국
아직도 구더기에 뒤덮인 천년 전에 죽은 시체.

아무 부모도 나를 키워 주지 않았다
쥐구멍에서 잠들고 벼룩의 간을 내먹고
아무 데서나 하염없이 죽어 가면서

---

21) 키에르케고르, 임규정 옮김, 『불안의 개념』, 한길사, 2006, 52쪽.
22) 키에르케고르, 위의 책, 52~55쪽.

일찌기 나는 아무 것도 아니었다

—「일찌기 나는」, 『사랑』, 13쪽

불안은 두려워하는 것에 대한 갈망이며 일종의 공감적 반감이다. 불안은 얽매인 자유인 바, 여기 불안에서 자유는 자기 자신에 있어서(in sich selbst, 즉자적으로) 자유롭지 않으며 오히려 얽매여 있다. 그것도 필연성에 의해서가 아니라, 자기 자신에 있어서(즉자적으로) 그렇다. 다시 말해 불안은 자유의 현기증[23]인 것이다.

「일찌기 나는」에서 시적 화자는 '나'를 "아무 것도 아닌" 것으로 비하하고 있는데, 이는 자신의 존재에 대한 불안의 모습을 보여준다. 일찍이 시적 화자인 나는 "곰팡이"이며 "오줌 자국"이고 "죽은 시체"라는 부정의 정신을 드러낸 바 있다. 이와 같이 최승자의 시들은 노골적인 풍자와 야유, 냉소, 욕설이나 비속어, 그로테스크한 표현 등을 통해 세계의 부정성을 섬뜩하게, 사실적으로 보여준다.[24] 지은경은, 이 시에서 화자는 부모와의 관계조차 부정하고 있는데, 이것은 가부장제의 권위적인 아버지에 의해 가족 관계가 해체되었다는 것을, 다시 말해 화자는 현실적인 아버지의 존재를 부정하는 것이 아니라 아버지로 대표되는 가부장제를 부정하고 있음을 지적하고 있다.[25] 이광호는 "이러한 '부정의 변증법'을 시인의 세계 인식의 틀이면서 동시에 미적 조직화의 원리"로 보고, "병든 세계에 대한 부정을 동시에 밀고 나가는 시적 전략"[26]으로 보고 있다. 이것은 우리 삶에 억압적 권력을 휘두르

---

23) 키에르케고르, 위의 책, 161쪽, 173쪽, 198쪽.

24) 구유미, 「최승자 시 연구」, 한국교원대 석사논문, 2005, 67쪽.

25) 지은경, 「최승자 시 연구-실존의식과 페미니즘을 중심으로」, 명지대 박사논문, 2007, 46쪽.

던 독재자들의 외부적 억압 구조에서 오는 불안일 뿐만 아니라 시적 화자의 자기비하라는 내면적 억압 구조에서 오는 불안을 보여준다.

대낮에 서른 세 알 수면제를 먹는다.
희망도 무덤도 없이 윇속에 내리는
무색 투명의 시간.
온몸에서 슬픔이란 슬픔,
꿈이란 꿈은 모조리 새어나와
흐린 하늘에 가라앉는다.
보이지 않는 적막이 문을 열고
세상의 모든 방을 넘나드는 소리의 귀신.
(나는 살아 있어요 살 아 있 어 요)
소리쳐 들리지 않는 밖에서
후렴처럼 머무는 빗줄기.

죽음 근처의 깊은 그늘로 가라앉는다.
더 이상 흐르지 않는 바다에 눕는다.
—「수면제」 전문, 『사랑』, 77쪽

이 시에서 시적 화자는 불안한 나날을 보내기 때문에 잠도 오지 않고 대낮에 서른세 알의 수면제를 먹는 모습을 보여준다. 이것은 잠을 자고자 하는 욕구를 넘어서 죽고 싶은 욕망의 절정을 보여준다. 온몸

---

26) 이광호, 앞의 글, 151쪽, 163쪽.

에서 슬픔이란 슬픔, 꿈이란 꿈은 다 새어나와 시적 화자는 불안하다. 시적 화자는 고요함 속에 소리의 귀신이 되어 "(나는 살아 있어요 살아 있 어 요)"라고 외치고 싶지만 그것도 판단 중지인 상태에 머물러 있다. 다만 시적 화자는 빗줄기 속에 죽음의 그늘로 깊이 가라앉을 뿐이다. 시적 화자가 왜 수면제를 먹으며, 그 슬픔의 근원은 무엇인지 구체적으로 나타나 있지는 않지만, 시적 화자의 의식 속에는 존재에 대한 불안, 살아 있지만 죽음과 더 친근한 모습이 잘 나타나 있다.

> 깊은 밤 하늘 위로
> 숨죽이며 다가오는 삿대 소리.
> 보이지 않는 허공에서
> 죽음이 나를 겨누고 있다.
> 어린 꿈들이 풀숲으로 잠복한다.
> 풀잎이 일시에 흔들리며
> 끈끈한 액체를 분비한다.
> 별들이 하얀 식은 땀을 흘리기 시작한다.
> 쨍! 죽음이 나를 향해 발사한다.
> 두 귀로 넘쳐오는 사물의 파편들.
> 어둠의 아가리가 잠시 너풀거리고
> 보라! 까마귀 살점처럼 붉은 달이
> 허공을 흔들고 있다.
> ―「불안」 전문, 『사랑』, 88쪽

「불안」[27]은 「북」, 「걸인의 노래」, 「허공의 여자」와 함께 『문학과 지성』에 게재된 시다. 이 시에서는 시적 화자를 향해 겨냥해오는 죽음으로 인해 시적 화자가 불안해하는 면을 볼 수 있다. 아직 피어보지 못한 "어린 꿈들"은 풀숲으로 잠복하고, 풀잎들은 일시에 흔들리는 모습을 보여준다. 별들마저 이상 징후를 보이는 속에 죽음이 시적 화자인 나를 향해 발사하자 사물들은 파편화되는 양상을 보여준다. 이 시는 최승자 시인이 1973~1976년 사이에 쓴 작품이지만 정확한 창작 연도를 알 수 없다. 그러나 유신시대에 학교에서 쫓겨나는 고통 속에 쓴 작품으로 추정해 본다면, 시대로부터 오는 외부적인 억압 구조 이면에 존재에의 불안 속에 삶을 살아야 하는 내면적인 억압도 함께 작용하고 있음을 고려해 볼 수 있다.

> 팽팽한 초록빛 눈알을 번들거리며
> 내 앞에서 공포는 무럭무럭 자라오른다.
> 바오밥나무처럼 쳐내도 쳐내도
> 무한정 뻗어 나가면서
> 불면의 밤, 불면의 房을
> 쑥대밭처럼 뒤헝클어 놓는다.
> —「호모 사피엔스의 밤」, 『日記』, 89쪽

이제 존재에의 불안은 공포를 부른다. 그 공포 속에 "불면의 밤"이

---

27) 『이 時代의 사랑』에 실린 「불안」이 『문학과 지성』 11권 2호(1980년 여름호, 502쪽)에 발표되었을 때의 표기는 다음과 같다. 시집의 표기와 다른 부분만 인용하기로 한다. "별들이 하얀 <u>식은땀을</u> 흘리기 시작한다./ (중략) / <u>보라,</u> 까마귀 살점처럼 붉은 달이/ 허공을 흔들고 있다./ <u>댓잎의 손끝이 파랗게 터져 있다.</u>"

"불면의 房"에 넘쳐난다. 「기억하는가」에서는 "네가 전화하지 않았으므로/ 나는 잠을 이루지 못했다./ 네가 다시는 전화하지 않았으므로/ 나는 평생을 뒤척였다"(『기억』, 47쪽)라면서 타인과의 관계 단절로 인해 잠을 이루지 못하고, 평생을 뒤척이는 시적 화자의 모습을 볼 수 있다. 이는 시적 화자가 자아 안에 갇혀 번민하는 내면적인 불안의 모습을 잘 드러내고 있다. 이처럼 최승자 시에는 시대로부터 오는 불안과 자신의 내부에 존재하는 근원적인 불안이 함께 작동하고 있는 것이다.

(2) 절망

키에르케고르는 『죽음에 이르는 병 The Sickness Unto Death』에서 절망을 죽음에 이르는 병인 동시에 죄로 규정하고 있다. 즉 키에르케고르는 죄를 하느님 앞에서, 혹은 하느님에 대한 생각으로, 절망에 빠져서 자기 자신이기를 원하지 않는 것(연약함의 절망), 혹은 절망에 빠져서 자기 자신이기를 원하는 것(반항), 절망으로서의 '죄'에 반대되는 '믿음'[28]으로 보고 있다. 그리스도교적 관점에서 보자면, 그 어떤 세속적, 육체적 질병도 죽음에 이르는 병이 아닌데, 왜냐하면 죽음은 사실 모든 질병의 끝이기는 하지만, (궁극적인) 끝은 아니기 때문이다. 만일 엄밀한 의미에서 죽음에 이르는 병에 대한 그 어떤 물음이 있다고 한다면, 그 병은 곧 그 끝이 죽음이고 또 죽음이 그 끝인 그런 질병이어야 한다. 키에르케고르는 이것을 바로 절망이라고 한다. 이때 절망이 죽음에 이르는 병이라는 것은 죽으려 해도 죽을 수 없는 암담함, 즉 영원히 죽어가야 하는, 또 죽어가면서도 죽을 수 없는, 죽음을 죽어야 하는 이 고통

28) 키에르케고르, 임규정 옮김, 『죽음에 이르는 병』, 한길사, 2012, 157쪽.

스러운 모순, 이러한 자기의 질병이라는 의미[29]에서이다. 이런 점에서 세상은 충분히 고통스러우며 이러한 고통을 인식하는 자기 자신에게 절망하는 것, 그 절망에 빠져서 자기 자신으로부터 벗어나고 싶어 하는 것—이것이야말로 모든 절망에 대한 공식이다. 이때 죽음은 병의 최후가 아니며, 다만 죽음은 끊임없이 계속되는 최후일 뿐이다. 죽음에 의해 이 병에서 벗어나는 것은 불가능한 일인데, 왜냐하면 이 병과 이 고통—그리고 죽음—은 바로 이처럼 죽을 수 없는 무력함이기 때문이다.[30] 따라서 절망과 죽음 의식은 밀접한 관계에 있다고 할 수 있다.

「버려진 거리 끝에서」 1연과 3연에서 시적 화자는 "아직 내 정신에서 가시지 않는/ 죄의 냄새, 슬픔의 진창의 죄의 냄새./ (중략) / 풍지박산되는 내 뼈를 보고 싶다./ 뼈가루 먼지처럼 흩날리는 가운데/ 흐흐 웃고 싶다"(『사랑』, 26쪽)라면서 꿈과 죄를 걸치고 쏜살같이 달려 풍비박산되는 자신의 뼈를 보고 싶어 할 정도로 절망에 빠져 있다. 이때 절망은 절망에 빠져서 자기 자신이기를 원하지 않는 연약함의 절망으로 유추해 볼 수 있다.

나는 한없이 나락으로 떨어지고 싶었다.
아니 떨어지고 있었다.
한없이
한없이
한없이

29) 키에르케고르, 위의 책, 63~64쪽.
30) 키에르케고르, 위의 책, 68~70쪽.

....

......

...

아 쌰!(왜 안 떨어지지?)

—「꿈꿀 수 없는 날의 답답함」 전문, 『사랑』, 27쪽

위 시에서는 시적 화자가 나락으로 떨어지는 모습을 점선을 통해 시각적으로 보여주고 있다. 한없이 나락으로 떨어지고 싶은 마음은 절망적인 상태를 보여주지만, 그것도 마음대로 되지 않는다.

「과거를 가진 사람들」에서는 "절망하기 위하여 밥을 먹고/ 절망하기 위하여 성교"(『사랑』, 31쪽)를 하는 사람들의 모습을 보여준다. 밥을 먹는 행위도, 성교하는 모습도 다 절망하기 위해서 존재한다. 그 절망은 「내 청춘의 영원한」에서 "이것이 아닌 다른 것을 갖고" 싶고, "여기가 아닌 다른 곳으로 가고" 싶은 "괴로움/ 외로움/ 그리움"으로 "내 청춘의 영원한 트라이앵글"(『사랑』, 48쪽)으로 작용한다. 그 절망은 「부질없는 물음」에서 "세상을 향한/ 내 울음의 통로"를 만들고, "꿈에도 그리운 아버지 태양"과 "어머니이신 세상"에서 "내 존재를 알리는 데에는/ 이 울음의 기호밖에"(『사랑』, 58쪽) 없음을 보여준다. 이때 울음은 자신을 드러내는 유일한 기호이다. 「술독에 빠진 그리움」에서는 "벼락치는 그리움에/ 절망이 번개 광선처럼/ 그녀의 뇌 속에 침투"(『사랑』, 61쪽)하는 모습을 보여준다. 절망은 쓰디쓴 뿌리이다. 「1986년 겨울, 煥에게」에서 시적 화자는 "하늘에서 누가 거대한 모터를 돌리고" 있는 것 같은 환청을 들으며 "내가 믿는 것은/ 오늘의 절망, 절망의 짜장면"(『기억』, 74~75쪽)임을 고백한다. 「前夜」 1연과 5연에서

는 “그러나 내 방의 내부만은/ 내 방의 내부 속에 닫혀 있다// (중략) // (경험이 네 어머니이며/ 未知가 네 아버지인 것을)”(『기억』, 90~91쪽) 보여준다. 시적 화자는 경험과 미지(未知) 사이를 왕복하고 있는데, 이때 시적 화자의 경험은 겹겹의 자아 안에 갇혀 있는 절망의 세계이고, 미지의 세계는 죽음의 세계로 연결된다. 이만큼 시적 화자의 절망은 고통 속에 극에 달한 모습을 보여준다.

> 내 희망이 문을 닫는 시각에
> 너는 기어코 두드린다.
> 나의 것보다 더욱 캄캄한 희망 혹은 절망으로.
>
> 벽도 내부도 없이
> 문만으로 서로 닫혀진
> 이 열린 희망의 감옥.
>
> 네 절망이 문을 닫는 시각에
> 나는 기어코 두드린다.
> 너의 것보다 더욱 캄캄한 절망 혹은 희망으로.
> —「희망의 감옥」 1, 『기억』, 56쪽

이 시에서는 “희망”이 곧 “감옥”임을 보여준다. 이전의 시들과 달리 긍정을 내포하는 “희망”이란 시어가 나타나지만, 그 “희망”은 “절망”과 불가분리의 관계에 있음을 보여준다. “내 희망이 문을 닫는 시각”에 문을 두드리는 것은 “나의 것보다 더욱 캄캄한 희망 혹은 절망”이고, “네 절망이 문을 닫는 시각”에 문을 두드리는 것은 “너의 것보다 더욱 캄캄한 절망 혹은 희망”인 것이다. 여기에서는 “희망”도 “절망”도 모두 캄캄한 것으로 그려지고 있다. 그러기에 “희망”은 “절망”이 깔린 감옥인 것이다.

다스려야 할 상처가 딱히 또 있어서
내가 이 곳에 온 것은 아니다.
세계가 일평생이 상처였고
그 상처 안에 둥우리를 튼
나의 현재 또한 늘 상처였다.

가장 깨끗한 욕망 혹은
가장 더러운 절망을 짊어지고
나는 이 산으로 올라왔다.

모든 물질적 정신적 소비가
지겨워 나는 떠났다.
나는 소비를 위한 생산을 할
능력이 없는 사람이므로.
—「다스려야 할 상처가」 전문, 『기억』, 82쪽

이 시에서는 시적 화자가 온통 상처 입은 존재임을 보여준다. 세계는 “일평생이 상처”였고, “그 상처 안에 둥우리를 풀고” 살아가는 시적 화자인 “나의 현재 또한 늘 상처”였음을 고백하고 있다. 시적 화자는 이것을 "가장 깨끗한 욕망" 혹은 "가장 더러운 절망"이라고 명명하면서 문명 세계 속에서 모든 물질적 정신적 소비를 버리고 떠난다. 이는 외부적 억압 구조인 현실세계를 보여줄 뿐 아니라 자신의 내면적인 억압 구조인 절망의 상태를 잘 보여주고 있다. 이와 같이 최승자 시에 나타난 절망은 자신의 내면에 자리 잡은 불안과도 깊은 관계가 있음을 보여준다.

(3) 죽음 의식

최승자 시에 나타난 부정의 정신은 죽음이라는 메타포를 통해서 구현되고 있다. 윤향기는 최승자 시에서 죽음을 불러오는 표상을 시인의 내면에 억압되어 있는 트라우마에서 발전한 것[31]으로 보고 있다. 즉 최승자 시인은 군사문화로 대변되는 기성의 가부장적 질서에 대한 페미니즘적 성찰과 함께 자본주의적 허구에 대한 통렬한 자기비판적 글을 써오는 동안 부정(不貞)한 현실에 대한 지독한 자기부정의 의식이 형성되었다는 것이다. 다시 말해 최승자 시인에게 있어서 시는 절망을 가리기 위해 쓰는 가면이 아니라 절망을 드러내기 위한 장치로, 자신의 흔적을 남기기 위해 그녀는 가상의 페르소나인 죽음을 창조해냈다[32]고 보고 있다.

이렇듯 최승자 시에 나타나는 시적 화자는 인간의 생로병사 중의 하나인 병이 찾아올 것 같은 예감에 사로잡히며, 심지어 자신이 태어난 날조차 슬퍼하며 죽음을 노래하고 있다. 그 죽음의 세계에는 아무

31) 윤향기, 「한국 여성시의 트라우마 치유에 관한 무의식 비교 연구-최승자·김혜순을 중심으로」, 『비평문학』 48집, 2013, 283쪽.
32) 윤향기, 위의 글, 291쪽.

도 없으며, 「사랑받지 못한 여자의 노래」에서 "(허공에 그녀를 방임해 놓은/ 사랑의 저 무서운 손!)"(『사랑』, 47쪽)을 통해 죽음을 노래하기에 이른다. 시적 화자는 더욱 자신을 죽음으로 몰고가는 강한 부정의식을 보여준다. 「외롭지 않기 위하여」에서 "외롭지 않기 위하여/ 밥을 많이 먹고," "괴롭지 않기 위하여/ 술을 조금 마시며," "꿈꾸지 않기 위하여/ 수면제를 삼키며," 마지막으로 자신의 "두뇌의 스위치를 끄는"(『사랑』, 60쪽) 모습에서 죽음을 향한 동경과 끝없이 절망하는 모습은 끊임없이 자신에 대한 존재 부정의 모습을 보여준다. 그것이야말로 「이 시대의 사랑」에서 "죽음이 죽음을 따르는/ 이 시대의 무서운 사랑"(『사랑』, 75쪽)이 지배하는 세계임을 보여준다. 이 시대에 "시인이 할 수 있는 소위 가장 건설적인 일은 꿈꾸는 것이 고작이며, 그것도 아픔과 상처를 응시하는 '지극히 개인적인' 부정의 거울을 통해"(『사랑』, 뒤표지 글) 꿈을 꾼다. 이러한 부정의 정신은 슬픔, 고통, 죽음 의식에서 비롯된 시인의 생존방식이며, 사고방식이다. 죽음을 향한 집념은 「수면제」에서 "대낮에 서른 세 알 수면제를 먹는"(『사랑』, 77쪽) 자살충동이라는 고통스러운 삶의 여정을 드러내 준다.

이렇듯 존재의 불안은 2시집에 오면 죽음 의식과 혼재되어 첫 번째 시집에서 보이던 관념적이던 것이 생활 속에서의 양상으로 나타난다.

> 열망과 허무를 버무려
> 나는 하루를 생산했고
> 일년을 생산했고
> 죽음의 월부금을 꼬박꼬박 지불했다.

(중략)

궁창의 빈터에서 거대한 허무의 기계를 가동시키는

하늘의 키잡이 늙은 니힐리스트여,

(중략)

어느 날 그곳으로부터 죽음은

결정적으로 나를 호명할 것이고

—「끊임없이 나를 찾는 전화벨이 울리고」, 『日記』, 11~12쪽

이 시에서 시적 화자는 삶에 대한 열망과 그 이면에 놓인 허무를 버무려 "하루"를 생산하고, "일년"이라는 시간을 생산하며, "죽음의 월부금"을 꼬박꼬박 지불한다. 시적 화자는 그런 자기의 몸을 젊어서 이 세상을 다 살아버린 허무의 기계인 "늙은 니힐리스트"로 본다. 이런 2 시집에서의 죽음은 허무를 생산하는 기계에 비추어본 사회적인 죽음으로 확장된 것임을 보여준다.

또한 시적 화자는 「죽음은 이미 달콤하지 않다」 3연에서 "죽음은 이미 달콤하지 않다."(『日記』, 14쪽)라고 고백하고 있다. 세계의 셔터를 자신의 눈앞에서 내리는 것과 같은 죽음은 더 이상 달콤하지 않다. 또 「나날」 3연에서 시적 화자는 "치정처럼 집요하게," "죽음의 확실한 모습을 기다리고"(『日記』, 24쪽) 있고, 「주인 없는 잠이 오고」 3연에서는 "어느 날 나는 나의 무덤에 닿을 것이다./ 棺 속에서 행복한 구더기들을 키우며"(『日記』, 25쪽) 죽음의 종착역인 '무덤'에 가 닿기를 희망하고 있다. 「오늘 저녁이 먹기 싫고」에서는 "응답처럼 보복처럼, 나의 기둥서방/ 죽음이 나보다 먼저 누워/ 두 눈을 멀뚱거리고 있다"(『日

記』, 26~27쪽)라면서 죽음에 대한 집념을 펼쳐 보이고 있다. 그러나 그곳에서도 죽음은 두 눈을 감지 못하고 있다. 이처럼 2시집에서는 1시집에서보다 죽음 의식이 더 확장되어 나타나는 모습을 보여준다.

「그대들이 나를 찾을 때」 3연에서 시적 화자는 "내가 카인이며/ 그대들이 아벨인 이 시대에/ 내가 아는 지상 명제는/ 이 해가 지기 전에/ 나는 잠들어야 한다는 것"(『기억』, 50쪽)이라면서 계속 죽음에 대한 집념을 보여준다. 시적 화자는 자신은 카인이고, "그대들이 아벨인 이 시대"를 고민하고 있다. 이런 시대 속에 시적 화자가 아는 지상 명제는 단 하나, "해가 지기 전에" "잠들어야 한다"라는 사실이다. 이처럼 죽음에 대한 의식이 지속되는 한, 공포의 대상일 수밖에 없는 세계에서 시적 화자는 「오늘 밤 깊고 깊은」에서 "죽음만이 홀로/ 심장의 불"(『기억』, 54쪽)을 켜고 있다.

담배도 끝나고
커피도 끝나고
술도 끝나고
목숨도 끝나고
시대도 끝나고
오 모든 것이 끝났으면.

아버지 어머니도 끝나고
삼각 관계도 끝나고
과거도 미래도 끝나고
이승도 저승도 끝나고

오 모든 것이 끝났으면.

—「오 모든 것이 끝났으면」 1~2연, 『기억』, 77쪽

이 시에서 시적 화자는 절망에 젖어 담배도, 커피도, 술도, 목숨도, 시대도 끝나고, 심지어 아버지도 어머니도, 삼각관계도, 과거도 미래도, 이승도 저승도 끝나고, 이 모든 것이 끝나길 바라지만, 죽음은 쉽게 찾아오지 않는다. 이와 같이 1시집 『이 時代의 사랑』에서 비롯된 자신의 존재와 세계에 대한 부정은 2시집 『즐거운 日記』를 거쳐 3시집 『기억의 집』에 이르러서도 사그라들지 않는다.

전화기에서 검은 욕망의 피가 흘러나오고
티브이 화면에서 자본주의가 색을 쓰고
신문지상에서 활자들이 혼음한다.

(중략)
내가 원하는 것은 그저,

죽어서 콱
꿈도 없이 콱
부자도 빈자도 없이 콱
주류도 비주류도 없이 콱
극우도 극좌도 없이 콱
에잇, 콱 콱- 콱!
—「콱」 3~5연, 『내 무덤』, 32~33쪽

시적 화자는 「콱」에서도 꿈도 없는 죽음을 계속 원하고 있다. 전화기, 티브이, 신문, 자본주의, 부자, 빈자 등은 문명 세계를 보여준다. 전화기와 티브이와 신문지상에서 보여주는 욕망의 피와 자본주의, 활자들이 혼음하는 장면에서 시적 화자는 시대 속에서의 불안과 절망, 죽음 의식이 혼재하는 양상을 보여준다. 시적 화자는 부자도 빈자도, 주류도 비주류도, 극우도 극좌도 없이 콱 죽어 버리고 싶은 마음을 갖고 있다. 이처럼 최승자의 시는 "지금, 이곳의 세계를 근원이 상실된 삶의 세계로 파악하는 세계 자본주의의 구조에 대한 정직한 인식"[33]을 보여준다.

이로써 최승자 시에 나타나는 부정의 정신의 세 가지 양상인 불안, 절망, 죽음 의식은 서로 뒤섞여 있음을 알 수 있다. 즉 불안하기 때문에 절망하고, 절망하기 때문에 죽고 싶은 모습이 서로 긴밀히 연결되어 있음을 보여주고 있다. 이런 모습은 최승자 시에 나타나는 부정의 정신이 외부적 현실 세계에 기인하기도 하지만, 내면적 억압 구조에 크게 기인하고 있음을 추정해 볼 수 있다.

4. 시 쓰기의 의미

본고는 최승자의 지금까지의 시집이 1970~1980년대 시대적 폭압 속에서 발생된 외부적 억압 구조와 내면적 억압 구조의 언어적 결과물이란 전제 속에서 살펴보았다. 즉 최승자 시에 나타난 부정의 정신은 자기 자신을 부정하고 현실을 부정한 데 그 기원을 두고 있는 것이

33) 정과리, 「방법적 비극, 그리고—최승자의 시세계」, 최승자, 『즐거운 日記』, 1984, 109쪽.

다. 이는 시대로부터 오는 외부적 억압 구조와 내면적 억압 구조를 보여준다. 또 시적 화자는 살고 싶다고 생각한 적이 한 번도 없는 게 자신의 죄이며 업(「근황」)이라고 고백한다. 이런 부정의 정신의 근원이 되고 있는 내면적 억압 구조로는 불안, 절망, 죽음 의식 등을 들 수 있다. 실제 시인은 2001년 정신분열증을 앓기도 했고 그와 같은 현실적 물리적 국면들이 시인의 생활고와 겹치면서 그러한 전기적 사실들이 최승자 시의 부정의 정신을 완성시키고 있음도 살펴보았다.

첫째, 존재에의 불안의 모습은 병에 대한 예감, 고독, 공포의 병적인 요소들과 더불어 시인의 내면에 잠재되어 있다가 「일찌기 나는」, 「수면제」, 「불안」, 「호모 사피엔스의 밤」 등의 시에 잘 나타나 있다.

둘째, 키에르케고르에 의하면, 절망은 죽음에 이르는 병인 동시에 죄로 규정된다. 최승자 시인의 경우, 절망에 빠져 자기 자신이기를 원하지 않는 연약함의 절망의 모습이 「꿈꿀 수 없는 날의 답답함」, 「희망의 감옥」, 「다스려야 할 상처가」 등의 시에 잘 나타나 있다.

셋째, 최승자 시에 내재된 죽음 의식은 불안하기 때문에 절망하고, 절망하기 때문에 죽고 싶은 모습이 서로 혼재되어 나타난다. 「끊임없이 나를 찾는 전화벨이 울리고」, 「오 모든 것이 끝났으면」, 「콱」 등의 시에 그러한 면이 잘 나타나 있다.

그러나 시인은 죽음 충동을 극복하기 위해 시 쓰기에 전념하는 강한 의지를 보여준다. 시인은 시 쓰기를 통해 존재의 의미를 찾는데, 그것은 무의식의 놀라운 힘으로, 최승자 시인 자신뿐만 아니라 세상을 치유하는 시 쓰기임을 보여준다.

3장 최승자의 번역 텍스트와 초기 시:
고흐, 실비아 플라스, 짜라투스트라의 영향을 중심으로

1. 시 쓰기의 기원과 '고통의 시학'

최승자는 1979년 계간 『문학과 지성』 가을호에 「이 시대의 사랑」 외 4편을 발표함으로써 시단에 등장했다. 그녀는 시작(詩作) 활동과 번역 활동을 병행했는데, 지금까지 8권의 시집과 2권의 시선집, 2권의 산문집을 펴냈고 20권이 넘는 책을 번역·출간했다. 이에 필자는 최승자의 시 쓰기 작업이 그녀의 번역 텍스트와 밀접한 관계에 있다는 전제하에 최승자 시 쓰기의 기원을 탐색함은 물론 최승자의 초기 번역 텍스트와 초기 시의 영향 관계를 살펴보기로 한다. 지금까지 최승자가 출간한 책들의 목록을 분야별로 정리하면 다음 표와 같다.

〈표1〉 시집

서명	출판사	발행일
『이 時代의 사랑』	문학과지성사	1981.9.20
『즐거운 日記』	문학과지성사	1984.12.5

『기억의 집』	문학과지성사	1989.5.15
『내 무덤, 푸르고』	문학과지성사	1993.11.30
『연인들』	문학동네	1999.1.30
『쓸쓸해서 머나먼』	문학과지성사	2010.1.11
『물 위에 씌어진』	천년의시작	2011.7.15
『빈 배처럼 텅 비어』	문학과지성사	2016.6.16

〈표2〉 시선집

서명	출판사	발행일
『내게 새를 가르쳐 주시겠어요』	문학과비평사	1989.5.1
『주변인의 초상』	미래사	1991.10.30

〈표3〉 산문집

서명	출판사	발행일
『한 게으른 이야기』	책세상	1989.12.11
『어떤 나무들은-아이오와 일기』	세계사	1995.4.15

〈표4〉 번역서

연대	저자	저서	출판사	발행일	비고
1970년대	엘렌 페이튼	『울어라 조국이여』 『울어라 사랑하는 조국이여』로 서명 변경(4쇄부터)	홍성사	1978.8.15	장편소설
1980년대	어빙 스톤	『빈센트, 빈센트, 빈센트 반 고흐』	까치	1981.6.12	
	알프레드 알바레즈	『자살의 연구』	청하	1982.1.25	
	A. 케슬러	『한낮의 어둠』	한길사	1982.5.30	한 권으로 묶임 (장편소설)
	이그나치오 실로네	『빵과 포도주』	한길사	1982.5.30	
	프리드리히 니체	『짜라투스트라는 이렇게 말했다』	청하	1984.4.15	
	실바 다렐	『타인의 생』	선일	1985.4.20	내용은 같음 (일기)
		『끝이 보이는 언덕』	청탑서림	1988.12.26	
	막스 피카르트	『침묵의 세계』	까치	1985.8.10	
	빈센트 밀레이	『죽음의 엘레지』	청하	1988.12.30	
1990년대	프란시스 본/ 로저 월시 편저	『마음에는 기적의 씨앗이 있다』	고려원 미디어	1990.12.1	
	이사벨 아옌데	『영혼의 집』	둥지	1991.1.15	장편소설
	크리스티 브라운	『나의 왼발』	도서출판 대흥	1991.1.15	

	스코트 터러우	『무죄추정』	도서출판 대흥	1991.5.30	
	올리버 색스	『소생』	도서출판 대흥	1991.10.10	
	에리히 프롬	『존재의 기술』	까치	1994.12.10	
	바라티 무커르지	『자스민』	문학동네	1997.1.10	장편소설
	데이비드 폰태너	『상징의 비밀』	문학동네	1998.12.14	
	폴 오스터	『굶기의 예술』	문학동네	1999.6.8	
	메이 사튼	『혼자 산다는 것』	까치	1999.12.10	일기
2000년대	제럴드G. 잼폴스키	『어둠에서 벗어나 빛 속으로-내적 치유의 여행』	춘해대학 출판부	2000.8.30	김예숙과 공역
	제럴드G. 잼폴스키 · 패트리셔 합킨스 · 윌리엄 쎌포드	『죄책이여 안녕-용서를 통해 두려움을 방면하기』	춘해대학 출판부	2000.8.30	김예숙과 공역
	디팩 초프라	『학교에서 가르쳐 주지 않는 일곱 가지 지혜』	북하우스	2004.5.31	
	디팩 초프라	『중독보다 강한』	북하우스	2004.8.1	
	J.D. 샐린저	『아홉가지 이야기』	문학동네	2004.12.24	소설
	리처드 브라우티건	『워터멜론 슈가에서』	비채	2007.10.17	소설

표에서 보듯, 최승자는 엘렌 페이튼의 장편소설 『울어라 조국이여』를 홍성사에서 1978년 8월 15일에 출간하였다. 또 어빙 스톤이 쓴 『빈센트, 빈센트, 빈센트 반 고흐』를 번역하여 도서출판 까치에서 1981년 6월 12일에 출간하였고, 자신의 첫 시집 『이 時代의 사랑』을 문학과지성사에서 1981년 9월 20일에 출간하였다. 또한 알프레드 알바레즈의 『자살의 연구』를 번역하여 청하출판사에서 1982년 1월 25일에 출간하였다. 또 A. 케슬러의 장편소설 『한낮의 어둠』과 이그나치오 실로네의 장편소설 『빵과 포도주』를 번역하여 503페이지에 달하는 한 권의 책으로 한길사에서 1982년 5월 30일에 출간하였다. 또 최승자는 『짜라투스트라는 이렇게 말했다』를 청하출판사에서 1984년 4월 15일에 출간하였다. 이어서 그녀는 자신의 두 번째 시집 『즐거운 日記』를 문학과지성사에서 1984년 12월 5일 출간하였다. 이러한 출간 이력을 미

루어 볼 때, 최승자 시인이 언제, 어떤 경로로 번역서들을 접하여 번역을 결심하게 되었는지, 또 이 책들을 번역하는 데 얼마의 기간이 소요되었는지 알 수 있다면, 이 번역 텍스트와 초기 시의 영향 관계를 밝혀내는 데 큰 도움이 될 것이다. 그러나 최승자 시인이 언제, 어떤 경로를 통해서 번역서들을 접하게 되었으며, 또 그 책들을 번역하기에 이르렀는지 알 수 있는 자료가 없다. 또 본 연구는 최승자의 번역 텍스트와 초기 시와의 관계를 해명하는 최초의 시도이기 때문에 선행 연구도 없다.

그럼에도 불구하고 본 연구는 최승자의 초기 시와 시인이 번역한 외국문학과의 상관성을 추적하여, 그것이 최승자 시의 상상력과 구조, 표현에 미친 영향을 탐구하고자 한다. 한 시인의 시세계를 그의 또 다른 글쓰기 내지 문학적 실천에 비추어 그것의 기원이나 형성 과정을 살펴보는 일은 여러모로 유의미하다. 그러기에 필자는 최승자 시인의 번역서와 그 원저자들의 미학을 세밀하게 검토함으로써 최승자 시의 정신사적 심연과 표현의 실마리를 독자에게 알리는 데 연구의 목적을 두었다.

최승자는 대학에서 쫓겨나 출판사에서 근무하던 중, 최초의 번역서 『울어라 조국이여』(1978)를 홍성사에서 펴냈다. 이어 그녀는 『빈센트, 빈센트, 빈센트 반 고흐』(1981), 『자살의 연구』(1982), 『한낮의 어둠/빵과 포도주』(1982), 『짜라투스트라는 이렇게 말했다』(1984) 등을 비롯하여 가장 최근 발간된 리처드 브라우티건의 소설 『워터멜론 슈가에서』(2007)에 이르기까지 다양한 외국문학 작품을 번역하였고, 이와 동시에 꾸준한 시작 활동을 통해 시대적인 고통을 문학적으로 형상화했다. 이러한 활동을 미루어볼 때, 시인 김수영이 "나는 번역에 지나치게 열중해 있다. 내 詩의 비밀은 내 번역을 보면 안다."[1]라고 한 말은 최승자 시인의 경우에도 적용 가능하다고 본다.

이에 본 연구에서는 최승자 시인이 번역한 책들이 그녀의 시 창작 활동에 어떠한 영향을 미쳤는지 살펴보기로 한다. 이를 위하여 첫째, 반 고흐를 통해서 고통의 사제적인 면을 종교적인 면에서 살펴보기로 한다. 둘째, 실비아 플라스의 고통을 수사학적으로 풀어내어 고통을 극복하는 모습을 살펴보기로 한다. 셋째, 짜라투스트라의 고통을 초극하는 면을 살펴보기로 한다. 최승자는 『빈센트, 빈센트, 빈센트 반 고흐』와 『자살의 연구』, 『짜라투스트라는 이렇게 말했다』를 번역하는 한편, 자신의 1시집 『이 時代의 사랑』과 2시집 『즐거운 日記』를 펴냄으로써 문예창작미학이 형성되는 면을 드러내고 있기 때문이다.

2. 초기 시에 나타난 고통의 기원

최승자는 고려대 재학 중에 교지 『고대문화』의 편집장을 맡았다가 블랙리스트에 올라 학교에서 쫓겨난다. 그 후 최승자는 홍성사 편집부에 근무하던 중 시단에 등단하고 얼마 있다가 출판사를 그만두고 번역 전문가로 일하며 시작 활동에 전념했다.[2]

이처럼 1970년대 학교에서 쫓겨나면서 받은 시인의 정신적인 상처와 고통은 시대적 · 역사적 · 사회문화적인 의미를 담보하고 있다. "70년대는 공포였고/ 80년대는 치욕이었다./ 이제 이 세기말은 내게 무슨

---

1) 김수영, 「시작 노우트」, 『김수영 전집 2』, 민음사, 1996, 301쪽.

2) 장석주, 「고독한 자의식의 신음 소리 최승자」, 『나는 문학이다』, 나무이야기, 2009, 877~878쪽.

낙인을 찍어줄 것인가"[3]라는 구절과 "80년대는(그보다 더욱, 70년대는) 나에겐 하나의 가위눌림이었다"라는 고백을 볼 때, 시인은 "외부적 억압 구조, 그리고 그것으로 하여 내면에 자리 잡게 된 내면적 억압 구조의 압력에 시달리고"[4] 있었음을 알 수 있다. 결국 최승자 시인의 고통의 기원은 지극히 개인적이면서도, 역설적으로 지극히 사회적이고 시대적인 상황에 기인하고 있음을 알 수 있다. 최승자의 초기 시는 시인이 경험한 1970년대의 폭압적인 공포와 억압 구조에서 비롯한 고통스런 반응의 결과라고 볼 수 있다. 이를 테면 최승자의 시는 개인의 존재론적 지평과 사회적인 지평이 중첩되어 있는 것이다. 이러한 최승자 시인의 고통스런 모습은 첫 시집 『이 時代의 사랑』(1981)과 2시집 『즐거운 日記』(1984) 곳곳에 드러난다.

> 몇 년 전, 제기동 거리엔 건조한 먼지들만 횡행했고 우리는 언제나 우리가 아니었다. 우리는 언제나 잠들어 있거나 취해 있거나 아니면 시궁창에 빠진 헤진 신발짝처럼 더러운 물결을 따라 하염없이 흘러가고 있었고…… 제대하여 복학한 늙은 학생들은 아무 여자하고나 장가가 버리고 사학년 계집아이들은 아무 남자하고나 약혼해 버리고 착한 아이들은 알맞은 향기를 내뿜으며 시들어 갔다.
>
> 그해 늦가을과 초겨울 사이, 우리의 노쇠한 혈관을 타고 그리움의 피는 흘렀다. 그리움의 어머니는 마른 강줄기, 술과 불이 우리를 불렀다. 향유 고래 울음 소리 같은 밤 기적이 울려 퍼지고 개처럼 우리

---

3) 최승자, 「세기말」, 『내 무덤, 푸르고』, 문학과지성사, 1993, 36쪽.

4) 최승자, 「'가위눌림'에 대한 시적 저항」, 『한 게으른 시인의 이야기』, 책세상, 1989, 162~163쪽.

는 제기동 빈 거리를 헤맸다. 눈알을 한없이 굴리면서 꿈속에서도 행군해 나갔다. 때로 골목마다에서 진짜 개들이 기총소사하듯 짖어대곤 했다. 그러나 197×년, 우리들 꿈의 오합지졸들이 제아무리 집중 사격을 가해도 현실은 요지부동이었다. 우리의 총알은 언제나 절망만으로 만들어진 것이었으므로……

어느덧 방학이 오고 잠이 오고 깊은 눈이 왔을 때 제기동 거리는 "미안해, 사랑해"라는 말로 진흙탕을 이루었고 우리는 잠 속에서도 "사랑해, 죽여 줘"라고 잠꼬대를 했고 그때마다 마른번개 사이로 그리움의 어머니는 야윈 팔을 치켜들고 나직이 말씀하셨다. "세상의 아들아 내 손이 비었구나, 너희에게 줄 게 아무것도 없구나." 그리고 우리는 정말로 개처럼 납작하게 엎드려 고요히 침을 흘리며 죽어갔다.

—「197×년의 우리들의 사랑—아무도 그 시간의 火傷을 지우지 못했다」 전문, 『日記』, 20~21쪽

이 시에는 유신시대에 대학생들의 분노하는 모습과 좌절된 모습이 직설적으로 잘 나타나 있다. 시인의 절망과 불행은 1980년대에 전쟁, 폭력, 광기로 대변되는 '아버지'로부터 비롯된다. 이때 아버지는 철저한 부정의 대상인데, 바로 이 부정은 오랫동안 화자의 심리에 '가위눌림'으로 작용한 억압의 근원에 대한 상징적 저항을 의미한다.[5] 따라서 최승자라는 이름은 1980년대의 치욕, 상처, 죽음을 개체성의 몸 체험으로 수렴하여 보여 주었다는 점에서 개별자의 이름을 넘어 1980년대

5) 박주영, 「실비아 플라스와 최승자 시에 나타난 여성 분노의 미학적 승화」, *Comparative Korean Studies*, 20권 1호, 2012, 265쪽.

적 시인의 보통명사[6]로 일컬어지기도 한다.

> 종기처럼 나의 사랑은 곪아
> 이제는 터지려 하네.
> 메스를 든 당신들.
> 그 칼 그림자를 피해 내 사랑은
> 뒷전으로만 맴돌다가
> 이제는 어둠 속으로 숨어
> 종기처럼 문둥병처럼
> 짓물러 터지려 하네.
> —「이제 나의 사랑은」 전문, 『사랑』, 49쪽

이 시에서는 메스를 든 사람들의 칼 그림자를 피해 다녔다는 것으로 보아 시대를 아파하는 지식인으로서의 고통이 잘 나타나 있다. "종기처럼 문둥병처럼" 곪아 터지려 하는 고통은 외부적 억압 구조로부터 형성되어 점차 내면화된 것으로 볼 수 있다. 분명 이 시대는 "책이 썩고/ 애인이 썩고/ 한 나라가 썩고// 아랫목에서 어머니가 썩고"(「無題 1」, 『日記』, 77쪽) 있는 시대이고, "이 세계는/ 내 눈알의 깊은 망막을 향해/ 수십 억의 군화처럼 행군해"(「無題 2」, 『日記』, 81쪽) 오는 시대이다. 시인은 이런 시대적이고 공동체적인 고통을 시로써 형상화해 낸 것이다. 그만큼 시인의 고통은 개인의 질병이나 감수성뿐만 아니라 당대의 시대적인 문제에 그 기원을 두고 있음을 알 수 있다. 이는 개인

---

6) 장석주, 앞의 글, 878쪽.

적인 고통과 시대 문제의 접점에서 그의 시적 개성이 발현되고 있다는 뜻이기도 하다.

> 나는 언제나 너이고 싶었고
> 너의 고통이고 싶었지만
> 그러나 나는 다만 들이키고 들이키는
> 흉내를 내었을 뿐이다.
> 그 치욕의 잔
> 끝없는 나날
> 죽음 앞에서
> 한 발 앞으로
> 한 발 뒤로
> 끝없는 그 삶의 舞蹈를
> 다만 흉내내었을 뿐이다.
> ―「언젠가 다시 한 번」 3연, 『日記』, 96~97쪽

동시대인으로 "너이고 싶었고/ 너의 고통이고 싶었던" 시적 화자는 "죽음 앞에서" 다만 "삶의 舞蹈를" 흉내내며 "끝없는 나날"을 보낸다. 시적 화자의 고통은 너가 되지 못하고 네 고통이 될 수 없는 자신의 모습을 치욕이라 여기며 끝없이 삶을 지탱하고 있다. 이런 시적 화자의 고통스러운 모습은 「이 시대의 사랑」, 「억울함」, 「사랑받지 못한 자들의 노래」, 「버림받은 자들의 노래」, 「밤」, 「허공의 여자」, 「개 같은 가을이」, 「버려진 거리 끝에서」, 「우우, 널 버리고 싶어」, 「주인 없는 잠이 오고」, 「오늘 저녁이 먹기 싫고」, 「밤부엉이」, 「望祭」 등에 잘 나타

나 있다. 이 고통은 그녀의 생업이었던 번역과도 밀접한 관계에 있음도 알 수 있다. 특히 "오늘 나는 기쁘다. 어머니는 건강하심이 증명되었고 밀린 번역료를 받았고…"(「즐거운 일기」 1연, 『日記』, 45쪽)라는 시구에서 볼 때, 최승자 시인은 시작(詩作) 활동과 번역 활동을 동시에 수행함으로써 시대적인 고통을 감내하고 있음을 알 수 있다.

3. 초기 시에 나타난 고통의 시학

(1) 고흐와 고통의 사제(司祭)

고흐의 생애를 소설화한 『빈센트, 빈센트, 빈센트 반 고흐』(어빙 스톤 지음, 최승자 옮김, 1981.6.12 출간)는 20세기 전기문학사에 한 획을 그은 전기소설로 평가받고 있다. 또한 고흐와 고흐의 작품에 대한 평가와 대중적 인기에 결정적인 계기를 마련한 작품이기도 하다. 본고에서는 이 책의 마지막을 장식하고 있는 최승자의 「번역을 마치고 나서」를 중심으로 『빈센트, 빈센트, 빈센트 반 고흐』가 그리고 있는 고흐의 삶과 고통[7]을 살펴보기로 한다.

> 끊임없이 자신의 고통에서 흘러내리는 피를 보고서야, 자신이 물리적으로 살아 있음을 정신적으로 느끼는 사람들이 있다.
>
> 나는 빈센트 반 고흐의 생애 앞에서 사제라는 낱말을 떠올린다. 고통의 사제 빈센트 반 고흐. (중략) 그의 작품들 속에서 나는 단 한 마

7) 어빙 스톤의 『빈센트, 빈센트, 빈센트 반 고흐』를 중심으로 살펴보되, 글의 인용은 괄호 안에 쪽수만 밝히기로 한다. 참고로 파스칼 보나푸의 『반 고흐 태양의 화가』(송숙자 옮김, 시공사, 1995)에서 묘사되고 있는 고흐의 생애도 함께 살펴보기로 한다.

디의 비명을 듣는다. 그것은 "나는 사랑한다"라는 비명이다. 바로 그 외침으로부터 고흐의 영원한 스토리는 시작되며, 바로 거기서 고흐의 전설은 끝난다.

—1981년 5월 최승자(497쪽)

『빈센트, 빈센트, 빈센트 반 고흐』 표지

'국제고통학회'에서는 고통(pain)을 "(신체적) 조직의 실제적 혹은 가능한 파손과 관계하여 겪는 불쾌한 감각적 그리고 정서적 경험, 혹은 그러한 파손이란 표현을 사용하여 서술되는 불쾌한 감각적·정서적 경험"으로 정의하고 있다.[8] 독일어로 '고통'(Leiden)[9]은 '당하다'(leiden)라는 말과 뜻이 같고, 영어에서도 수동적(passive)이란 말과 고통(passion)은 같은 어원에서 유래되었다.[10]

최승자의 번역 텍스트 『빈센트, 빈센트, 빈센트 반 고흐』에서는 고흐의 고통스러워하는 모습을, 『자살의 연구』에서는 실비아 플라스의 내면의 고통의 극한점을 그리고 있다. 고통의 극한점에 해당하는 '피'를 보면서 고흐는 그림으로, 실비아 플라스는 시로 자신의 내면을 승화시킨다. 고흐와 실비아 플라스는 우연하게도 모두 정신분열증을 앓

8) David B. Morris, *The Culture of Pain*. Berkely and Los Angeles: U. of California press, 1991, p.16. 손봉호, 『고통받는 인간』, 서울대학교출판문화원, 2011, 24쪽 재인용.

9) 괴테의 *Die Leiden des Jungen Werthers*(젊은 베르테르의 슬픔)이란 작품에서는 번역자에 따라서 'Leiden'을 '슬픔', '고뇌' 로 번역하기도 하는데, '슬픔'보다 더 강한 의미를 띈 '고통'으로도 번역 가능하다고 한다.

10) 손봉호, 앞의 책, 44쪽.

았으며 고통에 대한 대응으로서 자살을 유예하다가 삶의 고통을 더 이상 견디기 힘들었을 때 자기만의 방식으로 삶을 마친다. 손봉호는 긍정의 부정이 고통을 만들어내는 것이 아니라 고통의 경험이 부정을 인식하게 한다고[11] 지적했고, 김형효는 "수많은 고통의 뒤에는 언제나 공통적으로 죽음이 도사리고 있다. 그러므로 고통의 체험과 죽음의 예료는 불가분리적이다."[12]라고 주장했다. 이들의 지적을 종합하면, 고통은 자살지향적이며, 고통이 주어지는 것은 바로 그 고통이 없어도 되는 상황을 만들도록 요구하고 호소하기 위한 것인데, 이런 점에서 고통의 역설적인 현상[13]이 나타난다는 것이다.

어빙 스톤은 『빈센트, 빈센트, 빈센트 반 고흐』에서 고흐[14]의 일대기를 소설화하는 데 있어서 공간 이동과 연대순으로 그리고 있다. 이 책은 제1장 〈런던: 빨강 머리 등신이〉, 제2장 〈보리나쥬: 청년 예수와 광부들〉, 제3장 〈에텐: 신을 잃고 그림을 얻다〉, 제4장 〈헤이그: 창녀 크리스틴, 그리고 "슬픔"〉, 제5장 〈누에넨: 감자 먹는 사람들〉, 제6장 〈파리: 인상파의 물결에〉, 제7장 〈아를르: 귀를 자르다〉, 제8장 〈생 레미: 정신 병원으로〉, 제9장 〈오베르: 죽음 속에서도 그들은 서로 나뉘지 아니하였나니〉로 구성되어 있다.

『빈센트, 빈센트, 빈센트 반 고흐』의 각 장에서 묘사하고 있는 고흐

---

11) 손봉호, 앞의 책, 42쪽.

12) 김형효, 「고통에 대한 형이상학적 성찰」, 『악(惡)이란 무엇인가』, 도서출판 窓, 한국정신문화연구원 철학·종교 연구실 편, 1992, 202쪽. 손봉호, 앞의 책, 43쪽 재인용.

13) 손봉호, 앞의 책, 152쪽.

14) 어빙 스톤은 『빈센트, 빈센트, 빈센트 반 고흐』에서 '고흐'라는 이름보다는 '빈센트'라는 성을 주로 쓰고 있다. 이는 '빈센트'라고 명명함으로써 집안 내력을 보여주려는 의도가 있겠지만, 필자는 논문의 통일성을 위해 '고흐'라는 이름으로 논지를 전개해 나가기로 한다.

의 고통받는 모습은 다음과 같다. 우르술라로부터 받은 지상으로부터의 추방과도 같은 엄청난 고통(1장), 보리나쥬의 탄광 지대에서 탄광이 폭발하고 스트라이크가 일어나자 부상자와 병자를 헌신적으로 돌보았지만 신의 부재를 느낀 고통(2장), 사촌 동생 케이에게 구혼했으나 거절당한 상처와 고통(3장), 창녀 크리스틴과의 동거와 결별로 인한 고통(4장), 열 살 위인 마르고트와의 결혼을 생각했으나 가족의 심한 반대로 마르고트가 독약을 먹는 상황과 함께 그가 당한 고통(5장), 파리에 심한 메스꺼움을 느껴 그 어디론가 달아나 버리고 싶은 충동과 고통(6장). 이런 고통의 상황에서 고흐는 피터센 목사로부터 칭찬을 듣고 화가가 되기로 결심한다.

빈센트 반 고흐는 1853년 3월 30일 홀랜드의 북부 브라방트의 쭌데르트에서 테오도루스 반 고흐 목사와 안나 코르넬리아 카르벤투스 사이에서 장남으로 태어났다. 1857년 5월 1일에는 아우 테오가 태어났다. 빈센트와 테오의 서신 교환은 1872년부터 시작되고 있는데, 이들 형제가 평생 동안 주고받은 네덜란드어, 영어, 프랑스어로 쓰인 편지 중 668통은 고흐가 친구이자 동반자였던 동생 테오에게 보낸 것이다.[15] 고흐의 편지들에는 평생 동안 동생 테오로부터 도움을 받으며 그림에만 매달려 살아가는 동안의 고흐의 고통이 잘 드러나 있다.

『빈센트, 빈센트, 빈센트 반 고흐』에서 고통의 사제로서의 고흐의 모습은 7장에서 9장까지에 걸쳐 잘 나타나 있다. 먼저 7장에서는 고흐가 아를르에서 고갱과의 공동생활에 불화가 생기자 스스로 자신의 귀

---

15) 파스칼 보나푸, 앞의 책, 130쪽. 편지 내용은 『반 고흐, 영혼의 편지』(신성림 옮김, 예담, 1999)와 『고흐의 편지』(1~2권, 정진국 옮김, 펭귄클래식코리아, 2011)를 참조할 것.

마저 잘라 버리는 고통의 극한 상태에 이르러 정신병원에 감금되는 모습이 그려지고 있다. 고흐에게 있어서 고통은 정신적인 면뿐만 아니라 육체적인 훼손에까지 미치는 심각한 상황임을 보여준다. 어빙 스톤은 고흐가 1888년 12월 23일 밤 11시 30분에 술집 여자 리셸의 손에 잘린 귀를 쥐어 주고 사라지자, 아를르의 꼬마 아이들이 노란 집에 몰려들어 "빨강 머리 미치광이는 미친 놈,/ 오른쪽 귀를 잘라 버렸다네./ 이젠 아무리 소리쳐도/ 그 미친 놈, 듣지 못한다네."(437쪽)라는 노래를 부르는 장면을 삽입하고 있다. 이는 고흐가 고통의 극한 상황에 처해 있음을 잘 보여준다.

8장에서는 병원에 감금된 고흐의 모습이 처절하게 그려지고 있다. 1889년 12월 24일, 고흐가 물감 튜브를 빨아먹는 자해 행위를 하는 등, 일주일 동안 심한 발작 상태가 계속되자 사람들은 그가 미쳤기 때문에 그림을 그리는 것인지, 그림을 그리기 때문에 미친 것인지 의아스러워 한다. 고독과 질병과 투병 속에서 죽을 때까지 그림을 그려나간 고흐는 그림을 그릴 때만이 자신이 살아 있음을 확인하는 것이다.[16] 이처럼 끊임없이 자신의 고통에서 흘러내리는 '피'를 보면서 그림을 그리며 자신의 살아 있음을 느끼는 고흐야말로 '고통의 사제'[17]인 것이다.

---

16) 고흐에게 있어서 고통은 자신에게 주어진 운명과도 같은 짐으로써 그가 넘어야 할 산이요 한번은 지나가야 할 고행으로 작용한다. 1890년 5월 4일 고흐가 테오에게 보낸 편지 중에는 "고통은 광기보다 강한 법이다."(신성림 옮김, 위의 책, 240쪽)라는 글귀가 있다. 이와 같이 천재적인 예술가들에게 흘러넘치는 광기는 고통의 원천이 되고 있으며, 이 고통은 그들이 평생 짊어져야 하는 운명 같은 것임을 알 수 있다.

17) 마침내 고흐는 『메르큐레 드 프랑스』라는 잡지 1월호에 알베르 오리에가 쓴 「소외된 사람들, 빈센트 반 고흐」라는 기사("빈센트 반 고흐의 모든 작품을 특징짓고 있는 것은 [그는 읽었다] 그 넘쳐나는 힘과, 표현의 격렬함이다. 사물의 본질적 성격에 대한 절대적 긍정, 더러는 무분별하게 보이기도 하는 형태의 단순화, 태양을 정면으로 바라보고자 하는 오만한 욕구, 드

9장에서는 지상에서의 고흐의 마지막 모습이 그려지고 있다.

① 다음날, 캔바스와 이젤을 든 그는 역으로 난 먼 길을 걸어내려 가다가 언덕으로 올라갔다. 카톨릭교회를 지나, 그는 공동묘지 맞은 편의 노란 보리밭 가운데에 앉았다.

정오 무렵, 불붙은 듯한 태양이 머리 위로 내리쬐고 있을 때, 돌연 검은 새 한 떼가 하늘에서 쏟아져 나왔다. 허공을 가득 채우고 태양을 캄캄하게 만들면서, 두꺼운 밤의 모포로 빈센트를 뒤덮은 그 검은 새떼가 그의 머리칼 속으로, 눈 속으로, 코 속으로, 입 속으로 날아들어 숨 막힐 듯 빽빽한, 푸득이는 검은 날개들의 먹구름 속에 그를 파묻어 버렸다.

빈센트는 제작을 계속했다. 그는 노란 보리밭 위로 나는 그 새떼들을 그렸다. 얼마나 오랫동안 그림붓을 휘둘러댔는지는 알 수 없었지만, 어쨌든 그림이 완성된 것을 보고서 그는 한 구석에다 「까마귀가 나는 보리밭」이라고 써넣고서 그 캔바스와 이젤을 들고 라부의 카페로 돌아와 자기 방 침대에 가로쓰러져 그대로 잠들었다.(487쪽)

② 그는 안녕을 그려야만 했다.

그러나 안녕은 그릴 수 없는 것.

그는 얼굴을 들어 태양을 우러렀다. 그는 권총을 옆구리에 갖다 댔

로잉과 색채에 대한 열정, 그 모든 것들 속에, 때로는 사납고 때로는 순진하고 섬세한 한 강렬한 인간, 한 남성, 한 대담한 인간의 모습이 드러나 있다."(461쪽)가 실린 것을 보게 된다. 또 안나 보흐라는 사람이 자신이 아를르에서 그렸던 「붉은 포도원」이라는 그림을 사백 프랑에 샀다는 소식도 듣게 된다. 이것은 빈센트가 그린 700여 장의 그림 중에서 평생 처음이자 마지막으로 팔린 그림이다.(파스칼 보나푸, 앞의 책, 115쪽)

다. 방아쇠를 당겼다. 그는 푹 쓰러져, 비옥하고 아릿아릿한 밭 흙 속에, 어머니 대지의 자궁 속으로 되돌아가는 가장 탄력 있는 흙 속에 얼굴을 묻었다.(488~489쪽)

③ 죽음 속에서도 그들은 서로 나뉘지 아니하였나니.

그녀(요한나: 테오의 아내—인용자)는 테오의 유해를 오베르로 옮겨 그의 형 곁에 나란히 뉘였다.

오베르의 뜨거운 태양이 보리밭 가운데의 그 작은 공동묘지에 내리쬐일 때, 테오는 빈센트 무덤의 무성하게 피어난 해바라기 그늘 아래 편히 잠들어 있는 것이다.(492~493쪽)

①은 정오에 내려쬐는 태양 밑 보리밭에서 자신에게 날아드는 새떼들을 온몸으로 느끼며 마지막 작품「까마귀가 나는 보리밭」을 그리는 고흐의 모습이다. 이처럼 고흐는 병과 고독, 생(生)의 불안과 함께 끊임없이 자신의 고통에서 흘러내리는 피로써 그림을 그린 것이다.

②는 자살로 생을 마감하는 고흐의 마지막 장면[18]이 상세히 묘사되고 있다. 고흐는 위대한 화가로 예술을 향한 사랑 앞에 순교한다. 그토록 자신을 처절하게 괴롭혔던 질병과 고통 앞에서 고흐는 마침내 생

18) 참고로『반 고흐, 영혼의 편지』에는 고흐의 마지막 모습이 다음과 같이 묘사되어 있다. "1890년 7월 27일, 초라한 다락방의 침대 위에 피를 흘리고 누워 있는 그를 라부의 가족이 발견했다. 그 스스로 가슴에 총탄을 쏜 것이다. (중략) 그날 밤 고흐는 의식을 잃었고, 7월 29일 새벽 1시 30분 동생의 품에 안긴 채 "이 모든 것이 끝났으면 좋겠다"는 말을 남기고 파란 가득한 삶을 마감했다."(신성림 옮김, 앞의 책, 242쪽) 이와 같이 불안, 초조, 강렬함 같은, 화가로서의 풍부한 기질을 타고난 고흐가 처음으로 그림을 그린 것은 1881년 12월이었고 1890년 세상을 떠날 때 그가 남긴 그림은 879점이었다.(파스칼 보나푸, 앞의 책, 144쪽)

을 마감한 것이다.

③은 테오의 아내인 요한나가 테오의 유해를 오베르로 옮겨 형 고흐 곁에 나란히 눕히는 마지막 장면이 아름답게 묘사되고 있다.

이와 같이 고통의 힘은 위대하다. 자신의 삶을 자살로 마감하기까지 한 영혼의 격렬한 비극적 삶을 끝까지 지탱해 준 것은 그 내부에 깊숙이 숨어 있던 '고통'의 힘이라 할 수 있다. 이는 최승자의 시가 보여주는 고통과 분노, 절망과 절규의 시학과 어느 정도 연관성이 있다. 이런 고흐의 고통의 위대한 힘에 자극을 받아 최승자 시인은 『빈센트, 빈센트, 빈센트 반 고흐』를 읽는 것에 그치지 않고 번역했으며, 또한 이에 영향을 받아 시를 쓰기에 이른다.

최승자 시인도 고흐와 마찬가지로 홀로된 상태에 있는 젊은이의 불안과 고통을 "늙은 몸"이 되어 "詩투성이 피투성이"(「주인 없는 잠이 오고」, 『日記』, 25쪽)가 된 채 흘러간다고 묘사한 바 있다. 번역가인 동시에 시인으로서, 고통의 극대화된 모습을 "詩투성이 피투성이"라고 고백하고 있는 것이다. 이는 시인의 고통이 1970~1980년대 국내 정치 상황뿐 아니라 내면화된 상황에서 기인함을 보여준다. 나아가 필자는 최승자의 번역서와 초기 시집들의 출간 순서가 『빈센트, 빈센트, 빈센트 반 고흐』(1981.6.12), 『자살의 연구』(1982.1.25), 『이 時代의 사랑』(1981.9.20), 『짜라투스트라는 이렇게 말했다』(1984.4.15), 『즐거운 日記』(1984.12.5)로 이어지는 것을 볼 때, 뚜렷한 영향 관계를 찾을 수 있다고 생각한다.

고통은 내 몸에 닿아 극대화되지만
그러나 나를 잠시 비워 두고

낮게 낮게 포복해 가면
가느다란 물줄기처럼 약해져
저 먼 어느 지맥 속에선가
나의 고통인 듯 그의 고통인 듯
고통인 듯 즐거움인 듯,
들리누나 사방팔방으로
물 흐르는 소리. 졸졸 자알 잘,
아득하게 슬픈 기쁜 이쁜 물소리.
되흘러 들어오누나,
내 혈관 속까지.
—「脈」 전문, 『日記』, 36쪽

여기서 고통은 시적 화자에게 있어서 극대화되어 나타난다. 그러나 그 고통이 고통인 듯 즐거움인 듯 자신의 혈관 속까지 물소리로 변해 흘러 들어오는 모습을 보여주고 있다. 이때 고통은 그 극치에서 즐거움으로 바뀌고 있는 것이다. 이런 부분은 최승자 시에서 보기 드물게 고통의 역설의 모습을 보여준다. 이는 최승자 시인이 고통을 수용하고 있음을 보여준다. 또 이런 모습은 『빈센트, 빈센트, 빈센트 반 고흐』 제2장 보리나쥬의 탄광 지대에서 부상자와 병자를 헌신적으로 돌보며 타인의 고통을 자신의 것으로 받아들이는 고흐의 고통의 사제로서의 모습을 연상케 한다. 이는 독자의 수용이라는 소통 과정을 통해서, 또 최승자 시인이 번역 과정에서 어느 정도 영향을 받은 것으로 판단된다. 또 앞에서 「197×년의 우리들의 사랑—아무도 그 시간의 火傷을 지우지 못했다」에서도 보았듯이, 절망만으로 만들어진 총알을 가지고 집중 사격을 해도 요지부동인 197×년이라는 시대적 현실, 그 속에 고래 울음 소리 같은 밤이 이어지고, 제기동 빈 거리를 헤매는 우리들이 있었다. 이는 자신의 문제가 아닌 타인의 문제를 대신 아파하며 고통스러운 짐을 지는 사제들의 대속의 의미를 보여준다.

일찌기 나는 흘러가는 것은 마찬가지라고 생각했었다.
다른 사람들이 길이로 넓이로 흘러가는 동안
나는 깊이로 흘러가는 것뿐이라고.
그러나 깨닫고 보면 참으로 엄청나구나.
내가 파놓은 이 심연
드디어는 내 발목을 나꿔챌
무지몽매한 이 심연.
깊이와 넓이와 길이로 동시에 흐르기 위해선
역시 물처럼(바다!) 흘러가야 하지 않을까.
모든 숨을 다 내맡기고
빨간 염통까지 수면 위에 동동 띄운 채.
—「散散하게, 仙에게」 2연, 『日記』, 70~71쪽

고통은 다른 사람들에게 길이로 넓이로 흘러가는 동안 시적 화자에게는 깊이로 흘러 심연을 파놓는다. 그 고통의 심연은 깊이와 넓이와 길이로 동시에 흘러 "물처럼(바다!)" 흘러가야 한다고 역설한다. 시적 화자는 심연 속에서 마음이 찢어지고 항문이 찢어질 때까지 춤추라고 선포한다. 한마디로 고통의 축제를 벌이는 것이다. 이는 고통의 극한 상황에서 아무 저항 없이 흘러가는 대로 자신을 고통 그 자체에 내맡겨버리는 모습을 보여준다. 그리고 고통이 축제가 되기까지 시적 화자는 "입도 혓바닥도 없이", "무릎도 발바닥도 없이" 고통 속에서 춤을 추게 된다.

> 눈 감아요, 이제 곧 무서운 시간이 와요.
> 창자나 골수 같은 건 모두 쏟아 버려요.
> 토해 버려요, 한 시대의 썩은 음식물들을,
> 현실의 잠, 잠의 현실 속에서.
> 그리고 깊이깊이 가라 앉아요.
>
> (고요히 한 세월의 밑바닥을 기어가며
> 나는 다족류의 벌레로 변해 갔다.)
> ―「無題 2」 2연의 일부, 『日記』, 81쪽

이제 무서운 시간은 곧 다가올 것이고, 그러면 창자나 골수 같은 건 모두 쏟아버려야 한다. 한 시대의 썩은 음식물들도 토해 버려야 한다. 현실과도 같은 잠, 잠과 같은 현실 속에서 고통이 너무나 크기에 "다족류의 벌레"로 변해가는 시적 화자는 깊이 가라앉기를 기원한다. 이런 모습은 고흐가 고갱과의 공동생활에서 그림을 그리다가 미쳐버린 모습, 곧 자신의 귀를 자르고 그 잘린 귀를 술집 여자에게 주고, 피를 흘리며 정신병원에 감금되는 모습을 떠오르게 한다. 최승자 시인의 경우, 시대의 썩은 음식물, 즉 국내의 정치적 상황 속에서 자신이 당한 치욕스런 고통을 감내하며 사는 동안 다족류의 벌레로 변해가는 모습은 시인 스스로 고통을 받아들여 내면화한 고통의 사제로서의 모습을 잘 보여주고 있다.

(2) 실비아 플라스와 고통의 수사(修辭)

알프레드 알바레즈는 우울과의 오랜 싸움을 겪은 뒤에 자살을 문학의 측면에서 바라본 『자살의 연구』[19]를 저술하였다. 최승자는 이 책을 번역하여 1982년 1월 25일 청하출판사에서 출간하였다. 책은 총 5장으로 구성되어 있는데, 저자의 〈머리말〉에 이어 1장 〈프롤로그* 실비아 플라스〉, 2장 〈자살의 역사적 배경〉, 3장 〈자살, 그 폐쇄된 세계〉, 4장 〈자살과 문학〉, 5장 〈에필로그* 해방〉, 그리고 〈자살에 대한 문학적 이해/ 김병익의 문화비평〉으로 이루어져 있다.

머리말에서는 저자가 실비아 플라스를 죽음으로 이끌어 간 감정의 변화와 혼란을 객관적으로 그렸고, 자살이 어떻게 예술 창조자들의 상상 세계를 물들이는가를 알기 위해 자살을 문학의 측면에서 바라보고자 하는 의도를 밝히고 있다.

1장에서는 자살로 인생을 마무리한 실비아 플라스를 집중적으로 조명하고 있다. 실비아 플라스는 『마드모아젤』지에 선정되었던 그 달[月]과 스미드 대학에서의 마지막 학년 사이에, 신경쇠약과 자포자기로 인한 심각한 자살 기도가 있었고, 바로 그것이 그녀의 소설 『벨자 The Bell Jar』의 테마가 되었다.(26쪽) 실비아 플라스는 마치 곁눈질로나 볼 수 있는 어떤 것으로부터 끊임없이 협박당하고 있는 듯한 고통에 끊임없이 시달려야 했다. 이런 실비아 플라스는 로버트 로웰의 정신병원에서의 체험에 관한 시들에 관심이 많았다. 그녀는 「죽음 주식회사」에서 공포감에 포위되어 자신에게 방어할 힘이 없음을 드러내고 있다.

---

19) 알프레드 알바레즈, 최승자 옮김, 『자살의 연구』, 청하, 1982, 16쪽. 이하 글의 인용은 괄호 안에 쪽수만 밝히기로 한다.

나는 옴짓하지 않는다.
서리가 꽃이 된다.
이슬이 별이 된다.
죽음의 종이 울린다.
죽음의 종이 울린다.

누군가의 목숨이 끝났다.
—「죽음 주식회사」

『자살의 연구』 표지

이어서 실비아 플라스는 시작(詩作) 메모에서 "이 시(「죽음 주식회사」)는, 죽음의 이중적 혹은 정신분열적 본질에 관한 시입니다. 말하자면 대리석처럼 단단한 차가움과, 구더기나 물, 다른 분해물질과도 같은 섬뜩한 물컹거림이 동시에 한짝을 이루고 있다는 거죠. 나는 죽음의 이 두 양상을, 나를 부르러 온 두 남자, 두 사업 친구로 생각했습니다."라고 쓰고 있다. 「끝머리 Edge」는 그녀의 생애 중 최후의 며칠 동안에 쓴 가장 아름다운 시편들 중의 하나인데, 그것은 자신이 이제 막 수행하고자 하는 행위를 두고 구체적으로 쓴 시이다.(61쪽)

여인은 완성되었다./ 그녀의 죽은// 몸뚱아리는 성취의 미소를 걸치고 있다./ 어느 그리스인의 숙명의 환상이// 그녀가 입은 주름잡힌 토가 속에 흘러내리고/ 그녀의 맨발이// 말하고 있는 듯하다./ 자, 우리, 멀리도 왔구나. 이젠 끝났다.// 똘똘 감긴, 죽은 아이들은 하나씩의 하얀 뱀,/ 이제는 비어 버린 자그마한// 우유 주전자 옆에 하나씩./ 그녀는 그 죽은 아이들을 되접어// 자기 몸뚱아리 속에 집어넣는다./ 흡사, 뜨락이 빳빳해지고 밤 꽃들의 달콤하고// 깊숙한 목구멍으로부터 향기들이 피흘리며 나올 때에/ 장미가 그 꽃잎을 하나씩 하나씩 닫듯이.// 뼈의 두건을 쓰고 내려다보는 달은/ 하나도 서러울 게 없다.// 달은 이런 일에는 익숙해 있으므로/ 달의 검은 상복이 소리를 내며 질질 끌린다.(61~62쪽)

죽은 아이들을 자신의 몸뚱아리 속에 집어넣고 향기들이 '피'를 흘리며 나온다. 고흐에게 고통의 피가 흘러내리듯이 실비아 플라스에게도 고통은 '피'로 작용한다. 실비아 플라스에게 있어서 고통이 얼마나 컸으면 스스로 목숨을 끊고, 그토록 죽음에 관한 시 쓰기에 강박적으로 매달렸는지를 알바레즈는 두 가지 이유로 설명하고 있다. 첫째는, 그녀가 남편(테드 휴즈)과 별거하게 되자, 어린 시절 아버지가 죽음으로써 버림당한 것 같은 사무치는 슬픔과 상실감을 또다시 겪게 되었기 때문으로 보고 있다. 그녀는 죽은 아버지를 몸 안에 품고 있다는 환상으로부터 벗어나기 위하여 끊임없이 시로 방출시켜야만 했던 것이다.(66쪽) 둘째는, 자신이 겪었던 자동차 충돌사고가 자신을 해방시켰다고 생각했기 때문이다.(65쪽)

피의 분출은 시(詩)이다.
그건 막을 도리가 없다.

그걸 막는 유일한 방법으로서 볼 수 있었던 것, 즉 그 당시에 이르러서는 우울과 병으로 깜박이던 그녀의 눈에 비쳤던 것이, 그 최후의 도박이었다.(67~68쪽)

실비아 플라스에게 흘러내리는 고통은 피의 분출과도 같은 것이었으며, 이것은 곧 시작(詩作) 행위로 이어진다. 그녀의 시작 활동은 자신의 생명을 지탱해주는 힘이었으나, 그녀는 우울과 병 · 고독 속에 최후의 도박, 자살을 선택한 것이다.

'자살'(suicide)이란 용어는 옥스퍼드 영어사전에서 1651년에 최초로 사용되었는데, 생명에 대한 경외감을 기반으로 한 기독교에서는 자살을 엄격히 금지하고 있다. 알바레즈는 문학 작품에 최초로 등장한 자살한 사람으로 오이디푸스의 어머니 요카스타를 소개하고 있다. 플라톤은 『파이돈』에서 "자살은 종교상의 이유로 해서 국가를 더럽히고 또 유용한 시민을 파멸시킴으로써 국가를 약화시키기 때문에 '국가에 대한 범죄'"(91쪽)라고 밝히고 있다. 그러나 아우구스티누스는 자살이 '혐오와 저주를 받아야 할 사악함'이며, 인간이 저지를 수 있는 그 어느 것보다도 더 큰 죽을 죄(104쪽)임을 입증하였으며, 성 토마스 아퀴나스는 『신학대전』에서 "자살은 생명을 주신 신에 대한 대죄이며 또한 정의와 인간애에도 어긋나는 죄"(105쪽)라고 적었다. 과거에는 대죄(大罪)의 하나로 여겨졌던 자살이 이제는 "'대단치는 않으나 밝히기 거북한 망신거리', 피해가야 하고 씻어 버려야 할 부끄러운 일, 입에 담기도 어렵고 어딘가 흉물스럽게 느껴지는 일, 자기살해라기보다는 자기모독처럼 느껴지는 일"(115쪽)이 되었다. 또 1897년 에밀 뒤르켐의 『자살론—사회학적 연구』가 출판되면서부터 자살이 학문의 연구 대상이 되었다. 뒤르켐은 자살을 이기적 자살 · 이타적 자살 · 아노미적 자살로 분류하고 이것은 사회적 수단으로 치료될 수 있는 사회적 질병(129쪽)이라고 보았다. 또 칼 메닝거에 의하면, 자살에는 세 가지 구성요소, 즉 죽이고 싶은 욕망, 죽음을 당하고 싶은 욕망, 죽고 싶은 욕망 등(145쪽)이 있다는 것이다. 자살은 일종의 끊임없는 충동인 것이다. 이에 '자살학'(Suicidology)이라는 명칭이 생겨나고, 볼티모어의 존스 홉킨스 대학교에서는 자살학 연구기관이 병설되었으며, 미국 정부의 보건교육 후생성은 '자살학 논집'이라는 잡지를 후원하기에 이른다. 1953년 런던에서는 최초의 자살 방지 센터를 설립하게 되었다.[20]

고통은 후에 인간의 삶을 윤택하게 하는 자양분이 되지만, 그 고통의 기간이 길면 길수록 인간을 파멸의 길에 이르게 한다. 실비아 플라스의 생애 마지막 몇 달 동안 쏟아져 나온 그 많은 양의 빛나는 시들을 통해 그녀는 분노와 죄의식, 거부와 사랑 그리고 그녀로 하여금 마침내 자신의 목숨을 끊게 한 파괴성의 연관들을 치밀하게 탐색하며 로웰의 그 논리적 귀결로 이끌어 갔다.(258~259쪽) 이런 실비아 플라스의 자살 기도와 시작(詩作) 활동, 자살로 생(生)을 마감한 행위가 최승자 시인에게도 영향을 미친 것으로 보인다.

성경에서는 고통과 죽음은 인간이 하나님에게 등을 돌린 타락에 의해 세상에 들어왔다고 한다. 와일더 스미스 교수는 "하나님에게서 등을 돌린 인간의 행위는 그리스도가 우리를 위하여 새롭게 하나님과 그의 뜻을 포용하셨을 때 그리스도에 의하여 역전되었다."[21]고 주장한다.

알바레즈도 『자살의 연구』 에필로그에서 자신이 31살 때 45알의 수면제를 삼킨 후 병원으로 옮겨졌었던 '자살 실패자'임을 고백하고 있다. 알바레즈는 자신으로 하여금 스스로 목숨을 끊도록 유도해 간 절

20) 이 부분은 필자가 『자살의 연구』 2장과 3장을 요약한 것이다.(73~186쪽)

21) A. E. 와일더 스미스, 김쾌상 역, 『고통의 역설』, 심지, 1983, 126쪽.

망감은, 아무것도 섞이지 않은 순수한 절망감, 마치 앞뒤를 가리지 못하는 무분별한 어린애가 느끼는 것 같은 해결 불가능한 절대적인 절망감이었다(283~284쪽)고 고백하고 있다. 그 자신도 절망과 고통 속에 자살 시도를 했었기 때문에 『자살의 연구』에서 실비아 플라스를 중심으로 자살로 생을 마감한 이들의 심리를 잘 파악하고 있다. 1장을 실비아 플라스에 초점을 맞춰 쓴 것도 그런 뜻에 기인한다.

실비아 플라스에 관한 국내 논의로는 김정휘, 김승희, 박주영의 논문이 있다. 김정휘는 실비아 플라스가 자신의 자살 기도 경험을 통해서 회상된 아버지와 남편, 의사의 모습을 나치의 모습과 중첩시킴으로써 20세기 문명의 야만성을 폭로하고 있으며, 또한 자살이라는 중심 소재를 통해서 자신의 예술적 야망을 피력했다[22]고 보았다. 즉 실비아 플라스는 자신의 고통과 상처를 시대적 · 역사적 · 문화적 맥락과의 접목을 시도했다는 것이다. 또 김승희는 최승자가 1982년 알바레즈의 『자살의 연구』를 번역함으로써 실비아 플라스에 대한 관심을 보여주었고, 이후 실비아 플라스의 시세계와 실존의식이 한국 여성 시인들에게 적지 않은 영향을 주었다고 보았다. 즉 자의식 과잉, 여성 자아의 분열의 문제, 아버지 부정, 예리한 어법과 정신병리학적 감수성, 여성적 광기의 드러냄이라는 현대성으로의 전환에 큰 자극을 주었다[23]는 것이다. 한편, 박주영은 실비아 플라스와 최승자의 남성 중심 가부장 사회에 대한 비판과 분노가 1950년대 미국과 1980년대 한국 사회의 상황과 밀접한 연관이 있다고 보았다. 1950~1960년대 후반까지 미국

22) 김정휘, 「실비아 플라스의 고백시 연구」, 중앙대 석사논문, 2001, 31쪽.

23) 김승희, 「한국 현대 여성시의 고백시적 경향과 언술 특성—최승자, 박서원, 이연주를 중심으로」, 『여성문학연구』 18권, 2007, 245~246쪽.

사회는 냉전시대를 맞아 반공 이데올로기로 정치적 무장을 하고 여성에게 전통적인 젠더 규범을 강요한 시기이고, 1980년대 한국 사회는 70년대 유신체제의 암울한 시기가 지난 뒤, 또 다른 군부독재의 폭력적인 정치권력이 야기한 위기의식과 억압적 지배구조에 대한 거부감이 팽배하던 시기이다. 이 시기에 민주화를 갈망하던 시대적 조류에 맞춰 여성 문제에 대한 인식과 성찰이 활발하게 논의되었고, 가부장적 지배논리에 대한 여성들의 분노와 저항의식이 확산되었다. 이러한 시대의 억압적 상황에서 실비아 플라스와 최승자에게 시 쓰기는 분노의 형식 안에서 자신을 드러내는 방법이었으며, 삶을 지탱하는 버팀목으로 작용했다[24]고 보았다.

그러나 실비아 플라스와 예수 그리스도의 고통의 의미는 본질적으로 다르다. 예수의 고통은 인간의 죄를 대속하여 십자가에 달린 고통이라면, 실비아 플라스가 당한 고통은 스스로의 짐을 짊어진 고통이라 할 수 있다. 이런 점에서 최승자 시인도 스스로의 고통을 감내하기 위한 방법으로 『자살의 연구』를 번역함으로써 힘을 얻고 위로를 받았을 것으로 유추해 볼 수 있다.

실비아 플라스의 시가 보여주는 페미니스트다운 고통스런 울부짖음과 최승자 시가 지닌 자의식의 과잉, 여성 주체의 분열, 가부장적 질서에 대한 저항 등은 다소 연관성이 있는 것으로 보인다. 그 예로, 실비아 플라스의 「아빠 Daddy」[25]의 마지막 행, "아빠, 아빠, 이 개자식, 이젠 끝났어"와 최승자의 「Y를 위하여」의 마지막 행, "오 개새끼/ 못

24) 박주영, 앞의 글, 254~255쪽.

25) 실비아 플라스, 윤준·이현숙 옮김, 『巨像』, 청하, 1986, 125~128쪽.

잊어!"(『日記』, 64~65쪽)에서 드러난 애증어린 분노의 어조가 충격적[26]이라는 데서 찾아볼 수 있다.

> 대낮에 서른 세 알 수면제를 먹는다./ 희망도 무덤도 없이 윗속에 내리는/ 무색 투명의 시간./ 온 몸에서 슬픔이란 슬픔,/ 꿈이란 꿈은 모조리 새어나와/ 흐린 하늘에 가라앉는다./ 보이지 않는 적막이 문을 열고/ 세상의 모든 방을 넘나드는 소리의 귀신./ (나는 살아 있어요 살 아 있 어 요)/ 소리쳐 들리지 않는 밖에서/ 후렴처럼 머무는 빗줄기.// 죽음 근처의 깊은 그늘로 가라앉는다./ 더 이상 흐르지 않는 바다에 눕는다.
>
> —「수면제」 전문, 『사랑』, 77쪽

위의 시는 최승자 시인이 1973~76년 대학 시절에 쓴 시로, 시인의 슬픔의 정서를 잘 드러내고 있다. 최승자 시인의 전기적 사실과 일치하는지 여부는 알 수 없지만, 시적 화자는 "대낮에 서른 세 알의 수면제를 먹"을 정도로 고통스러워하고 있다. 너무나 고통스럽기에 자살기도[27]라도 한 듯, 희망도 무덤도 없이 온몸에서 슬픔이 새어나온다. "나는 살아 있어요"라고 소리의 귀신이 외쳐도 들리지 않는 밖에는 빗

26) 박주영, 앞의 글, 253쪽.

27) 천정환은 『자살론』에서 자살이 '고통과 해석 사이'에 있는 무엇이라고 규정했고, 한국에서의 1920년대 조순현 자살 사건의 예를 들면서 자살이라는 사건이 품는 상반되는 두 가지 계기, 즉 사회적인 것(3·1운동—조혼—세대 갈등 등으로 표현되는)과 개인적인 것(낙제—간질 또는 신경쇠약) 사이에서 벌어지는 인식·언어의 상쟁이 본격적으로 시작됐다고 보았다.(천정환, 『자살론』, 문학동네, 2013, 26쪽. 189쪽) 이처럼 최승자 시인의 자살충동도 사회적인 것(학교에서 쫓겨난 것)과 개인적인 것(우울, 죽음 의식)이 겹친 것으로 보인다.

줄기가 머물고, 시적 화자는 "죽음 근처의 깊은 그늘"이라는 고통에 시달리고 있음을 알 수 있다.

> 사공이 사라진 하늘의 뱃전/ 구름은 북쪽으로 흘러가고/ 청춘도 病도 떠나간다/ 사랑도 詩도 데리고// 모두 떠나가다오/ 끝끝내 해가 지지도 않는 이 땅의/ 꽃 피고 꽃 져도/ 남아도는 피의 외로움뿐/ 죽어서도 철천지 꿈만 남아/ 이 마음의 毒은 안 풀리리니// 모두 데려가 다오/ 세월이여 길고긴 함정이여
>
> —「억울함」 전문, 『사랑』, 78쪽

이 시에서는 흘러가는 구름과 함께 "청춘도 病도 떠나가"는 모습을 보여준다. 시적 화자는 "사랑도 詩도 데리고" 떠나갈 것을 기원하고 있지만, 이 땅에서의 "남아도는 피의 외로움", 즉 시적 화자의 고독은 피로 흘러내리고 "마음의 毒"은 죽어서도 풀리지 않는다. 실비아 플라스가 병 · 고독 속에 최후의 도박, 자살을 선택한 만큼, 최승자 시인의 고통은 「억울함」에서 시적 화자의 마음의 독이 억울함으로 피맺혀 있는 것을 보여준다.

(내 뒤에서 누군가 슬픔의 / 다이나마이트를 장치하고 있다.)

> 요즈음의 꿈은 예감으로 젖어 있다./ 무서운 원색의 화면,/ 그 배경에 내리는 비/ 그 배후에 내리는 피./ 죽음으로도 끌 수 없는/ 고독의 핏물은 흘러내려/ 언제나 내 골수 사이에서 출렁인다.// 물러서라!/ 나의 외로움은 장전되어 있다./ 하하, 그러나 필경은 아무도/

오지 않을 길목에서/ 녹슨 내 외로움의 총구는/ 끝끝내 나의 뇌리를 겨누고 있다.

—「외로움의 폭력」 전문, 『사랑』, 66쪽

이 시에서는 장전되어 있던 외로움이 피가 되어 흘러내린다. "죽음으로도 끌 수 없는 고독의 핏물"에서 보듯 그 고통은 처절하다. 그 고통은 골수 사이에서 출렁이며, 아무도 찾아 오지 않을 길목에서 자신의 뇌리를 겨누고 있다. 그 외로움은 자신에게 폭력으로 작용한다. 이처럼 실비아 플라스의 자살기도가 병 · 외로움 · 우울 그리고 추위에다, 보채는 두 어린 것들까지 겹쳐 이루어진 행위이듯, 최승자 시인의 경우에도 시를 통해 볼 때, 외로움과 우울에 시달리는 모습을 보여준다.

한밤중 흐릿한 불빛 속에/ 책상 위에 놓인 송곳이/ 내 두개골의 살의(殺意)처럼 빛난다./ 고독한 이빨을 갈고 있는 살의,/ 아니 그것은 사랑.// 칼날이 허공에서 빛난다./ 내 모가지를 향해 내려오는/ 그러나 순간순간 영원히 멈춰 있는.// 쳐라 쳐라 내 목을 쳐라./ 내 모가지가 땅바닥에 덩그렁/ 떨어지는 소리를, 땅바닥에 떨어진/ 내 모가지의 귀로 듣고 싶고/ 그러고서야 땅바닥에 떨어진/ 나의 눈은 눈감을 것이다.

—「사랑 혹은 살의랄까 자폭」 전문, 『사랑』, 15쪽

이 시에서 책상 위에 놓인 송곳은 살의, 사람을 죽이려는 생각처럼 빛나고 있다. 그것은 시적 화자의 내면에 도사리고 있는 생각으로 살의 혹은 자폭이면서도 사랑으로 표현되고 있다. 스스로를 살해하려는

시적 화자의 생각은 자살을 예감케 할 만큼 고통스러운 모습을 보여준다. 이런 시적 화자의 고통의 원인은 「사랑받지 못한 자들의 노래」, 「버림받은 자들의 노래」에도 잘 나타나 있다. 최승자 시인에게 있어서 현실의 행복이나 희망에 대한 믿음의 결핍과 부재가 그녀의 시 쓰기에 대한 근본적인 욕망을 낳고, 또 시 쓰기를 통해 그녀는 자기 자신이 살아 있음을 고통스럽게 확인하는 것이다. 이처럼 최승자 시인은 시대로부터 오는 고통 외에도 실비아 플라스의 경우와 같이 내면의 고통을 수사적으로 잘 전개시켜 나갔다.

(3) 짜라투스트라와 고통의 초극

니체는 『짜라투스트라는 이렇게 말했다』[28]에서 신 대신에 초인을, 신의 은총 대신에 권력에의 의지를, 그리고 영생 대신에 영겁회귀라는 세 개의 가설을 내놓고 있다. 『짜라투스트라는 이렇게 말했다』는 〈짜라투스트라의 서설〉 외에 4부로 구성돼 있다. 1부는 〈짜라투스트라의 설교〉, 2부에서 4부까지는 〈짜라투스트라는 이렇게 말했다〉라는 제목 하에 각각 소제목을 달고 짧게 저술하는 형식으로 이루어져 있다.

니체에 의하면, 짜라투스트라는 현실을 가장 확고하게 그리고 충실하게 통찰하는 자이고 가장 심연의 사상을 사고한 자이며, 현존과 그것의 영겁회귀에 대하여 아무런 이의도 제기하지 않는 자이고 모든 사물 자체에 대하여 영원한 긍정을 말하는 자이다.[29]

---

28) 니체, 최승자 옮김, 『짜라투스트라는 이렇게 말했다』, 청하, 1984. 이하 글의 인용은 괄호 안에 쪽수만 밝히기로 한다.

29) 강영계, 「『짜라투스트라는 이렇게 말하였다』의 실존적 의미」, 『통일인문학논총』, 제26집, 1994, 145쪽.

『짜라투스트라는 이렇게 말했다』 표지

니체는 〈짜라투스트라의 서설〉에서 '신의 죽음'을 선포한다. 즉 "예전엔 신에 대한 모독이 가장 큰 모독이었으되, 그러나 신은 죽었고 그와 더불어 신의 모독자들도 또한 죽었다."(52쪽)는 것이다. 대신에 그는 '초인', 즉 인간은 초극되어야만 할 그 무엇임을 가르친다. 그리고 "인간은 짐승과 초인 사이에 매어진 하나의 밧줄—심연 위에 매어진 하나의 밧줄"(54쪽)이라는 것이다. 인간은 하락하는 존재이면서 동시에 상승하는 존재이다. 하락의 극은 짐승이며 상승의 극은 초인이다. 이와 같은 하락과 상승은 인간 존재에만 국한되는 것이 아니라 예술, 종교, 철학 등 모든 문화적인 측면과 아울러 문명에도 해당한다.30) 이때 니체는 허무주의적 인간을 극복하여 초인을 실현하려는 실험정신을 보여준다.

1부 〈짜라투스트라의 설교〉의 「세 가지 변용(變容)에 관하여」에서 "내가 너희에게 정신의 세 가지 변용을 들겠다. 곧 정신이 낙타가 되고, 낙타가 사자가 되고, 사자가 마침내 아이가 되는 변용을."(65쪽) 보여주는데, 여기에서 낙타와 사자와 아이는 각각 책임과 자유와 창조를 의미한다. 낙타는 허무주의와 퇴폐의 무거운 짐을 짊어지고 고독을 체험한 정신으로, 이러한 낙타가 탈바꿈을 하여 모든 것을 거느릴 때

30) 강영계, 위의 글, 152쪽.

그것은 사자가 되어 자유를 획득한다. 초인은 '아이'에 해당하며 아이는 모든 것을 긍정하고 힘에의 의지에 의해서 새로운 가치, 미래의 가치, 곧 대지의 의미를 창조한다. 이때 파괴나 몰락이 창조이며 이 창조는 다시 허무로 되돌아가지 않는다. 이처럼 인간이 초인을 획득함으로써 새로운 창조적 가치를 구축할 수 있다. 영겁회귀의 필연성을 획득할 때 현존재 인간은 힘뿐만 아니라 힘에의 의지에 도달함으로써 초인을 실현할 수 있다.[31] 「창백한 범인(犯人)에 대하여」에서는 '창백한 범인(犯人)'을 "이 사람은 무엇인가? 쌓인 병(病) 더미. 그 병(病)들은 정신을 통해 세계 속으로 손을 뻗치고, 거기서 먹이를 잡으려 한다."(78쪽)고 말하고 있다. 최승자 시인도 정신분열증을 앓은 바 있으며, 발병 전후에 병적인 요소들을 시 속에 끌어오고 있는 것[32]으로 보아 모종의 영향을 받은 것으로 보인다. 1시집 『이 時代의 사랑』(1981)과 2시집 『즐거운 日記』(1984)에는 그 병적인 징조가 예견되고 있다. 또 「독서와 저술에 관하여」에서 "씌어진 모든 것들 가운데서 나는 피로 쓴 것만을 사랑한다. 피로 써라. 그러면 너는 피가 곧 정신이라는 것을 경험하게 되리라."(79쪽)라는 부분은 『빈센트, 빈센트, 빈센트 반 고흐』의 역자 후기인 「번역을 마치고 나서」 중 "끊임없이 자신의 고통에서 흘러내리는 피를 보고서야, 자신이 물리적으로 살아 있음을 정신적으로 느끼는 사람들이 있다."라는 부분과 『자살의 연구』에서 실비아 플라스가 "피의 분출은 시(詩)이다"라고 쓴 부분과 일맥상통한다.

---

31) 강영계, 위의 글, 165쪽, 167~168쪽, 170쪽, 172~173쪽.

32) 이에 대해서는 김정신의 「최승자 시에 나타난 '자기고백'의 의미」(『현대문학이론연구』 54집, 2013.9)와 「최승자 시에 나타난 부정의 정신」(『현대문학이론연구』 58집, 2014.9)을 참조할 것.

자신의 존재를 드러내는 사람들, 그 중에서도 피로 그림을 그리거나 글을 쓰는 사람들, 그 피가 정신임을 증명하는 이들을 니체는 짜라투스트라를 통하여 높이 평가하고 있는 것이다.

2부 〈짜라투스트라는 이렇게 말했다〉 중 「동정하는 자들에 대하여」에서 짜라투스트라는 "신은 죽었다. 인간에 대한 동정으로 인해 신은 죽었다."(129쪽)라고 신의 죽음을 선포하고 있다. 「자기 초극에 대하여」에서 "나(삶 -인용자)는 '끊임없이 자기 자신을 초극해야만 하는 무엇이다.' 물론 너희는 그것을 생식에의 의지, 혹은 하나의 목적을 향한 충동, 보다 높고 좀 더 멀고 한결 다양한 것을 향한 충동이라고 부른다. 그러나 그 모든 게 하나이며, 하나의 비밀인—것이다."(156쪽)라고 말하고 있다. 오직 삶이 있는 곳에만 의지도 있는 것이며, 그것이 곧 권력에의 의지라는 것이다.

김치수는 최승자의 시를 시인이 의식의 차원에서 앓고 있는 정신적인 고통의 과정을 나타내고 있다고 보았다. 그것은 정신적인 병으로 시인의 의식 속에서 경험하는 아무것도 할 수 없는 상황과의 갈등 때문에 시밖에 쓸 수 없는 자아의 인식으로 나타나는 병, 일종의 '저주 받은 운명'[33]으로 보고 있다. 최승자 시인은 "깨고 싶어/ 부수고 싶어/ 울부짖고 싶어/ 비명을 지르며 까무러치고 싶어/ 까무러쳤다 십년 후에 깨어나고 싶어"(「나의 詩가 되고 싶지 않은 詩」, 『사랑』, 23쪽)라면서 철저한 부정을 통해 긍정에 이르려는 자기 초극의 모습을 보여주기도 한다.

니체는 1부 〈짜라투스트라의 설교〉 중 「배후세계론자에 관하여」에서 '회복기의 환자'를 "그의 눈물까지도 내겐 여전히 병과 병든 육체

---

33) 김치수, 「사랑의 방법」, 『이 時代의 사랑』, 문학과지성사, 1981, 89~90쪽.

일 뿐"(72쪽)임을 살펴보았듯이, 3부 〈짜라투스트라는 이렇게 말했다〉 중 「회복기의 환자에 대하여」에서는 "모든 것이 가고 모든 것이 되돌아온다. 존재의 수레바퀴는 영원히 회전한다. 모든 것이 죽고 모든 것이 새로 꽃피어난다. 존재의 해(年)는 영원히 계속된다."(260쪽)라고 언급하고 있다. 의지가 니체 철학에서 가장 근본적인 개념인 까닭은 그것이 영겁회귀의 수레바퀴에서 매순간을 극복하기 때문이다. 그렇기에 니체에 의하면, 인간은 초극되어야만 할 어떤 것이며, 인간의 극복뿐만 아니라 소크라테스주의로부터 쇼펜하우어주의, 기독교 도덕들을 극복할 때 비로소 초인이 가능하다는 것이다.[34]

4부 〈짜라투스트라는 이렇게 말했다〉 중 「신호」에서는 영겁회귀와 힘에의 의지, 초인사상이 집약되어 나타나 있다.

> 자! 사자는 왔고, 이젠 나의 아이들이 가까웠다. 짜라투스트라는 무르익었고, 나의 때가 왔다(meine Stunde kam 글자 그대로는 나의 때가 왔다이고, 관용적 의미로는 나의 최후가 왔다이다—역주)
>
> 이것은 "나의" 아침이다. "나의" 낮이 시작된다. "자 솟아 올라라, 솟아 올라라, 그대 위대한 정오여!"
>
> 짜라투스트라는 이렇게 말하고, 자신의 동굴을 떠났다, 어두운 산에서 솟아오르는 아침 태양처럼, 타오르는 듯, 힘차게.(371쪽)

이 글에서 사자는 고독을 체험하면서 자유를 획득한 정신이고 아이들은 이미 창조에 익숙한 정신이다. 낙타로부터 아이에 이르는 영겁회

---

34) 강영계, 앞의 글, 174쪽.

귀 속에서 낙타와 사자를 초극한 아이는 이제 초인이 되어 짜라투스트라와 함께 창조의 길을 떠나는 것이다.[35] 이처럼 니체는 짜라투스트라를 고통을 극복한 철인으로 그리고 있다.

그런데 짜라투스트라가 초인을 통해 보여주는 낙타에서 사자, 사자에서 아이로 변형되는 정신적 초극의 과정과 최승자 시가 보여주는 기존의 현실 원칙을 거부하고 파괴와 저항을 통해 새로운 자아와 세계를 창조하려는 부정의 정신[36]과 어느 정도 연관성이 있다. 현실과 자신에 대한 부정이 강하면 강할수록 자신에게 되돌아오는 고통의 힘은 큰 것이다.

> 갑자기, 저승에서 이를 닦고 있는
> 내 어머니의 모습도 보인다.
>
> 이윽고 아득하게 코피가 터져 흐르고
> 타오를 듯 푸르른 이 세계의 공포 속으로
> 내가 내려서기 시작한다.
> —「對敵」 3연과 4연의 일부, 『日記』, 100쪽

이제 시적 화자에게 먼저 저 세상으로 가신 어머니가 보인다. 여기서 "저승"의 사전적 의미는 "사람이 죽은 뒤에 그 혼이 가서 산다고 하는 세상"(국립국어원)을 말한다. 이미 시적 화자는 어머니와 사별의

---

35) 강영계, 앞의 글, 175쪽.

36) 최승자 시에 있어서의 부정의 정신에 대해서는 2장을 참조할 것.

고통을 경험했다. 그런데 "저승에서 이를 닦고 있는" 그 어머니를 본다. 이것은 시적 화자가 상상 속에서 자신도 그런 지하 세계에 들어갔다는 것을 의미할 수도 있다. 또 이런 지상에서의 지하세계로의 여행은 현세에서 어머니와의 사별 후, 상실의 고통의 극치를 보여주기도 한다. 그것은 공포의 세계이며, 하락과 동시에 상승해야 하는 존재, 곧 초극되어야만 하는 '초인'의 모습이 깔려 있음을 알 수 있다.

보이지도 들리지도 않는,
근원적으로 피비린내나는
이 세상의 고요 속으로
나는 처음으로 내려서겠습니다.
(중략)

한 經典이 무너지면
또 한 經典을 세우며......

어머니 이것은 누구의 눈알입니까?
어머니 이것은 누구의 심장입니까?
—「下山」 3연 일부와 4연, 『日記』, 102~103쪽

이제 시적 화자는 코피가 터져 흐르며 근원적으로 피비린내나는 세상의 고요 속으로 내려선다. "보이지도 들리지도 않는", "피비린내나는/ 이 세상의 고요"라는 구절을 볼 때, 이미 시적 화자는 세상의 온갖 피비린내 나는 고통의 극치를 경험한 것이다. 그런데 그런 피비린

내 나는 세상이 고요하다는 것은 이 세상의 끝을 보여주는 것일까?

시적 화자는 어머니 앞에 자신의 고통을 토하면서 자발적으로 그 고통을 대면·극복하는 모습을 보이고 있다. 이렇게 경전이라고 믿었던 세계가 무너져 내린 마음의 상태는 "누구의 눈알"이며, "누구의 심장"이냐면서 어머니에게 되묻고 있다. 그러면서 시적 화자는 하산하는 모습을 보여준다. 이 부분은 『짜라투스트라는 이렇게 말했다』의 마지막 부분을 연상시킨다. 짜라투스트라가 설법을 마치고 동굴을 나오는 부분과 유사한 것임을 알 수 있다. 이는 고통을 정신적인 측면에서까지 초극하는 면을 잘 보여주고 있으며, 짜라투스트라의 영향을 받았음을 여실히 보여주고 있다.

4. 고통의 힘과 문학적 성취

뛰어난 몇몇 예술가들에게 있어서 정신질환은 남다른 예술적 창조성을 발휘함으로써 그 천재성을 드러내는 경우가 종종 있다. 그러나 그것이 때로는 자살 또는 죽음으로 이끄는 자기 파괴성을 드러내기도 한다.

최승자 시인의 고통의 기원은 대학 시절 교지 편집장을 맡던 중, 어떤 연유에서인지 블랙리스트에 올랐다가 학교에서 쫓겨나면서 비롯되었음을 살펴보았다. 그 고통은 시대적인 외부 상황에서 오는 불합리성과 억울함뿐만 아니라 그로 인한 내면적인 억압 구조까지 겹쳐 있음도 살펴보았다.

최승자 시인은 번역 활동과 시작(詩作) 활동을 병행했는데, 번역서들과 초기 시에 영향 관계가 있음도 살펴보았다. 먼저, 『빈센트, 빈센

트, 빈센트 반 고흐』(1981)에 나타난 고흐의 모습에서의 사제적인 면이 최승자의 『즐거운 日記』 중 「脈」과 「散散하게, 仙에게」, 「無題 2」에 나타나 있음을 살펴보았다. 둘째, 『자살의 연구』(1982)에서 실비아 플라스의 고통을 수사학적으로 풀어내는 모습을 최승자의 『이 時代의 사랑』 중 「수면제」, 「억울함」, 「외로움의 폭력」, 「사랑 혹은 살의랄까 자폭」에, 『즐거운 日記』 중 「Y를 위하여」에 영향을 미쳤음도 살펴보았다. 마지막으로, 『짜라투스트라는 이렇게 말했다』(1984)에서 짜라투스트라의 고통을 초극하는 면이 최승자의 『즐거운 日記』 중 「對敵」과 「下山」에 드러나 있음도 살펴보았다.

고흐가 끊임없는 정신착란으로 우울한 현실을 그림을 그림으로써 감내하는 모습을 보였다면, 실비아 플라스는 가부장제에 분노하며 저항하는 고통스런 모습을 시로 형상화했고, 짜라투스트라는 기존의 지배 질서를 대변하는 기독교적 사유에서 벗어나 반기독교적 사유를 펼쳐 보였다. 최승자의 번역 텍스트에 등장하는 이런 사유와 정신이 그녀의 시에도 잘 나타나 있다. 최승자의 시는 현실에 대한 절망과 부정을 고통스런 울부짖음으로 나타낸다. 기존의 현실 원칙을 거부하고 권위에 대한 우상파괴적인 모습을 통해 자아와 세계를 창조하려는 노력 속에 보여주는 고통의 힘은 실로 놀라운 성과를 보여준다. 무엇보다도 최승자는 고흐, 실비아 플라스, 짜라투스트라에 관한 번역 작업에서 고통의 극한 상황과 자기 파괴적인 모습에 영향을 받았으며 자신만의 시작 활동을 통하여 자신의 고통을 초극하려는 면을 잘 보여준다.

4장 최승자 시에 나타난 사랑의 의미:
『상징의 비밀』이 『연인들』에 미친 영향을 중심으로

1. 죽음과 사랑의 관계

1장에서는 최승자 시에 대한 선행 연구 중 죽음 의식과 사랑을 중심으로 살펴보았다. 그 결과 최승자의 시세계가 죽음의 편재성에서 시작됐을 뿐만 아니라 사랑을 갈구하는 모습을 띤다고 보았다.

최승자 시를 깊이 들여다보면, 절망과 죽음 의식의 다른 한편에 '사랑'을 갈구하는 모습이 드러난다. 사랑(Amour)의 어원을 살펴보면, 'A'는 'not(없음)'을, 'mour'는 'morte', 곧 'death(죽음)'을 의미한다. 그러므로 사랑이란 '죽음이 없는 상태'를 가리킨다. 그러나 최승자 시에 있어서 죽음과 사랑은 서로 밀접하게 연결되어 있다. 먼저 최승자의 초기 시를 4시집까지로 상정하고,[1] 여기에 나타난 사랑의 모습을 살

---

1) 필자는 편의상 죽음 의식과 절망, 사랑 등을 다룬 1시집부터 4시집까지를 초기 시로, 『상

펴보기로 한다.

"한밤중 흐릿한 불빛 속에/ 책상 위에 놓인 송곳이/ 내 두개골의 살의(殺意)처럼 빛난다./ 고독한 이빨을 갈고 있는 살의,/ 아니 그것은 사랑"(「사랑 혹은 살의랄까 자폭」, 『사랑』, 1981, 15쪽), "종기처럼 나의 사랑은 곪아/ (중략) / 이제는 어둠 속으로 숨어/ 종기처럼 문둥병처럼 / 짓물러 터지려 하네."(「이제 나의 사랑은」, 『사랑』, 49쪽)와 같이 1시집 『이 時代의 사랑』에 나타난 '사랑'은 고독과 죽음, 자기소외와 관계가 있는데, 이 사랑은 개인의 사랑인 동시에 집단적인 사랑을 뜻한다. 그 사랑은 "살의"로 표명되기도 하고, "종기처럼" 곪아 터지려 하는 사랑으로서 죽음과 결부되어 있다. 또 2시집 『즐거운 日記』에 수록된 "'세상의 아들아 내 손이 비었구나, 너희에게 줄 게 아무것도 없구나.' 그리고 우리는 정말로 개처럼 납작하게 엎드려 고요히 침을 흘리며 죽어갔다."(「197X년의 우리들의 사랑—아무도 그 시간의 火傷을 지우지 못했다」, 『日記』, 20~21쪽)에서의 '사랑'은 1970~1980년대라는 암울한 시대 속에서의 사랑을 상징한다. 3시집 『기억의 집』에 이르러서는 "굴복할 때 사랑은 가장 아름다워—/ 가장 강한 강함이든/ 가장 약한 약함이든/ 그것에 굴복할 때/ 사랑은 가장 아름다워—"(「겨울 들판에서」, 『기억』, 80~81쪽)라면서, 굴복할 때 '사랑'이 가장 아름답다는 자기포기의 모습도 보여준다. 4시집 『내 무덤, 푸르고』에서는 "사랑은 취하면 어디로 가나./ 증오는 취하면 어디로 가나./ 다리 밑, 다리 밑, 오 다리 밑.(「다리 밑」, 『내 무덤』, 56~57쪽)처럼 사랑이 취하면 가는

징의 비밀』과 함께 영향적인 면에서 본격적으로 다루게 될 5시집을 중기 시로, 그리고 병든 이후 출간된 6시집과 7시집, 8시집을 후기 시로 설정하였다.

향방을 보여준다.

이처럼 최승자의 초기 시는, 아름답고 이상적이며 우리들이 꿈꾸는 낭만적 사랑이 아닌, 버림받고 소외되고 외롭고 불안한 영혼들이 나누는 사랑을 보여준다. 그 사랑 의식은 사적인 영역에서 출발하여 사회적 영역으로 점차 확대되고 심화된다. 즉 최승자의 초기 시에서는 불평등한 지배 구조 속에 억압받는 여성의 삶과 희생적 사랑의 의식에 주목하고 있다.[2] 이와 같이 초기 시에 나타난 '사랑'의 모습은 죽음 의식과 양가성을 이루며, 절망과 죽음에의 깊이가 더할수록 사랑에의 갈구 역시 큰 것을 알 수 있다. 이와 같이 본고는 최승자의 시세계를 죽음 의식과 사랑의 관계, 특히 '사랑'에 초점을 맞춰 『연인들』을 살펴보기로 한다.

필자는 최승자의 25권의 번역 텍스트 중 『빈센트, 빈센트, 빈센트 반 고흐』(1981.6.12), 『자살의 연구』(1982.1.25), 『짜라투스트라는 이렇게 말했다』(1984.4.15)와 시인의 초기 작품인 『이 時代의 사랑』(1981.9.20), 『즐거운 日記』(1984.12.5)의 영향 관계를 살펴본 바 있다.[3] 그 후속 작업이라 할 수 있는 본 연구에서는 번역서 『상징의 비밀』(1998.12.14)과 5시집 『연인들』(1999.1.30)의 영향 관계를 본격적으로 다루기로 한다. 이와 같이 번역 텍스트와 창작시와의 영향 관계를 탐색하는 것은 최승자 시인에게 있어서 사랑의 의미를 파악하는 단초가 되는 중요한 작업이라 할 수 있다.

---

2) 김윤정, 「최승자 시에 나타난 사랑의 의미와 세계인식의 변화 연구」, 동의대 석사논문, 2012, 1~2쪽.

3) 김정신, 「최승자의 번역 텍스트와 초기시에 나타난 고통의 시학—고흐, 실비아 플라스, 짜라투스트라의 영향을 중심으로」, 『한국문학이론과 비평』 제69집, 2015, 33~63쪽.

최승자 시인은 초기에도 '사랑'을 소재로 시를 쓴 바 있지만, 5시집 『연인들』에서 본격적으로 '사랑'에 대한 시를 쓰기 시작한다. 그 배경으로는 1994년 아이오와대학 초청으로 미국에서 생활하면서 점성술, 별자리점을 접하였고, 또한 타로 카드에 지대한 관심을 가지면서 『상징의 비밀』을 번역하게 된 시점으로 거슬러 올라간다. 점성술과 타로 등에 관심이 있었기에 『상징의 비밀』을 번역하면서 자신의 다섯 번째 시집도 타로 카드 6번에 해당되는 'Lovers'(본론 2. **[그림 2]**)와 『상징의 비밀』에는 나오지 않지만 메이저 타로 카드 6번에 해당하는 'Lovers'(본론 3. **[그림 7]**)를 따 시집의 제목을 『연인들』로 붙인 것으로 보인다. 이런 맥락에서 필자는 최승자 시인의 시작(詩作) 활동과 번역 작업은 밀접한 관계에 있다고 보고, 이를 '수용미학'과 '영향미학'의 관점에서 살펴보고자 한다. 이른바 '수용미학(Rezeptionsästhetik)'이란 문학 작품을 읽고 그것을 수용하는 독자의 측면에서 문학 내지 문학사에 관여하고 작용하는 기능을 살피고 그 가치를 연구하는 것이다.[4] 말하자면 최승자 시인이 한편으로는 독자의 관점에서, 다른 한편으로는 시인의 관점에서 번역서를 수용하고 재창조하는 과정은 상호 소통적 관계로 볼 수 있는 것이다. 또 '영향미학(Wirkungsästhetik)'이란 "수용을 활성화하고 조종하며 제한하는 텍스트 요소와 구조들의 총합으로서, 수용과 관련한 잠재적 영향력"[5]을 가리킨다. 이에 본고에서는 『상징

4) 박찬기, 「문학의 독자와 수용미학」, 박찬기 외, 『수용미학』, 고려원, 1992, 11쪽.

5) Andreas Böhn, Reallexikon der deutschen Literaturwissenschaft. Neubearbeitung des Reallexikons der deutschen Literaturgeschichte, hrsg. v. Jan Dirk Müller, Bd. Ⅲ: P-Z, Berlin, New York: de Gruyter, 2003, S. 852. 김형기, 「'포스트드라마 연극'의 개념과 영향미학」, 『브레히트와 현대연극』 24권 0호, 2011, 115쪽 재인용.

의 비밀』에 나타난 '타로 카드'의 영향이 『연인들』에 어떻게 수용되어 나타났는지, 그리고 『연인들』에 나타난 신화적 사랑의 모습은 어떤지 살펴보기로 한다.

2. 『상징의 비밀』의 '타로 카드'가 『연인들』에 미친 영향

수용미학과 영향미학에 대해 조금 더 살펴보자. 수용미학이란 1960년대 말 서독 문예학계에서 시작된 문학 연구 방법론이다. 이것은 문학 작품의 이해와 평가를 독자, 즉 수용자의 입장에서 시작해야 한다는 것이다.[6] 수용미학은 마르크스주의 문학이론과 형식주의 문학이론이 각각 역사와 문학 중 어느 한쪽에 치우쳤다고 보고 이 두 가지를 종합해 보고자 하는 욕구로부터 출발한 이론이다.[7] 야우스(Jauβ)에 의하면, '수용(Rezeption)'이라는 것은 독자 내지는 수취인이 결정적인 역할을 하는 부분, 즉 창작 텍스트가 수용자에 의해서 구체화될 때 수취인(독자)이 결정적인 작용을 하는 측면을 가리키는 것이고, '영향(Wirkung)'이라는 것은 문학 작품이 구체적으로 읽혀질 때 텍스트 자체가 가지는 영향력의 측면을 가리킨다. 문학 텍스트의 수용과 영향은 작품 이해가 이루어지는 수용자의 의식에 관련되어 있기 때문에 양쪽 다 '이해 과정'에서 떼어놓을 수 없는 것이다.[8]

또한 이저(Iser)는 작가가 창작해 놓은 지시적 제시물인 창작품을 문학 텍스트(Text)라고 하고, 이것을 독자가 읽고 이해하고 결국 새로

6) 차봉희 편저, 『수용미학』, 문학과지성사, 1985, 26쪽.

7) 권희돈, 「수용미학이란 무엇인가」, 『새국어교육』 46권 0호, 1990, 142쪽.

8) 차봉희 편저, 앞의 책, 28~29쪽.

운 경험으로 만들어 낸 것을 문학 작품(Work)이라고 한다. 그러니까 이저가 말하는 문학 작품은 작가에 의해 만들어진 예술적인 면과 독자에 의해 실현된 심미적인 면을 공유하는 셈이다.[9] 이저는 문학 텍스트의 영향적 요소를 텍스트의 구조가 독자의 반응을 유발시키고 진전시켜 주는 잠재력과 관계가 있고, 독자의 수용적 요소를 텍스트의 잠재력을 활성화시키는 선택력과 관계가 있다고 본다. 즉, 문학 텍스트를 읽는다는 것은 텍스트의 구조와 독자 사이에서 일어나는 소통의 과정이며, 이러한 구체화는 텍스트의 영향적 요소와 독자의 수용적 요소가 상호작용을 함으로써만 가능하기 때문에 이저는 이를 소통의 관계로 본다.[10]

『상징의 비밀』은 최승자가 데이비드 폰태너의 *The Secret Language of Symbols*를 번역하여 1998년 12월 14일 문학동네에서 출간한 책이다. 맨 앞에 〈서문〉이 실려 있고, 이어서 〈상징의 힘〉, 〈상징의 사용〉, 〈상징의 세계〉, 〈상징 체계〉의 네 부분으로 이루어져 있다. 이 중 본고의 논지 전개에 관련된 부분은 〈상징 체계〉라 할 수 있다. 〈상징 체계〉는 '비학 체계, 연금술, 카발라, 점성학, 불의 궁, 물의 궁, 공기의 궁, 흙의 궁, 타로, 탄트라, 차크라, 역경'이라는 세부 항목들로 이루어

---

9) 물론 여기에서 의문이 드는 점은 첫째, 타로 카드가 과연 예술적 심미적 '작품'(work)인가 하는 점, 둘째, 이저와 야우스가 말하고 있는 수용미학은 '텍스트'를 전제로 한 심미적 체험을 의미하는데, 타로 카드는 '텍스트'가 아니라 '도상' 매체라고 주장하는 이도 있다. 『상징의 비밀』이 도상 카드와 더불어 그 상징에 대한 설명(텍스트)일 수도 있지만 상징의 대상은 결국 그림 카드라는 점에서 도상 매체라고 보는 것이다. 그러나 필자는 『상징의 비밀』을 최승자가 번역한 문학 텍스트로 보았고, 그 안에 소개되어 나오는 타로 카드 역시 〈상징 체계〉를 설명하는 텍스트의 일환으로 보았음을 밝힌다.

10) 이성호, 「영향과 수용의 상호소통—볼프강 이저의 독자반응비평 이론」, 박찬기 외, 『수용미학』, 고려원, 1992, 145~159쪽.

져 있다. 이 중 본고와 직접적인 관련이 있는 부분으로는 '타로' 항목[11]이라고 할 수 있다. 최승자 시인은 1994년 아이오와대학 초청으로 미국에 체류하면서 점성술, 별자리점을 경험하였고, 타로 카드에도 관심을 가지면서 『상징의 비밀』을 번역하기에 이른 것이다.

> 나는 용서한다. 점성술과 연금술과 타로를,
> 주역과 카발라와, 노자와 예수와 부처를.
> (중략)
> 나는 용서한다. 내가 썼던 시들과, 내가 쓸 시들을,
> 그리고 그것들을 읽었던 혹은 읽을 모든 눈들을.
> —「나는 용서한다」의 일부, 『연인들』, 56~57쪽

최승자 시인은 위의 시에서 그동안 점성술과 연금술, 타로, 주역, 카발라, 노자, 예수, 부처에게서 얼마나 영향을 받았는지 보여주고 있다. 그 많은 것들로 채워진 자신의 의식 세계를 비춰보면서 그들을 용서한다고 고백하고 있다. 왜냐하면 사랑하고 있지 않으면 그 정신 상태는 죽은 것[12]이나 다름없기 때문이다. 또한 그로 인해 영향 받아 썼던 시들과 또 쓸 시들을, 그뿐 아니라 자신의 시를 읽은 독자들과 읽을 독자들을 용서한다고 고백하고 있다. 그러면서 독자로서 데이비드 폰태너의 『상징의 비밀』을 읽는 동안 상징의 세계에 영향을 받았고, 또 이

11) 위키백과에 의하면, "타로(Tarot)는 22장의 메이저 아르카나와 56장의 마이너 아르카나로 된 카드 패로서, 그 기원으로는 이집트 기원설, 유태인 기원설, 인도 기원설 등의 주장이 있다."(http://ko.wikipedia.org/wiki/%ED%83%80%EB%A1%9C/ 2015.2.18 검색)

12) 줄리아 크리스테바, 김영 옮김, 『사랑의 역사』, 민음사, 1995, 31쪽.

를 번역하는 것에 그치지 않고, 그것을 자신의 시 창작에 수용함으로써 수용미학적인 면과 영향미학적인 관계를 동시에 보여준다. 『상징의 비밀』 제4부 〈상징체계〉 중에서도 '타로' 항목에서는 다음과 같이 설명하고 있다.

> 타로의 기원은 수수께끼로 남아 있다. 타로의 기원을 다양하게, 이집트, 인도, 중국의 문명에서 추적해보려는 시도가 있어왔고, 타로가 유럽에 유입된 것은 아랍인들과 집시들(루마니아인들) 덕분인 것으로 생각되어 왔다. (중략) 현대의 카드와 닮은 것으로 기록에 나와 있는 최초의 카드는 1415년 밀라노 대공을 위해 만들어진 것인데, 어떤 이들은 파리의 국립도서관에 보관되어 있는 열일곱 장의 타로 카드가 1392년 프랑스의 샤를 6세를 위해 만들어졌던 한 벌의 카드 중에서 남은 것들이라고 주장한다. 그것들 중 어떤 것이 더 오래된 것이든, 15세기 초반부터 이탈리아에서뿐만 아니라 프랑스에서 타로 카드가 널리 이용되기에 이르렀고, 결국에는 유럽 전체로 퍼져갔다는 것은 확실하다.[13)]

『상징의 비밀』 제4부 제9항 '타로'에 소개된 타로 카드는 총 22장으로 이루어져 있는데, 이는 메이저 아르카나인 것으로 보인다. 각 항목들은 다음 상자의 목록과 같다.

22장의 타로 카드 중 6번 카드는 '연인들'에 해당되는데, **[그림 2]**가

---

13) 데이비드 폰태너, 최승자 옮김, 『상징의 비밀』, 문학동네, 1998, 168쪽. 이하 인용은 괄호 안에 쪽수만을 표시한다.

0. 바보, 1. 마술사, 2. 고위 여사제, 3. 황후, 4. 황제, 5. 최고 사제, 6. 연인들, 7. 전차, 8. 정의, 9. 은둔자, 10. 운명의 수레바퀴, 11. 힘, 12. 교수형당한 사람, 13. 죽음, 14. 자제, 15. 마왕, 16. 탑, 17. 별, 18. 달, 19. 태양, 20. 심판, 21. 세계

[그림 1: 황후]
(타로 카드 3번)

[그림 2: 연인들]
(타로 카드 6번)

[그림 3: 고위 여사제]
(타로 카드 2번)

이에 해당된다. 또 이 그림 속에 나타난 고위 여사제와 황후에 대한 설명으로 타로 카드 2번 '고위 여사제'와 타로 카드 3번 '황후'를 살펴보기로 한다. 먼저 『상징의 비밀』에는 **[그림 2: 연인들]**에 대해 다음과 같이 설명하고 있다.

> 많은 타로 팩에서 이 카드는, 하나는 순수하고 존경할 만하고 다른 하나는 아름답고 무정한, 두 여자 사이에 있는 한 남자를 보여준다. 그들의 머리 위에 있는 인물은 큐피드인데, 그의 화살은 때마다 다르게, 아래 세 사람들 중의 하나를 겨누고 있다. 그 상징적 표현은 명백하다. 내적 자아의 차원에서, 남성적인 것이 여성적인 것과 결합해야 할 필요를 인식했으므로, 선택은 이제 여성성의 두 변형판 사이에 있

다는 것이다. 즉 한편에는 처녀이며 신성한 여성(여사제)이 있고 다른 한편에는 생식력 있고 물질적인 여성(황후)이 있는 것이다.(173쪽)

여기서 "고위 여사제는 공개적이고 능동적인 남성 원리의 에너지를 기다리는 숨겨진, 신비하고 수용적인 여성 원리를 구현화한 것"으로 [그림 3]이 바로 그것이다. 점의 의미로는 "직관적 통찰력, 창조적 능력, 숨겨진 것들의 계시"(172쪽)를 나타낸다. "또 다른 한 측면을 보여주는 것은, 어머니로서의 다산성을 가져다주는 자, 창조를 주재하는 대지모, 황후이다. (중략) 오직 남성적인 것과의 실제적인 합일을 통해서만, 황후가 가진 힘의 비밀은 그 신비적 차원과 대지모의 차원 모두에서, 완전하게 드러날 수 있는데" [그림 1]이 그것이다. 점의 의미로는 "생식력, 풍요, 성장, 자연과 자연 세계로부터 나오는 힘, 위안, 안정"(172쪽)을 나타낸다.

최승자 시인은 타로 카드에 관심을 가지면서 『상징의 비밀』을 번역하는 동안 단순히 독자의 차원을 넘어서 자신의 창작시 5시집도 타로 카드 6번에 해당되는 'Lovers'(그림 2)를 따와 『연인들』로 붙인 것으로 보인다. 이를 토대로 『상징의 비밀』이 『연인들』에 미친 영향과 이를 수용하여 재창조하는 관계를 도표로 정리하면, [표 1]과 같다.

[표 1]을 볼 때, 『상징의 비밀』과 『연인들』은 서로 텍스트적으로 영향 관계에 있음을 알 수 있다. 최승자 시인은 『상징의 비밀』을 읽는 과정에서 텍스트와 독자의 배경 지식 사이에 연결함으로써 하나의 의미망을 만드는데, 이 의미망을 '내적 텍스트(inner text)'라고 한다. 이 내적 텍스트의 구성은 첫째, 사회 문화적인 담화의 관습적인 영향을 받아서 이루어진다. 둘째는, 텍스트에 대한 현행 경험을 통하여 이미 가

[표 1]『상징의 비밀』이『연인들』에 미친 영향

타로 카드 총 22장	최승자의 5시집『연인들』
6. 연인들	「연인들 1—빛의 혼인」 「연인들 2—두 마리 새의 화답」 「연인들 3—몸 속의 몸」
12. 교수형당한 사람	「돈벌레 혹은 hanged man」
13. 죽음	「마흔두번째의 가을」 「심장론」 「둥그런 거미줄」 「흔들지 마」 「천년 지복」 「하얀/ 위에/ 다시/ 하아얀」 「왕국」
21. 세계	「시간은」 「유라누스를 위하여」

지고 있던 텍스트를 새롭게 고침으로써 텍스트들 사이의 연결이 이루어진다.14) 따라서 최승자 시인은『상징의 비밀』을 일반적인 독자의 수준을 넘어서 이를 새롭게 읽어 번역함으로써 재독해가 이루어졌을 뿐만 아니라, 자신의 시 창작에 직접 새롭게 활용함15)으로써『상징의 비밀』과『연인들』간의 상호텍스트성을 보여준다.

여기서 상호텍스트성(intertextuality)이란 '속', '사이' 또는 '상호'의 뜻을 지닌 'inter'라는 접두어가 '원문'이나 '본문'의 뜻을 지닌 'text'와 결합하여 이루어졌다. 여기에 사물의 성질이나 상태를 나타내면서 명사를 만드는 어미 '-ity'가 덧붙여져 만들어진 신조어로서, 이는 텍스트가 내적으로 서로 관련되어 이루어진 것을 지칭하는 개념으로 '텍스트

14) 김도남,『상호텍스트성과 텍스트 이해 교육』, 박이정, 2003, 134쪽.

15) 어떤 특정한 작품에 자극된 수용 현상으로 수용 과정을 자기 고유한 생산으로 다시 변화시키는 경우. 이러한 수용의 결과로 생겨나는 것은 창작 작품이다. 이를 수용의 유형 중 생산적 수용이라고 볼 수 있다.(차봉희 편저, 앞의 책, 30쪽 참조)

들 사이의 관련성'이라 해석할 수 있다.16) 상호텍스트성17)이라는 용어를 처음 만든 이는 크리스테바인데, 그 용어의 개념 기반은 소쉬르의 언어학 이론과 바흐친의 대화이론에서 찾을 수 있다. 소쉬르의 기호에 대한 설명은 상호텍스트성의 기반을 이룬다. 또 바흐친은 도스토예프스키의 소설을 분석하면서 그의 소설의 구성이 다성성을 기반으로 한 대화를 통하여 구성되어 있음을 설명한다. 이러한 바흐친의 인식은 크리스테바에 와서 정교화된다. 크리스테바는 텍스트의 구성을 통시적인 면에서 텍스트 상호간에 영향을 미친다는 수직적인 영향과 공시적인 면에서 그 당시의 사회나 문화적인 요소가 텍스트에 영향을 미친다는 수평적인 영향 관계로 설명한다. 이 중에서 상호텍스트적인 것으로 설명하는 것은 수직적인 영향 관계에 있는 것을 지칭하는 것이다. 즉 하나의 구성은 이미 앞서 만들어진 텍스트들에 영향을 받아서 이루어진다는 것이다.

[표 1]에 제시된 타로 카드 21번 '세계'의 의미를 먼저 살펴보기로 한다. "여기서 우리는 전체성의 최상의 상징을 본다. 승리의 월계수 화환에 둘러싸여, 벌거벗은 여자는 끝이 점점 가늘어지는 막대, 즉 마

---

16) 김도남, 앞의 책, 98쪽.

17) 김도남, 앞의 책, 117쪽. 이러한 상호텍스트성의 한 예를 大津直子의「谷岐潤一郎『猫と庄造と二人をんな』論—『源氏物語』の飜譯体験との交渉をめぐって—」(『日本近代文学』 第93集、2015.11、pp.32~45)에서 볼 수 있다. 大津直子는 谷岐潤一郎의 源氏訳이『猫と庄造と二人をんな』의 창작에 영향을 준 가능성과『猫と庄造と二人をんな』의 창작이 源氏訳에 영향을 준 가능성이 있는 것으로 보았다. 이렇게 볼 때, 소설 집필과 번역은 상호 영향을 미친 것으로 보인다. 최승자 시인의 경우,『상징의 비밀』의 번역이『연인들』 시 창작에 영향을 준 가능성을 유추해 볼 수 있다. 즉 최승자 시인은 점성술과 타로 등에 관심이 있었기에『상징의 비밀』이라는 책을 번역하게 되었고 당연히 그 관심이 시에도 반영된 것이다. 또한 그 역으로『연인들』 시 창작이『상징의 비밀』의 번역에 영향을 준 가능성을 유추해 볼 수 있다. 그러나 본고에서는 후자의 입장을 차후의 과제로 남겨 두기로 한다.

[그림 4: 세계]
(타로 카드 21번)

시간은 시간을 갖고 있지 않다.
모든 사물이 저마다의 시간을 갖고 있을 뿐.
나는 자전하면서 그것들 주위를 공전하고
지금 내 주파수는 온통 유라누스에게 맞춰져 있다.

가이아는 지금 온몸이 총체적 파장이다.
—「시간은」의 일부, 『연인들』, 15쪽

어느 입술이 내게 밤새
천체의 서(書)를 읽어주었다.
어느 손이 밤새 내 머릿속에
천체의 서(書)를 써넣었다.

나는 지금 어떤 문법을 고르고 있다.
나는 지금 우주의 조직.
마디마디를 짚어보고 있다.
너는 있니, 너는 있니, 어디에?
—「유라누스를 위하여」의 일부, 『연인들』, 20쪽

술사의 막대를 들고 있다. 위와 아래, 대우주와 소우주, 오른쪽과 왼쪽까지 이제 하나가 되었다. (중략) 벌거벗은 인물은 완전히 벌거벗은 게 아니다. 베일이 몸에 드리워져, 창조력의 상징인 생식기를 가리고 있다. 그 베일은 앞으로 더 나타나야 할 신비가 있다는 것을 우리에게 다시금 일러준다."(179쪽)

최승자의 5시집 『연인들』에 실린 「시간은」에 등장하는 "가이아"[18]

18) 가이아(gaia)는 그리스 신화에 나오는 대지의 여성으로, 지구가 자기 조절 능력을 가진 초유기체임을 나타내는 상징적 단어이다. 러브록에 따르면, 가이아란 지구와 지구에 살고 있는 생물, 대기권, 대양, 토양까지를 포함하는 하나의 범지구적 실체로서, 지구를 환경과 생물로 구성된 하나의 유기체로 보는 것이다. 즉, 지구를 생물과 무생물이 서로에게 영향을 미치는 생명체로 바라보면서 지구가 생물에 의해 조절되는 하나의 유기체임을 강조한다.(제임스 러브록, *The Revenge of Gaia,* Penguin Books, 2006. 제임스 러브록, 이한음 역, 『가이아의 복수—가이아 이론의 창시자가 경고하는 인류 최악의 위기와 그 처방전』, 세종서적, 2008 참조. 김향라, 「한국 현대 페미니즘시 연구—고정희・최승자・김혜순의 시를 중심으로」, 경상대

는 우주적인 세계와 연결되는 단어이다. "나는 자전하면서 그것들 주위를 공전"하는 모습 역시 우주적인 사고의 표현으로 보인다. 또 「유라누스를 위하여」에서 어느 입술이 "천체의 서(書)"를 읽어주고, 어느 손이 "천체의 서(書)"를 써 넣어주듯, "지금 우주의 조직"이라는 시적 화자의 고백을 보면, 최승자 시인의 의식은 우주적인 범위로 무한 확장되어 있음을 알 수 있다. 이와 같이 「유라누스를 위하여」를 비롯하여, 그 이후에 이어지는 시들은 여러 가지 상징 체계들, 말하자면 음양오행론, 서양 점성술, 유대 신비주의 카발라, 타로 카드 등을 거치면서[19] 거기서 얻은 생각들을 시인의 생각들로 바꿔가는 과정에서 나온 것들이다. 타로 카드 21번 '세계'는 22장의 카드 중 마지막 카드로, "그 인물은 이미 더이상 땅이나 물에 의해 제한받지 않고, 순수한 존재의 최상의 자유 속에 있는" 인물의 모습을 보여주고 있다. 또 「시간은」과 「유라누스를 위하여」에서 보여주는 세계 역시 우주적인 세계를 그려내고 있다.

한편 최승자 시인에게 죽음 의식은 초기 시에서부터 나타나지만, 타로 카드 13번 '죽음'으로부터도 영향을 받은 것으로 보인다. 『상징의 비밀』에는 타로 카드 13번 '죽음'의 그림이 실려 있고, 다음과 같은 해설이 적혀 있다. "죽음은 두려워해야 할 최후의 소멸이 아니라, 존재 사이클의 필수적인 한 부분이다. 그러므로 죽음은 최후의 카드가 아니라, 교수형당한 사람과 더불어 팩의 전반부에서 후반부로 옮아가는 것을 표시한다. (중략) 죽음은 영적 세계로의 입문의 한 부분을 이

박사논문, 2010, 90쪽, 92쪽 재인용)

19) 최승자, 『연인들』, 문학동네, 1999, 84쪽.

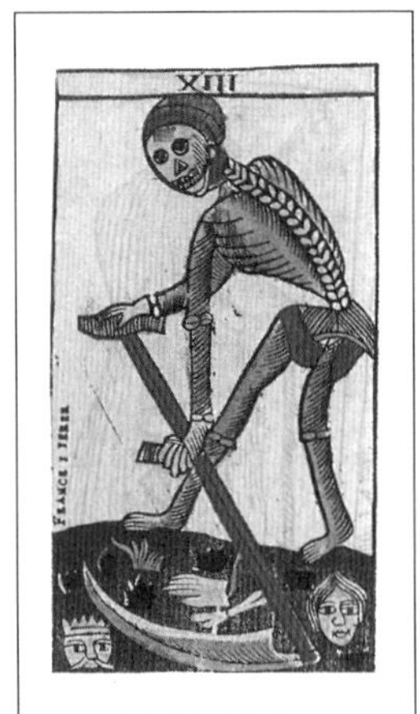

[그림 5: 죽음]
(타로 카드 13번)

다리 다쳐 절룩거리며
한 무리의 엉겅퀴들이 산비탈을 내려온다.
봄의 내세를 믿자며,
한 덩어리의 진보랏빛 울음으로 뒤엉켜,
그들은 병든 저희의 몸을
으슥한 낙엽 더미 속에 눕힌다.
그들의 몸뚱어리 위에 곧
눈의 흰 이불이 겹겹이 덮이고,
그러나 돌아오는 봄의 천국에
그들은 깨어나 합류하지 못하리라.
그 겨울잠이 마지막 잠일 것이므로,
오는 봄을 분양받기 위해
또다른 엉겅퀴들이
저 내세까지 줄지어 서 있으므로.
—「마흔두번째의 가을」 전문, 『연인들』, 7쪽

룬다. 모든 신비종교와 샤먼적 전통에서, 입문자는 그 자신이 "죽어" 어두운 강을 건너 그 너머의 어디론가 여행하는 비밀의식을 치러야 했다. 죽음은 우리를 이 변모의 체험과 마주하게 하는 것이다." 점의 의미로는 "변장한 축복, 짓누를 듯한 부정적인 상황의 종말, 심오한 내적 변화"(176쪽)를 의미한다.

최승자의 시 「마흔두번째의 가을」에서는 "한 무리의 엉겅퀴들"이 "진보랏빛 울음으로 뒤엉켜" 병든 몸을 낙엽 더미 위에 눕힌다. 곧 그 "몸뚱어리" 위에 "눈의 흰 이불"이 덮이고 "마지막 잠"인 "겨울잠"을 잔다. 결국 그들은 "돌아오는 봄의 천국"에 합류하지 못하는 '죽음'의 세계를 보여준다. 타로 카드 13번 '죽음'과 연결지을 때, 엉겅퀴들은 "죽어" 어두운 강을 건너 그 너머의 어디론가 여행하는 비밀의식을 치르는, 곧 내적 변화의 세계를 보여주고 있다.

죽음 의식은 타로 카드 12번 '교수형당한 사람'과도 연결된다. "교

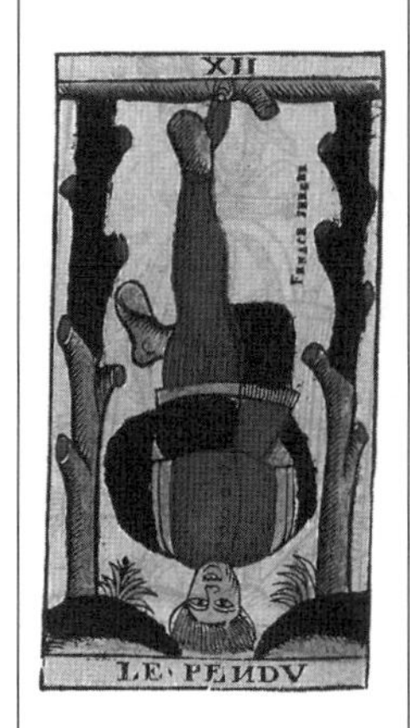

[그림 6: 교수형당한 사람] (타로 카드 12번)

아니 그것을 죽음이라고 해야 하나, 새로운 탄생이라고 해야 하나, 재탄생이라고 해야 하나, 부활이라고 해야 하나, 아니면 환생이라고 해야 하나, 아니면 해산이나 해탈이라고 해야 하나, 그것을 진화라고 해야 하나, 윤회라고 해야 하나, 그 행위를 규정해줄 단어를 고민하며 찾다가, 가장 가치중립적인, 탈세계관적 단어인, '허물 벗기'로 낙착지었다.
하지만 그때 내 마음에 떠오른 이미지는 타로 카드 12번 'hanged man'이었다. 12번 카드는 빚을 못 갚아 그 벌로, 교수대에 한쪽 발이 묶인 채 거꾸로 매달려 죽음을 당한 남자의 그림인데, 그러나 그 카드를 거꾸로 놓고 보면 그 남자의 얼굴은 고통 한 점 없이 평안하다. 죽음보다는 속세의 모든 빚과 의무로부터 벗어나는 쪽이 훨씬 덜 괴롭다는 뜻일까. 이젠 개인적인 속세의 환영들로부터 벗어나 저 보편의 길을 마음 가볍게 가기 시작할 수 있다는 뜻일까. 그 새로 태어난 돈벌레를 어떻게 보아야만 할까. 허물을 벗고 새로운 몸으로 태어났으니 기쁘다 해야 할까. 한 생애에서 다른 한 생애로, 이 몸에서 저 몸으로 옮겨간 것뿐이니 애달픈 일이라 해야 할까, 그 문제에서 내 세계관의 전 그물망이 흔들렸다.
—「돈벌레 혹은 hanged man」의 일부, 『연인들』, 71~72쪽

수형당한 사람은 거꾸로 매달려 있게 되는데, 그의 얼굴에는 고통이 없다. (중략) 교수형당한 사람은 우주의 법칙과의 동조, 인간의 법칙에 대한 저항을 상징한다. 구도자는 깨달은 뒤에는, 어떠한 값을 치르게 되든, 창조와 완성 사이의 여행길에 올라야만 한다. 그러나 나무에 매달려 죽는 것은 기독교적 희생이므로, 교수형당한 사람은 또한 이기심 없는 사랑을 상징한다." 점의 의미로는 "융통성, 좋은 대의를 위한 자기 희생, 내적 직관에 응함, 행동의 혹은 에고의 바람직하지 못한 측면을 버림."(175쪽)을 의미한다.

이런 모습은 최승자의 시 「돈벌레 혹은 hanged man」에 잘 나타나

있다. 이런 의식 속에 지낸 "그 오 년은 (중략) '죽음'의 죽음, 즉 '죽음'이라는 의식이 죽는 과정이기도 했다. 그것은 이전의 내 의식이 얼마나 많은 죽음의 생각들로 가득 차 있었던가, 고통 외로움 불행감 등 온갖 형태의 죽음의 생각들로 가득 차 있었던가를 스스로 깨달아가는 기간이기도 했다. 그것은 아주 긴 긴 시간 체험, 먼 공간 체험, 깊은 의식의 체험이기도 했다."[20]라고 고백한다. 이때 최승자 시인은 타로 카드 12번 '교수형당한 사람'을 보면서 「돈벌레 혹은 hanged man」에서 죽음을 "죽음", "새로운 탄생", "재탄생", "부활", "환생", "해산", "해탈", "진화", "윤회" 등으로 고민을 하다가 마침내 "허물 벗기"로 낙착지은 것을 볼 때, 서서히 죽음 의식에서 벗어나는 모습을 보여줌으로써 최승자 시세계에 중요한 전환점을 보여준다.

3. 「연인들」 연작에 나타난 신화적 사랑

사실 『상징의 비밀』에 수록된 타로 카드 6번 '연인들'은 앞에서 제시된 [그림 2]이다. [그림 7]은 메이저 타로 카드 6번으로 『상징의 비밀』에는 나오지 않지만, 최승자의 『연인들』을 설명하는 데 중요한 단서를 제공해 준다. 최승자 시인은 타로 카드 6번 '연인들'에 해당하는 [그림 7]을 『연인들』의 앞표지 그림으로 장식하고 있다. 『상징의 비밀』 중 타로 카드 6번 '연인들'을 설명하는 [그림 2]에 나타난 글은 [그림 7]에 대한 설명으로 보인다. "웨이트가 만든 타로 팩의 연인 카드는 벌거벗은 한 남자와 한 여자, 그리고 그들의 머리 위로 날개 달린 자웅양성적 인물을 보

---

20) 최승자, 앞의 책, 85쪽.

여준다. 이 인물은 남성적인 것과 여성적인 것, 반대되는 양 극단의 합일을 가리킨다." 점의 의미로는 "끄는 힘, 사랑, 동반자 관계, 임박한 선택"(173쪽)을 의미한다. 여기서 숫자 '6'은 "균형, 조화(나·너·우리의 조화, 음과 양의 조화), 중재자"를 의미한다. (+)는 "타협, 조화, 균형"을, (-)는 "모순, 불균형, 비대칭"을 뜻하는데, 이때 "THE LOVERS"는 운명적인 사랑과 수평적인 관계를 의미한다. 조건 없이 순수한 사랑을 나누는 솔직한 연인으로 누군가에게 보호받고, 그 관계를 축복받고 있음을 뜻하며, 사랑에 대한 열정을 의미한다.[21] **[그림 7]**은 시집의 제목인 『연인들』 표지에 수록된 것으로, 이 시집의 마지막에 나오는 연작시의 제목이기도 하다. 『연인들』 중 마지막 세 편의 시, 「연인들 1-빛의 혼인」, 「연인들 2-두 마리 새의 화답」, 「연인들 3-몸 속의 몸」은 '죽음'의 죽음, 즉 '죽음'이라는 의식이 죽는 과정을 마무리해주는, 그리하여 다시 새로운 출발점에 서 있음을 보여주는 시들이다. 최승자 시인은 책의 말미인 「시인이 쓰는 시 이야기—긴 여행 끝의 한 출발점에서」에서 '연인들'에 대해 다음과 같이 말하고 있다.

[그림 7: 연인들—『연인들』의 표지]
(타로 카드 6번)

---

21) http://blog.naver.com/PostView.nhn?blogId=tarot4heal&logNo=220852396800 2016.12.26. 검색

이 제목은 여러 상징 체계들 중의 하나인 타로 대비밀 카드 중 6번 카드, Lovers에서 나온 것이다. 이 카드의 그림이며 이 시집의 표지인 그림을 보면 우리가 흔히 천사라고 부르기도 하는 어떤 천상적인 존재가 두 팔을 벌리고 있고, 그 아래 오른쪽에는 한 남자가 있고, 왼쪽에는 한 여자가 서 있다. 머리를 위로 들어올린 여자의 눈에는 그 천상적인 존재가 비춰 담겨져 있고, 남자는 그 여자의 눈을 바라보고 있고 그리고 거기 비춰진 그 천상적 존재, 그러니까 인간에게 원래부터 주어져 있던 어떤 천상적인 존재를 확인하게 된다.

융 식으로 보자면, 이 남자와 여자는 아니무스, 아니마의 개념이기도 하다. 융은 성(聖)의 삼대 요소에 제4의 요소인 페미닌의 개념이 도입되어야 할 때가 왔다고 말한 적이 있다. 이때의 페미닌적 요소는 남성, 여성을 구분할 것 없이, 이 지상 위의 사람들에게 존재하는 페미닌적 요소이다. 이것은 다시 우리의 단군 신화적으로도 해석할 수 있는데, 거친 성격을 가진 호족을 이겨낸 웅족의 따님이 환인을 거쳐 내려온 환웅과 결혼하여 낳은 단군, 그러니까 하늘과 땅의 결합체이고, 이것이 내가 생각하는 페미닌적 요소이다. 말하자면 남성과 여성을 구분할 것 없이 이 지상 사람들 모두가 천상적 존재를 껴입은 땅님, 즉 따님인 것이다. 그런 생각으로 씌어진 시가 연작시 「연인들」이고, 그중에서도 「연인들 1-빛의 혼인」이 그런 생각에 가장 가까운 시이다.[22)]

이렇듯이 최승자 시인이 초기 시에서 보여줬던 부정적 단계를 거쳐 '사랑'이라는 긍정적 단계에 접어들게 되면, 시는 그 외부에 있는 또

---

22) 최승자, 「시인이 쓰는 시 이야기—긴 여행 끝의 한 출발점에서」, 앞의 책, 85~86쪽.

다른 모델(산문 또는 일상 언어)로부터의 일탈로 규정되는 것이 아니라 시에 특수한 기능, 즉 시적 기능과 연결된 특수 구조로 규정된다. 이러한 시적 기능을 발견해 내는 임무는 그러므로 더 이상 '부정적' 시학이 아니라 코앙의 말에 따르자면 '제2의 시학, 즉 긍정적 시학'에 맡겨진다. 시가 '시적으로' 기능하기 위해서는 일탈의 과정에서 소실된 의미가 일탈의 환원의 과정을 통해서 재발견되어야 한다. 코앙은 '긍정적 시학'의 윤곽을 그려보기 위해서는 소실된 시적 의미가 재발견되는 지점이 구체적으로 '독자의 의식 속'에 있다고 말한다. 그러므로 한 편의 시가 시적 기능을 획득하기까지의 모든 과정을 전체적으로 살펴보기 위해서는 부정성의 단계와 긍정성의 단계뿐만 아니라 이를 시를 통해서 작동하는 '의사소통(communication)'의 과정을 통해서 고려해야 할 필요가 있다[23]고 본다. 그런 점에서 최승자 시인은 『상징의 비밀』을 독자로서 읽고 수용하는 데 그치지 않고 이를 번역 출간하기에 이르고, 또 그 영향하에 『연인들』을 씀으로써 저자와 독자 간의 의사소통을 통해 상호텍스트적인 면까지 그려 보이고 있다. 그 시적인 주제 역시 죽음 의식에서 벗어난 눈물의 결과로, 점차 사랑에의 면모, 즉 긍정성의 시학을 보여주고 있다.

최승자는 오랜 기간 동안 자기 존재와 부정을 거듭해 오다가 5시집에 이르러 혼돈의 미로에서 탈피하여, 신비로운 우주의 전 존재를 '연인'으로 호명하는 모습을 보인다. 즉 최승자의 시는 '죽음과 사랑'이 공존하는 혼돈의 세계를 통과하여 [그림 2]와 [그림 7]에서 보듯이, 마침

23) J. Cohen, "Théorie des figures", Sémantique de la poésie, Paris: Seuil, 1977, p.110. 박성창, 『수사학과 현대 프랑스 문화이론』, 서울대학교출판부, 2003, 131~132쪽 재인용.

[그림 2: 연인들]
(타로 카드 6번)

[그림 7: 연인들]
(타로 카드 6번)

이 무기력한 흙빛 눈빛은 어디서 왔던가,
언제 왔던가,
누구를 기다렸는가

내가 디딘 땅,
흙 속에 묻힌 내 신부여,
너는 얼마나 오래 기다렸는가,
한 천 년, 혹은 한 만 년?
네 몸 다 굳어져
흙 인형으로 변했다가,
이제 마침내 흙으로 부서져버릴 참이었구나.
신랑들은 언제나 너무 늦게서야 오고,
오, 오래, 너무 오래 기다려야만 하는 신부들,
땅 위의 따님, 따님들.
그렇게 오래 기다려온
네 절망의, 납빛 눈빛.

몇만 년의 어둠, 무력의 맹점에서
이제 비로소 몇억 광년을 날아와
내 눈빛이 네 흙의 눈빛과 만나니,
너 비로소 하늘빛으로
살아, 날아오르는,
이 빛의 혼인, 축복의 환한 빛,
수천 길 땅속에서 끌어낸
나의 신부, 그 몸에 빛이, 생기가 돌고,
나의 잠자는 미녀,
이제 그 눈을 떠라,
나의 페르세포네, 나의 에우리디체,
오 나의 신부, 나의 누이여,
나의 말쿠트,
나의 웅녀, 나의 따님.
—「연인들 1-빛의 혼인」 전문, 『연인들』, 77~79쪽

내 사랑의 세계로 귀환하는 모습을 나타내고 있다. 특히 『연인들』에서 그는 실제적이고 현실적 체험에서 분리되어 추상적인 경향으로 나아간다. 즉 페르세포네와 에우리디체, 말쿠트, 웅녀 등으로의 환생하는 가이아(gaia)적 미학은 다분히 관념적인 신비주의와 결부된 것이다.[24)]

「연인들 1-빛의 혼인」에서는 오랫동안 신랑을 기다려온 신부들이

절망의 눈빛을 하고 그 눈빛이 다른 눈빛과 만나 빛의 혼인을 하는 모습이 그려져 있다. 이는 사랑과 절망 또는 죽음의 결합을 잘 보여주고 있다. 이렇듯 천상의 신랑들을 기다리는 지상의 신부들은 몇만 년의 어둠 뒤에 서로 만나 혼인을 한다. 혼인은 사랑의 결정체이다. 4연에서 잠자는 미녀에게 눈을 뜨라고 하는데, 이는 곧 '나의 페르세포네, 나의 에우리디체, 나의 신부, 나의 누이, 나의 말쿠트, 나의 웅녀, 나의 따님'으로 나타난다. 이것은 우리나라의 단군신화로까지 연결되는 모습을 보여준다. 여기에서 거론된 웅녀는 단군신화에 나오는 단군의 어머니이다. 웅녀는 원래 곰으로, 환웅에게 빌어 시험을 통과한 뒤 인간으로 변신하여 환웅과 결혼하여 단군을 낳았다. 이때 하늘의 환웅과 땅의 웅녀가 만나는 태백산은 성스러운 장소가 된다. 이때 신화적 시간은 성스러운 시간이며 신화의 역사는 성스러운 역사이다. 즉 인간은 본원적인 통합에 대한 갈망을 하게 되는데, 이는 성스러움과 맞닿아 있는 것이다. 엘리아데[25]는 '성현(聖顯 hierophany)'이라는 용어를 사용하여 성스러움의 현현을 가리킨다. 최승자 시인은 "상징이란 지독하게 살아낸, 살아 달이고 우려낸 삶의 이미지이다. 살아내지 않은 것은 상징이 될 수 없다."(「바오로 흑염소」, 『연인들』, 39쪽), "그 참 이제

24) 김향라, 앞의 논문, 90쪽, 132~133쪽.

25) 엘리아데는 종교의 언어는 상징적이며, 상징 체계는 신화의 언어라고 말한다. 그리고 상징 체계는 신성화의 과정을 표현하고 스스로 그 과정을 확장한다.(더글라스 알렌, 유요한 옮김, 『엘리아데의 신화와 종교』, 이학사, 2008, 171쪽) 이에 대해 조나단 스미스는 엘리아데의 중심 상징 체계 이론의 주요 개념을 다음과 같이 요약했다. 첫째, 하늘과 땅이 만나는 성스러운 산이 세계의 중심에 있으며, 둘째, 모든 사원과 왕의 거주지는 성스러운 산에 포함되며 그래서 중심이 되고, 셋째, 세계의 축(axis mundi)이 통과하는 장소로서의 사원이나 성스러운 도시는 하늘, 땅, 지하세계의 연결 지점이다.(유요한, 「거인 엘리아데의 어깨 위에서: 엘리아데 비판에 대한 엘리아데 관점의 답변」, 『종교학연구』 제30집, 한국종교학연구회, 2012.11, 63쪽)

[그림 2: 연인들]
(타로 카드 6번)

[그림 7: 연인들]
(타로 카드 6번)

지하 사무실,
나의 지하 묘지,
아직 덜 깨어난
아직 덜 부활한 내 귀를 위해
낮게 열린 창 밖으로부터
들려오는 두 마리 새의 화답.
보이지 않는 어디에선가
서로 통신하는 저것들,
지직, 재잭, 지직, 재재잭,

저 두 마리 새는 내 안에서 울고 있나,
내 밖에서 울고 있나,
아니 저것들은 수세기 전에 운 것인가,
아니면 수세기 뒤에 우는 것인가.

이제는 납골당만해진
시간의 이부자리를 마저
납작하게 개어놓고
나 또한 깨어나 그들에게
연인처럼 화답할 때,
갇혀 있던 다른 한 마리의 새처럼
지하 무덤, 이제는 뻥 뚫려버린
시간을 뚫고 무한을 향해
우주 중심까지 수직 상승할 때.

—「연인들 2—두 마리 새의 화답」 전문,
『연인들』, 80~81쪽

보니 그건/ 아름다운 상징일 수도 있다는 생각이 드는군요."(「백합의 선물」, 『연인들』, 60쪽)라는 고백을 통해 상징이 신화의 세계를 드러낸다고 주장한다. 그 신화의 세계는 성스러운 역사이며, 세계의 축이 통과하는 장소를 드러낸다. 최승자는 이 시에서 환웅과 웅녀의 만남으로 단군이 태어나 한민족의 시조가 된 신화적 사랑, 우주적인 사랑을 그리고 있다.

「연인들 2-두 마리 새의 화답」에서 시적 화자는 두 마리 새의 울음을 들으면서 그것이 "내 안에서 울고" 있는 것인지, "내 밖에서 울고" 있는 것인지, 혹은 "수세기 전에 운 것"인지, "수세기 뒤에 우는 것"인지 혼미한 모습을 보여준다. [그림 2]에서 중앙에 있는 남자를 향해 사랑의 큐피트를 쏘듯이, 또 [그림 7]에서 천상적인 존재가 벌거벗은 한 남자와 여자를 내려다보듯이, 시적 화자인 나 역시 깨어 그들에게 "연인처럼 화답할 때", "이제는 뻥 뚫려버린/ 시간을 뚫고 무한을 향해/ 우주 중심까지 수직 상승"하는 '연인들'의 모습을 보여준다. 이것은 죽음과 결부된 사랑의 모습을 보여준다. 두 마리 새의 화답처럼, 마치 그것은 연인의 모습을 연상시키는데, 이때 죽음은 사랑의 다른 모습으로도 볼 수 있다. 시인은 그것을 우주적인 사랑으로 확장하여 노래하고 있다. 이것이 최승자가 타로 카드 6번 'Lovers'를 빌려와 우주적인 사랑으로까지 확대 해석한 '연인들'의 신화적 사랑의 모습인 것이다.

「연인들 3-몸 속의 몸」 역시 죽음과 결부된 사랑을 노래하고 있다. "끝 모를 고요와 고요함을 원하는/ 어떤 것"이란 죽음을 암시하고 있다. 그것은 가라앉았다가 부풀어오르기를 거듭한 끝에 무게도 없이 "이름할 수 없이 환한 덩어리"가 되는데, 그것은 이미 몸 속의 죽음으로서 견자(見者)가 봐 버린 "빛의 몸"인 것이다. 그 죽음의 모습에서 바닷속처럼 환해지는 또 다른 세계가 펼쳐지는 것, 그것은 사랑이라는 이름으로 해석 가능하다. 즉 이 시에서는 죽음의 의식 속에 기거하던 여성의 몸을 빌려 "이름할 수 없이 환한 덩어리/ 몸 속의 몸, 빛의 몸"으로 변한 사랑의 모습을 보여준다. 이처럼 최승자 시인은 [그림 2]와 [그림 7], 즉 타로 카드 6번에 해당하는 'Lovers'의 영향을 받아 '죽음'의 죽음, '죽음'이라는 의식이 죽는 과정을 거쳐 우주의 전 존재를 '연인'

[그림 2: 연인들]
(타로 카드 6번)

[그림 7: 연인들]
(타로 카드 6번)

끝 모를 고요와 가벼움을 원하는
어떤 것이 내 안에 있다.
한없이 가라앉았다
부풀어오르고,

다시 가라앉았다
부풀어오르는,

무게 없는 이것,
이름할 수 없이 환한 덩어리,
몸 속의 몸, 빛의 몸.

몸 속이 바닷속처럼 환해진다
—「연인들 3—몸 속의 몸」 전문,
『연인들』, 82쪽

으로 호명하고, 그 사랑을 찬양한 것이다. 이것은 이전에 죽음과 부정성에 천착하던 최승자 시인이 얼마나 그 긴 죽음의 생각들에서 벗어나고자 애썼는지를 보여주는 노력의 결과라 할 수 있다. 이로써 시인은 죽음과 결부시켰던 초기 시의 사랑의 모습에서 「연인들 1-빛의 혼인」, 「연인들 2-두 마리 새의 화답」, 「연인들 3-몸 속의 몸」을 통해 우주적인 사랑, 신화적인 사랑으로까지 확대·발전시키는 모습을 보여줌으로써 시인의 의식이 무한히 확장된 것임을 밝혀주고 있다.

이에 대해 김정환 시인은 최승자의 『연인들』은 혼돈(chaos)에서 우주(cosmos)가 나왔고, 예술가는 자기 내부와 궁극의 우주를 일치시키기 위해 평생 동안 혼돈의 미로를 헤맨다면서, 그들은 스스로 '우주의 창조'보다 '창조의 우주'를 더 탐닉한다면서 "이토록 신비스러운 세계가 이토록 흥건하게 창조주의 눈물에 젖어 있는 예를 나는 한국시사에서 일찍이 보지 못하였다."[26]라고 극찬했다.

4. 사랑의 힘, 치유로서의 시 쓰기

필자는 본고에서 최승자의 시세계를 죽음과 사랑에 초점을 맞춰 살펴보았다. 이러한 최승자 시의 주제적 접근은 향후 극복해야 할 정신적인 영역까지 연구 영역으로 확장시킬 필요가 있다고 여겨진다. 필자는 최승자의 시에서 죽음과 사랑이 밀접한 관계에 있으며, 죽음 의식이 서서히 '사랑'으로 변모되는 모습을 살펴보았다.

또한 본 연구에서 최승자의 번역 텍스트 『상징의 비밀』이 5시집 『연인들』에 미친 영향 관계를 '영향미학'과 '수용미학'의 관점에서 고찰하였다. 영향미학이란 문학 텍스트가 가지는 영향적 요소를 의미하고, 수용미학이란 독자가 문학 텍스트를 읽는 동안 새롭게 읽고 이해하는 과정을 통해서 만들어내는 문학 작품을 의미한다. 야우스는 마르크스주의 문학이론과 형식주의 문학이론이 각각 역사와 문학에 치우쳤다고 보고, 새로운 수용미학은 단순히 독자가 제시된 작품을 수용하는 데 그치지 않고 새로운 창조적 에네르기의 기능을 가져야 한다[27]고 말했다. 또 이저에 의하면, 모든 텍스트는 독자가 상상력으로 채우지 않으면 안될 '심연'이나 '여백'을 창조한다. 이런 여백을 채우는 일은 텍스트와 독자의 상호작용을 의미하고, 이런 상호작용이 발생할 때 이른바 텍스트에 대한 미적 반응이 창조된다[28]고 주장했다. 최승자는 독자로서 『상징의 비밀』이란 텍스트를 읽는 가운데 느낀 '심연'이나 '여백'을 『연인들』을 씀으로써 메꿔 나갔다.

---

26) 최승자, 앞의 책, 뒤표지 글.

27) 박찬기, 「문학의 독자와 수용미학」, 박찬기 외, 앞의 책, 16쪽.

28) 박찬기 외, 「수용미학 개관」, 앞의 책, ii) 참조.

다시 말해 최승자는 『상징의 비밀』 4부 9항 '타로' 항목에 소개된 타로 카드 22장 중 6번에 해당하는 **[그림 2]** 'Lovers'와 역시 메이저 타로 카드 6번에 해당하는 **[그림 7]**의 'Lovers'를 따와 자신의 5시집의 제목도 『연인들』로 붙인 것으로 보인다. 이를 토대로 『상징의 비밀』이 『연인들』에 미친 영향과 이를 수용하여 재창조한 관계는 앞에서 도표로 정리하여 제시하였다. 그 중 타로 카드 21번 '세계'의 영향을 받은 「시간은」과 「유라누스를 위하여」를 살펴보았고, 타로 카드 13번 '죽음'의 영향을 받은 「마흔두번째의 가을」을 살펴보았으며, 타로 카드 12번 '교수형당한 사람'의 영향을 받은 「돈벌레 혹은 hanged man」도 살펴보았다.

최승자 시인은 타로 카드 6번에 해당하는 'Lovers'의 영향을 받아 '죽음'이라는 의식이 죽는 과정을 거쳐 우주의 전 존재를 '연인'으로 호명하여 우주적인 사랑, 신화적인 사랑으로까지 확대·발전시키는 모습을 보여주고 있다. 최승자의 시 「연인들 1-빛의 혼인」, 「연인들 2-두 마리 새의 화답」, 「연인들 3-몸 속의 몸」이 그 예에 해당된다. 이는 최승자 시세계에 중요한 전환점, 즉 죽음 의식에서 벗어나 점차 사랑에의 면모, 긍정성의 시학을 보여주고 있다.[29] 이처럼 최승자 시인은 『상징의 비밀』을 독자로서 읽고 수용하는 데 그치지 않고 이를 번역하여 출간하고, 또 그 영향하에서 자신의 시 창작 활동으로까지 이어감으로써 생산적 수용과 상호텍스트적인 면까지 보이고 있다.

---

29) 필자는 최승자가 『연인들』 이후에도 6시집 『쓸쓸해서 머나먼』(2010)과 7시집 『물 위에 씌어진』(2011), 8시집 『빈 배처럼 텅 비어』(2016)를 출간한 것을 볼 때, 최승자 시인의 내적인 힘, 곧 사랑의 힘이라는 치유로서의 시학, 다시 말해 최승자 시인의 삶과 시학이 상호보완적 에너지로 작용하고 있음을 알 수 있었다.

2부

한국 근현대시 다시 읽기:
기독교적 탄식에서 사랑의 시학까지

5장 서정주 초기 시의 수난 양상과 부활의 의미

1. 서정주의 기독교 인식과 『화사집』

서정주의 첫 번째 시집인 『화사집』에 관한 연구는 그동안 다양한 관점에서 전개되었다. 그중 서구 사상과의 영향 관계에 주목한 연구들은 『화사집』을 니체, 보들레르와 상징주의 및 기독교적 원죄의식, 그리고 초현실주의의 영향과 관련된 것으로 파악하고 있다. 송욱은 서정주의 서구적인 표현이 성공하지 못한 이유를 강력한 육체적인 정열을 들여다보고 처리할 수 있는 명쾌하고도 투명한 지성, 다시 말하자면 보들레르에게서 볼 수 있는 영혼의 흑투(黑鬪)와 지성의 투명함을 동적으로 결정할 수 있는 미학이 없다는 점을 들면서, 서정주에게서 지성과 윤리와 미학의 결핍이 느껴진다[1]고 지적하고 있다. 신범순은 서

1) 송욱, 「서정주론」, 『미당 연구』, 민음사, 1994. 19~20쪽.

정주의 인간 육체에 대한 깊이 있는 긍정은 니체의 '영겁회귀'에서 배웠으며, 그러한 육체의 '내던져진 밑바닥'에의 참여를 보들레르에게서 배웠다[2]고 설명했다. 조연현은 『화사집』의 전 노정을 통해 "씨(서정주—인용자)의 굴욕과 유랑과 천치와 죄의 의식이 가장 노골적으로 「自畵像」 한 편에 표시되어 있고, 씨의 운명적인 업고가 인류의 원죄의식에서 왔다"[3]고 보고 있다.

『화사집』을 기독교적 관점에서 바라본 글로는 유성호의 논문이 유일하다. 그는 서정주가 그리스적 육체성과 보들레르적 감각을 시작(詩作)의 제1원리로 받아들여 형상화한 것 외에 성서로 대표되는 기독교적 사유의 세례를 받았다고 지적하고 있다. 이는 『화사집』의 구성이 그리스적 헬레니즘과는 다른 성서적 원리를 닮았다는 데 착안하고 있다.[4] 초판 『화사집』의 표지 안쪽 첫 번째 페이지에 '사과를 물고 있는 뱀'의 삽화가 실려 있는 것으로 보아, 구약 성서가 이 시집의 바탕이 되고 있음을 알 수 있다. 인류의 조상인 아담과 이브가 뱀의 유혹에 넘어가 선악과를 따먹은 결과, 낙원을 상실하고 저주와 원죄가 인류에게 미치게 되는 이야기를 담고 있는 창세기 신화가 『화사집』의 골격이 되고 있는 것이다. 그는 『화사집』의 구성 원리가 '저주, 원죄'—'방황과 유랑'—'십자가와 고난'—'부활(구속, 새로운 세계의 열림)'에 이르는 개인의 성장기적인 면을 드러내고 있으며, 성서에서 예수 그리스도가 '부활'을 통해 '영원성'의 세계로 나아가듯이, 『화사집』도 그러한 일관

2) 신범순, 『한국 현대시의 퇴폐와 작은 주체』, 신구문화사, 1998, 188쪽.
3) 조연현, 「원죄의 형벌」, 『미당 연구』, 민음사, 1994, 10~12쪽.
4) 유성호, 「『화사집』의 기독교적 구성 원리」, 『근대시의 모더니티와 종교적 상상력』, 소명출판사, 2008, 223쪽.

된 통일적 원리를 그 안에 숨기고 있다[5]고 보고 있다.

본고는 『화사집』이 성서로 대표되는 기독교적 세계관의 영향을 받았음을 규명하는 것이 서정주의 초기 시를 이해하는 관건이라는 인식에서 출발한다. 따라서 본고는 서정주의 『화사집』에 나타난 기독교적인 세계관을 살펴보되, 기존의 논의에서 제외된 시까지 분석하여 『화사집』에 대한 연구 지평을 확장시키는 데 의의를 두기로 한다. 그리하여 본고에서는 성서와 관련하여 『화사집』에 나타난 원죄의식과 수난 이미지 그리고 부활에 초점을 맞추어 논지를 전개해 나가기로 한다.

여기에서 서정주의 기독교 인식의 특징이 그의 전기적 이력과 더불어 정리된다면 그의 문학을 이해하는 데 큰 도움이 될 것이다. 또 서정주가 차용한 기독교의 이미지와 기독교 사상의 특징들이 어떠한 함의를 지니고 미당 시편 속에서 어떤 작용을 하는지를 분명히 하는 것도 필요할 것이다. 또 문제는 서정주가 왜 기독교적 모티프를 차용하였으며, 그것을 무슨 의도에서 변용하였는가를 해명하는 데 있을 것이다. 하지만 안타깝게도 서정주와 기독교 사이의 전기적 상황을 설명할 수 있는 관련 자료는 찾아볼 수 없었다. 다만 "1930년대 후반에 당대 문인들이 보였던 현실에 대한 깊은 환멸, 허무주의, 그리고 방향감각의 상실"을 논하면서 류보선은 그것이 3 · 1운동 좌절 후의 것보다 더욱

5) 유성호, 위의 글, 225~226쪽.

『화사집』	신구약성서
〈自畵像〉	카오스에서의 창조
〈花蛇〉	타락(실낙원, 저주, 원죄)
〈노래〉	방황(유랑)—귀향
〈地歸島詩〉	십자가와 고난
〈門〉(『귀촉도』로 나아가는 門)	부활(구속, 새로운 세계의 열림)

전면적인 것이었음을 지적하고, 나아가 이 시기 "미적 주체의 재건 혹은 재정립의 문제"가 역사적으로 중요한 과제였음을 환기시킨 바,[6] 성서에 근원을 둔 『화사집』의 구성 원리가 1930년대 현실에 대한 깊은 환멸, 허무주의에 빠진 당대 문인들 중 일부가 서구의 기독교적 영향을 받아 나아갔던 방향 중의 한 가닥에 의거해 작성된 것으로 추정해볼 뿐이다. 이렇게 구체적인 근거가 없음에도 성서 혹은 기독교의 이미지를 서정주 자신이 알고 있는 대로 차용해 썼을 뿐이고, 이런 근본적인 기독교 인식이 없었다는 데서 그의 후기시의 방향이 성서와는 다른 쪽으로 흘러간 것이다.

서정주의 『화사집』(남만서고, 1941)에는 24편의 시가 실려 있는데, 〈自畵像〉, 〈花蛇〉, 〈노래〉, 〈地歸島詩〉, 〈門〉이라는 중간 제목[7]이 실려 있다. 중간 제목 안에는 소제목들이 실려 있다. 먼저, 〈自畵像〉에는 소제목 없이 「自畵像」이 실려 있다. 〈花蛇〉에는 「花蛇」, 「문둥이」, 「대낮」, 「麥夏」, 「입마춤」, 「가시내」, 「瓦家의 傳說」, 「桃花桃花」[8] 8편이 실려 있고, 〈노래〉에는 「水帶洞詩」, 「봄」, 「서름의 江물」, 「壁」, 「葉

---

6) 류보선, 「환멸과 반성—1930년대 후반기 문학의 두 표정」, 『한국 근대문학의 정치적 (무)의식』, 소명출판, 2005, 303~332쪽. 임수만, 「윤동주 시의 실존적 양상」, 『한국현대문학연구』 24집, 2008, 99쪽 재인용.

7) 최현식에 따르면 "1939년 10월 『시건설』에 발표된 「자화상」을 서시(序詩)로, 같은 해 7월 19일 『조선일보』에 발표한 「부활」을 결시(結詩)로, 「자화상」의 뒷부분과 「부활」의 앞부분에는 관능적 생명력과 신성(神性)적 육체성에 대한 열망을 담은 시들을, 그리고 가운데에 시인으로서의 자의식이 표나게 드러난 시들을 배치하고 있다. 이런 배치는 '돌아온 탕아' 의식에 비유될 수 있는, 시인의 내적 성숙 혹은 귀향의 과정을 선명하게 드러내는 데 크게 기여한다."고 지적하고 있다.(최현식, 『서정주 시의 근대와 반근대』, 소명출판사, 2003, 279쪽)

8) 유성호의 글에서는 「瓦家의 傳說」과 「桃花桃花」가 〈노래〉 시편에 실려 있으나, 『화사집』(남만서고, 1941)을 보면, 「瓦家의 傳說」과 「桃花桃花」가 〈花蛇〉 시편에 실려 있다. 또한 『未堂 徐廷柱 詩全集 1』(민음사, 1991)에는 중간 제목 없이 시가 배열되어 있다.

書」, 「斷片」, 「부흥이」 7편이, 〈地歸島詩〉에는 「正午의 언덕에서」, 「高乙那의 딸」, 「雄鷄(上)」, 「雄鷄(下)」 4편이, 〈門〉에는 「바다」, 「門」, 「西風賦」, 「復活」 4편이 실려 있다.

필자는 먼저 〈自畵像〉에 실려 있는 「自畵像」과 〈花蛇〉에 실려 있는 「花蛇」, 「문둥이」, 「대낮」, 「麥夏」에 나타난 원죄의식이 성서에 나타난 원죄의식과 어떻게 다른지 살펴보기로 한다. 다음으로 〈地歸島詩〉 시편에 실려 있는 「正午의 언덕에서」, 「高乙那의 딸」, 「雄鷄(上)」, 「雄鷄(下)」에 나타난 수난 이미지와 〈門〉에 실려 있는 「바다」, 「門」, 「西風賦」, 「復活」에서의 부활의 의미를 살펴보기로 한다.

2. 『화사집』에 나타난 원죄의식

원죄란 본래 기독교적인 세계관을 담고 있는 성서에서 비롯된다. 원죄(라틴어: peccatum originale)란 태초의 인간인 아담과 이브가 동산 중앙에 있는 모든 열매는 먹되, 선악을 알게 하는 선악과—이브가 보기에 먹음직도 하고 보암직도 하고 지혜롭게 할 만큼 탐스럽기도 한 나무(창 3:6)—만은 먹지 말라는 하나님과의 약속을 어긴 결과, 에덴동산에서 추방되고 그 죄의 대가로 죽음에 이르게 되며, 그 죄가 아담과 이브의 자손에게까지 이어진다는 기독교에서 말하는 죄를 뜻한다. 즉, 모든 인간은 태어날 때부터 원죄를 갖게 되는데, 이것이 최초의 죄, 근원적인 죄인 것이다. 다시 말해 아담과 이브가 금기를 위반하자, 하나님께서는 여자에게는 해산의 고통을, 아담에게는 땅의 수고를 하여야 그 소산을 먹고 살 것임을 선포하고 그들을 에덴동산에서 추방시킨다. 결국 에덴동산은 천지창조에서 최고의 작품이라 할 수 있는

『화사집』 초판본 표지 이미지와 권두에 실린 사과를 입에 물고 있는 뱀 삽화.

사람을 위해 하나님이 특별히 만들어주신 아늑하고 포근한 '사랑의 보금자리'였으나, 하나님을 거역한 인류 최초의 인간은 그 에덴을 상실하고 만다. 이로써 인간에게 '죄'[9]가 들어오고, 그 결과 낙원 상실과 죽음이라는 엄청난 형벌을 받게 된다. 이런 관점에서 서정주의 초기시에 나타난 원죄의식은 어떤지 살펴보기로 한다.

> 애비는 종이었다. 밤이기퍼도 오지않었다./ 파뿌리같이 늙은할머니와 대추꽃이 한주 서 있을뿐이었다./ 어매는 달을두고 풋살구가 꼭하나만 먹고 싶다하였으나… 흙으로 바람벽한 호롱불밑에/ 손톱

9) 성경에서의 죄는 일반적인 의미의 범죄(crime)와는 달리, 창조주 하나님의 거룩하심과 주권적인 의지를 거역하고 어기는 언행심사(sin)를 말한다.(사 29:13, 렘 17:9) 다시 말하면, 도덕적인 의미에서의 죄 관념과는 달리 하나님의 뜻(인격적 의지)에 대한 배반을 말한다.(라형찬 편찬, 『로고스 New 성경사전』, 로고스, 2011, 1915~1917쪽)

이 깜한 에미의아들./ 甲午年이라든가 바다에 나가서는 도라오지 않는다하는 外할아버지의 숯많은 머리털과/ 그 크다란눈이 나는 닮었다한다./ 스믈세햇동안 나를 키운건 八割이 바람이다./ 세상은 가도가도 부끄럽기만하드라/ 어떤이는 내눈에서 罪人을 읽고가고/ 어떤이는 내입에서 天痴를 읽고가나/ 나는 아무것도 뉘우치진 않을란다.// 찰란히 티워오는 어느 아침에도/ 이마우에 언친 詩의 이슬에는/ 멫방울의 피가 언제나 서껴있어/ 볓이거나 그늘이거나 혓바닥 느러트린/ 병든 숫개만양 헐덕거리며 나는 왔다.

* 註. 此一篇昭和十二年丁丑歲仲秋作. 作者時年二十三也.

—「自畵像」 전문

이 시는 서정주가 제주도에 내려가 보리밭에 드러누워 하늘을 올려다보며 마치 자신이 신이나 된 것처럼 치기어린 행동을 하다가 1937년 자신의 나이 23세 때 방랑 중에 고향으로 돌아와 쓴 것이다. "애비는 종이었"고, 그 애비는 "밤이기퍼도" 집에 돌아오지 않았고, 그 부의 부재의 자리에 "늙은할머니"와 "어매"가 대신 자리 잡고 있다. 부의 부재는 시인의 외모에서도 나타나 있다. 시적 화자인 나는 "숯많은 머리털과 그 크다란눈"마저 부계를 닮지 않고 모계를 닮아 있다. 이처럼 젊은 날의 시인에게는 형언할 수 없는 부의 그리움이 내재해 있다. 그렇지만 시적 현실에서의 "애비는 종"이기에, 시인의 가슴은 바람으로 채워진다. "스믈세햇동안 나를 키운건 八割이 바람이다."라는 구절은 실제 서정주의 청년기 방랑의 기록과 맞닿아 있다.[10] 서정주 시인에게

---

10) 정영진, 「서정주 자전적 텍스트와 『화사집』의 관계 연구」, 인하대 석사논문, 2007, 78쪽.

있어서 한 곳에 정주한 것이 모친으로 대변되는 하나의 기둥이라면, 바람 따라 흘러가는 인생이 또 다른 하나의 기둥이라고 할 수 있다.

필자는 이 두 개의 기둥을 숙명적인 떠돌이 의식과 고향에 대한 회귀의식으로 보았고, 서정주 시인에게서는 이 두 개의 세계 중 어느 한 쪽만 나타나는 것이 아니라 이 두 세계가 공존하고 있다고 보았다. 즉 서정주의 시세계는 '부의 부재'로 인해 모친의 세계로 귀의한다고 보았는데, 전자가 변하는 부분으로 '바람' 이미지로 대변된다면, 후자는 변하지 않는 정신의 순금 부분으로 보고 있다. 이 두 세계는 그의 시 속에 많은 부분 함께 나타나 있으며, 이것은 결핍(부의 부재)이 모친의 세계로 귀의하게 한 것이라고 보았다.[11]

청년기 방랑의 여정은 서정주 문학의 기원을 이루는 매우 중요한 경험이 된다. 이 방랑으로부터 서정주의 문학수업과 작가의식이 시작되고, 그가 시인으로 성장할 수 있었던 것도 이 방랑, '바람'에 의한 것[12]이며, 그 청년기의 고뇌의 산물이 바로 『화사집』인 것이다. 따라서 시적 화자는 "애비"가 그를 키운 것이 아니라 고난 혹은 내적 원동력이 되는 팔할이 바람이 그를 키운 것이나 마찬가지이기에 세상 어디를 가도 부끄럽기만 하다. 그래서 어떤 이들은 그런 그의 눈에서 "罪人"을 읽고 가고, 또 어떤 이들은 그의 입에서 "天痴"를 읽고 간다. 시적 화자는 이 부끄러움에 기인하는 자의식과 도덕적인 원죄의식을 드러내고 있다. 팔할이 바람 속에 "혓바닥 느러트린/ 병든 숫개만양 헐덕거리며 나는 왔다."라는 고백에서는 부의 부재로 인한 방황과 고

11) 김정신, 「『질마재신화』 이후의 시 고찰」, 『서정주 시정신』, 국학자료원, 2002, 201~225쪽.
12) 정영진, 앞의 글, 42쪽.

통이 얼마나 치열한지 알 수 있다. '원죄'란 아담과 이브가 지은 최초의 죄이기도 하지만 이후의 모든 인간에게 숙명처럼 씌워진 죄임을 고려할 때, 서정주에게 있어서 아비의 부재는 자신의 잘못이 아님에도 숙명처럼 혹은 원죄처럼 자신의 운명에 들러붙어 있는 것이며 바로 이것이 시인이 이해했던 '원죄'인 것이다.

> 麝香 薄荷의 뒤안길이다./ 아름다운 베암.../ 을마나 크다란 슬픔으로 태여났기에, 저리도 징그라운 몸둥아리냐// 꽃다님 같다./ 너의할아버지가 이브를 꼬여내든 達辯의 혓바닥이/ 소리잃은채 낼룽거리는 붉은 아가리로/ 푸른 하늘이다.... 물어뜯어라. 원통히무러뜯어,// 다라나거라. 저놈의 대가리!// 돌 팔매를 쏘면서, 쏘면서, 麝香 芳草ㅅ길/ 저놈의 뒤를 따르는 것은/ 우리 할아버지의안해가 이브라서 그러는게 아니라/ 石油 먹은듯... 石油 먹은듯... 가쁜 숨결이야// 바눌에 꼬여 두를까부다. 꽃다님보단도 아름다운 빛...// 크레오파투라의 피먹은양 붉게 타오르는 고흔 입설이다... 슴여라! 베암.// 우리순네는 스믈난 색시, 고양이같이 고흔 입설... 슴여라! 베암.
>
> —「花蛇」전문

이 시는 「문둥이」, 「대낮」과 함께 서정주가 해인사에 머물고 있던 1936년경에 창작된 것이다. "그때엔 海印寺 溪谷의 오솔길들에는 뱀도 다채로이 많이 살아 기어 다니고 있었으니까, 물론 낮에 찍어 놓은 마음 속의 그것들의 寫眞의 꿈틀거림도 同時에 생생히 그대로 느끼면서 말이다. 말하자면, 여기에서는 나는 여름의 自然한 肉體의 몸부림을 치고 있었던 것이다."[13] 서정주가 경험한 해인사 시절의 모습에서는 자연 속의 뱀과 뱀에 대한 자신의 내면의 꿈틀거림도 동시에 느끼고 있었다. 한마디로 그는 육체의 몸부림을 치고 있었던 것이다.

필자는 서정주의 육체성 추구와 미의식이 시인의 무의식에 잠재되어 있는 것으로 보았다. 특히 세계에 대한 첫 인식이 육체에 관계되는 점이 서정주의 의식 형성에 있어 상당히 중요하다고 보았다. 서정주에게 있어서 '최초의 기억'은 자신의 육체의 가장 은밀한 부분에 대한 담론으로 시작되고 있다. 즉, 서정주의 '최초의 기억'은 여성들에 둘러싸인 채 노출된 자신의 육체와 관계되고, 이것이 그가 주로 여성편향적인 시를 쓰게 되는 시발점이고, 육체와 본능을 중심으로 한 시를 쓸 수밖에 없는 운명인 것이다. 또한 모친으로부터 물려받은 서정주의 신경쇠약증(서정주는 1937년 4월에서 6월 제주도 시절 신경쇠약을 앓은 바 있다.)과 어렸을 때부터 자주 앓았다는 기록은 그의 육체성의 추구라는 방향성을 예견하고 있다고 보고 있다.[14] 윤재웅은 서정주가 "鄭芝溶流의 形容修飾的 詩語組織에 依한 審美價値 形成의 止揚"을 위해 어떠한 것도 장식하지 않은 "純裸의 美"의 세계, 즉 그리이스 조각을 연상케 하는 인간의 벗겨진 알몸을 "直情言語"로 형상화하여 『화사집』을 통해 실현되었다고 지적하고 있다.[15] 송기한은 이때 "直情言語"의 밑바탕에 깔려 있는 실체는 육체이며, 이러한 중세의 영원을 딛고 탄생한 육체는 기독교의 죄의식으로부터 자유롭지 못하다고 보고 있다.[16]

---

13) 서정주, 「古代 그리이스的 肉體性—나의 處女作을 말한다」, 『서정주문학전집 5』, 일지사, 1972, 266쪽.

14) 김정신, 앞의 책, 24쪽, 99쪽.

15) 윤재웅, 『미당 서정주』, 태학사, 1998, 75쪽.

「花蛇」에서 보면, "麝香 薄荷의 뒤안길"에 "크다란 슬픔으로 태어난" 존재인 "아름다운 베암"이 있다. 그러나 뱀은 "징그라운 몸둥아리"를 하고 있다. 여기서 뱀의 양가성을 볼 수 있다. 또한 "이브를 꼬여내든 達辯의 혓바닥"의 소유자인 뱀이 "징그라운 몸둥어리"를 가지고 있는 동시에 "꽃다님보단도 아름다운 빛"을 하고 있는 것으로 묘사되고 있다. 그 뱀은 '탄생 자체가 비극'인, 태어나지 말았어야 할 존재인 동시에 아름다운 유혹을 하는 존재이다. 그런 숙명을 안고 태어난 뱀은 영원토록 저주 속에 살아갈 운명에 놓여 있다. 따라서 성서에서의 원죄는 뱀의 유혹을 받은 인간이 하나님과 같아지려는 교만에까지 이르는 면을 보여주는 데 반해, 「花蛇」에서의 원죄는 육체적인 것을 갈구하는 존재로서의 모습을 보여주고 있다.

> 해와 하늘 빛이/ 문둥이는 서러워// 보리밭에 달 뜨면/ 애기 하나 먹고// 꽃처럼 붉은 우름을 밤새 울었다
>
> ―「문둥이」 전문

이 시에서 '문둥이'로 대변되는 시적 화자의 격리감은 당시 세상으로부터 소외를 느꼈던 서정주의 자의식을 반영하고 있다. '문둥이'는 자신의 잘못이 없음에도 병에 걸렸고, '천형'이라는 고통을 짊어진다. 아기를 잡아먹는 것은 문둥병이라는 원죄에 따라 나오는 부가적인 죄에 해당된다. 이는 원죄를 가진 인간이 이후 타락한 세상에서 저지르는 악과 같은 것으로 볼 수 있다. 따라서 '문둥이'는 대낮에는 자신의

---

16) 송기한, 「서정주 초기시에서의 '피'의 근대적 의미」, 『한중인문학연구』 36집, 2012, 88쪽.

모습을 드러내지 못하는 소외된 존재로 "보리밭에 달 뜨면/ 애기 하나 먹고" 생명을 유지하는 존재인 것이다. 이와 같이 이 시의 공간적인 배경이 되고 있는 '보리밭'은 낙원에서 추방된 속된 세상으로, 원죄의식에 근거한 정신적인 어둠의 편린들이 혼재되어 있는 죽음의 공간을 의미화하고 있다. 이는 곧 인간의 원죄적인 죄의식, 저주받은 존재의 비극적인 운명성에서 비롯된다.[17] '문둥이', '벙어리' 등은 낙원에서 추방된 비극적 인간의 상관물들이고, 곧 근대가 몰고 온 합리적 질서로부터 철저히 이격된 존재들의 육성을 담고 있는 것[18]이기도 하다.

> 따서 먹으면 자는듯이 죽는다는/ 붉은 꽃밭새이 길이 있어// 핫슈 먹은듯 취해 나자빠진/ 능구렝이같은 등어릿길로,/ 님은 다라나며 나를 부르고...// 强한 향기로 흐르는 코피/ 두손에 받으며 나는 쫓느니// 밤처럼 고요한 끌른 대낮에/ 우리 둘이는 웬몸이 달어...
>
> * 註. 핫슈—阿片의 一種
>
> —「대낮」 전문

이 시에서 "따서 먹으면 자는듯이 죽는다"라는 구절은 아담과 이브의 원죄의식과 연결된다. 그것도 대낮에 "님"은 "핫슈 먹은듯 취해 나자빠져" 에덴동산의 영원함을 스스로 포기하고 그 "능구렝이같은 등어릿길로" "다라나며" 시적 화자인 나를 부르고 있다. 나는 흐르는 코피를 두 손에 받으며 쫓고 있다. 이는 원죄의 업고를 짊어진 채 원초적

---

17) 박선영, 「서정주 초기시에 나타나는 감금의 공간 메타포 연구」, 『어문연구』 56집, 2008, 426~427쪽.

18) 유성호, 앞의 글, 232쪽.

인 본능에 내재된 강한 생명력을 나타내고 있다.

> 黃土 담 넘어 돌개울이 타/ 罪 있을듯 보리 누른 더위—/ 날카론 왜낫(鎌) 시렁우에 거러노코/ 오매는 몰래 어듸로 갔나// 바윗속 山되야지 식 식 어리며/ 피 흘리고 간 두럭길 두럭길에/ 붉은옷 닙은 문둥이가 우러// 땅에 누어서 배암같은 게집은/ 땀흘려 땀흘려/ 어지러운 나—ㄹ 업드리었다.
>
> —「麥夏」전문

이 시의 공간적 배경 역시 죄 있을 듯이 보이는 '보리밭'임을 알 수 있다. 오매는 왜낫(鎌)을 시렁 위에 걸어 놓고 부재하고, 그 고독 속에 山되야지가 피 흘리고 간 두럭길에는 붉은 옷 입은 문둥이가 울고 있다. 저주받은 문둥이가 입고 있는 붉은 옷은 이 시의 시간적인 배경인 여름과 함께 강렬한 생명력을 나타내고 있다.

이렇듯 근대에 서정주가 소외된 자들을 시에 끌어들이는 것은 세상을 향한 소통의 출구를 찾고자 했던 그의 의식적인 분투이며, 그의 방랑 기질 안에 근대의 밝은 면보다 어두운 면이 내재되어 있음을 알 수 있다.

이와 같이 성서에서는 태초의 인간인 아담과 이브가 죄를 짓고 그들에게 형벌로 죽음이 들어온 데 반해, 서정주의 시세계에서는 반영원의 중심에 육체가 있는 것이다.[19] 즉 서정주에게 있어서의 원죄의 모습은 육체적인 것을 갈구하는 모습으로 나타나고 있다.

---

19) 송기한, 앞의 글, 92쪽.

3. 『화사집』에 나타난 수난 이미지

본 연구는 『화사집』을 재검토할 필요성에 따라 먼저 성서에 나타난 예수의 수난 이미지를 살펴보기로 한다. "그런즉 한 범죄로 많은 사람이 정죄에 이른 것 같이 한 의로운 행위로 말미암아 많은 사람이 의롭다 하심을 받아 생명에 이르렀느니라 한 사람이 순종하지 아니함으로 많은 사람이 죄인 된 것 같이 한 사람이 순종하심으로 많은 사람이 의인이 되리라"(롬 5:18-19), "아담 안에서 모든 사람이 죽은 것 같이 그리스도 안에서 모든 사람이 삶을 얻으리라"(고전 15:22)라는 구절처럼, 성서에서는 인류의 죄야말로 예수의 수난과 죽음의 원인[20]이 되고 있으며, 예수의 수난의 절정은 십자가상의 칠언[21]을 통하여 파악할 수 있다. 이와 같이 예수는 인류 구원의 역사를 성취하기 위하여 아버지께로부터 이 세상에 오셔서[22] 자신을 오직 한번 희생의 제물로 바침으로써 죄를 없애주신 것이다. 여기에 예수의 수난의 신비가 깃들

---

20) 야고보·알베리오네, 표동자 역, 『수난과 부활의 신비』, 성바오로출판사, 1982, 11쪽.

21) 십자가상의 칠언은 다음과 같다. ① 예수는 자신의 옷을 나눠 제비 뽑는 무리들을 향해 "아버지 저들을 사하여 주옵소서 자기들이 하는 것을 알지 못함이니이다"(눅 23:34)라고 말씀하셨다. ② 십자가에 달린 행악자 중 하나에게 "네가 오늘 나와 함께 낙원에 있으리라"(눅 23:43)라고 말씀하셨다. ③ 자기의 어머니 마리아에게 "여자여 보소서 아들이니이다"(요 19:26)라고 하셨고, 사랑하는 제자 요한에게는 "보라 네 어머니라"(요 19:27)라고 말씀하셨다. ④ 제육시(정오)로부터 온 땅에 어둠이 임하여 제구시(오후 세 시)까지 계속되더니, 제구시쯤에 예수께서 크게 소리질러 말씀하셨다. "엘리 엘리 라마 사박다니"(나의 하나님, 나의 하나님, 어찌하여 나를 버리셨나이까)(마 27:46) ⑤ 그 후에 예수께서 모든 일이 이루어진 줄 아시고 성경을 응하게 하려 하사 "내가 목마르다"(요 19:28)라고 말씀하셨다. ⑥ 예수께서 신 포도주를 받으신 후에 "다 이루었다"(요 19:30)라고 말씀하셨다. ⑦ 예수께서 이어 "아버지여 내 영혼을 아버지 손에 부탁하나이다"(눅 23:46)라고 말씀하신 후 숨지셨다.

22) 김희보, 『(Visual) 신약성서 이야기』, 한국장로교출판사, 1999, 113쪽.

여 있는 것이다.

그러나 서정주의 〈地歸島詩〉 시편에 나타난 수난 이미지는 예수의 십자가 사건처럼 시간적 배경인 정오와 공간적 배경인 언덕이 그대로 겹치기는 하나, 예수의 인류 구속(救贖)의 차원과는 의미가 다르다. 예수의 수난은 예수가 십자가에 못 박혀 인류의 죄를 대속하여 구원함을 보여주는 데 반해, 〈地歸島詩〉 시편에서는 인간 실존의 한계를 안고 있는 육체로부터 벗어나려는 모습을 보여주고 있다.

> 보지마라 너 눈물어린 눈으로는…/ 소란한 哄笑의 正午 天心에/ 다붙은 내입설의 피묻은 입마춤과/ 無限 慾望의 그윽한 이戰慄을…// 아—어찌 참을것이냐!/ 슬픈이는 모다 巴蜀으로 갔어도,/ 윙윙그리는 불벌의 떼를/ 꿀과함께 나는 가슴으로 먹었노라.// 시약시야 나는 아름답구나// 내 살결은 樹皮의 검은빛/ 黃金 太陽을 머리에 달고// 沒藥 麝香의 薰薰한 이꽃자리/ 내 숫사슴의 춤추며 뛰여 가자// 우슴웃는 짐생, 짐생 속으로.
>
> * 地歸는 濟州南端의 一小島. 神人高乙那의孫一族이사러麥作에從事한다. 丁丑年榴夏, 廷柱가 偶然地歸에流謫하야 心身의 傷痕을말리우며 써모흔것이 卽이네片의詩作이다.
>
> —「正午의 언덕에서」 전문

〈地歸島詩〉에 포함된 4편의 시는 서정주가 1937년 4월부터 7월까지 제주도에 머물며 쓴 시들이다. 서정주는 “그 이듬해 四月달부터 七月달까지 나는 濟州島에가서있었다. 뜨거운보리밭고랑에 아조 배꼽을내여놓고 들어누어서, 귀밑에바다가우는소리를듣고 들어누어서”[23]

온몸으로 햇볕을 쬐며 그동안의 심신의 상흔을 말리우며 〈地歸島詩〉 시편을 썼다. 〈地歸島詩〉 시편은 성서적 이미지와 겹쳐 읽을 수 있는 작품들이다. 이미 서정주는 "다만 그 生態에 있어서 솔로몬의 『雅歌』的인 것과 그리이스 神話的인 것의 近似値에만 着眼하여 兩者의 그 崇高하고 陽한 肉體性에만 매혹되어 있었던 것"24)이라고 고백한 바 있다. 또한 「正午의 언덕에서」에 "향기로운 산우에 노루와 적은사슴 같이있을지어다.(雅歌)"라는 아가25) 8장 14절을 인용하고 있다. 그가 이 구절을 부제목으로 인용한 이유는 "기독교도가 되어서가 아니라, 이 솔로몬의 노래는 먼저 그 육신과 정서의 건전함이 마음에 들어서"26)였기 때문이다.

「正午의 언덕에서」에서 시간적 배경인 '정오'와 공간적 배경인 '언덕'은 예수의 십자가 수난사건의 이미지와 시공간이 그대로 겹친다. 마가복음 15장 33~34절에 의하면, "제육시가 되매 온 땅에 어둠이 임하여 제구시까지 계속하더니 제구시에 예수께서 크게 소리 지르시되 엘리 엘리 라마 사박다니 하시니 이를 번역하면 나의 하나님, 나의 하나님 어찌하여 나를 버리셨나이까 하는 뜻이라"라는 구절이 나온다. 유대인의 제6시는 한국의 시각으로 낮 12시, 곧 정오를 뜻한다. 이 정

---

23) 서정주, 「續 나의 放浪記」, 『인문평론』, 인문사, 1940.4, 73쪽.

24) 서정주, 「古代 그리이스的 肉體性— 나의 處女作을 말한다」, 앞의 책, 266쪽.

25) 아가서의 마지막 장, 마지막 구절에 해당되는 이 부분은 "내 사랑하는 자야 너는 빨리 달리라 향기로운 산 위에 있는 노루와도 같고 어린 사슴과도 같아라"라고 기록되어 있다. 풍부한 시적 은유와 다양한 상징의 수사학 기법으로 묘사된 이 책은 신랑과 신부의 순수한 사랑을 통해 결혼의 중요성을 보여주고, 하나님의 백성을 향한 하나님의 사랑을 묘사하기 위해 B.C. 970~960년경 솔로몬에 의해 기록되었다.(김의원 외 편찬, 『(개역개정) 좋은성경』, 성서원, 2009, 961쪽, 966쪽)

26) 서정주, 『미당 자서전 2』, 민음사, 1994, 63쪽.

오에 예수는 인간들을 구속하기 위해 인생 최대의 수치인 십자가를 짊어지는 수난을 당하고 제9시(오후 3시)에 하나님을 향해 큰 소리를 외친 후 죽음을 맞이한다. 여기에서 예수의 십자가 희생은 죄로 인해 멀어졌던 신과 인간의 관계를 회복시키는 "화목제물"(요한1서 2:2)이 된 것을 의미한다. 이 시에서 언덕은 예수가 못 박힌 골고다 언덕을 상징한다. 언덕의 상징은 하늘과 땅 사이를 연결해주는 매개적 장소의 의미를 지니는데, 이로 인해 속죄양은 신과 인간을 화해시키는 화목제물로서의 역할을 감당한 것이다.[27] 1연에서는 "正午 天心"에 "눈물어린 눈"으로 "내입설의 피묻은 입마춤과/ 無限 慾望의 그윽한 이戰慄"을 보지 말 것을 당부하고 있다. 입술에 피묻을 정도의 강렬한 전율은 정오에 일어나고 있다. 또 2연에서 슬픈 이는 모두 巴蜀으로 갔어도, 시적 화자인 나는 불벌의 떼를 가슴으로 먹었다고 고백하고 있다. 그런 나는 아름다우며, 살결은 樹皮의 검은빛을 하고 있다. 4연에서 시적 화자인 나는 머리에 "黃金 太陽"을 달고 있는데, 이는 정오의 뜨거운 뙤약볕 밑에 있음을 보여주고 있다. 5연에서 "沒藥 麝香의 薰薰한 이꽃자리"로 뛰어가자는 구절은 예수님의 십자가 수난의 장소와 같은 언덕, 즉 죽음을 상징하고 있다.

> 문득 面前에 우슴소리 있기에/醉眼을 드러보니, 거긔/ 五色 珊瑚采에 묻처있는 娘子// 물에서 나옵니까.// 머리카락이라든지 콧구멍이라든지 콧구멍이라든지/ 바다에 떠보이면 아름다우렷다.// 石壁

27) 노승욱, 「윤동주 시에 나타난 고백의 기독교적 성격 연구」, 『신앙과 학문』 16권 1호, 2011, 93쪽.

野生의 石榴꽃열매 알알/ 입설이 저... 잇발이 저...// 娘子의이름을 무에라고 부릅니까.// 그늘이기에 손목을 잡었드니/ 몰라요. 몰라요. 몰라요. 몰라요.// 눈이 항만하야 언덕으로 뛰어가며/ 혼자면 보리 누름 노래불러 사라진다

—「高乙那의 딸」 전문

이 시에 나오는 '高乙那'는 '양을나', '부을나'와 함께 제주도의 神人으로 그리스도 이미지와 일치하는 면을 보여준다. 이 시절 서정주는 서귀포 해변의 보리밭 옆 언덕에 누워 있는 정오나 오후 한 시, 바다에 거침없이 뛰어드는 해녀들을 보기를 즐겼다. 서정주는 그들에게서 육신의 아름다움을 마음껏 즐겼다. 이 시에 등장하는 아름다운 낭자는 "물에서 나와" 노래를 부르며 보리가 누렇게 펼쳐진 언덕으로 사라지는 것으로 보아 잠수하는 해녀로 추측해 볼 수 있고, 때는 대낮인 것으로 볼 때 예수의 수난의 시공간과 일치하고 있음을 알 수 있다. 시적 화자가 손목을 잡았으나, 낭자는 혼자 보리밭 너머로 사라지는 것으로 보아, 이전의 육체를 추구하던 모습에서 탈피하고 있다.

赤途해바래기 열두송이 꽃心地./ 횃불켜든우에 물결치는銀河의 밤./ 자는 닭을 나는 어떻게해 사랑했든가// 모래속에서 이러난목아지로/ 새벽에 우리, 기쁨에嗚咽하니/ 새로자라난 齒가 모다떨려.// 감물드린빛으로 지터만가는/ 내 裸體의 샷샷이.../ 수슬 수슬 날개털디리우고, 닭이 우스면// 結義兄弟가치 誼좋게 우리는/ 하늘하늘 國旗만양 머리에 달고/ 地歸千年의 正午를 울자.

—「雄鷄(上)」 전문

이 시에서도 시간적 배경인 '정오'와 공간적인 배경인 '언덕'으로 보아 예수의 십자가 수난사건과 시공간이 겹친다. 여기에서 '雄鷄'란 수탉을 말하는데, "赤途해바래기 열두송이 꽃心地"와 "하눌하눌 國旗만양 머리에 단" 것은 닭의 벼슬을 의미하고, 그것은 예수의 가시 면류관을 연상시킨다. 시적 화자는 그 닭의 벼슬을 달고 "地歸千年의 正午를 울자."라고 의지를 표명하고 있다. 이미 서정주는 혹독한 육체의 질병을 앓은 바가 있기에 "목아지", "齒", "裸體", "머리"라는 단어를 통해 육체적인 욕망으로부터 벗어나려는 면을 보여주고 있다.

> 어찌하야 나는 사랑하는자의 피가 먹고싶습니까/ 「雲母石棺속에 막다아레에나!」// 닭의벼슬은 心臟우에 피인꽃이라/ 구름이 왼통 젖어 흐르나/ 막다아레에나의 薔薇 꽃다발.// 傲慢히 휘둘러본 닭아 네눈에/ 蒼生 初年의 林檎이 瀟洒한가.// 임우 다다른 이 絶頂에서/ 사랑이 어떻게 兩立하느냐// 해바래기 줄거리로 十字架를 엮어/ 죽이리로다. 고요히 침묵하는 내닭을죽여...// 카인의 쌔빩안 囚衣를 입고/ 내 이제 호올로 열손까락이 오도도떤다.// 愛鷄의生肝으로 매워오는 頭蓋骨에/ 맨드람이만한 벼슬이 하나 그윽히 솟아올라...
>
> —「雄鷄(下)」 전문

이 시에 나타난 '막다아레에나'는 예수의 부활을 처음으로 목격한 여성이다. 살아 생전에 일곱 귀신이 들려 고통을 겪다가 예수를 만나면서 병을 치료받은 인물이기도 하다. 2연에서 "닭의 벼슬"은 "心臟우에 피인꽃"이면서 "막다아레에나의 薔薇 꽃다발"로 묘사되고 있는데, 이는 "맨드람이만한 벼슬"과 함께 예수의 머리에 씌워진 가시면류관을 의미한다. 또한 5연, 6연은 희생의 이미지를 상징한다. 6연의 '카인'은 동생 아벨을 죽인 인류 최초의 살인자인 동시에 원죄를 아담과 이브로부터 물려받은 인물이다. 이 시에서 닭을 죽이는 행위를 통해서 인간이 가지고 있는 근원적 죄 가운데 하나인 살인의 문제를 다루고 있다. 성서적 죄 가운데 하나가 살해 충동인데, 여기서는 닭을 죽일 때 십자가를 수단으로 하는 매우 이례적인 상상력을 보여주고 있다.[28] 닭의 벼슬을 심장 위에 핀 꽃으로 보는 시적 화자는 해바라기 줄거리로 십자가를 엮어 침묵하는 닭을 죽이려 하고 있다. 이것은 십자가에 달려 침묵하는 예수를 죽이라고 소리 지르는 무리들과 비교해 볼 수 있다.

이와 같이 인류 구속사적 의미를 띠고 인류를 죄에서 구원하기 위해 십자가를 짊어진 예수의 수난 이미지와는 달리, 「雄鷄(下)」에서는 닭을 죽이려는 살인 충동과 원죄로부터 벗어나려는 욕망을 보여주고 있다.

4. 『화사집』에 나타난 부활의 의미

『화사집』에는 〈地歸島詩〉 다음으로 〈門〉이 수록되어 있는데, 「바다」, 「門」, 「西風賦」, 「復活」을 분석하기에 앞서 예수의 부활에 대해 먼저 살펴보기로 한다.

예수의 수난은 골고다 언덕에서의 처참한 십자가 처형으로 끝났다. 그러나 예수는 죽은 자 가운데서 3일 만에 부활했다. 따라서 기독교의 신관(神觀)은 부활의 신관이다.[29] 신약성경에서 부활의 헬라어 '아나

28) 송기한, 앞의 글, 87쪽.

스타시스'는 죽은 자의 생명을 다시 살리는 것을 의미한다. 이때 부활의 첫 열매는 예수의 부활을 뜻한다. 예수의 부활 이후에 관한 기록(마 28장, 막 16장, 눅 24장, 요 20-21장, 행 1:1-11, 고전 15:1-11)을 통해 볼 때, 예수의 부활은 구원 사업의 완성이다. 예수가 수난과 죽음과 부활로써 인류를 구원한 것이 부활의 신비이다.[30] 예수의 부활은 역사 안에서(우리가 살고 있는 곳과 같은 우주의 시간과 공간 안에서) 일어난 사건이요, 하나님이 우리의 구원을 위하여 십자가에 달린 예수 그리스도 안에서 성취하신 것이다.[31]

그렇다면 『화사집』의 〈門〉에 나타난 부활의 의미는 어떤지 살펴보기로 한다.

> 아— 스스로히 푸르른 情熱에 넘처/ 둥그란 하늘을 이고 웅얼거리는 바다,/ 바다의깊이우에/ 네구멍뚤린 피리를 불고… 청년아./ 애비를 잊어버려/ 에미를 잊어버려/ 兄弟와 親戚과 동모를 잊어버려,/ 마지막 네 계집을 잊어버려,// (중략) / 오—어지러운 心臟의 무게우에 풀닢처럼 흣날리는 머리칼을 달고/ 이리도 괴로운나는 어찌 끝끝내 바다에 그득해야 하는가./ 눈뜨라. 사랑하는 눈을 뜨라… 청년아,/ 산 바다의 어느 東西南北으로도/ 밤과 피에젖은 國土가있다.// 아라스카로 가라!/ 아라비아로 가라!/ 아메리카로 가라!/ 아푸리카로 가라!
>
> —「바다」의 일부

---

29) 김희보, 앞의 책, 144쪽.

30) 야고보·알베리오네, 앞의 책, 123쪽, 126쪽.

31) 강사문·나채운 감수, 『청지기 성경 사전』, 시온성, 2003, 589~592쪽.

「바다」에서도 예수의 공생애 사역을 시작하기 전의 모습과 비슷한 면을 볼 수 있다. "또 내 이름을 위하여 집이나 형제나 자매나 부모나 자식이나 전토를 버린 자마다 여러 배를 받고 또 영생을 상속하리라" (마 19:29)라는 구절과 "애비를 잊어버려/ 에미를 잊어버려/ 兄弟와 親戚과 동모를 잊어버려,/ 마지막 네 계집을 잊어버려,"라는 시구는 예수가 공생애 사역을 시작하면서 부정하고자 했던 세속적 관계와 상이 겹치고 있다. 천이두는 이 구절에서 애비와 에미와 형제와 친척과 동무와 그리고 마지막으로 자기 계집까지도 잊어버려야 하는 철두철미한 고독에 도달하려는 것, 그것은 하나의 죽음에 해당하는 행위[32]로 보고 있다. "톨스토이가될가 그럼 니-체한테미안하고, 그럼 니-체가될가 톨스토이한테미안하고, 첫째 누구같어서는 않되는것이고…… 하여간 먼저 基督과같이 家庭만은 버려야 한다."[33]에서 서정주는 세속에서의 모든 관계를 끊고 새로운 계기를 찾고자 하는 열망을 보여주고 있다. 이는 예수 그리스도의 수난의 정점이 십자가상에서의 죽음에서 보이는 것처럼, 서정주에게 있어서도 모든 관계 단절에서 오는 자기 자신과 대면하는 고독의 자리를 보여주고 있는 것이다. 그 죽음과의 해후 끝에 시적 화자는 전망이 부재한 가운데 바다 앞에 서서 "아라스카로 가라!/ 아라비아로 가라!/ 아메리카로 가라!/ 아푸리카로 가라!" 라고 절규하고 있다. 이는 시적 화자의 의식이 수난의 이미지에서 보여주었던 육체적인 욕망에서 벗어나 조국으로, 더 나아가 세계로 확산되어 새로운 세계가 열리는 '門'에 다다르는 면을 보여준다.

---

32) 천이두, 「지옥과 열반」, 『미당연구』, 민음사, 1994, 57쪽.

33) 서정주, 「나의 放浪記」, 『인문평론』. 인문사, 1940.3. 68~69쪽.

밤에 홀로 눈뜨는건 무서운일이다/ 밤에 홀로 눈뜨는건 괴로운일이다/ 밤에 홀로 눈뜨는건 위태한일이다// 아름다운 일이다. 아름다운일이다. 慌忙한 廢墟에 꽃이 되거라!/ 屍體우에 불써 이러나야할, 머리털이 흔들흔들 흔들리우는, 오— 이 時間. 아까운 時間.// 피와 빛으로 海溢한 神位에/ 肺와 발톱만 남겨 노코는/ 옷과 신발을 버서 던지자./ 집과 이웃을 離別해 버리자.// 오— 少女와같은 눈瞳子를 그득이 뜨고/ 뉘우치지 않는사람, 뉘우치지않는사람아!// 가슴속에 匕首감춘 서릿길에 타며 타며/ 오느라, 여긔 知慧의 뒤안 깊이/ 秘藏한 네 荊棘의 門이 운다.

—「門」 전문

이 시는 새로운 세계의 열림을 보여주는 상징적 의미의 작품이다. 앞의 「바다」에서와 같이 "옷과 신발"을 벗어 던지고, "집과 이웃"을 離別해 버리는 면에서 예수의 공생애 사역을 시작하기 전의 세속적인 모습을 볼 수 있다. 또한 5연의 "荊棘의 門"은 '부활'에 이르는 통로(돌문)로 볼 수 있다.

서녁에서 부러오는 바람속에는/ 오갈피 상나무와/ 개가죽 방구와/ 나의 여자의 열두발 상무상무// 노루야 암노루야 홰냥노루야/ 늬발톱에 상채기와/ 퉁수ㅅ소리와// 서서 우는 눈먼 사람/ 자는 관세음.// 서녁에서 부러오는 바람속에는/ 한바다의 정신ㅅ병과/ 징역시간과

—「西風賦」 전문

이 시는 논리적으로 연결되기 어려운 이미지들이 나타나고 있는 초현실주의적인 작품이지만, 불교적인 이미지 외에도 기독교적인 원죄의식이 배태되어 있다. "한바다의 정신ㅅ병과/ 징역시간과"라고 고백할 정도로 시적 화자는 이 지상에서의 무거운 짐을 짊어지고 있다. 한번 걸리면 회복하기 힘든 정신병과 그로 인한 징역시간은 정상적인 상태로 회복하기 힘든 면을 보여준다. 이것은 잠재의식 속의 최초의 정신적 외상이 육체와 정신의 분열을 일으켜 "정신ㅅ병"의 원형을 안고 있는 것이다. 심연을 발견한 정신을 담기에는 서정주의 육체가 한계에 이른 것이다. 또한 육체는 영원을 거부하기에 서정주는 이 시를 〈門〉에 넣어 그동안의 힘든 육체의 상태에서부터 벗어나고 싶은 갈망, 즉 부활하고 싶은 의지를 드러낸 것이다.

> 내 너를 찾어왔다 臾娜. 너참 내앞에 많이있구나 내가 혼자서 鐘路를 거러가면 사방에서 네가 웃고오는구나. 새벽닭이 울때마닥 보고싶었다… 내 부르는소리 귓가에 들리드냐. 臾娜, 이것이 멫萬時間만이냐. 그날 꽃喪輿 山넘어서 간다음 내눈동자속에는 빈하눌만 남드니, 매만저볼 머릿카락 하나 머릿카락 하나 없드니, 비만 자꾸오고… 燭불밖에 부흥이우는 돌門을열고가면 江물은 또 멫천린지, 한번가선 소식없든 그어려운住所에서 너무슨 무지개로 내려왔느냐. 鐘路네거리에 뿌우여니 흐터져서, 뭐라고 조잘대며 햇볕에 오는애들. 그중에도 열아홉살쯤 스무살쯤되는애들. 그들의눈망울속에, 핏대에, 가슴속에 드러앉어 臾娜! 臾娜! 臾娜! 너 인제 모두다 내앞에 오는구나.
>
> ―「復活」 전문

기독교의 우월성은 예수가 십자가에서 죽은 후, 부활한 데 있다. 그러나 서정주의 시에 있어서 부활의 의미는 이와 다르다. 이 시에 나오는 "臾娜"[34]는 시적 화자의 환상이 만들어낸 상상 속의 부활을 보여주는 존재이다. 그 "臾娜"는 "鐘路네거리에 뿌우여니 흐터져서…… 오는애들" 중에 "열아홉살쯤 스무살쯤 되는애들. 그들의눈망울속에, 핏대에, 가슴속에 드러앉어" 시적 화자 앞에 온다. 이 시에서 "臾娜"는 청년이 가진 육체적인 욕망으로부터의 부활을 꿈꿔 보지만, 육체의 구속으로부터 벗어날 수 없는 면—눈망울속에, 핏대에, 가슴속에 머무르는—을 보여주고 있다. 서정주는 시적 화자가 처해 있는 젊은 청춘의 욕망으로부터 부활을 그리고 있다.

이와 같이 서정주 시에 나타난 부활은 예수의 본질적 참된 영은 살

---

34) 서정주는 임유라(任幽羅)와의 연애 사건을 통해서 스스로를 "不治의 天刑病者", "능구렝이", "溺死하려는슬픔"으로 표현하고 있다. 서정주를 고창고보에서 공부시키기 위해 전 가족이 이사한 집의 주인이 임유라의 부친이었다. 그의 둘째 아들(史明)이 문학을 공부하는 사람이고, 딸(幽羅)이 서울에 있는 모 여학교에 다니고 있었다. 昭和 11년 1월, 서정주의 「壁」이 동아일보에 당선되자, 이것이 임유라와 그의 오빠의 눈에 들었다. 이것이 계기가 되어 그들은 친분을 맺게 되었다. 서정주가 김동리의 하숙방에 더부살이하고 있을 때, 둘은 가회동 7번지를 찾아가서 두세 시간씩 아무 말도 없이 벙어리처럼 앉아 있다가 돌아오곤 하였다. 임유라가 보오드레-르의 『惡華集』을 읽고 싶어했을 때, 서정주는 그 책을 그녀에게 사다 주고, 꼬박 사흘 걸려 러브레터를 다섯 줄인가 써서 보냈으나(편지는 동리가 갖다 주었다), 임유라는 아무런 회답도 주지 않았다. 그런 모습을 보고 동리는 되도록이면 빨리 단념하기를 권고하였고, 아무리 권고해도 소용이 없는 것을 알자, 나중에는 서정주의 손목을 잡고 "네가 그렇게 헐값이거든 어서 죽으라"고 하였다. 이 사건은 이후 서정주를 크게 울렸다.(서정주, 「續 나의 放浪記」, 앞의 책, 68~70쪽 참조) 이 일이 있은 후, 서정주는 자신에게 쓰라린 상처를 안겨 주었던 임유라를 「復活」에서 "臾娜"로 부활시켜 현실 속에서 이루지 못한 사랑을 시를 통해서 위로받으려고 한 것으로 보인다.

강연호는 "幽羅"라는 소녀의 부활을 실질적으로 『화사집』의 시적 편력을 거친 화자 자신의 부활로 보고 있다.(「『화사집』의 시집 구조와 특성 연구」, 『영주어문』 19집, 2010.2, 227쪽)

아 있다는 것을 하나님이 보여주신 객관적 환시라 볼 수 없고, 상상 속에서 일어난 환상, 즉 주관적 환상에 가깝다고 할 수 있다. 이는 과거에 사랑했던 여인을 환각으로 재생시킴으로써 상처를 치유하고 고통스러웠던 사랑의 기억을 극복하려는 모습을 보여준다. 기독교에서의 예수의 부활이 십자가에서의 수난과 죽음 이후에 찾아온 역사적인 사건인 것과는 달리, 서정주의 『화사집』에 나타난 부활에의 의지는 인간 실존의 한계를 보여주는 육체로부터의 탈피, 곧 새로운 세계로의 열림을 뜻한다. 그러나 그 새로운 세계는 『歸蜀途』(1948)에서 동양적 세계관으로 가는 방향을 예고하고 있다. 또 성서에서는 예수의 부활이 영원성을 의미하는 데 반해, 서정주에게 있어서는 이후에 '신라'라는 상상의 세계인 영원성으로 나아가는 면을 배태하고 있다.

5. 기독교의 수용과 변용

본 연구는 『화사집』에 나타난 원죄의식과 수난 및 부활의 의미를 성서와의 연관 속에서 살펴보았다. 먼저, 성서에 나타난 원죄의식은 인류를 타락의 상태로 몰고 간 아담의 타락을 일컬으며, 인류는 아담의 후예이므로 그 원죄의 책임을 면할 수 없다는 것이다. 그러나 「自畵像」, 「花蛇」, 「문둥이」, 「대낮」, 「麥夏」에 나타난 원죄의식은 성서에서와는 달리 육체적인 것을 갈구하는 모습을 보여주고 있다.

또한 예수의 십자가는 '죽음을 통하여 생명을 얻은' 기독교 신앙의 상징적 표상이다. 예수의 수난의 정점은 십자가상의 칠언을 통하여 파악할 수 있으며, 그 고통의 과정이 얼마나 처절한 것인지를 통감할 수 있다. 「正午의 언덕에서」, 「高乙那의 딸」, 「雄鷄(上)」, 「雄鷄(下)」에서는 예수의 십자가 수난 사건의 시공간이 그대로 겹치지만, 예수의 인류 구속의 차원과는 달리 젊은 날의 미당의 원죄의식과 방황 속에서 벗어나려는 치열한 몸부림, 즉 인간 실존의 한계를 안고 있는 육체로부터 벗어나려는 모습을 보여주고 있다.

또 기독교 신앙의 우월성은 예수가 죽은 후, 3일 만에 부활한 데 있다. 예수의 부활은 분명한 역사적 사건이면서, 역사적 사건 이상의 것이다. 그러나 「바다」, 「門」, 「西風賦」, 「復活」에서 서정주는 성서의 상황을 가져오지만 실제로 시적 화자의 젊은 청춘의 욕망으로부터의 부활을 그려주고 있다. 그러므로 이 시에 나타난 부활은 일종의 상상 속에서 일어난 환각으로, 주관적 환상에 가깝다고 할 수 있다.

서정주의 초기 시에서는 부(父)의 부재의 부끄러움과 육체성의 추구에 기인하는 원죄의식, 인간 실존의 한계를 안고 있는 육체로부터 벗어나려는 수난 이미지와 부활에의 의지를 보여주고 있다. 그러나 그 부활에의 의지는 동양적 세계관으로 가는 방향을 예고하고 있다. 서정주는 성서로 대표되는 기독교적 세례를 받았다고는 하나, 기독교의 수난과 부활에 내포된 풍부한 의미들을 모두 포함하고 있지는 못하다. 이는 기독교 모티프를 동원하는 대부분의 시작품에 해당된다. 따라서 서정주는 젊은 날의 방황과 격렬한 정신적인 고뇌를 드러내는 방편으로 기독교를 이해하고 수용·변용한 것으로 보인다.

6장 윤동주의 탄식시 연구

1. 기독교 신과의 독대(獨對)

윤동주는 우리나라에서 가장 사랑받는 시인 중 한 사람이다. 윤동주에 관한 선행 연구는 그동안 다양한 시각에서 고찰되어 왔으나, 본고에서는 기독교적 관점에서 살펴보기로 한다.

박이도는 기독교가 한국 현대시에 끼친 영향이 지대하다고 보고 윤동주, 김현승, 박두진의 시에 나타난 기독교 의식을 추출하여 한국 기독교시의 가능성과 그 문학사적 성격을 고찰하였는데, 특히 윤동주는 자신의 시에 '슬픔'이나 '부끄러움' 등의 이미지로 기독교 의식을 부각시켰다고 보았다.[1] 강신주는 한국 현대 기독교시의 형성 과정을 밝힌

---

1) 박이도, 「한국 현대시에 나타난 기독교 의식—윤동주 · 김현승 · 박두진의 시를 중심으로」, 경희대학교 박사논문, 1984, 35쪽.

후, 민족주의와 기독교 신앙이 윤동주의 성격을 형성하는 기본 인자임을 지적하였고, '하늘', '별', '십자가'를 그 신앙적 표상으로 사용했다고 보았다.[2] 한홍자는 기독교의 유입 과정과 기독교시의 형성 과정을 살펴본 뒤, 1910년대부터 1960년대까지 각 시대 속에서 한국 기독교시가 어떻게 전개되어 왔는지를 살피고 있다. 특히 1940년대를 대표하는 시인으로 윤동주를 들어 그의 시세계를 죄의식, 속죄양 의식, 미래에 대한 소망의식으로 전개하고 있다고 밝혔다.[3] 박춘덕은 윤동주, 김현승, 박두진을 대상으로 삶과 신앙의 상관성을 조망하였다. 특히 윤동주의 경우 식민지 시대는 고통의 역사로 파악되며, 거기서 비롯되는 윤동주 자신의 삶과 신앙의 긴장은 속죄양 의식에 의해 화해의 단계로 나아가게 됨을 드러냈다고 보았다.[4] 박연숙은 윤동주가 지닌 시정신 중 중요한 하나가 기독교 시정신이며, 이는 키에르케고르의 종교적 실존으로 나아가는 단계와 부합한다고 보았다.[5] 김종민은 윤동주 시인의 내면적 세계관을 기독교적 시각과 성서적 관점에서 살펴보았다. 특히 윤동주의 내면 의식을 시편에 실린 150편의 시 중 73편을 남긴 다윗의 내면 의식과 비교하되, 첫째는 속죄의식의 면에서, 둘째는 양심의 율법과 규례(規例)의 율법 측면에서, 셋째는 민족의식의 면에서 비교하여 살펴보았다. 그중 윤동주의 속죄의식은 자아성찰로서의

---

2) 강신주, 「한국 현대 기독교시 연구—정지용, 김현승, 윤동주, 최민순, 이효상의 시를 중심으로」, 숙명여자대학교 박사논문, 1991, 90쪽.

3) 한홍자, 『한국의 기독교와 현대시』, 국학자료원, 2000, 129~148쪽.

4) 박춘덕, 「한국 기독교시에 있어서 삶과 신앙의 상관성 연구—윤동주 · 김현승 · 박두진을 대상으로」, 부산대학교 박사논문, 1993, 98쪽.

5) 박연숙, 「윤동주 시에 나타난 기독교 시정신 변모 양상」, 건국대학교 교육대학원 석사논문, 2002, 2쪽.

속죄의식으로, 다윗은 제의[6]로서의 속죄의식으로 신에게 나아갔으며 때로는 반항과 탄식으로 속죄와 절창(切創)으로 신에게 탄원한 것으로 보았다.[7]

위에서 살펴보았듯이 기독교적 관점에서의 연구는 윤동주 시에 내면화되어 있는 기독교 정신과 그 의미 규명을 통해 윤동주 시를 평가하였다. 비록 선행 연구자들은 윤동주 시에서 어휘, 소재, 모티프 등의 면에서 청교도 정신을 비롯한 기독교의 관념적인 정신을 발견하고 분석하는 데 그쳤지만, 윤동주 시의 기독교적 영향을 성서와의 관련성 속에서 실증적으로 고찰하는 작업은 윤동주 시 연구에서 매우 필요한 부분이다. 특히 성서의 특정 표현 양식 혹은 갈래가 윤동주 시의 내적 구조에 어떤 영향을 끼쳤는가를 추적하는 작업도 같은 맥락에서 필요한 부분이다. 그러나 본고에서는 성서에 등장하는 '탄식시'의 양식으로 윤동주의 내적 고뇌와 결단, 정신의 풍경 등을 재구성하려고 한다. 다시 말해 윤동주가 기독교의 신과의 독대(獨對), 즉 신을 부르고 신의 응답을 듣는 것에서 얼마나 내밀하게 온통 기독교적 관념에 밀착되어 있는지를 탄식시의 양식과 개념을 통해 밝혀보려고 한다.

지금까지 윤동주 시를 탄식시라는 개념에서 살펴본 논문은 거의 없는 실정이다. 위의 선행 연구 중 김종민이 윤동주 시를 분석함에 있어서 다윗의 탄식시를 거론한 정도일 뿐이다. 이에 본고에서는 성서문학에서 거론되는 '탄식시'의 개념을 빌려와 윤동주 시에 나타난 탄식의 의미와 그 층위를 파악해 보고자 한다.

---

6) 성서 중 「레위기」에 나오는 번제, 소제, 화목제, 속죄제, 속건제를 말한다.

7) 김종민, 「윤동주 시의 성서적 배경 연구—윤동주와 다윗의 내면의식 비교를 중심으로」, 순천대학교 석사논문, 2010, 77쪽.

2. 탄식시의 개념과 윤동주의 신앙공동체 경험

탄식시란 히브리어로 '테필라'라고 하는데, 성서문학 중 시편을 비롯한 욥기, 예레미야, 예레미야 애가 등이 탄식문학의 주를 이루고 있다. 찬양시가 하나님 앞에서 기쁨을 표현한 것이라면, 탄식시는 하나님 앞에서 탄식을 토해낸 것이라 할 수 있다. 찬양시는 히브리어로 '테힐라'라고 하는데, 창조주와 하나님 나라에 대한 찬양 등이 포함된다. 구약학자인 헤르만 궁켈에 의하면 '테필라'는 개인 탄식시와 공동체 탄식시로 나뉜다. 개인 탄식시는 개인의 위기 상황—질병, 적들의 위협, 죽음에 대한 공포 등—에서 해결과 응답을 위하여 하나님께 부르짖는 절규이고, 공동체 탄식시는 국가적인 재앙—전쟁, 군사적인 위협, 가뭄, 기아 등—을 만났을 때 부르짖는 집단적 절규를 뜻한다. 이러한 공동체 탄식시는 민족적 위기 상황에서 만들어졌는데, 시편 79편을 그 예로 들 수 있다.

또 탄식시를 이해하기 위한 비교 개념으로 탄원(supplication)과 탄식(lamentation)을 들 수 있다. supplication은 '호의, 은혜(favour), 은혜를 구하는 탄원이나 기도'[8]를 의미한다. 예를 들면, 예레미야 37장 20절에서 "내 주 왕이여 이제 청하건대 내게 들으시며 나의 탄원을 받으사 나를 서기관 요나단의 집으로 돌려보내지 마옵소서 내가 거기에서 죽을까 두려워하니이다."라는 구절이 그것이다. 이에 반해 lamentation은 예레미야 애가 또는 히스기야 왕이 젊은 날에 죽음을 앞두고 읊은 시(이사야 38:10-20)를 들 수 있다. 이는 탄식시[9]로 연결시켜 볼 수 있다.

---

8) 라형택 편찬, 『로고스 New 성경사전』, 로고스, 2011, 2041쪽.

문제는 이러한 탄식시의 배경이 질병, 원수, 전쟁 등 시적 화자를 짓누르는 삶의 크나큰 고난 앞에서 하나님이 숨어 버린 데 있다는 것이다. 탄식은 바로 그 침묵을 강요하는 고난과 고통의 현실 가운데서 터져 나오는 소리이며, 미래를 거부당한 자가 미래를 향해 쏟아놓는 외침이다. 죽음의 현실에서, 죽음의 세력들 앞에서 삶을 찾아 "멀리 계시며" 응답하지 않는 신에게 올리는 호소이다. 이러한 탄식시 중 개인 탄식시의 구조적 특징으로는 ① 건넴 말과 첫 번째 구조 요청 ② 하나님을 향한 탄식 내지는 고발, 일인칭 탄식, 그리고 적에 대한 탄식 ③ 신뢰 고백 ④ 간구 ⑤ 찬양 서원[10]을 들 수 있다. '탄식' 후 '찬양'으로 이어지는 것은 탄식이야말로 찬양을 근본으로 하여 역동적인 힘을 부여하기 때문이다. 이를 토대로 윤동주의 「무서운時間」과 「悲哀」, 「八福」, 「슬픈 族屬」을 살펴볼 것이다. 먼저 탄식시의 전형이라고 할 수 있는 시편 22편의 구조를 살펴보기로 한다.(표 1 참조)

---

9) A. S. Hornby에 의하면, **supplication**은 "an act or instance of supplicating; humble prayer, entreaty, or petition."으로 풀이했고, **lamentation**은 "1. the act of lamenting or expressing grief. 2. a lament. 3. **Lamentations,** (*used with a singular v.*) a book of the Bible, traditionally ascribed to Jeremiah."로 풀이했다. 따라서 본고에서는 lamentation을 탄식의 개념으로 보고자 한다. 이는 일반적으로 한숨 또는 탄식을 뜻하는 sigh 개념과도 다르다. 탄식시는 영어로 **lament**로 볼 수 있으며, 이에 대한 설명은 다음과 같다.
"1. an expression of grief or sorrow. 2. a formal expression of sorrow or mourning, esp. in verse or song; an elergy or dirge." (A. S. Hornby, *Oxford advanced learner's dictionary of current English,* Oxford: Oxford University Press, 2000, p.1912, p.1078)

10) 김상기, 「시편 22편: 탄식과 찬양의 변증법」, 『신학연구』 49, 2006, 33~36쪽. 김이곤은 탄식시에 나타난 '탄식' 형태를 '하나님을 향한 항소', '시인 자신의 고난 탄식', '원수로 인한 탄식' 등으로 표현하고 있는데(김이곤, 「탄식시」, 문희석 편, 『오늘의 시편 연구』, 대한기독교서회, 1974, 178~206쪽), 이는 김상기가 지적한 개인 탄식시의 구조적 특징 중 "하나님을 향한 탄식 내지는 고발, 일인칭 탄식, 그리고 적에 대한 탄식"과 유사하다.

[표 1] 시편 22편의 구조

<table>
<tr><th>구조</th><th colspan="2">내용</th></tr>
<tr><td>① 건넴말과 첫 번째 구조 요청</td><td colspan="2">다윗이 쓴 시편 22편 1절에는, "내 하나님이여 내 하나님이여"를 두 번씩이나 부르고 있다. 이는 다윗이 정신적인 고통이 커서 더욱 하나님을 의지하고자 반복하여 부르고 있는 것이다. 이처럼 탄식시는 먼저 자신이 탄식하기 전에 상대방을 부르는 것으로부터 시작된다.</td></tr>
<tr><td rowspan="3">② 탄식</td><td>하나님을 향한 탄식</td><td>1절에서 보면, "내 하나님이여"를 두 번 부르고 나서 "어찌 나를 버리셨나이까 어찌 나를 멀리 하여 돕지 아니하시오며 내 신음 소리를 듣지 아니하시나이까", "나의 하나님이여 내가 낮에도 부르짖고 밤에도 잠잠하지 아니하오나 응답하지 아니하시나이다"(2절)라면서 밤낮으로 신음하며 하나님을 부르짖지만, 하나님은 응답하지 아니한다. 계속되는 탄식 끝에 결국 하나님에게 버림받았다고 생각하기에 이르러서는 오히려 절망의 깊이를 더하고 상실감을 더욱 또렷하게 한다.[11]</td></tr>
<tr><td>시인 자신의 고난 탄식</td><td>6-11절에 의하면, 시인은 자신을 "나는 벌레요 사람이 아니라 사람의 비방 거리요 백성의 조롱 거리니이다"(6절)라고 묘사하고 있다. 이 구절에서 시인은 자신을 아주 초라한 모습에 빗대고 있는데, 이는 정신적인 고통이 크다는 것을 알 수 있다.</td></tr>
<tr><td>원수로 인한 탄식</td><td>12-18절에 의하면, "많은 황소가 나를 에워싸며 바산의 힘센 소들이 나를 둘러쌌으며"(12절), "개들이 나를 에워쌌으며 악한 무리가 나를 둘러 내 수족을 찔렀나이다"(16절)라고 탄식하고 있다. 여기에서 '많은 황소', '힘센 소들', '개들', '악한 무리'는 원수를 의미한다고 볼 수 있다. 시인은 하나님을 향해 구원 요청을 하는 동시에 원수들에 둘러싸인 고통에 짓눌리고 있음을 보여준다.
이렇듯, 시인의 마음은 삼중고에 시달리고 있다. 하나님은 침묵하시고, 원수는 나를 에워싸고, 시인인 나는 심히 약한 처지에 있는 것이다.</td></tr>
<tr><td>③ 신뢰 고백</td><td colspan="2">이러한 탄식에도 불구하고 시인은 "주는 거룩하시니이다"(3절)라면서 하나님을 신뢰하고 있다. "우리 조상들이 주께 의뢰하고 의뢰하였으므로 그들을 건지셨나이다 그들이 주께 부르짖어 구원을 얻고 주께 의뢰하여 수치를 당하지 아니하였나이다"(4-5절)라는 고백을 하고 있다. 이는 탄식 뒤에 오는 절대자에 대한 깊은 신뢰를 보여준다.</td></tr>
<tr><td>④ 간구</td><td colspan="2">시인은 자신을 "멀리 하지 마옵소서"(11절, 19절), "속히 나를 도우소서"(19절)라면서 간절히 자신을 구해줄 것을 간구하고 있다.</td></tr>
<tr><td>⑤ 찬양 서원</td><td colspan="2">이제 시인은 하나님을 찬양한다. "내가 주의 이름을 형제에게 선포하고 회중 가운데에서 주를 찬송하리이다"(22절)라고 노래할 뿐 아니라 "여호와를 두려워하는 너희여 그를 찬송할지어다(중략) 너희 이스라엘 모든 자손이여 그를 경외할지어다"(23절)라고 외친다. "나의 찬송은 주께로부터 온 것이니 주를 경외하는 자 앞에서 나의 서원을 갚으리이다"(25절)라면서 찬양할 것을 맹세하기에 이른다.</td></tr>
</table>

*최명덕, "제2강 시편 42편 연구", cafe.daum.net/dse.123/CDHF/108 참조. 2010.1.6. 검색

시편 22편의 다윗의 경우 개인의 탄원을 들어주고 응답하는 하나님은 과거에 다윗의 조상들이 경험했던 하나님이다. 탄식시에는 신앙전승이 필수적이다. 즉 탄식시에는 하나님에 대한 흔들리지 않는 신뢰가 면면히 흐르고 있는 것이다. 이와 관련하여 윤동주의 시를 탄식시로 볼 경우 고려해야 할 사항이 있다. 다시 말해 윤동주 시인 개인에게 또는 우리 민족 공동체에 있어서 신앙공동체로서의 전승이나 경험이 어느 정도 존재했는가 하는 문제이다. 따라서 본고에서는 시 분석에 앞서 윤동주 개인과 그가 태어나고 자란 '북간도'(두만강 이북) 명동 마을과 용정, 그리고 교회 공동체와의 관련성을 먼저 살펴보기로 한다.

윤동주 시인의 집안은 1900년경 북간도 명동촌으로 이주하였다. 이주한 지 10년 만에 윤영석(1895~1962)은 김용(1891~1947)과 결혼하여 동주(1917.12.30.~1945.2.16)를 낳았다. 1906년 용정에는 북간도 최초의 신학문 교육기관인 서전서숙(瑞甸書塾)이 세워졌다. 한편 명동 마을 사람들도 1908년 4월 27일에 명동서숙(明東書塾)을 세워 명칭도 현대적인 감각을 살려 '명동학교'로 개칭했다. '명동'은 학교 이름으로 먼저 지어졌다가 거기서 '명동촌'이란 마을 이름이 나왔다. 이곳에 1909년 5, 6월경부터 정재면에 의해 명동교회가 시작되자 명동 주민들과 윤동주 가족은 이 교회에 출석했다. 이 시기 명동은 독립운동의 기지로 유명했다. 윤동주 집안은 조부인 윤하현(1875~1947) 대부터 기독교 신앙을 받아들였기 때문에 동주 역시 태어나자마자 '유아세례'를 받았다. 윤동주는 28년 생애 중 절반인 14년을 명동에서 살았고, 그의 인격 및 시적 감수성의 골격도 이곳에서 형성되었다.

11) 김상기, 앞의 글, 59~60쪽.

그러나 1920년을 고비로 명동학교는 차츰 빛을 잃어갔고, 1920년에 교통의 요지인 용정에 은진중학교 등의 미션스쿨이 세워짐으로써 대성학교와 함께 용정이 북간도 교육의 중심이 되었다. 이에 윤동주 가족은 용정시로 이사하고, 동주도 1932년 4월부터 1935년 8월까지 은진중학교를 다녔다. 고종사촌인 송몽규(1917~1945)도 용정의 윤동주네 집으로 옮겨와 함께 살면서 은진중학교에 다녔다. 동갑내기인 두 소년은 문재린 목사(문익환 목사의 부친)가 캐나다 유학에서 돌아와 시무하고 있던 용정 중앙장로교회에 출석하였다.[12]

윤동주는 1935년 9월 평양 숭실중학교에 입학하면서 고향을 떠난다. 그가 만주에서 살았던 집은 기와집이었는데, 그 기와에는 태극 모양과 무궁화, 십자가가 그려져 있었다. 또한 그가 다녔던 은진중학교, 평양 숭실중학교, 연희전문학교도 기독교 계통의 학교임을 볼 때,[13] 그는 어렸을 때부터 집과 학교에서 철저한 민족의식과 기독교 정신의 세례를 받으며 성장해 왔음을 알 수 있다.

윤동주는 1938년 4월 9일 연희전문학교에 입학하여 1941년 12월 27일 졸업하는데, 연희전문 시절은 그의 일생 중 가장 풍요롭고 자유로웠던 시기이다. 유년시절 보낸 간도의 명동, 용정 지방이 나라 밖에서의 독립운동의 현장이라면, 연희전문은 국내의 민족교육과 민족운동의 진원지로서의 교육 목표를 구현하려는 교풍을 전통으로 삼는 민족주의 학교였기 때문에 윤동주에게 연희전문 입학은 중요한 의미를 지닌다.[14] 장덕순은 「윤동주와 나」에서 다음과 같은 유혹(誘惑)적인

---

12) 위의 글은 송우혜의 『윤동주평전』(푸른역사, 2004)을 요약했다.

13) 이후 그가 다녔던 릿교(立教) 대학과 도시샤(同志社) 대학도 기독교 계통의 학교이다.

14) 박연숙, 앞의 논문, 37쪽.

내용의 이야기를 윤동주가 차분히, 그러나 힘주어서 자신에게 들려 준 일을 회고하고 있다.

> 문학은 민족 사상의 기초 위에 서야 하는데, 연희 전문 학교는 그 전통과 교수, 그리고 학교의 분위기가 민족적인 정서를 살리기에 가장 알맞은 배움터라는 것이다. 당시 만주 땅에서는 볼 수 없는 무궁화가 만발했고, 도처에 우리 국기의 상징인 태극 마아크가 새겨져 있고, 일본말을 쓰지 않고, 강의도 우리 말로 하는 '조선 문학'도 있다는 등등[15)]

마침내 일제의 탄압과 억압은 더욱 극심해져 연희전문까지 세력을 뻗친다. 1937년 7월 중일전쟁에 이어 1938년 2월에 '조선육군지원병령'이 공포되고, 5월 '일본국가총동원법'을 식민지 조선에도 적용한다고 공포했다. 중일전쟁에서 미국이 중국을 지지하고 나서자 미일간의 관계가 나빠졌고 이것이 국내에도 영향을 미쳐 미국 선교사들이 경영하는 연전과 조선총독부의 관계를 약화시키는 요인으로 작용했다. 그나마 민족교육의 명맥을 간신히 유지해오던 연전도 한국어 시간이 일본어 시간으로 대치되는 등 일제의 노골적인 식민정책에 굴복할 수밖에 없었다.[16)] 연희전문 시절 윤동주가 쓴 「異蹟」(1938.6.19)은 마태복음 14장 22~33절에 예수와 베드로가 밤 사경에 바다 위를 걸어갔던 이적을 바탕으로 한 시로, 그의 시와 신앙을 하나로 융합시키는 길을

---

15) 장덕순, 「윤동주와 나」, 『나라사랑』 23호, 1976, 143~144쪽.

16) 박연숙, 앞의 논문, 41쪽.

연 작품이다. 그런데 그가 처한 조국의 상황은 어둠과 모순뿐이고 절망과 고통 속에서 그는 신앙에 회의를 품게 된다. 1936년 봄, 숭실중학교가 신사참배 문제로 폐교되고, 연전 또한 일제에 의해 위기에 봉착하자 그는 더욱 신앙에 회의를 느끼게 된다. 그는 기독교 신앙에 회의를 하면서 1939년 9월부터 1년 3개월간 시를 쓰지 않고 침묵한다. 1939년 11월 10일에 '조선인의 氏名에 관한 건'(창씨개명령)이 내려졌고, 이를 시행한 날짜는 1940년 2월 11일이다. 이 시기는 그에게 절망과 불안 속에 가장 큰 고통의 기간이었다.

> 광명중학 때에는 교회 주일 학교의 반사도 하고 연희전문 1, 2학년 때까지도 여름방학에 하기 성경학교 등을 돕기도 하였으나, 3학년 때부터는 교회에 대한 관심이 덜해졌다는 느낌을 받았다. 그 때가 그의 시야가 넓어지면서 신앙의 회의기에 들었던 때인지 모른다. 새로 이사간 집에서의 일이니 그의 3학년 때의 일일 것이다. 무슨 계기가 있으면 가끔 드리는 가정 예배에서 하루는 할아버지께서 "오늘은 동주가 기도 드리지"하고 명하시었다. 동주 형은 무릎을 꿇고서 예전과는 달리 꽤 서투른 기도를 드렸다. 예배 후 우리들을 보고 "기도는 신앙대로 가는 것이야"하면서 씩 웃는 것이었다.[17](밑줄 강조—인용자)

그의 시는 곧 그의 인생이었고, 그의 인생은 극히 자연스럽게 종교적이기도 했다. 그에게도 신앙의 회의기가 있었다. 延專시대가 그런 시기였던 것 같다. 그런데 그의 존재를 깊이 뒤흔드는 신앙의 회의기

17) 윤일주, 「윤동주의 생애」, 『나라사랑』 23호, 1976, 157쪽.

에도 그의 마음은 겉으로는 여전히 잔잔한 호수 같았다. 시도 억지로 익히지 않았듯이 신앙도 성급히 따서 익히려고 하지 않았던 것이리라. 그에게 있어서 인생이 곧 난대로 익어가는 시요 신앙이었던 것이다.[18]

윤동주는 소학교에 다니며 민족주의와 기독교 신앙으로 뼈가 굵어갔으며, 1932년 은진중학교 시절에는 용정중앙교회 주일학교에서 유년부 학생들을 가르쳤고, 숭실중학교 3학년으로 편입하여 다니다가 폐교되자, 다시 용정의 광명학원 4학년에 편입하여 공부하면서 용정중앙교회의 주일학교 교사도 계속하였다. 또 연희전문시절, 여름방학이 되면, 용정으로 돌아와 용정북부교회의 여름 성경학교에서 아이들을 가르쳤다. 3학년 때 신앙적 방황기를 겪기도 했지만, 다시 신앙을 회복하여 4학년 때 이화여전 음악당을 빌려 쓰던 협성교회에까지 가서 예배를 드렸고, 이어 영어 성경반에 참석하여 신앙적 자세를 지켜 나갔다.[19]

이처럼 윤동주가 독실한 기독교 가정에서 유년시절을 보낸 사실로 볼 때, 그가 어릴 적부터 배웠던 기독교 사상과 의식들이 은연중에 그의 정신 깊숙이 침투하여 후에 그의 시 속에서 나타난 기독교적 관념의 근간이 된 것을 알 수 있다.

이처럼 윤동주의 신앙 전승은 그의 조부 때부터 내려오는 유서 깊

18) 문익환, 「동주형의 추억」, 『하늘과 바람과 별과 詩』, 1974, 221쪽.
19) 김상철, 「윤동주 시의 기독교 정신 연구」, 장로회신학대학교 석사논문, 2012, 16쪽.

은 것으로 알려져 있다. 그러나 그는 우리 민족의 처한 현실과 시대를 자각하면서 연희전문 3학년 때부터 신앙에 회의를 느끼기 시작한다. 이는 그가 자라온 기독교 가정과 학교의 분위기와는 달리, 우리 민족 현실이 참담한 상황에 놓인 것을 인식하면서 내면의 불안과 고통으로 신을 향해 탄식할 수밖에 없는 지경에 이른 것으로 보인다.

3. 윤동주 탄식시의 유형과 의미

본고에서 필자는 개인적인 위기, 또는 국가적인 재앙에 처했을 때 신께 아뢰는 슬픔의 노래를 뜻하는 '탄식'의 용어를 사용하여 윤동주의 시를 분석해 보기로 한다. 윤동주의 시에는 하나님으로부터의 소원(疎遠)된 고독 등 개인적인 것도 있고, 일제의 위협 등 민족적인 것도 나타나 있다. 필자가 윤동주의 시 중에서 「무서운時間」과 「悲哀」, 「八福」, 「슬픈 族屬」[20]을 분석의 대상으로 삼은 것은 이 시에는 개인 탄식시의 구성요소 중 하나님을 향한 탄식 내지는 고발, 또는 일인칭 탄식 그리고 적에 대한 탄식만이 남아 있어 탄식 뒤에 숨어버린 하나님 앞에서 절규하는 모습을 보았기 때문이다. 그리고 그 탄식이 그로 하여금 행동을 촉구하는 데 있어서 하나님 앞에서 처절하게 결단을 내려야 하는 '무서운 時間'임을 깨닫고 있기 때문이다. 본고에서는 시편이나 예

20) 창작 연대로 볼 때, 「悲哀」(1937.8.18), 「슬픈 族屬」(1938.9), 「八福」(1940.12. 추정), 「무서운時間」(1941.2.7)으로 이어지지만, 본고의 논의 전개상 「무서운時間」을 먼저 살펴보고, 그 후 「悲哀」, 「八福」, 「슬픈 族屬」을 살펴보기로 한다. 윤동주는 후기 시로 갈수록 탄식을 통해 신을 애타게 찾는 모습을 보여주는데, 이는 민족 운명에 대한 회한이 벼랑 끝에 내몰림에 따라 직접적으로 신을 열망하여 찾게 된 것으로 추정된다.

레미야 애가를 분석한 신학자들의 연구 방법론[21]을 빌려와 윤동주의 「무서운時間」과「悲哀」, 「八福」, 「슬픈 族屬」을 분석하고자 한다.

먼저 「무서운時間」을 살펴보자.

① 거 나를 부르는것이 누구요,

② 가랑닢 입파리 푸르러 나오는 그늘인데,
나 아직 여기 呼吸이 남어 잇소.

③ 한번도 손들어 보지못한 나를
손들어 표할 하늘도 없는 나를

④ 어디에 내 한몸둘 하늘이 있어
나를 부르는 것이오.

⑤ 일이 마치고 내 죽는날 아츰에는
서럽지도 않은 가랑닢이 떠러질텐데……

⑥ 나를 부르지마오.
—「무서운時間」 전문(1941. 2. 7, 154쪽)[22]

---

21) 필자는 신학자들이 사용하는 '탄원', '탄식'이라는 용어 중, 이영미(「예언적 영성으로서의 탄식: 애가의 탄식과 구원신학」, 『구약논단』 15권 4호, 2009, 10~29쪽)가 사용한 '탄식'이라는 용어로 윤동주 시를 분석하기로 한다. 윤동주의 「무서운時間」과 「悲哀」, 「八福」, 「슬픈 族屬」에는 시대를 뛰어넘는 탄식의 의미가 깃들어 있다고 보기 때문이다.

22) 인용은 왕신영 외, 『사진판 윤동주 자필 시고전집』(민음사, 1999)에 따르되 본문에는 창

①은 개인 탄식시의 구조 중 '건넴 말과 첫 번째 구조 요청'에서 보면, 시편 22편과 다름을 알 수 있다. 시편 22편에서는 시인이 하나님을 부르는 것으로 구원을 청하고 있는데, 「무서운時間」에서는 시적 화자인 나가 하나님을 부르는 게 아니라 오히려 하나님이 나를 향해 부르짖는 것에 대해 반문하고 있다. 이 시에서 시적 화자는 신을 부를 수도 없는 처지에 놓인 상황에서 자신이 하나님을 부르는 것이 아니라 하나님이 자신을 부른다고 느끼는 것에 대해 "거 나를 부르는것이 누구요"라고 반문한다.

② "가랑닢 입파리 푸르러 나오는 그늘"에서는 '탄식'의 소리가 엿보인다. 첫째는 하나님을 향한 탄식이다. 그를 향한 하나님의 부름은 침묵 속에 내재되어 있다. 둘째는 원수로 인한 탄식이다. 전쟁, 불의, 박해는 자신을 짓누르는 삶의 무거운 문제들이다. "가랑닢 이파리"는 푸르러 나오지만, 그는 "그늘" 밑에 있는 것이다. 셋째, 시인 자신의 고난 탄식이다. 무서운 시간에 직면하는 시적 화자는 모국을 압제하는 종주국으로 공부하기 위해 떠나야 하는 지식인으로서 미래에 대한 전망도 없다. 그러기에 시적 화자인 나는 "아직 여기 呼吸이 남어" 있고 (2연), ③ "한번도 손들어 보지못" 했으며 "손들어 표할 하늘도 없"(3연)다. 이외에도 원수로 인한 탄식의 시로 「이런날」(1936.6.6), 「슬픈族屬」(1938.9), 「病院」(1940.12), 「길」(1941.9.31)을 들 수 있고, 시인 자신의 고난 탄식의 시로 「고향집—(만주에서불은)」(동시, 1936.1.6), 「가슴 2」(1936.3.25), 「南쪽하늘」(1935.10), 「黃昏이 바다가되여」(1937.1), 「悲哀」(1937.8.18) 등을 들 수 있다. 이 시들 역시 개인 탄식시의 구조

작 연대와 쪽수만 표기한다.

적 특징 중 '탄식'만이 남아 있다.

④를 보면, 시편 22편에는 탄식 이후 하나님에 대한 깊은 신뢰의 고백을 보여주고 있으나, 4연에서 윤동주는 '신뢰의 고백'에 반문하고 있다. "어디에 내 한몸둘 하늘이 있어"라는 구절은 어디에도 내 한 몸둘 하늘이 없는 것으로 읽힌다. 그러기에 그는 ①에서처럼 하늘이 나를 부르는 것에 대해 반문하고 있다. '하늘'은 기독교에서 보면, 하나님이 계신 곳이다. 단순히 자연물인 하늘(sky)의 개념이 아니라 하늘(heaven)의 의미인 것이다.

⑤에는 '간구'도 없고, '찬양 서원'도 없다. 왜냐하면, "일이 마치고 내 죽는날 아츰"에는 "가랑닢이 떠러질" 것이기 때문이다. 그만큼 그의 탄식의 고통은 크다.

⑥은 ①의 역설적 표현으로 볼 수 있다. 신뢰의 고백도, 간구도, 감사도, 찬양의 서원도 없는 이 시에서는 하나님이 나를 부르는 것으로 느끼는 역설의 논리를 보여준다. 이때 나를 부르는 소리는 무서운 시간이요, 결단의 시간이요, 행동을 촉구하는 시간이다. 그러기에 그는 "나를 부르지마오"라는 역설의 논리를 보여준다. 왜냐하면 그 부름은 죽음을 예고하는 것이기 때문이다.

남기혁은 윤동주의 「이적」에서 '부르는 이'가 없는데 '불리어' 왔다는 것은 '부르는 이'가 부재 속에 현존하는 존재, 즉 절대자임을 보여준다고 보았다. 화자는 내면에 들려오는 신의 부름, 즉 침묵 속에 들려오는 절대자의 목소리를 듣고 호숫가로 나온 것으로 보고 있다. 부재 속에 현존하는 신의 의지와 권능을 확인하고 그와의 만남을 이루는 사건은 '이적'이 아닐 수 없다는 것이다. 또 「무서운時間」에서 화자를 신앙적 주체로 불러낸 존재는 바로 신이라는 절대적 타자로 보고 있다.[23]

윤동주는 1939년 9월부터 1년 3개월간 침묵한 후, 1940년 12월 「八福」, 「病院」(1940.12), 「慰勞」(1940.12.3)를 쓴다. 이듬해 윤동주는 「무서운時間」(1941.2.7), 「看板없는거리」(1941), 「太初의아츰」, 「또太初의아츰」(1941.5.31), 「새벽이올때까지」(1941.5), 「十字架」(1941.5.31), 「눈감고간다」(1941.5.31), 「바람이불어」(1941.6.2), 「돌아와보는밤」(1941.6) 등을 쓴다. 1941년 여름방학 이후에는 「또다른故鄕」(1941.9), 「肝」(1941.11.29), 「별헤는밤」(1941.11.5), 「서시」(1941.11.20) 등을 쓰고, 1941년 12월 8일 태평양 전쟁이 일어난 해에 연희전문학교를 졸업한다.(1941.12.27) 그 후 윤동주는 「懺悔錄」(1942.1.24)을 쓰고, 일본에 가는데 필요한 '도항증명서'를 발급받기 위해 히라누마 도오쥬우(平沼東柱)로 창씨개명한다. 이어서 일본 릿교(立教)대학 문학부 영문과 선과에 입학하고(1942.4.2), '일신상의 사유로 퇴학'(1942.10.1)했으며, 1942년 10월 1일에는 도시샤(同志社) 대학 문학부 문화학과 영어영문학과 선과에 편입한다. 1943년 7월 14일 교토에서 특고(特高: 사상 탄압을 전문으로 하는 일본 경찰의 특수조직) 형사에게 체포되어 시모가모(下鴨) 경찰서 유치장에 감금되었다가 1945년 2월 16일 오전 3시 36분에 절명한다. 그의 죄목은 '조선독립운동'이다.[24] 1942년 초봄부터 옥사하기까지 일본에서 그가 쓴 시는 「흰그림자」(1942.4.14), 「흐르는거리」(1942.5.12), 「사랑스런 追憶」(1942.5.13), 「쉽게씨워진詩」(1942.6.3), 「봄」이 있다. 이렇게 볼 때, 그의 일본행은 죽음을 향해 달려간 길이었으며, 「무서운時間」은 이를 예고해주는 귀한 시라 할 수 있다.

---

23) 남기혁, 「윤동주 시에 나타난 윤리적 주체와 저항의 의미—'天命'으로서의 시쓰기와 '시인'의 표상을 중심으로」, 『한국시학연구』 36호, 2013, 155쪽, 158쪽.

24) 송우혜의 『윤동주평전』 참조.

앞에서 윤동주의 가계에 흐르는 신앙 전승이 정신적 성장의 밑거름이 되었음을 살펴보았듯이 시대의 어둠이 깊을수록 윤동주는 신앙인으로서, 그리고 지식인으로서 하나님을 향한 탄식이 깊을 수밖에 없었으나, 하나님은 여전히 침묵하신다. 그럴수록 어둠 속에서 타오르는 그의 영혼의 불꽃은 하나님을 향해 깊은 탄식을 할 수밖에 없으며, 그 강도가 클수록 탄식시의 구성 요소 중, '탄식'만이 남아 탄식의 깊이를 더해준다. 「무서운時間」은 시편 22편과 같은 탄식시의 구조를 갖춘 완전한 탄식시라고 볼 수 없으나, 하나님을 향한 탄식, 원수로 인한 탄식, 시인 자신의 고난 탄식이 저변에 깔린 시라는 점에서 의의가 있다.

다음으로 '시인 자신의 고난 탄식'이 나타나 있는 시를 살펴보자.

> 호젓한 世紀의달을 딿아
> 알뜻 모를뜻 한데로 거닐과저!
>
> 아닌 밤중에 튀기듯이
> 잠자리를 뛰쳐
> 끝없는 曠野를 홀로 거니는
> 사람의 心思는 외로우려니
>
> 아— 이젊은이는
> 피라미트처럼 슬프구나
> —「悲哀」 전문 (1937. 8. 18, 77쪽)

시대적으로 볼 때 1937년은 6월에 수양동우회 사건이 있었고 7월

중일전쟁이 발발했으며 12월에는 일본군의 남경 점령 및 대학살이 자행되던 시기였다. 이 시는 윤동주가 연희전문학교에 입학하기 전, 광명중학교 졸업반인 5학년 때 쓴 시다. 시 제목에서 알 수 있듯이, 이 시에는 무서움을 느낄 만큼 고요한 달밤에 잠자리를 뛰쳐나와 홀로 끝없는 광야를 거니는 젊은이의 슬픔과 비애가 잘 나타나 있다. 이 시에는 '건넴 말과 첫 번째 구조 요청'도 없고, '하나님을 향한 탄식 내지는 고발' 대신 '시인 자신의 고난 탄식'만이 나타나 있다. 시편 22편에서와 달리, 신을 향한 '신뢰 고백'도, '간구'도, '찬양 서원'도 없다. 오로지 슬픈 자아의 탄식에 해당하는 '시인 자신의 고난 탄식'만이 나타나 있는 것이다. 젊은이는 죽은 채로 영원히 드러누운 "피라미트처럼" 화석화되어 버린 슬픔만을 느낄 뿐이다. 이 시 역시 "世紀의달"을 보며 "밤중에", "끝없는 曠野를 홀로 거니는" 심정[25]의 갈급함을 드러내고 있기에, 절망적인 상황에서의 탄식만이 남아 있다.

이후 윤동주는 신앙의 회의기를 거치다가 1940년 12월부터 다시 시를 쓰기 시작한다. 「八福」, 「病院」(1940.12), 「慰勞」(1940.12.3)가 그것이다. 「八福」은 탄식의 시로 볼 수 있다.

---

25) 남기혁은 이 시기 윤동주의 역사적 표상이 기독교적 이미지와 연결되어 있다고 보았다. "「비애」(1937.8)의 화자는 "호젓한 세기의 달을 따라/ 알 듯 모를 듯"한 마음의 상태에서, "끝없는 광야를 홀로 거니는" 사람의 외로운 심사와 함께 하고자 한다. 화자가 함께 거닐고자 하는 이 광야의 '사람'은 광야를 헤매는 예수를 떠올리게 한다."(남기혁, 앞의 글, 153쪽 각주 16 참조) 필자 역시 윤동주가 이 시를 쓴 1937년, 즉 중일전쟁이 발발하고 우리나라가 일제 식민지 상황에 놓여 있는 것을 염두에 둔다면, 밤중에 잠자리를 뛰쳐나와 "끝없는 曠野를 홀로 거니는 사람", "이젊은이"는 윤동주 시인을 대변한다고 본다. 그는 우리나라를 아직 해방이 되지 않은 "曠野"로 인식하고 있음을 보여주며, 이로 볼 때 이 시는 원수로 인한 탄식의 시로도 볼 수 있다.

슬퍼 하는자는 복이 있나니

슬퍼 하는자는 복이 있나니

슬퍼 하는자는 복이 있나니

슬퍼 하는자는 복이 있나니

슬퍼 하는자는 복이 있나니

슬퍼 하는자는 복이 있나니

슬퍼 하는자는 복이 있나니

슬퍼 하는자는 복이 있나니

저히가 永遠히 슬플것이오.

—「八福—마태福音 五章 三~十二」 전문(1940. 12 추정, 170쪽)

윤동주는 1행에서 마태복음 5장에 나오는 팔복 중 두 번째 복의 주어인 '애통하는 자'를 '슬퍼 하는자'로 바꾸고 그것을 모두 여덟 번 반복하고 있다.[26] 탄식시는 상대방을 부르는 '건넴 말과 첫 번째 구조 요청'으로 시작되는데, 이 시는 신을 부르는 대신 '슬퍼 하는자'만 있다. 그만큼 탄식이 깊기 때문에 상대방을 부를 마음의 여유도 없음을 보여준다. 시인은 슬퍼하는 자—심령이 가난한 자, 애통하는 자, 온유한 자, 의에 주리고 목마른 자, 긍휼히 여기는 자, 마음이 청결한 자, 화평하게 하는 자, 의를 위하여 박해를 받은 자—가 복이 있다고 역설적으로 표현하며 탄식하고 있다. 여기서 슬퍼하는 자의 여덟 부류는 식민지 상황에서의 우리 민족의 유형으로 볼 수 있는데, 이는 윤동주

26) 김상철, 앞의 논문, 46쪽.

의 기독교 정신에 의한 것이다. 또한 그 슬픔은 원수로 인해 우리 민족의 놓인 상황에 대한 탄식으로도 볼 수 있다. 2연의 "저히(슬퍼 하는자—인용자)가 永遠히 슬플것이오."라는 고백은 이러한 상황에도 불구하고 신이 침묵하는 절대 고독 속에 시인의 애끓는 심정을 토로한 것이다. 이는 당시 시대 상황과 시인의 심리적인 상황에서 도저히 받아들일 수 없는 깊은 슬픔을 토로하고 있는 것이다. 이와 관련하여 니체가 '신의 죽음'을 선언했던 1880년대 이후로 마르틴 부버 같은 신학자는 신의 '죽음'이 종말인지 아니면 단순히 '신의 일식'인지에 대해 묻고 있다.[27] 신의 일식이란 더는 신의 현존을 눈으로 확인할 수 없으며, 신이 인간의 기도와 호소에 응답하지 않는 상황을 말한다. 시편 22편을 보면, 다윗의 탄식 뒤에 하나님에 대한 깊은 신뢰의 고백을 보여주고 있지만, 이 시에서는 '신뢰의 고백'도 없고, '간구'도 없고, '찬양 서원'도 없다. 찬양 대신 '신의 일식'과 같은 영원히 슬픈 현실만 남아 있는 것이다. 이 시에서는 "진실로 주는 스스로 숨어 계시는 하나님이시니이다"(이사야 45:15)라는 구절에 근거를 둔 '숨은 신(Deus absconditus)', 즉 자기를 숨기시는 하나님의 속성을 볼 수 있다. 그러기에 그는 절규하면서 현실을 탄식하고 있는 것이다.

권오만은 「八福」이 반복의 수사법을 활용하면서 서정적 주체에게 깊이 파고드는 정서를 강렬하게 그려냈다는 이유로 이상의 「오감도 시 제1호」의 영향을 받았다고 보았다. 이어서 「오감도 시 제1호」가 개

27) 유태 하시디즘 철학자인 마르틴 부버는 오늘의 종교적 정황은 '신의 죽음'이 아니라 '신의 일식'이라고 주장한다. 이런 주장을 담은 그의 책이 우리나라에도 번역되어 있다.(M. Buber, 남정길 옮김, 『신의 일식』, 전망사, 1983. M. 엘리아데, 박규태 옮김, 『상징, 신성, 예술』, 서광사, 1991, 153쪽에서 재인용)

인의 문제에 집중한 반면, 윤동주의 시 「八福」은 민족, 국가 같은 공동체의 정서를 그려내고 있다고 보았다. 즉 「八福」이 창작된 1940년에는 일제의 조선 억압정책이 더욱 가중되어 머지않은 장래에 고유의 말과 글을 잃어버리는 것을 비롯하여 그 정체성을 간직하기가 어려울 것으로 전망되었는데, 윤동주는 일제의 폭압 밑에서 참담한 민족 현실을 슬픔의 정황으로 강렬하게 그려냈다는 것이다.[28] 또한 김종민은 「八福」을 한민족이란 거대한 민족 공동체가 겪고 있는 처참한 고난의 현장에서, 고난에 대해 묵인하고 침묵하고 있는 신에게 저항하는 면을 보여주고 있다고 보았다. 그러나 산상수훈의 변용인 「八福」이 "저희가 永遠히 슬플 것이오"로 끝나는 것은 단순한 절망의 표현이 아니다. "아마도 비싼 값을 치르고서야 절대자에게 이르는 참된 길은 회의를 통해서가 아니라 절망을 통해서 간다"는 키에르케고르의 신앙을 살필 때, 팔복이 하나의 역설[29]이라고 주장했다. 이렇게 볼 때, 「八福」에 나타난 '슬퍼 하는자'를 우리 민족을 지칭하는 것으로 보면 이 시를 공동 탄식시로도 볼 수 있다.

『하늘과 바람과 별과 시』 초판본 표지

마지막으로 '원수로 인한 탄식'을 나타내는 시를 보자.

---

28) 권오만, 『윤동주 시 깊이 읽기』, 소명출판, 2009, 187~190쪽.

29) 김종민, 앞의 논문, 31~32쪽.

흰 수건이 검은 머리를 두르고

흰 고무신이 거츤 발에 걸리우다.

흰 저고리 치마가 슬픈 몸집을 가리고

흰 띠가 가는 허리를 질근 동이다.

—「슬픈 族屬」 전문(1938.9, 158쪽)

이 시에도 '건넴 말과 첫 번째 구조 요청'도, '신뢰 고백'도, '간구'도, '찬양 서원'도 없다. 단지 하나님이 숨어 버린 상황에서의 우리 민족의 슬픈 정황만이 그려지고 있다. 윤동주가 '1938년 9월'이라는 시점에서 우리 민족을 '슬픈 족속'으로 파악했음은 그의 시 전개 과정에서 큰 의미를 갖는다.[30] "흰 수건," "흰 고무신," "흰 저고리 치마," "흰 띠"는 우리 민족을 상징하고 있다. 이 민족이 "검은 머리"와 "거츤 발," "슬픈 몸집"에 "가는 허리"를 하고 있는 것은 억눌린 당시 시대 상황에 기인하는 것임을 보여준다. 이때 탄식의 소리 뒤에 소외와 고통과 가난으로 특징지어지는 억눌린 자들은 의지할 곳이 하나님밖에 없는 자들이며, 그들의 "억눌린" 상태는 곧 사회·경제적 약자들에 대한 강자들의 폭력 때문에 일어나는 불행과 고난[31]으로 볼 수 있다. 이런 슬픈 정황은 일제라는 적으로부터 기인한다고 볼 때, 이 시에는 '원수로 인한 탄식'이 짙게 깔려 있다고 볼 수 있다. 그러나 이 시는 민족적 슬픔을 소극적이고 체념적인 한이 아니라 적극적이고 미래지향적

30) 송우혜, 앞의 책, 244쪽.

31) 김상기, 앞의 글, 54쪽.

인 역사의식을 함께 담고 있다.[32] 이를 통해 볼 때, 윤동주가 받아들인 기독교의 신과의 관계 속에서 의지 신앙이 비록 불완전한 탄식시로 발현되어 나타났다고 할지라도, 이는 그의 신앙적 경건이 어두운 시대 속에서 자신과 민족을 위해 죽음에의 길을 걸어갈 것을 예견한 것임을 알 수 있다. 이렇게 볼 때, 이 시 역시 공동 탄식시로 볼 수 있다. 「八福」과 「슬픈 族屬」이 공동체 탄식시로 볼 수 있는 이유도 여기에 있다. 윤동주는 연전 졸업 기념으로 19편의 시를 묶어 자선시집 『하늘과 바람과 별과 시』를 출판하려는 계획을 가지고 있었다.

> 「별 헤는 밤」(1941. 11. 5)을 완성한 다음 동주는 자선 시집을 만들어 졸업 기념으로 출판하기를 계획했었다. 「서시」(1941. 11. 20)까지 붙여서 친필로 쓴 원고를 손수 제본을 한 다음 그 한 부를 내게다 주면서 시집의 제목이 길어진 이유를 「서시」를 보이면서 설명해 주었다. 그리고 처음에는(「서시」가 되기 전) 시집 이름을 「병원」으로 붙일까 했다면서 표지에 연필로 '병원(病院)'이라고 써넣어 주었다. 그 이유는 지금 세상은 온통 환자투성이이기 때문이라 하였다. 그리고 병원이란 앓는 사람을 고치는 곳이기 때문에 혹시 이 시집이 앓는 사람들에게 도움이 될 수 있을지도 모르지 않겠느냐고 겸손하게 말했던 것을 기억한다.[33]

김옥성은 윤동주가 "세계를 환자투성이로 보는 시각은 예언자적 슬

32) 김종민, 앞의 논문, 89쪽.
33) 정병욱, 「잊지 못할 윤동주의 일들」, 『나라사랑』 23호, 1976, 140쪽.

픔을 인유한 것으로 이런 슬픔을 통과하면서 '위로'를 생성해내고, '위로'는 예언자적 '동력화'로서 희망과 맞닿게 된다."[34]고 보았다. 그러나 필자는 윤동주 생존 당시 "세상은 온통 환자투성이"로 가득 차 있고 자신도 그중 일원이기 때문에 시인은 시대의 어둠 속에서 하나님을 향한 탄식, 또는 일인칭 탄식, 적에 대한 탄식을 할 수밖에 없었다고 본다. 식민지하에 있는 그 자신은 물론 우리 민족이 신음하는 환자처럼 보였고, 그런 상황에서 그는 더욱 탄식하며 자신이 가야 할 길을 결단할 수밖에 없었기 때문이다.

앞에서 윤동주의 전기적 행보와 시세계의 추이를 살펴본 바에 따라 「무서운時間」과 「悲哀」, 「八福」, 「슬픈 族屬」에 나타난 탄식의 의미를 알아보기로 한다. 탄식의 기능에는 저항, 현실 고발이나 애도에 그치지 않고, 신의 침묵을 깨뜨리고 구원을 불러옴으로써 결단과 행동을 촉구하는 의미, 저항으로서의 의미, 약자의 고통을 대변해주는 의미가 있다.[35] "탄식은 고통의 언어이다. 탄식의 기능은 고통을 완화시키고, 상처를 치유하고, 눈물을 마르도록 해줄 자 앞에 한 사람의 내적 고통을 드러내 보여주는 역할을 한다"[36]고 볼 때, 「무서운時間」과 「悲哀」, 「八福」, 「슬픈 族屬」에 나타난 탄식은 윤동주가 일본에 건너가기 전 식민지 조선에 머물면서 쓴 작품으로 개인의 탄식이라고 볼 수 있지

34) 김옥성, 「윤동주 시의 예언자적 상상력」, 『문학과 종교』 15권 3호, 2010, 99~100쪽.

35) 이영미, 「예언적 영성으로서의 탄식: 애가의 탄식과 구원신학」, 『구약논단』 15권 4호, 2009, 23~25쪽.

36) A. Boniface-Malle, "Singing a Foreign Song at Home: Analogy from Psalm 137", 「성경원문연구」 24, 2009, 304~305쪽; 이영미, 위의 글, 24쪽 재인용. 이영미는 탄식은 하나님과 공동체를 불러 상처와 고통을 듣게 하기 위함이라고 보고 있다. 위로할 자가 없다고 절규하는 자들의 위로자가 되어 주는 것이 탄식하는 자의 탄식을 함께 들어주고 함께 탄식함을 통해 가능해진다.(이영미, 위의 글, 24쪽)

만, 이는 더 나아가 식민지 지식인의 탄식이라고도 볼 수 있다. 윤동주에게 있어서의 탄식은 신마저 숨어 버린 시대의 아픔 속에서 비롯되는 자신의 고통뿐만 아니라 우리 민족의 슬픈 현실을 드러내는 데 적절한 방식이라 할 수 있다. 이에 「무서운時間」이 앞으로 자신에게 도래할 일을 예견하고 있다면, 「悲哀」는 시인 자신의 고난 탄식을, 「八福」과 「슬픈 族屬」은 식민지 상황 하에서의 우리 민족이 처한 현재의 조건을 조명하는 것으로 볼 수 있다. 특히 윤동주는 「무서운時間」에서 단순히 식민지 지식인의 비애만을 그린 것이 아니라 도일 후에 맞이하게 될 식민지 지식인의 운명, 자신의 불우한 죽음까지도 예견하고 있다. 윤동주 시인은 이 작품을 통해 호흡이 남아 있는 한 일을 마치고 가야겠다는 소명의식을 먼저 드러낸 뒤, 그 소명의식에 입각하여 자아의 윤리적인 완성을 실현할 수만 있다면 어떠한 희생도 감수하겠다는 강한 신념을 표명했다.[37] 이렇듯 윤동주 탄식시의 의미는 탄식시의 모든 요소를 갖춘 것이 아니라 '탄식'과 '결단'에 집중되어 있다고 볼 수 있다. 이는 윤동주의 시가 종교성의 차원을 넘어서서 갈등과 정신적 고뇌가 많이 드러나는 시대의식의 산물로서도 그 의미가 크다 하겠다. "그러나 그의 넋 속에는 남 모르는 깊은 격동이 있었다. 호수같이 잔잔한 해면 밑 깊은 데는 아무 것으로도 막을 수 없는 해류의 흐름이 있듯이!"[38] 이러한 탄식의 깊이는 개인과 공동체의 운명이라는 양가적인 의미를 지닌다. 이는 개인적인 죽음을 예고하는 동시에 공동체의 운명을 그려내는 '무서운時間'임을 보여주고 있는 것이다.

---

37) 강신주, 앞의 논문, 93쪽.

38) 문익환, 앞의 글, 215쪽.

4. 기독교적 탄식과 공동체 의식

본고는 성서문학에서 거론되는 '탄식시'의 개념을 빌려와 윤동주 시에 나타난 탄식의 의미와 그 층위를 파악해 보았다. 윤동주의 시 「悲哀」를 비롯, 그가 연희전문 시절에 쓴 「슬픈 族屬」, 「八福」, 「무서운時間」에는 하나님을 향한 탄식 내지는 고발, 또는 일인칭 탄식, 그리고 적에 대한 탄식만이 남아 있어 탄식의 소리 뒤에 숨어 버린 하나님 앞에서 절규하는 모습을 볼 수 있었다. 그러나 이 탄식이야말로 윤동주가 기독교인으로서 탄식의 밑에 기본적으로 신에 대한 믿음이 깔려 있음을 전제로 하고 있다. 이런 점에서 이 텍스트들은 윤동주 시의 전반에서 차지하는 의미나 가치가 크다 하겠다.

특히 「무서운時間」에서 윤동주는 하나님이 자신을 부르는 것으로 느끼는 역설의 논리를 보여주는데, 이때 그를 부르는 소리는 무서운 시간이요, 결단의 시간이요, 행동을 촉구하는 시간이다. 그러기에 이 시는 윤동주의 일본행이 죽음을 향해 달려갈 길임을 예고해 준다. 다음으로 「悲哀」는 1937년 수양동우회 사건, 중일전쟁 발발되던 시기에 시인 자신의 고난 탄식을 잘 보여준다. 또한 「八福」은 '신의 일식' 또는 '숨은 신'의 속성을 보여줌으로써 우리 민족 공동체가 겪고 있는 슬픈 정황을 그려주고 있다. 마지막으로 「슬픈 族屬」은 1938년 9월이라는 상황에서 원수로 인한 탄식이 깊게 깔려 있음을 보여준다. 따라서 그의 시들은 시편 22편과 같이 탄식시의 구조를 갖춘 완전한 탄식시라고는 볼 수 없으나, 하나님을 향한 깊은 탄식, 원수로 인한 탄식, 시인 자신의 고난 탄식이 저변에 깔린 시라는 점에서 의의가 있다.

윤동주는 어린 시절부터 기독교적인 배경에서 자랐고, 그의 초기 시에서부터 기독교 정신과 청교도 정신을 표상하는 소재와 모티프들이 드러나는 시를 썼다. 그러나 결정적으로 윤동주 시인이 기독교적인 색채가 농후하다는 것이 밝혀지는 것은 그의 후기 시에 나타난 탄식시를 통해서임을 알 수 있다. 이는 그가 신과의 독대(獨對)에서 얼마나 신과 밀착되어 있는지를 잘 보여준다.

본고는 성서에서 기원한 탄식시의 양식이 우리 시단의 상황 속에서 시학적 언어로 명확하게 개념 규정이 되어 있지 않고, 그리하여 우리 시의 문학적 증례를 통해 상동성을 확보하고 있지도 못한 상황에서도 우리 시의 영역을 확장하는 유의미한 성과가 될 수 있다고 본다. 그리고 개인의 절망이나 애환 등이 삶에 대한 의지와 공동체로의 연대의식을 끄는 힘을 꾀할 뿐만 아니라 공동체의 슬픔 차원을 넘어서 희망을 부여할 수도 있다고 본다. 그뿐 아니라 본고는 한국 근대시에서 탄식시에 대한 시 텍스트의 단초를 제시해 줄 수 있다고 여겨지나 신에 대한 탄식이 저변에 깔린 시들을 모두 탄식시의 범주 안에서 해명할 수 있을 것인지, 탄식시에서 좀 더 구체적인 시학적 특질을 찾아낼 수 없는지는 추후 논의하기로 한다.

7장 구상 시의 존재론적 탐구와 영원성: 『그리스도 폴의 강』과 『말씀의 실상』을 중심으로

1. 문학과 종교 사이

구상은 가톨리시즘을 바탕으로 역사의식과 인간 존재의 문제를 꾸준히 추구한 시인이다. 6 · 25라는 비극적 사건에서 비롯한 속죄의식과 자기 내면에의 탐구에서 특히 그러하다. 구상에 대한 연구는 크게 두 가지로 나눠 볼 수 있다.

첫째는 문학과 현실의 관계에서 구상을 조명한 글이다. 이승훈은 구상의 시세계가 포괄적으로는 역사의식이요, 일그러짐 속에서도 강인한 생명력을 사랑한다는 시인 자신의 휴머니즘을 상기하면서, 그것은 따스한 인정의 세계가 아니라 "신(神) 앞에서 기도드릴 수 있는 자들만이 노래할 수 있는 전인적 휴머니티의 세계"[1]라고 설명했다. 김

---

1) 이승훈, 「한국전쟁과 시의 세 양상—구상, 박양균, 전봉건의 경우」, 『현대시학』, 1974년 8

윤식은 구상의 시적 세계를 "역사 안에서의 울림과 역사 너머에서의 울림을 동시에 내포한 것이며, 전자에 예언자적 지성을, 후자에 존재론적, 윤리적 아픔을 각각 대응시킬 수가 있다. 이 둘을 한 몸에 버티고 있는 것이 구상의 시적 소명이자 소업이었다"[2]고 주장하였다. 인간은 역사적 도상에 선 존재이면서 역사 너머의 세계를 바라보며 나아가는 존재이기에 이런 지적도 가능하다고 본다. 우종상은 구상이 한국전쟁을 체험하면서 전쟁의 비참과 비극성을 시로 증언한 현실의식과 구원사상을 구상 시를 이루는 두 가지 축[3]으로 보았다.

둘째는 문학과 종교가 밀접한 관계에 있다는 관점에서 바라본 글이다. 이인복은 구상을 일컬어 그리스도를 닮아, 그리스도 안에서 하나 되어, 그리스도를 통하여 참회와 희생과 구속적 가치지향의 삶을 추구하는 가톨릭 시인[4]이라고 하였다. "가톨릭 신자이기 때문에 행복했다기보다는 가톨릭 신자이기 때문에 고민했다."[5]는 구상의 고백이야말로 문학과 종교와의 관계를 잘 대변해주고 있다. 구중서는 구상의 신앙시를 만유일체가 말씀 즉 육화된 존재로 느껴진다[6]고 했고, 이운룡

월호, 57쪽.

2) 김윤식, 「구상론 · 상」, 『현대시학』, 1978년 6월호, 141쪽.

3) 우종상, 「구상 시 연구—현실의식과 구원사상을 중심으로」, 계명대학교 박사논문, 2007, 274~275쪽.

4) 이인복, 『우리 시인의 방황과 모색』, 국학자료원, 2002, 322쪽.

5) 구상, 「현대 가톨릭문학과 그 문제의식 소고」, 『구상문학총서 제5권: 현대시창작입문』, 홍성사, 2006, 479쪽. "나는 가톨릭 신앙으로 안심입명에 들어섰다기보다 도리어 자기 안의 모순과 대립과 그 불안에 휩싸여온 것이다. 즉 내가 지각이 나서부터 회의하고 고민한 것은… 가톨릭이 정해 놓고 가르치는바 신의 실재를 비롯한 교의나 교리에 대한 회의와 반발과 고뇌요, 또한 거기에 따른 불안과 갈등과 고통이었던 것이다. 그래서 나는 때마다 나만이 특별히 저주받은 영혼이 아닌가 하는 지독한 절망에 빠지곤 했다."(구상, 「종교와 문학적 고뇌—20세기 가톨릭 문학을 중심으로」, 위의 책, 354쪽)

은 구상 시 정신의 특성을 기독교적 인간관 · 윤리관, 자기성찰과 부활에의 믿음, 영적 교감과 사물에의 열림[7]으로 보았다. 한편 한국 시인들에게 결핍된 존재론적이고 형이상학적인 인식의 세계를 보여주는 연구도 있다. 이승하는 구상이 한국시의 형이상학적 인식 부족에 대해 개탄하면서 한국 시단에서는 드물게 인간 구원의 시학이랄까, 구도적인 사색의 시들을 써 왔다고 평가했다.[8] 김은경은 『응향』 사건으로 월남한 구상이 그의 삶과 시의 연관성 속에서 전쟁과 이데올로기, 가톨릭 사상을 기저로 역사인식과 형이상학적 존재 인식으로써 구원의 길을 추구하고 있다고 보았다.[9]

이러한 선행 연구를 바탕으로 필자는 이승하와 김은경의 지적한 부분에 동조하면서 구상의 연작시 『그리스도 폴의 강』에 나타난 존재론적이고 형이상학적 인식뿐만 아니라 『말씀의 실상』에 나타난 영원성의 의미도 아울러 파악해 보고자 한다.[10] 이는 구상의 시 전반을 살펴

---

6) 구중서, 「잃어버린 나를 찾아서」, 『문학과 현대사상』, 문학동네, 1996, 183쪽.

7) 이운룡, 「한국 기독교시 연구—김현승 · 박두진 · 구상을 중심으로」, 조선대학교 박사논문, 1988, 88~110쪽.

8) 이승하, 「진리의 증득을 위한 몸부림의 시학을—구상 시인과의 대화」, 『한국 시문학의 위기를 극복하기 위하여』, 중앙대학교 출판부, 2001, 275쪽.

9) 김은경, 「구상의 연작시 연구—『그리스도 폴의 강』을 중심으로」, 호남대학교 석사논문, 2008, 12쪽.

10) 연작시 「그리스도 폴의 강」은 『구상 시전집』(서문당, 1986)에 프롤로그를 포함하여 61수가, 『구상문학총서 제3권: 개똥밭』(홍성사, 2004)에 프롤로그를 포함하여 66수가 실려 있다. 홍성사에서 펴낸 『그리스도 폴의 강』(2009)에도 프롤로그를 포함하여 66수가 실려 있다. 필자는 『구상문학총서 제3권: 개똥밭』을 기본 텍스트로 삼았는데, 이 판본의 표기법이 더 정확하다고 생각했기 때문이다. 연작시 「말씀의 실상」은 『구상 시전집』에는 27수가, 『구상문학총서 제2권: 오늘 속의 영원, 영원 속의 오늘』(홍성사, 2004)에는 33수가, 『구상 시선: 말씀의 실상』(성바오로출판사, 1980)에 54수가 실려 있는데, 이것 역시 『구상문학총서 제2권: 오늘 속의 영원, 영원 속의 오늘』을 기본 텍스트로 삼았다. 이 판본에는 『구상 시전집』에서 「걸레스님」이 빠진 26수에 새로운 시 7수가 첨가된 33수이다.

볼 때, 현실과 역사를 토대로 쓴 시들을 거쳐 『그리스도 폴의 강』과 『말씀의 실상』에 이르러 형이상학적이면서 영원성에 걸친 세계를 보여주고 있으며, 이는 어느 한쪽에 치우치지 않은 가운데 부단히 자신의 시세계를 삶과 종교에 일치시키려는 면을 보여주고 있기 때문이다.

2. 구상 초기 시의 예언자적 성취

구상은 『응향』 필화사건으로 해방 후 월남하여 남한 문단에서 시인으로 활동했다. 1946년 12월, 원산문학가동맹에서 해방 1주년을 기념하기 위하여 발행한 시집이 『응향』이다. 구상은 당시 북선매일신문 기자였고, 지상에 시를 발표하고 있었기 때문에 자동적으로 그 회원이 되어 있었으나, 그들의 조직사업에는 참여하지 않았다. 다만 해방 후 첫 시집 발간이라는 뜻에서, 그리고 문학 동호인들과의 우애를 생각해서 시 「여명도」, 「길」, 「밤」 등을 제출하여 『응향』에 수록하였던 바, 이것이 말썽이 되어 북조선문학예술총동맹 상임위원회에 의해 규탄을 받은 것이 이른바 '『응향』 필화사건'이다. 이 규탄 결정서에 따르면, 첫째 원산문학가동맹은 이단적인 유파를 형성했다는 점, 둘째 시가 해방된 북조선 현실에 대하여 회의적 · 공상적 · 퇴폐적 · 현실도피적 · 절망적 · 반동적 경향이라는 점, 셋째 이러한 이단적인 유파는 내(內)로는 북조선 예술운동을 좀먹는 것이며, 외(外)로는 아직 문화적으로 약체인 인민대중에게 악기류를 유포하는 것 등의 이유에서 규탄 견책된 것이었다. 이 사건으로 구상은 북한을 탈출하여 1947년 2월 중순경 서울에 도착, 자유를 찾았다.[11]

'『응향』 사건'은 첫째, 사회주의를 지향하는 북한이 정치적 목적으로 의도적으로 일으킨 사건이라는 점, 둘째, 문학의 정치에 대한 종속을 공고화한 시발점이라는 점, 셋째, 건국운동과 관련하여 문학을 사회주의 리얼리즘에 대입시키는 과정에서 일어난 사건이라는 점 등을 평가할 수 있다. 이는 남로당 진영의 문학가 동맹과 민족 진영 문단 사이에 일대 논전을 불러일으킴으로써 문단 내 좌우 대립의 분수령이 된 문학사적으로도 매우 중대한 사건[12]이었다.

북한의 시각에서 『응향』은 생활의 진실에서 우러나오는 인민의 목소리를 반영하지 못하고 일제 잔재의 한 특징인 순수문학과 주관세계에 안주하였으며, 동시에 해방 후의 시인이 갖추어야 할 건국적 열정을 도외시한 채 작품을 씀으로써 역사적 안목을 상실하고 있다는 것이다.[13] 구상의 시에 대해 북한의 결정서는 "그로테스크한 인상에서 오는 허무한 표현의 유희, 낙오자로서 죽어가는 애상의 표백"[14]이라고 지적했고, 백인준은 구상의 시 「길」과 「밤」을 인용하면서 "이 작자는 박경수의 현실도피적, 개인환각적, 반인민적 경향과 강홍운 씨의 말세기적, 퇴폐적, 주관적 감상성을 고도로 자승하여 겸유한 작자"[15]라고 비판했다.

이에 반해 우파에서는 김동리가 "우리는 인간의 영원한 불완전, 영

---

11) 이운룡, 『존재인식과 역사의식의 시』, 신아출판사, 1986. 18~22쪽. 이운룡, 앞의 논문, 83쪽에서 재인용.

12) 「관수세심의 시인 구상」, 『월간 조선』, 2001년 4월호. 서동인, 「시집 『응향』 필화사건을 둘러싼 좌·우익 논쟁 고찰」, 『성균어문연구』 제36집, 2001, 208쪽 재인용.

13) 김현종, 「'「응향」 사건'에 대하여」, 『문예시학』 제7집, 1996, 141~161쪽.

14) 조선문학가동맹 편, 「시집 『응향』에 관한 결정서: 북조선문학예술총동맹중앙상임위원회의 결정서」, 『문학』 3호, 1947.4, 71~72쪽.

15) 백인준, 「문학예술은인민에게복무하여야할것이다—원산문학가동맹편집시집『응향』을평함」, 『문학』 3호, 1947.4, 81쪽.

원한 고통, 이것을 떠나서, 이것을 엄폐해두고, 문학을 생각할 수는 없다. 인생과 문학의 본질에 육박하려면 우리는 언제나 우리의 이 불안정과 고통에서 출발하지 않을 수 없다. … 문학이 한 시대의 정치적 도구에 끝치지 않고 영원한 생명을 가지려면 당연히 이 영원의 문제에 관심하지 않을 수 없는것"[16]이라면서, "시라고 하면 반드시 정치시만이 필요한 것이 아니라 서정시도 고귀한 것이며, 서정시란 언제나 회의적, 염세적, 비수적 색채를 띠게 되는 것이며, 이 회의적, 염세적, 비수적이란 기실 인생과 문학의 본질적인 것에 통해있으므로 이것을 정치적 각도에서만 규정하야 젊은 시인들을 박해한다는 것은 그들이 말하는 문학의 자유 발전이 아니라 그와는 정반대라는 것"[17]을 강조하고 있다.

> 동이 트는 하늘에/ 까마귀 날아// 밤과 새벽이 갈릴 무렵이면/ 카스바*마냥 수상한 이 거리는/ 기인 그림자 배회하는 무서운/ 골목…….// 이윽고/ 북이 울자/ 원한에 이끼 낀 성문이 빼개지고/ 구렁이 잔등같이 독이 서린 한길 위를/ 횃불을 든 시빌*이/ 깨어라!/ 외치며 백마(白馬)를 달려.// 말굽소리/ 말굽소리// 창칼 부닥치어/ 살기(殺氣)를 띠고/ 백성들의 아우성/ 또한 처연(凄然)한데// 떠오는 태양 함께/ 피 토하고/ 죽어가는 사나이의 미소가/ 고웁다.
>
> 註: *카스바-북아프리카 알제시에 있는 암흑가. 프랑스 영화 〈망향, Pépé le Moko〉의 무대가 됨.

---

16) 김동리, 「문학과 자유의 옹호—시집 『응향』에 관한 결정서를 박함」, 『백민』 제3권 4호, 1947.6, 52쪽.

17) 김동리, 위의 글, 56쪽.

* 시빌-그리스어로 선지자(先知者).

—「여명도 1」 전문[18]

문학이 해방의 찬가나 공산주의 이념을 선전하는 것으로 온통 뒤덮였던 시절에 구상은 「여명도」 등의 시를 발표했는데, 이 시에서는 소련군이 덮치고 공산당이 지배하는 북한을 까마귀 나는 불길한 아침이요 수상한 그림자가 배회하는 무서운 골목처럼 암흑지대라고 비유하였으며 이 새로운 사태를 구출하기엔 또 하나의 새로운 힘이 나타나야 할 것이라는 예언적 시상이 펼쳐져 있다.[19] 이는 북한의 현실에서 새로운 광복을 회복하기 위해서는 자신은 민족과 조국을 위해서 "횃불을 든 시빌", 곧 희생자가 되어야 한다는 염원을 피력하고 있는 것이다. 이 시에서 마지막 6연의 "피 토하고/ 죽어가는 사나이"는 조국을 위해 희생할 것이라는 시인의 자기희생적인 면모를 보이는데, 이런 역사인식 혹은 현실인식은 한마디로 이데올로기에 환멸을 느껴 그의 내면이 종교적인 예언자적 지성으로 드러나 있다.

정지용이 「애국의 노래」를, 조지훈이 「산상의 노래」 같은 '해방 찬가'를 노래하고 있을 때, 구상은 "구렁이 잔등같이 독이 서린 한길", "말굽소리", "백성들의 아우성"을 고발한, 이 땅의 문인 중 예언자의 지성의 전범[20]을 보여주고 있다. 남쪽의 『해방 기념 시집』의 모든 시가 광복의 환희로 충일했던 장면과는 대조적으로 구상은 냉철한 이성

18) 『구상문학총서 제2권: 오늘 속의 영원, 영원 속의 오늘』, 260~261쪽.

19) 구상, 「시집 『응향』 필화사건」, 『구상문학총서 제1권: 모과 옹두리에도 사연이』, 홍성사, 2002, 280쪽.

20) 김봉군, 「구상 문학을 재점검한다」, 『월간문학』, 2009년 9월호, 242~243쪽.

으로 역사의 비극을 예언한 것이다. "피 토하고/ 죽어가는 사나이의 미소"는 이후 구상 자신의 시업을 암시하는 대목으로 '소망을 품고 죽어가는 순교자의 표상'이 잘 드러나 있다. 이런 점에서 김윤식은 구상을 "시인이자 예언자적 지성에만 멈추지 않고, 나아가 가장 본래적인 의미의 자기희생을 안고 있음에서 특징적이라고 보았다. 그것은 존재론적 아픔이며, 혹은 G. 마리땡투로 하면 천사적 자살(Suicide angéliste)을 극복한 단계이지만 가장 가톨릭 신자임을 뜻하는 것이다."21)라고 평가했다.

구상은 "어려서부터 너무나 종교적 분위기에서 자란 때문인지 문학은 항시 인생의 부차적인 것이요, 제일의적인 것은 종교, 즉 구도요, 그 생활이었습니다. 그래서 나는 일본에 가서 대학에 입학할 때도 명치대학 문예과와 일본대학 종교과, 양쪽을 합격했는데도 종교과를 택했습니다."22)라고 고백하고 있다. 즉 구상은 어릴 때부터 인간의 구경적인 문제에 관심이 많아, 그 구경적인 문제에 대한 관심이 명치대학 문예과보다는 일본대학 종교과를 택했다는 것이다.23) "나는 열다섯 살에 신부가 되기 위해 가톨릭 수도원에 들어갔다가 3년 만에 환속한다."24)는 회고에도 그런 면이 잘 나타나 있고, "종교학을 전공하는 학생인 내가 신의 실재에 대한 회의에 빠져서 날마다 신의 장례식, 즉 신의 부인과 부정에 나아갔던 것이다."25)는 구절은 영혼의 고투 속에서

---

21) 김윤식, 앞의 글, 137쪽.

22) 구상, 「에토스적 시와 삶」, 『시와 삶의 노트』, 자유문학사, 1988, 158쪽.

23) 이승하, 앞의 글, 276쪽.

24) 구상, 「모과 옹두리에도 사연이 4」의 주, 『구상문학총서 제1권: 모과 옹두리에도 사연이』, 14쪽.

25) 구상, 「종교와 문학적 고뇌—20세기 가톨릭 문학을 중심으로」, 위의 책, 357쪽.

빚어나온 신음소리라 하겠다.

사실 그의 시는 미가 신적 속성의 하나[26]로 인식하는 데서 출발하는데, 이는 구상처럼 맑은 정신에 의할 경우에 드러난다. 즉 구상 시인의 존재론에 있어서 미와 윤리와 종교를 분리할 수가 없다[27]는 것이다. 이에 비해 홍문표는 기독교적 구원의 두 양상을 키에르케고르(Kierkegaard, Søren)적 구원과 김현승의 시적 구원을 통해 보았는데, 이들에게서 미적 실존과 윤리적 실존을 거쳐 마지막으로 그들이 도달했던 종교적 실존이란 다름 아닌 기독교적인 신앙에서의 실존을 의미한다고 보았다.[28]

> 이윽고/ 피 묻은 언덕 위에서/ 일식(日蝕)의 자포(紫袍) 벗은 대제관(大祭官)// '모름지기 우리는 새로운 반죽이/ 되기 위하여 묵은 누룩을 버릴지라'/ 포효(咆哮)하면// 백성들의 흐느낌은/ 찬가(讚歌) 되어 흐르고// 높이 처든 멍든 손에/ 깃발 깃발이// 꽃처럼 피어나다/ 꽃처럼 만발하다
>
> —「여명도 2」 중 일부, 262~263쪽

「여명도 1」에서 시인은 고운 피를 토하며 순교한다는 내용으로 끝을 맺고 있는데 비해, 「여명도 2」에서는 북한 체제의 붕괴를 비는 정

26) 쟈그 마리땡, 『시와 미와 창조적 직관』, 성바오로출판사, 1985, 197쪽.
27) 김봉군, 「시와 믿음과 삶의 일치」, 『구상자전시집—모과 옹두리에도 사연이』, 현대문학사, 1984. 166~188쪽.
28) 홍문표, 『신학적 구원과 시적 구원—키에르케고르와 김현승의 고독에서 구원까지』, 창조문학사, 2005, 130~156쪽.

치적 주술적 뉘앙스가 들어 있다. 즉 해방 이후의 혼란상과 민족 분열의 혼돈된 세상에서 다가오는 불안한 시대상과 시인의 절망감이 잘 나타나 있는 것이다. 「여명도 1」, 「여명도 2」는 해방 정국을 광명의 세계가 아니라 암흑의 세계로 감지하여 공산 치하의 현실에 저항한 시 정신을 표출하고 있다. 모두가 아직은 해방의 기쁨을 노래하고 있는 단계일 때 구상만이 유독 예언자적 자세로 앞으로 다가올 시대를 경고하고 있다.

이후 구상은 북한 체제에 대한 충격을 안고 남한에서 새 출발을 하게 되는데 "나는 정체 모를 이 삶의 출발에서/ 저 나자렛의 사나이가 광야에서 당한 악마의 시험을 거듭 치뤄야 했고// 마침내 시에 일곱 가지 낙인이 찍혀/ 칠순 노모와 신혼의 아내를 버리고/ 이 땅에다 이념이 만든 '죽음의 섬'을/ 빠삐용처럼 탈출한다."(「모과 옹두리에도 사연이 18」) "망할 놈의 주의… 그 허깨비 같은/ 주의가 도대체 무엇이길래…/ 그놈의 주의가 원숩니다."(「모과 옹두리에도 사연이 27」)라는 김하사의 술회를 통해 이데올로기로 인한 전쟁의 비극성을 잘 드러내고 있다. "늦게나마 시가 나의 삶의/ 오직 하나인 제구실임을 깨우친다.// 시야말로 사내 대장부가 일생을/ 걸어야 하고 또 몽땅 바치기에/ 가장 보람찬 일임을 깨닫는다.// (중략) //나의 심혼의 최고의 성실이/ 시 속에 있음도 알게 된다."(「모과 옹두리에도 사연이 61」) "나 역시 왜 시인이 되었는지를/ 스스로도 모른다./ (중략) 나의 심신의 발자취는/ 모과 옹두리처럼 사연투성이다.// (중략) // 오직 보이지 않는 손이 이끌고 있음을/ 나는 믿는다."(「모과 옹두리에도 사연이 89」)라는 구절에 의하면, 구상은 역사 속에서 개인의 희생을 감수하면서 문학과 종교와의 밀접한 사이에서 고투하며 실존적 삶을 살아왔음을 잘 보여주고 있다. 따라서 『응향』에 실린 구상 시의 예언자적 지성은 이 땅의 역사와 현실을 철저하게 인식한 가운데 역사인식과 현실인식을 보여주었고, 이후 형이상학적 인식과 영원성의 세계로 나아가는 밑바탕이 되고 있음을 알 수 있다.

3. 『그리스도 폴의 강』의 형이상학적 인식

구상은 『응향』 필화사건을 계기로 한국 전쟁의 참상을 몸소 증언하고 역사와 민족 앞에 통회하는 심경으로 『초토의 시』를 썼다.[29] 『밭 일기』에서는 긍정적인 삶으로 우주 만물의 속성을 파악하였고, 『까마귀』에서는 1970년대 이후 물질주의와 현실주의로 치닫는 시대상황에 대한 경보로서의 비판을 알레고리로 시화하였다.[30] 또한 『모과 옹두리에도 사연이』에서는 자전적 경험을 시로 서술하였다.

구상은 1944년에 폐결핵이 첫 발병하고, 이어 1948년에 두 번째 폐질환이 발병하여 1965년 도쿄에서 제1차 수술을 하고, 한차례 더 수술을 받았다. 이때 요양 중 연작시 『밭 일기』 100편을 완성한다.

> 나의 병든 밭에/ 분홍색 해조(海藻)가 운다.// ...... // 28년이나 가슴을 파먹는 벌레,/ 아무리 약을 흘려 넣어도/ 나날이 커만가는 공동

29) "당신의 이름이 내 혀를 닮게 하옵소서"(「초토의 시 9」, 『구상문학총서 제3권: 개똥밭』, 27쪽) "원자탄보다도 뜨거운 불덩이를 안고/ 우리 모두 원수에게로 향하자."(「초토의 시 16」, 위의 책, 34쪽)라는 구절을 통해 구상의 신앙과 역사관을 엿볼 수 있다.

30) 구상은 자신을 "종신서원의 고행수도를 하는 새"(「까마귀 3」, 위의 책, 42쪽)로 인식하고, 이는 "예언과 경보의 제 구실"(「까마귀 6」, 위의 책, 48~49쪽)을 하는 것으로 보았다.

(空洞)과 병소(病巢)!// (중략) // 약병과 약봉지들이/ 쓰레기 더미처럼/ 머리맡을 덮었다. (「밭 일기 37」 중 일부)

『그리스도 폴의 강』 표지

1주일! 극한의 아픔과/ 몽혼(矇昏)의 나날이 지나서/ 등의 실을 뽑고/ 그리고 또 3주만에/ 다시 갈비뼈 두 대를 자르는/ 제2차 성형수술을 받았다.// (중략) // 어느날 X레이를 찍으니/ 가성골(假成骨)이라는 게 생겨나서/ 첫째 갈빗대 9.7cm/ 둘째 갈빗대 15.5cm/ 셋째 갈빗대 16cm/ 넷째 갈빗대 19cm/ 다섯째 갈빗대 19cm/ 여섯째 갈빗대 14.5cm/ 자른 뼈와 뼈 사이를/ 이어놓고 있었다.// 나는 다시 다음날/ 회생(回生)의 기쁨을 안고 밭에 나갔다.(「밭 일기 40」 중 일부)

구상은 1970년대 중반부터 역사와 현실 문제를 초월하여 인간 실존의 문제에 직면하게 된다. 구상의 존재론적 탐구는 이처럼 고뇌와 갈등, 고민과 대결 구도에 바탕을 두고 출발하고 있음을 알 수 있다. 그리하여 1970년부터 연작시『그리스도 폴의 강』준비에 들어간다.

나는 자연 서정이나 서경이 고작이던 시대에 시의 출발부터가 형이상학적인 인식이 아니면 나와 남과 인류, 즉 인간의 운명이나 그 불행이 상념의 촛점이 되었던 것만은 사실입니다. (구상, 「에토스적 시와 삶」, 『시와 삶의 노트』, 160쪽)

나의 시는…… 존재에 대한 인식이나 역사의식, 나아가서는 형이상학적 세계를 주제로 하고 한편 그 표상에 있어서도 외재적인 운율이나 논리적인 심상을 나는 추구해 왔던 것이다. 그래서 일반적으로 통념화된 시형이나 시어, 운율 등의 의도적인 기피, 배제, 파괴 등을 일삼고 나 나름의 새로운 시도를 보임으로써 때로는 비시적이라는 평판을 감수해야만 했다. (구상, 「책 머리에 몇 마디」, 16쪽)

『그리스도 폴의 강』 연작시는 우주 만물의 생성 근원과 사멸의 신비를 명상하고 깨달으며, 인간의 실체가 무엇인가, 또는 실재를 파악할 수 있는가 등 철학적 사고나 종교적 신앙이 바탕이 되어, 형이상학적 인식의 세계를 보여주는 존재 탐구의 시다.[31] 이를 통해 볼 때, 구상의 형이상학은 자연이나 우주, 인간이나 사회에 대하여 그 내면의 깊이를 응시함으로써 영원성을 추구한 데서 비롯된 것[32]으로 보인다. 구상은 '그리스도 폴'을 자신의 신앙과 시와 삶의 전범으로 삼고 가톨릭이 가르치는 거듭남을 통해 구원의 빛을 받고자 하는 데서 이 연작시를 쓰게 되었다.

'그리스도 폴'에 대한 예화는 다음과 같다.

31) 이운룡, 「가톨리시즘과 구상 시의 형상성」, 앞의 책, 269쪽.

32) 이운룡, 「한국 기독교시 연구—김현승·박두진·구상을 중심으로」, 앞의 논문, 89쪽.

옛날 서양 어느 더운 지방에 날 때부터 굉장히 힘이 센 젊은이가 있었다. 그는 일찌기 고향을 떠나 각 지방을 방랑하면서 힘 겨누기를 하며 자기보다 힘이 센 장사를 만나기가 소원이었다. 그러다가 만난 것이 마귀(깡패)였다. 그래서 그는 마귀를 두목으로 삼고 온갖 악행과 향락을 일삼으며 세상을 돌아다니던 중 어느날 황혼, 한 강가에 다다랐다. 그들은 그날 밤 그 강변의 어떤 은수자(隱修者)의 움막에 묵었는데 마귀는 벽에 걸린 십자가상을 보더니 그만 벌벌 떨면서

"나는 저자한테는 당해낼 수가 없다."

고 실토하고 뺑소니를 치고 마는 것이었다. 그리하여 새로운 강자(强者?)를 알게 된 그는 이제 오로지 그 실물 <예수>를 만나는 것이 유일의 소원이 되었다. 은수자(隱修者)의 권고대로 그 이튿날부터 세상을 다 끊어버리고 강을 왕래하는 사람들을 업어 건네주는 것을 자신의 소임과 수덕(修德)의 길로 삼은 그였지만, 달이 가고 해가 가도 그의 새 두목이 될 〈예수〉는 그 모습을 좀체로 나타내 주지를 않았다. 이렇듯 일념(一念)의 세월이 흐르고 흘러 그도 그만 늙어버린 어느날 밤, 그 밤은 날씨까지 궂은 밤이었는데 이슥해서 누가 찾길래 나가보니 남루한 차림의 한 어린 소년이 강을 건네게 해달라고 청했다. 그는 군말없이 등을 돌려 대소년을 업고 물에 들어갔다.

그런데 물살이 센 강 복판에 이르렀을 때부터 등은 차차 무거워져서 그만 소년의 무게로 그가 물속에 고꾸라질 지경이었다. 마치 온 세계의 무게를 자기 등에다 얹은 듯한 느낌에 허덕이면서 간신히 대안(對岸)에 닿은 그는 소년을 떨어뜨리듯 내려놓고 획 돌아섰다. 그 찰나 놀라운 일이었다. 거기 모래사장에는 그가 그렇듯 몽매에도 그리던 <예수>가 찬란한 후광에 싸여 미소하고 있지 않은가![33]

구상은 역사 앞에서 현존과 영원의 투영으로서의 강을 노래하기에 이른다. 여기에서 영원성은 강의 본질이 된다. 강은 오늘에서 내일로 흘러가 어떤 시대가 도래해도 소멸하지 않는 생의 원형이다.[34] 여기에서 강은 신앙심의 구현을 위한 하나의 제도적인 장치를 보여준다. 이것은 괴로운 현실의 삶의 공간인 강[35]이 현실을 극복하고 영원으로의 회귀를 갈구하는 구상 시인의 심리를 잘 반영한다. 구상의 강의 시간성은 본질과 존재를 한 가지로 묶어 놓은 시작과 끝이고, 처음과 나중이고, 현재이며 동시에 영원이다.[36]

> 그리스도 폴!/ 나도 당신처럼 강을/ 회심(回心)의 일터로 삼습니다.// (중략) // 그리스도 폴!/ 이런 내가 당신을 따라/ 강에 나아갑니다./ 당신의 그 단순하고 소박한/ 수행(修行)을 흉내라도 내 가노라면/ 당신이 그 어느 날 지친 끝에/ 고대하던 사랑의 화신을 만나듯/ 나의 시도 구원의 빛을 보리라는/ 그런 바람과 믿음 속에서/ 당신을 따라 강에 나아갑니다.
>
> —「프롤로그」의 일부, 『구상문학총서 제3권』, 189~190쪽

---

33) 구상, 「〈그리스도 폴〉의 강」, 『구상문학선』, 성바오로출판사, 1975, 383~384쪽.

34) 윤장근, 「구상 시인의 정 넘치는 성품」, 시인구상추모문집 간행위원회 엮음, 『홀로와 더불어』, 나무와 숲, 2005, 135쪽.

35) 여기에서 실제 현실의 강임을 보여주는 연작시 번호는 다음과 같다.
한강: 19, 26, 37, 47, 53, 61, 62, 63, 64.
적전강(구상의 어릴 적 성장 배경이 된 원산 덕원을 흐르는 강): 40.
낙동강/섬진강/예성강/금강/소양강/임진강//…압록강/두만강/대동강/장진강/성천강: 58

36) 이운룡, 「가톨리시즘과 구상 시의 형상성」, 앞의 책, 270쪽.

이 시에서 "당신(그리스도 폴-인용자)이 그 어느 날 지친 끝에/ 고대하던 사랑의 화신(예수-인용자)을 만나듯" 구상 시인 역시 당신을 만나리라는 것을 고대하고 있다. "내가 강을 회심(回心)의 일터로 삼은 것은 이 무렵부터다.// 깡패 출신의 성인(聖人), 그리스도 폴이/ 사람들을 등에 업어 건네주며/ 영원한 강자(强者) 예수를 기다리듯/ 나도 강에서 불멸의 시를 바랐다.// (중략) // 오직 나의 단순하고 소박한 수행(修行)을 흉내라도 내면/ 내 시도 그 어느 날 구원(救援)의 빛을/ 보리라는 심산(心算)이었다."(「모과 옹두리에도 사연이 80」) 이렇듯 구상은 『응향』 사건을 겪은 후 긴 시간이 흘러 강을 자신의 "회심(回心)의 일터"로 삼았으며, 이는 그의 실존이 궁극적으로 도달할 지점이었다.

한국전쟁이 끝난 1953년 이후 구상은 경상북도 왜관에 정착하여 1974년까지 살았는데, 왜관의 자택도 낙동강에 인접해 있어서 낙동강을 바라보며 20여 년을 보냈다. 1974년 서울로 이주한 후에는 2004년 타계할 때까지 여의도에서 한강을 바라보며 살았다. 강은 평생에 걸쳐 그의 삶과 문학을 관장한 '회심의 일터'가 된다. 설창수 시인이 써 보냈다는 '관수재'라는 현판은 구상 시인의 생활을 한마디로 압축한 글귀라 하겠다.[37]

---

37) 이숭원, 「江의 상징성과 不二의 세계관」, 구상, 『그리스도 폴의 강』, 홍성사, 2009, 127쪽. "관수재는 나의 서실의 명색 당호로서, 한자의 물 水는 마음 心과 통용되는 글자에서 관수란 '마음을 바라본다'도 되므로 구도 수행의 뜻이 담겨 있다. …… 나의 시란 것도 그 주제나 제재가 존재론적 또는 형이상학적 인식의 시세계로 일관해 오는 것만은 사실이다."(구상, 「구도적 사색이 주제—관수재시초 연재를 시작하며」, 『인류의 맹점에서』, 문학사상사, 1998, 4쪽)

> 강은/ 과거에 이어져 있으면서/ 과거에 사로잡히지 않는다.// 강은 오늘을 살면서/ 미래를 산다.// (중략) // 강은 어느 때 어느 곳에서나/ 가장 낮은 자리를 택한다.// (중략) // 강은 생성(生成)과 소멸을 거듭하면서/ 무상(無常) 속의 영원을 보여준다.(16 중 일부)

이 시에서 구상은 이미 강에서 생성과 소멸을 거듭하면서 과거와 현재와 미래가 뒤섞인 영원성을 보여주고 있다. 그것은 바로 오늘 속의 영원이요, 영원 속의 오늘이라 볼 수 있다.

> 나는 이제 한방울의 물이 되어/ 강에 합류한다.// (중략) // 나는 이제 나의 모습을 잃어서/ 나라고 불리울 내가 없고/ 시작도 끝도 안 보이는 이 강이/ 바로 나다.// 이제 나는 불변하는 질서 속에서 자유롭게 흐르며/ 뭇 생명들의 생성(生成)과 소멸(消滅)을 함께 한다.(41 중 일부)

> 그렇다! 강, 너와 나는/ 한 원천(源泉)에서 태어났고/ 어쩌면 너는 나보다 아득히 먼저였고/ 어쩌면 너는 나보다 그 근원에 가깝다.// 강, 너와 나는 그 근원 속에/ 현재도 살고 있으며/ 영원히 함께 살아갈 것이고,/ 나는 너로 말미암아 나요/ 너는 나로 말미암아 너로서/ 그 근원이 지닌 진선미(眞善美)를/ 서로 성취해가며 구현(具現)한다.(44 전문)

시작도 끝도 알 수 없는 강에서 구상은 사물의 존재와 실상을 바라보면서 시간성과 영원성의 관계를 형이상학적으로 파악하고 있다. 그 강은 구상 시인이 추구하는 이상적 자아상을 보여주면서 보다 근원에 가까운 면을 보여준다. 즉 사물의 본질이란 것은 우리의 육안으로는 보이지 않고, 마음의 눈으로 보아야 보인다는 것이다. 이와 같이 진리는 시간과 공간을 초월해서 실재하는 것이지만 그 진리의 체득은 시간과 공간의 제약 속에 있는 자신의 실존적 삶 속에서 이루어지는 것이기 때문에 아무리 심오한 형이상학적 또는 신앙적 인식의 표출도 시인의 내면적 고투의 흔적과 성취가 엿보이지 않으면 그것은 언어나 관념의 유희에 지나지 않는다[38]는 것이다. 불변하는 강의 질서 속에서 "생명들의 생성(生成)과 소멸(消滅)에 함께" 하는데, 우리의 사랑과 눈물의 궤적도 물과 함께 불멸하는 강의 불멸성을 보여주고 있다. 이는 알 수 없는 원천에서 불어오는 은은하고 깊은 바람과 같은 것, 항상 종교적인 성찰이 몸에 배어서 육화된 언어로 구체화[39]된 것임을 보여주고 있다.

> 강이 흐른다./ 땅 위에서 땅 밑에서/ 하늘 위에서 흐른다.// 나는 이제 강 이외에/ 아무것도 보이지 않고/ 나는 이제 모든 것이 강으로 보인다.// 나의 시계(視界) 속의 강은/ 비롯함이 없는 곳에서 흘러오고/ 마침이 없는 곳으로 흘러가서/ 이 지구가 소멸된 뒤에도/ 아니 저 우주가 해체되어도/ 흐르고 흐를 것이다.// 나는 강의 한 방울 물이지만/ 내가 없이는 이 강을 이룰 수 없어/ 정녕 스러질 수도

38) 구상, 「시와 형이상학적 인식」, 『구상문학총서 제5권: 현대시창작입문』, 홍성사, 2006. 165쪽.

39) 이은봉, 「고전읽기를 통해 맺은 인연」, 시인구상추모문집간행위원회 엮음, 『홀로와 더불어』, 나무와 숲, 2005. 319쪽.

없고/ 정녕 비길 수도 없는/ 영원한 그 한 모습으로/ 바로 이렇게/ 흐르고 있다.(54 전문)

한 방울의 물이 모여서/ 강이 되니/ 강은 또한 크낙한/ 한 방울의 물이다.// 그래서 한 방울의 물이 흐려지면/ 그만큼 강은 흐려지고/ 한 방울의 물이 맑아지면/ 그만큼 강이 맑아진다.// 우리의 인간세상/ 한 사람의 죄도/ 한 사람의 사랑도/ 저와 같다.(60 전문)

구상이 궁극적으로 강을 일터로 삼은 이유는 구원을 받는 것과 관련이 있다. 생성과 소멸을 거듭하는 강에서 끝없이 다시 시작하는 것, 곧 거듭남이 그의 구원의 방법이며 부활에 이르는 것이다. 여기에서 강을 통한 구상 시인의 존재론적 내면 탐구와 존재의 시가 갖는 예언성을 보게 된다. 강은 영원히 존재하기에 현재에 존재하는 영원성이며 그런 종교적 표상성이 시적 진실로 나타난 것이다. 강은 구상 자신의 마음을 바라보는 거울이며 구도적 사색을 수행하는 대상이다. 구상은 '강'이라는 거울을 바라보면서 자기 성찰과 반성, 인간 존재의 내면에 대한 탐구, 죽음과 구원의 문제 등에 대한 끊임없는 구도적 사색을 통해 실존의 의미를 찾고 신과 인간과 세계에 대한 형이상학적 무한성[40]에 이르고 있는 것이다. 안토니 티그 교수에 의하면, 구상의 시는

---

40) 강엽에 의하면, 형이상학적 시의 특징은 다음과 같다. ① 외견상 관계없는 상념(ideas)과 사물을 억지로 연결시키는 기지(wit), 혹은 기상(conceit). ② 이미지는 단순히 예시적이라기보다는 유기적임. ③ 구체적인 상세. ④ 사고와 감정의 융합, 혹은 감정의 지성화. ⑤ 상반된 상념과 정서 사이의 긴장, 그리고 이에서 비롯된 표현의 복잡성(complexity), 완곡어법(obliquity), 반어법(irony), 역설법(paradox). ⑥ 일상어와 그에 따른 리듬. ⑦ 경험을 의미심장한 말로 표현하는 것.(강엽, 『17세기 영시의 이해』, 부산대학교출판부, 2004, 6쪽) 이를 적

심오한 내면적 자유를 구현하고 있으며, 그 자유는 고통의 체험에서 생성된 것으로 그의 시와 삶이 심오한 진정성의 표적을 지닌 데서 연유한다고 보았다. 또한 구상의 일생은 진리의 모색이며, 그의 시는 그 길을 따라간 발자취의 기록으로, 근본적으로 종교적 진리에 대한 것이라고 했다. 구상의 발견은 기독교적 소망의 형이상학으로, 경험과 독서와 고뇌와 명상, 대화와 기도의 결과라는 것이다.[41] 구상이 이런 실존적 고투에서 비롯된 형이상학적 인식은 영원성과 아울러 나타난다.

4. 『말씀의 실상』에 나타난 영원성

구상의 세례명은 요한이다.[42] 요한복음 1:1-4절에 의하면, "태초에 말씀이 계시니라 이 말씀이 하나님과 함께 계셨으니 이 말씀은 곧 하나님이시니라 그가 태초에 하나님과 함께 계셨고 만물이 그로 말미암아 지은 바 되었으니 지은 것이 하나도 그가 없이는 된 것이 없느니라 그 안에 생명이 있었으니 이 생명은 사람들의 빛이라"[43]라는 구절에 의하면, 말씀 자체가 하나님이고, 이 우주 만물은 그 말씀으로 지은 바 된 것이다. 김봉군은 「시와 믿음과 삶의 합일」이란 표제 하에 구상 시인을 '전인적 실존'이기를 갈구한 시인이라고 보면서 구상 시인은 심미적 · 윤리적 · 종교적 실존의 분열상을 보인 적이 없다고 했다. 그

용해 보면, ③, ④, ⑦이 구상 시에 해당된다.

41) 안토니 티그(Anthony Graham Teague), 「깊은 명상과 신비에 눈뜬 시」(서문), 구상, 『두 이레 강아지만큼이라도 마음의 눈을 뜨게 하소서』, 바오로딸, 2001.

42) 이는 『그리스도 폴의 강』 59 중 주와 「요한에게」에서 "요한은 나의 세례명"이라고 밝혀져 있고, 또 「우리 교황님」에도 "내 본명이 요한이어서"라는 구절을 볼 수 있다.

43) 김의원 외 편찬, 『(개역개정) 좋은성경』, 성서원, 2009, 142쪽.

러나 필자는 이승하가 구상 시를 '진리의 증득을 위한 몸부림의 문학' 이라고 지적한 것처럼, 또한 구상 시인이 자신의 세계를 '종교와 문학적 고뇌'로 표현한 것처럼, 그는 시와 믿음과 삶 사이에서 끝없이 번민하며 그 합일에 이르고자 노력해 왔다고 본다.

> 영혼의 눈에 끼었던/ 무명(無明)의 백태가 벗겨지며/ 나를 에워싼 만유일체(萬有一體)가/ 말씀임을 깨닫습니다.// (중략) // 창창(蒼蒼)한 우주(宇宙), 허막(虛漠)의 바다에/ 모래알보다도 작은 내가/ 말씀의 신령한 그 은혜로/ 이렇게 오물거리고 있음을// 상상도 아니요, 상징(象徵)도 아닌/ 실상(實相)으로 깨닫습니다.
>
> —「말씀의 실상(實相)」 중 일부

말은 육화된 존재이며, 직감과 초월, 형이상학과 역사, 실체와 그림자, 전체와 부분을 분별하면서도 일치하게 한다. 이러한 말은 누를 수 없이 솟구치고, 사람들의 마음을 사로잡고, 사람들을 머물러 있기 싫어하는 어둠으로부터 밝은 데로 끌어낸다.[44] 이와 같이 영적 교감의 세계 인식에서 시는 영혼과의 끊임없는 대화로 표현되는데, 존재의 규명을 통한 영원성의 추구는 구상 문학이 지향하는 바이다. 곧 구상의 시는 신의 말씀에 대한 미적 이해, 신의 실재에 대한 믿음을 뜻한다. 「신령한 새싹」, 「신령한 소유」를 비롯한 믿음의 시들이 『말씀의 실상』에 수록되어 있는데, 구상의 시는 고난의 십자가를 시적 진실로 형상화하여 종교적 성인 수행의 모범을 보여주고 있다.

---

44) 구중서, 「잃어버린 나를 찾아서」, 앞의 글, 183쪽.

홀로서 가야만 한다./ 저 2천 년 전 로마의 지배 아래/ 사두가이와 바리사이들의 수모를 받으며/ 그 분이 홀로서 가듯/ 나 또한 홀로서 가야만 한다.// 악의 무성한 꽃밭 속에서/ 진리가 귀찮고 슬프더라도*/ 나 혼자의 무력(無力)에 지치고/ 번번이 패배의 쓴잔을 마시더라도/ 제자들의 배반과 도피 속에서/ 백성들의 비웃음과 돌팔매를 맞으며/ 그분이 십자가의 길을 홀로서 가듯/ 나 또한 홀로서 가야만 한다.// 정의는 마침내 이기고 영원한 것이요,/ 달게 받는 고통은 값진 것이요,/ 우리의 바람과 사랑이 헛되지 않음을 믿고서// 아무런 영웅적 기색도 없이/ 아니, 볼 꼴 없고 병신스런 모습을 하고*/ 그 분이 부활의 길을 홀로서 가듯/ 나 또한 홀로서 가야만 한다.

註: * 진리가 귀찮고 슬프더라도: 르낭의 말.

* 볼 꼴 없고 병신스런 모습을 하고: 구약성서의 한 구절.

—「그분이 홀로서 가듯」 전문

이 시는 말씀이 육신이 된 사건(Incarnation)임을 보여준다. 구상 시인은 시공을 초월한 신이 사람 속에 들어오셔서 이 세상에 태어난 예수를 자신의 전범으로 삼아 "그분이 홀로서 가듯/ 나 또한 홀로서 가야만 한다."고 다짐하고 있다. 이는 마태복음 1:18-2:23과 누가복음 1:26-38, 2:1-20절에도 잘 나타나 있다. 예수는 철저히 홀로서 이 세상 모든 불의와 교회의 타락과 싸웠고, 끝내는 십자가에서 돌아가셨으나 결국 부활했는데, 이 부활이야말로 기독교에서 구원의 문제가 신학적으로 구체화된 것이다. 이 시에서 정의는 마침내 이기고 영원한 것이고, 그분이 받는 고통은 값진 것임을 역설적으로 보여주고 있으며, 가난하고 고통받는 사람들을 위해 그들을 위로하려는 의지 또한 담겨 있다. “성탄을 일흔 번도 넘어 맞이하여도/ 나 자신 거듭나지 않고선/ 누릴 수 없는 명절이여!”(「성탄을 일흔 번도 넘어」)에서는 거듭남이, 「부활송」과 「부활절」에서는 구상의 부활 신앙이 잘 나타나 있다. 시공을 초월하고, 수적인 개념에 적용되지도 않으며, 감각적인 인지와 현상적인 변화의 자극에도 불가능하며, 인과계열 속에도 들어가지 않는 것을 추구하는 세계가 형이상학의 세계인데, 구상은 자신의 시를 통해 이런 형이상학적 세계와 구도적인 시를 썼으며, 그 절정은 「나자렛 예수」[45]에서 찾아볼 수 있다.

> 나자렛 예수!/ 당신은 과연 어떤 분인가?// 마굿간 구유에서 태어나/ 강도들과 함께 십자가에 못박혀 죽은/ 기구망측한 운명의 소유자,// (중략) // 우리의 삶에 영원한 행복이 깃들고/ 그것이 곧 ‘하느님의 나라’라고 가르치고/ 그 사랑의 진실을 목숨 바쳐 실천하고/ 그 사랑의 불멸을 부활로써 증거하였다.
>
> —「나자렛 예수」 중 일부

이 시는 예수를 통한 구도자적 자세를 잘 보여주고 있다. 예수는 이 땅에 인간의 아들로 태어나 하늘나라를 선포하는 데 있어 온갖 멸시와 박해를 당하다가 “십자가에 못박혀 죽은/ 기구망측한 운명의 소유자”인 동시에 사흘만에 부활하는 역설을 보여준다. “그 사랑의 진실을

45) 나자렛은 북부 이스라엘에 있는 고대 도시이다. 마태복음 2장에서 예수가 헤롯의 칼날을 피해 애굽으로 피난하고, 헤롯이 죽자 다시 유대 땅으로 돌아와 나자렛이란 동네에서 어린 시절을 보냈다고 언급되어 있다. “나사렛이란 동네에 가서 사니 이는 선지자로 하신 말씀에 나사렛 사람이라 칭하리라 하심을 이루려 함이러라.”(마 2:23)라는 구절이 이를 증거하고 있다.

목숨 바쳐 실천하고/ 그 사랑의 불멸을 부활로써 증거하였다."라는 구절에서 그 사실을 잘 알 수 있다. 구상은 이런 '나자렛 예수'를 시적 화자로 삼아 자신의 지향하는 바를 몸소 시에 투영시켜 사랑의 불멸을 부활로써 증거하고 있다. 의미를 확장하자면, 이러한 부활은 하나님의 새로운 창조의 삶과 영원한 세계를 또 다른 방식으로 재현했는데, 이 부활과 영생이야말로 영원한 기적인 것이다.

5. 역사의식과 가톨리시즘의 공존

구상의 시는 가톨릭을 선교한다든지 호교의 방편으로 도구화되는 것을 배제하는 것을 특징으로 한다. 앞에서 그의 시는 강렬한 역사의식을 담은 현실주의적인 면과 함께 존재론적 또는 형이상학적 인식의 면이 있음을 살펴보았다. 구상에게 진리의 증득이란 시간과 공간의 제약 속에 있는 자신의 실존적 고투로부터 나오는 것이고, 그것이 곧 그의 문학임도 보았다.

구상은 연작시 형식을 통해 사물을 깊이 있게 탐구함으로써 존재의 여러 가지 면을 조명해냈다. 『응향』은 해방 이후 혼란한 시대상을 배경으로 정신적 방황의 시기에 존재론적인 자아에 몰입하게 되는 작자의 심경뿐만 아니라 그의 시세계의 방향을 잘 나타내주고 있다. 구상은 남하한 이후 50여 년의 시작 활동을 통해 삶과 문학과 종교를 실존과 역사적 관점에서 다루어왔다. 그러나 이후에 신의 실재에 대한 인식이나 신을 우주만물의 제일원인(신학적 용어)으로 삼는 그런 탐구의 결실이 『그리스도 폴의 강』과 『말씀의 실상』 연작시다. 구상에게 있어 강은 삶의 자리인 동시에 구원을 기다리는 희망의 자리이다. 이 연작은 구상 시가 추구해온 시적인 것과 종교적인 것의 결합 양상을 잘 보여주는데, 그의 시에서 강은 과거와 현재와 미래를 이어주는 가교로서의 영원성을 내포하고 있다. 구상은 존재론적 혹은 형이상학적 깊이를 영원성으로 잇고 있다. "시는 우주적 감각과 그 연민(憐憫)에서/ 태어나고 빚어지고 써지는 것이니/ … /오오, 말씀의 신령함이여!"(「시」)에서처럼, 그는 이 땅의 역사와 현실과도 동떨어지지 아니한 채 형이상학적 깊이를 간직한 시를 써온 것을 알 수 있다.

구상은 인간과 사회, 우주의 존재에 대하여 형이상학적 추구에 기울어 영원성을 추구하였고, 또한 가톨릭적 세계관에 바탕을 둔 사랑과 희생정신이 어우러진 시를 써 왔다. 여기에서 필자는 『응향』 사건에서 지적된 이데올로기의 경직성이 사람을 다시 고통 속에 빠뜨릴 수 있다는 면에서 가톨릭 자체가 중요한 게 아니라 고통받는 많은 이들을 감싸 안고 보살피려는 것이 구상 시인이 표방한 예수가 추구한 정신이라고 생각한다. 그런 점에서 구상이 이데올로기의 경직성을 경계했듯이, 자신의 시를 가톨리시즘의 세계관으로만 읽는 것을 경계한 것임을 알 수 있다. 구상 시인에게 민족에 대한 사랑, 이웃에 대한 사랑이 곧 존재론적 이유이고 영원한 진리인 것처럼, 그가 추구한 시세계는 역사인식/현실인식과 가톨리시즘 세계관을 서로 분리시키거나 어느 하나를 우위에 두지 않고 서로 공유하고 있다. 구상은 역사적 현실이나 시대 상황에 대한 비평작용을 통해 존재론적 사색을 통하여 영원성을 부여하고 실재나 실체와도 유리되지 않은 시학을 보여준 데 그의 독특한 좌표가 놓여 있다고 하겠다.

8장 이성복 시에 나타난 소외 극복 과정:
『뒹구는 돌은 언제 잠 깨는가』와 『남해 금산』을 중심으로

1. '정든 유곽'과 고통의 시원

이성복은 1977년 「정든 유곽에서」와 「1959년」으로 계간 『문학과 지성』을 통해 등단하였다. 첫 작품집으로는 『뒹구는 돌은 언제 잠 깨는가』(1980)를 펴냈는데, 이 시집으로 제2회 김수영 문학상을 수상했다. 그의 시가 당혹감을 주기는 하지만 자기만의 시선을 가지고 있어서 그 지평을 넓혀갈 것이 기대된다는 의견과 당대의 병적 징후를 잘 포착하고 있지만 그것이 사회적으로 환원되는 것이 아니라 개인의 폐쇄적인 시선에 머물러 있다는 의견이 당시 크게 맞섰던 두 가지 평이었다.

김현은 이성복의 『뒹구는 돌은 언제 잠 깨는가』에 실린 43편의 시들이 하나의 통일된 유기체를 형성하고 있는데 이는 '정든 유곽'에서 1959년부터 1980년까지 산 한 검은 의식의 고통스러운 기록이라고 했다.[1] 박덕규는 한 편 한 편의 시가 시인의 고통스런 삶의 한 부분을 담당하고 있으면서 그것들이 서로 유기적인 결합관계를 유지하며 나름의 질서를 독특하게 구축하고 있다고 했다.[2] 장석주는 『뒹구는 돌은 언제 잠 깨는가』가 독창적이고 개성적인 시세계로 구축되었고, 그 시 자체가 일상적 삶의 진부함 속에 은폐되어 드러나지 않는 인간 실존의 비극적 실상을 독특한 언어 장치에 의한 즉물적 발상법으로 시적 성과를 이루었다고 보았다.[3] 또한 그 시적 세계는 시인이 본 세계이며, 시인이 지향한 세계라고 평가했다. 홍정선은 이성복 시가 치욕의 고통을 통과하여 사랑에 도달해가는 과정[4]을 보여준다고 했고, 박혜경은 『뒹구는 돌은 언제 잠 깨는가』의 세계가 고통스러운 인식으로부터 사랑에 대한 확인에 이르기까지의 긴 여정을,[5] 『남해 금산』에서는 고통을 통해 화해와 치유의 가능성을 보여준다고 했다.

이러한 연구들을 토대로 필자는 홍정선과 박혜경의 논의를 참조하여 이성복 시에 나타난 소외의 양상과 그 극복 과정을 살펴보기로 한다. 『뒹구는 돌은 언제 잠 깨는가』의 세계가 1970년대 후반 급속하게 산업화되면서 한반도를 소외의 한 모습인 유곽으로 통찰하여 치욕과 고통스러운 과정을 보여주고 있다면, 『남해 금산』에서는 치욕스런 현실로부터 사랑을 발견하게 되는 과정을 보여주고 있다. 이와 같이 물질문명을 추구하는 자본주의 사회 이면에 놓인 인간 소외 문제는 이

---

1) 김현, 「따뜻한 悲觀主義—이성복론」, 『현대문학』, 1981.3, 311쪽.

2) 박덕규, 「恨의 얽힘과 풀림」, 『문예중앙』, 1982년 봄, 230쪽.

3) 장석주, 「방법론적 부드러움의 詩學—이성복을 중심으로 한 80년대의 시의 한 흐름」, 『세계의 문학』, 1982년 여름호, 152~153쪽.

4) 홍정선, 「치욕에서 사랑까지」, 『우리 세대의 문학』 6집, 문학과지성사, 1987, 190쪽.

5) 박혜경, 「닫힌 현실에서 열린 〈세계〉로」, 『문학정신』, 1989.12, 259쪽.

성복 시에 있어서 기존의 평자나 논자들이 간과하고 있으나 사실상 그의 시를 이해하는 데 있어서 중요하게 작용하고 있다.

2. 소외의 개념과 유형

본고에서는 인간을 이해하는 중요한 열쇠이자, 현대사회가 인간에게 가져온 심각한 병리현상 중 하나인 인간 소외[6]의 개념과 양상을 살펴보고 이를 토대로 이성복의 시를 분석해 보고자 한다.

헤겔은 『정신현상학』에서 소외를 정신의 변증법적 자기전개과정을 설명하는 중심적 범주로 다룬다. 소외 개념은 이후 헤겔 좌파, 즉 포이에르바하를 거쳐 마르크스에게까지 이어진다. 헤겔에 있어서 소외는 원래 세계(자연, 사물, 타자, 인간 자신)가 인간에게 서먹서먹한 존재로 되는 것[7]을 말하며, 이 소외는 원시 사회를 넘어선 문명의 시작과 더불어 일어나고, 그것이 절정에 달했을 때만 치유되며, 소외당한 인간만이 소외를 극복할 수 있다.[8] 즉 자연과 인류 역사는 절대 이념의 외

---

6) 소외에 관해 참조할 만한 저서는 다음과 같다. Fritz Pappenheim, 정문길 옮김, 『근대인의 소외』, 정음사, 1985; Erich Fromm, 김남석 옮김, 『인간소외』, 을지출판사, 1995; 안형관, 『인간과 소외』, 이문출판사, 1995; Georg Wilhelm Friedrich Hegel, 두행숙 옮김, 『헤겔미학Ⅰ』, 나남출판사, 1997; 임철수, 「에리히 프롬의 소외에 관한 연구」, 감리교 신학대학교 석사논문, 1986; 정문길, 『소외론 연구』, 문학과지성사, 1998.

7) Erich Fromm, 앞의 책, 65~66쪽.

8) 『정신현상학』에서 언급되는 소외(Entfremdung)는 다음과 같다. 헤겔은 소외의 첫 번째 의미를 '낯설어진다'는 개념과 연결했는데, 개인의 현실적 조건과 그의 본성 속에 잠재되어 있는 광범한 가능성 사이에 존재하는 모순의 자각 속에 좌절과 부조화를 인지했다. 또한 헤겔은 소외의 두 번째 의미를 '낯설게 만드는' 보다 능동적인 조건으로 보았는데, 이 의미에서의 소외는 타자에게 권리를 고의적으로 양도하거나 이전하는 것이며, 개별자들이 그들 자신의 본성을 포함한 사회적 실재의 부분들로부터 보다 적대적이고 악의에 찬 고의적인 분리를 겪게 되는

화이고, 절대 이념은 자연과 역사로 자신을 대상화시켜 자신으로부터 소외되었다가, 결국에는 역사 발전 중에 수행되는 자기 인식 과정을 통해 소외를 극복[9]한다는 것이다.

포이에르바하는 인간의 본질을 분석하고 종교, 특히 기독교의 본질을 분석하는 과정에서 자기 소외의 개념을 다루고 있다. 그에 의하면 신은 자기 소외된 인간이다. 즉 인간으로부터 추상화되고 절대화된 소외된 인간 본질[10]이라는 것이다. 한편 마르크스는 자기 소외의 개념을 중심으로 자본주의 사회를 분석함으로써 물질적 생산과정에서 배태되는 역사적인 인간 생활의 특징으로 이해했다. 그는 소외 현상을 지나치게 계급지향적, 경제결정론으로 파악하고 있지만, 그의 소외론은 사회과학적 소외 논의에 전환점을 마련해줌과 동시에 현대 소외론을 출발시킨 원천이라 할 수 있다. 그런 소외의 양상은 노동 생산물로부터의 노동자의 소외, 생산활동 즉 노동 그 자체로부터의 노동자의 소외, 유적 존재로부터의 인간의 소외, 인간으로부터의 인간 소외 등을 들 수 있다.

이에 반해 프롬은 헤겔과 마르크스 이후 소외 개념을 부활시켜 이를 대중화시키는 데 공헌했을 뿐만 아니라 소외 개념을 통해 헤겔과 마르크스의 새로운 조명을 가능하게 했다. 프롬은 소외를 현대사회의 성격을 분석하는 데 있어 중심적 개념으로 사용했으며, 현대 인간성의 가장 깊은 근저와 연결되어 있다고 보았다. 그런데 프롬에게 있어서 문제의 발단은 인간이 자연과의 합일과 조화 없이 근원적으로 단절되

것과 연결시키고 있다.(안형관, 앞의 책, 15~16쪽)

9) Georg Wilhelm Friedrich Hegel, 앞의 책, 42~43쪽 참고.

10) L. Feuerbach, 『기독교의 본질』, 박순경 역, 종로서적, 1982, 141쪽. 김승원, 「에리히 프롬의 인간 소외에 대한 연구」, 조선대학교 교육대학원 석사논문, 2000, 17쪽 재인용.

어 있는데, 자연과의 단절이 긍정적인 관계로 향하게 될 때 인간성이 실현될 수 있다고 보았다. 또한 프롬은 자본주의의 특징의 하나로 수량화, 추상화를 들고, 이것이 소외 현상과 연결된다고 주장했다. 프롬은 소외를 인간이 그 자신을 이질적인 존재로서 경험하는 한 유형으로 파악했으며, 이때 소외의 원천을 자연으로부터, 사회로부터, 이웃이나 타자로부터, 심지어는 자기 자신이나 자아, 그 근본적 본성에 기인한다고 보았다.

사회심리학자인 시먼(Melvin Seeman)에 의하면 소외는 크게 다음 여섯 가지 유형으로 분류할 수 있다. ① 무력감(powerlessness)은 그 자신의 행위가 개인적 사회적 보상이 생기도록 통제할 수 있는 데 대한 낮은 기대감으로 이러한 소외는 산업체제 상의 다른 측면— 즉 인간의 인간으로부터의 소외, 인간의 상품으로의 격하 등에서도 나타난다. ② 무의미성(meaninglessness)은 인간이 그것의 역동성을 파악하지 못하고 미래의 진행을 예측할 수 없는 사회적 사태와 사건에 대한 불가해의 감각으로, 행위의 결과를 예측하는 데 대한 지각 능력의 상실을 지칭한다. ③ 무규범성(normlessness)은 주어진 목적을 달성하기 위해 사회적으로 용인되지 않는 수단이 필요한 데 대한 높은 기대감으로 아노미(anomie)와 같은 개념으로 쓰이고 있으며, 오늘날 인간성 해체·문화적 붕괴·상호 불신 등과 같은 사회적 조건과 심리적 상태의 광범한 여러 가지 변형을 포함한다. ④ 가치상의 고립(value isolation)은 일반적으로 사회에서 통용되는 가치에 대한 개인의 거부로, 지식인이나 작가들이 대중문화의 기존으로부터 이탈되어 있거나, 사회적 적응력의 결여로 말미암아 사회나 그 사회의 문화로부터 소외되어 있는 상태에서의 지식인의 역할을 서술하는 데 일반적으로 사용되고 있다. ⑤

자기소원(self-estrangement)은 그 자체로서 본질적으로 보상되지 않는 여러 가지 활동에 종사하는 것으로, 그 스스로를 이방인으로서 경험하는 경험의 한 유형을 말한다. ⑥ 사회적 고립(social isolation)은 거부 및 거절의 감정으로 나타나는 포용이나 사회적 수용에 대한 낮은 기대감으로, 가치상의 고립이나 무규범성과도 긴밀히 연결되어 있다.[11] 시먼은 프롬의 자기 자신으로부터의 소외에서 자기를 형성하는 내면의 트라우마를 세분해서 이를 다양한 영역으로 나누어 구체화시키고 있는데, 이는 헤겔의 원론적인 개념으로부터도 멀리 나아간 지점을 잘 보여주고 있다.

3. 이성복 시에 나타난 소외의 양상

우리에게 있어서 근대의 유입은 이성과 합리성을 기반으로 한 계몽성에 기초를 둔다. 이러한 근대는 한편으로는 개발이라는 미명하에 도시화·산업화가 이루어짐에 따라 다방, 카페 등이 생기고 사람들이 도시로 몰려 군중을 형성하는 반면, 다른 한편으로는 이러한 문명의 얼굴과는 달리 군중 속에 소외된 인간들이 생겨나는 근대의 그늘인 야만의 얼굴도 지니고 있다.

이성복의 시작(詩作)의 출발점은 근대 도시의 자본주의적 산업화에 따른 부정적 현실인식에 기인한다. 도시화·산업화로 인한 인간의 상품화는 인간관계와 시인의 가족관계뿐만 아니라 가족 내 위계 질서까지 붕괴시킨다. 이러한 이성복의 시 쓰기는 상당히 고통스럽고 치욕

---

11) 정문길, 앞의 책, 198~231쪽.

적인 면을 드러내면서 인간 소외의 모습을 보여준다. 시인은 몸도 마음도 안 아픈, 병들지 않고 폭력도 없는 세계를 꿈꾸지만, 그가 바라본 현실은 치욕 그 자체였다. 이런 광기의 시대를 이성복은 "모두 병들었는데 아무도 아프지 않았다"(「그 날」)고 진단한다. 프롬에 의하면, 소외의 양상은 자연으로부터의 소외, 사회로부터의 소외, 이웃이나 타자로부터의 소외, 자기 자신으로부터의 소외로 구분되는데, 필자는 이것을 이성복 시에 적용시켜 분석해보고자 한다. 가장 가까운 이웃으로 볼 수 있는 가정은 사회의 최소 단위로 보아 따로 항목을 두지 않고 사회로부터의 소외에 포함해서 살펴보기로 한다.

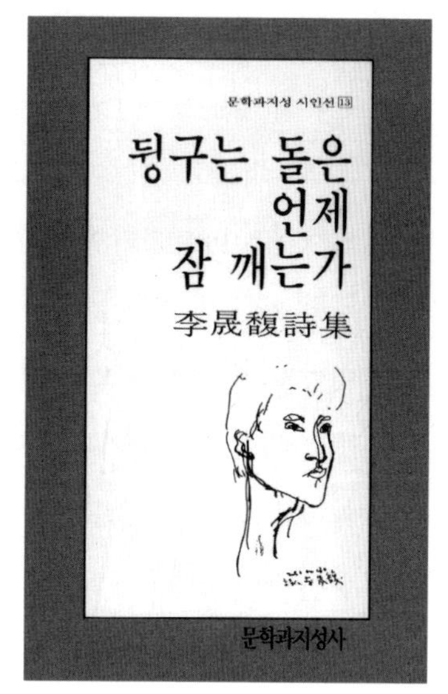

『뒹구는 돌은 언제 잠 깨는가』 표지

(1) 자연으로부터의 소외

프롬은 인간이 자연과의 합일과 조화 없이, 근원적으로 단절되어 있다고 보고 있다. 이러한 자연과의 단절은 인간을 비정상적인 것으로 만들었으며, 또한 우주의 기형아(freak of the universe)[12]로 만들었다.

> 그해 겨울이 지나고 여름이 시작되어도
> 봄은 오지 않았다 복숭아나무는

12) 임철수, 앞의 논문, 29쪽.

채 꽃 피기 전에 아주 작은 열매를 맺고
不姙의 살구나무는 시들어 갔다
소년들의 性器에는 까닭없이 고름이 흐르고
의사들은 아프리카까지 移民을 떠났다 우리는
유학 가는 친구들에게 술 한잔 얻어 먹거나
이차 대전 때 南洋으로 징용 간 삼촌에게서
뜻밖의 편지를 받기도 했다 그러나 어떤
놀라움도 우리를 無氣力과 不感症으로부터
불러내지 못했고 다만, 그 전해에 비해
약간 더 화려하게 절망적인 우리의 습관을
修飾했을 뿐 아무 것도 추억되지 않았다
어머니는 살아 있고 여동생은 발랄하지만
그들의 기쁨은 소리 없이 내 구둣발에 짓이겨
지거나 이미 파리채 밑에 으깨어져 있었고
春畵를 볼 때마다 부패한 채 떠올라 왔다
그해 겨울이 지나고 여름이 시작되어도
우리는 봄이 아닌 倫理와 사이비 學說과
싸우고 있었다 오지 않는 봄이어야 했기에
우리는 보이지 않는 監獄으로 자진해 갔다.
—「1959년」 전문, 『뒹구는 돌』, 13쪽[13)]

이성복에게 글쓰기는 상처의 기록이면서 병든 세계의 모습에 대한

13) 여기에서 필자는 제1시집 『뒹구는 돌은 언제 잠 깨는가』를 『뒹구는 돌』로, 『남해 금산』을 『남해 금산』으로 표기하고 시 제목과 쪽수를 표기하기로 한다.

의식의 기록을 뜻하는데, 이때 병든 세계는 폭력의 세계, 전도된 가치의 세계를 말한다. 이 시는 "그해 겨울이 지나고 여름이 시작되어도/ 봄은 오지 않았"고 "복숭아나무는/ 채 꽃피기 전에 아주 작은 열매를 맺고/ 不姙의 살구나무는 시들어 간" 전도된 모습, 즉 자연으로부터 소외된 모습을 보여준다. 게다가 "소년들의 性器에는 까닭없이 고름이 흐르"는 병든 세계와 병리 현상은 자연의 질서의 파괴를 비롯하여 사회 질서, 즉 가족 내의 위계 질서의 붕괴로까지[14] 확산되어 나타난다. 아프리카까지 이민을 떠나는 의사들, 유학 가는 친구들에게서 술 한 잔 얻어먹거나 남양으로 징용 간 삼촌에게 뜻밖의 편지를 받기도 하는 그들은 모두 근대화의 물결 속에서 소외를 경험한 자들이다. 어머니와 여동생의 기쁨은 시적 화자의 구둣발에 짓이겨지거나 파리채 밑에 으깨어져, "春畵를 볼 때마다 부패한 채 떠올라" 오는, 그런 훼손된 가족관계를 보여준다. 이런 세계는 치욕을 겪고 있는 누이와 어머니를 비롯하여 모두 근대화의 물결 속에서 사회로부터의 소외, 이웃이나 타자로부터의 소외된 모습과 결합되어 나타난다.

또한 자연은 "그해 겨울이 지나고 여름이 시작"된 비정상적인 모습 속에서 "봄이 아닌 倫理와 사이비 學說"과 싸워야 하는 폭력성을 보여주기도 한다. 겨울이 지나도 봄이 오지 않아 자연으로부터 소외된 우리는 보이지 않는 監獄으로 자진해 들어가는데, 여기에서 '보이지 않는 監獄'이란 이 세계가 우리를 가두고 있는 보이지 않는 감옥이면서 동시에 우리가 자진해 들어갈 수밖에 없는 감옥, 즉 이 세계가 쉴 만한 세계가 아니라는 인식과 함께 우리가 살아가야 할 세계라는 인

14) 남진우, 「닫힌 世界 열린 意識」, 『언어의 세계』 제3집, 1984, 228쪽.

식 사이에서 빚어진 긴장의 표현[15]을 보여준다. 질서와 합리성이 훼손된 세계로 인한 현실과의 완강함에 맞선 시인은 역설적 자기 해체를 보여주기도 한다. 이처럼 우리 시대의 고통스런 삶을 '오지 않는 봄'과 '보이지 않는 감옥'으로 형상화해낸 면은 이성복 시의 가장 빛나는 부분이라 할 수 있다. 이런 비정상적인 자연의 모습은 인격의 상품화의 극단적 형태인 '창녀', '유곽' 세계의 타락성과 깊이 연관되어 나타난다. 시인은 자신이 살아가는 현실에서 성을 팔아 치욕스런 삶을 유지해야 하는 소외된 세계를 유곽으로 표현하고 있는데, 이러한 면은 사회로부터의 소외에서 점진적으로 나타난다.

(2) 사회로부터의 소외

1
누이가 듣는 音樂 속으로 늦게 들어오는
男子가 보였다 나는 그게 싫었다 내 音樂은
죽음 이상으로 침침해서 발이 빠져 나가지
못하도록 雜草 돋아나는데, 그 男子는
누구일까 누이의 戀愛는 아름다와도 될까
의심하는 가운데 잠이 들었다
—「정든 유곽에서」 일부, 『뒹구는 돌』, 14쪽

이성복이 당시 분열된 징후를 '정든 유곽'으로 파악한 것은 그의 빼

15) 박혜경, 앞의 글, 260~261쪽.

어난 감수성[16]에 의거한다. 유곽은 병원, 기차역, 시장과 함께 인생을 연구할 수 있는 대표적인 곳 중의 하나로, 병적 징후를 드러내는 공간이다. 인간들은 모두 병들어 있는데, 그 병의 이름은 '무기력과 불감증'으로 이 시대의 성적 타락과 깊게 관련되어 나타난다. 이는 근대로 들어서는 혼란스런 삶의 공간이자 병든 치욕의 공간으로, 근대를 자본주의의 상품화로 본 것이다. 이성복은 이런 자본주의가 안고 있는 병폐를 비관적으로 파악하고 있음에도 불구하고 이 세계를 우리가 껴안고 살아가야 할 부분으로 인식한다. 그러기에 '정든 유곽'의 체험들에 괴로워하는 시인의 목소리는 곧 시인 자신의 심층의 울림이자 한 시대의 울림[17]으로 해석되기도 한다. 이것은 자연으로부터 소외된 데서 더 나아가 사회로부터의 소외를 표상하고 있다.

1

고통이라 불리는 도시의 근교에서 나는 한 발을 들고
소변 보는 개들을 보았다 진짜 헬리콥터와 자동차 공장과
진짜 어리석음을 보았다 고통이라 불리는 도시의
근교에서 기차를 타며 나는 보았다 장바구니를 든
임신부와 총을 멘 흑인 병사를

기차놀이 기차
놀이 生은 기차 놀이

(후략)

---

16)「유곽과 경전과 집」,『문학정신』 대담, 1990.10, 22쪽.
17) 류철균,「流謫과 회상―이성복론」,『현대문학』, 1988.11, 390쪽, 399쪽.

2

나의 代父 하늘이여 오늘 나는 네바 江에 갔었다
나는 보았다 가도가도 끝없는 상점과 인형 같은
여자들, 돈 내고 한번 안아보고 싶었다 나의 代父
하늘이여 오늘 나는 지나가는 아이들 머리칼 속에
꽃씨를 뿌렸다 언젠가, 언젠가 꽃들이 내 이름을
부르며 사방에서 걸어 오리라 나의 代父 하늘이여
—「소풍」의 일부, 『뒹구는 돌』, 29~30쪽

이 시에서 "돈 내고 한번 안아보고 싶었다"는 부분은 세계의 타락성에 깊이 연관되는데, 세계를 일종의 '창녀' 또는 '유곽'으로 보는 모습은 1920년대 시에 나타난 세계인식과 맥을 함께한다고 할 수 있다.

뱃섬이나 나는 전토는/ 신작로가 되고요……
말마디나 하는 친구는/ 감옥소로 가고요……
담뱃대나 떠는 노인은/ 공동묘지 가고요……
인물이나 좋은 계집은/ 유곽으로 가고요……

이 시는 현진건의 「고향」(1926년 1월 3일 『조선일보』에 「그의 얼굴」이란 제목으로 발표)에 삽입된 작품인데, 일제의 수탈로 인해 농토를 잃은 우리 농민이 소작인으로 전락하거나 날품팔이로 전전하며 유랑의 길을 걸었던 1920년대의 우리 민족의 실상을 잘 드러내고 있다. 특히 "인물이나 좋은 계집은/ 유곽으로 간"다는 성의 상품화에서 그러하다.[18)]

물론 1920년대 시에 나타난 유곽은 사실적 반영의 대상인 동시에 병리적 시대에 이른 사회를 뜻한다고도 볼 수 있다. 이러한 인식하에 이성복의 「소풍」에서 보여주는 '흑인 병사-임신부'에 대한 관계는 "유곽-식민지화한 한반도의 역사적 상황"[19]에 기인한다.

> 저놈은 작부처럼 잠만 자나?/ 아랫도리 하나로 빌어먹다 보니/ 자꾸 눕고 싶어지는가 보다/ 나도 자꾸 눕고 싶어졌다"
>
> —「꽃 피는 아버지」 1, 『뒹구는 돌』, 50쪽

> 그날 驛前에는 대낮부터 창녀들이 서성거렸고/ 몇 년 후에 창녀가 될 애들은 집일을 도우거나 어린/ 동생을 돌보았다/ (중략) / 그날 몇 건의 교통사고로 몇 사람이/ 죽었고 그날 市內 술집과 여관은 여전히 붐볐지만/ 아무도 그날의 신음 소리를 듣지 못했다/ 모두 병들었는데 아무도 아프지 않았다"
>
> —「그 날」, 『뒹구는 돌』, 63쪽

> … Pavese는 내 품에서 천천히 죽어갔다 나는/ 그의 故鄕 튜린의 娼女였고 그가 죽어 간 下宿房이었다 나는/ 살아 있었고 그는 죽어갔다 아무도 태어나지 않았다
>
> —「성탄절」, 『뒹구는 돌』, 74쪽

> 여기 예루살렘이야 痛哭으로 壁을 만든 나의 안방이야/ 요단, 잔잔하단다 요단, 지금 건너라, 빨리 하시면// 내가 건너겠어요? 어느

---

18) 이강언 외 편, 『현진건 문학 전집 1』, 국학자료원, 2004, 179~184쪽.

19) 이경수, 「유곽의 체험—이성복론」, 『외국문학』, 1986년 가을호, 214쪽.

게 나룻배인가요? 아니예요/ 그건 쓰러진 누이예요 엄마, 누이가
아파요"
—「사랑 日記」 3의 일부, 『뒹구는 돌』, 83쪽

이 시들 속에 등장하는 이들은 도시나 도시 근교에서 고통스러운 삶을 살아가는 사람들이다. 여기에서 이성복이 바라본 '유곽'은 '보이지 않는 감옥'(「1959년」), '애급'(「출애급」), '소돔'(「소풍」), '바빌론'(「여름산」)으로 나타나는데, 이런 폭력의 세계에서 그는 '별'(「정든 유곽에서」, 「口話」, 「돌아오지 않는 강」), '먼 나라'(「口話」), '불란서'(「여름산」), '꽃으로 피어나는 나라'(「아들에게」), '몸도 마음도 안 아픈 나라'(「다시, 정든 유곽에서」)에 가고 싶어 한다. 이러한 이성복의 시적 지향은 '폭력이 없는 나라'(「아들에게」)에 대한 꿈에서부터 사랑을 발견(「이제는 다만 때 아닌, 때 늦은 사랑에 관하여」)하여 현실의 고통을 끌어안고 사랑으로 표현하려는 의지를 보여준다.

또한 필자는 앞서 언급한 바와 같이 가정을 사회의 최소 단위로 보고, 가까운 이웃이나 타자로부터의 소외를 사회로부터의 소외의 범주에 넣어 시를 분석하기로 한다.

그는 아버지의 다리를 잡고 개새끼 건방진 자식 하며
비틀거리며 아버지의 샤쓰를 찢어발기고 아버지는 주먹을
휘둘러 그의 얼굴을 내리쳤지만 나는 보고만 있었다
그는 또 눈알을 부라리며 이 씨발놈아 비겁한 놈아 하며
아버지의 팔을 꺾었고 아버지는 겨우 그의 모가지를
문 밖으로 밀쳐냈다 나는 보고만 있었다 그는 신발 신은 채

마루로 다시 기어 올라 술병을 치켜 들고 아버지를 내리
찍으려 할 때 어머니와 큰누나와 작은누나의 비명,
나는 앞으로 걸어 나갔다 그의 땀 냄새와 술 냄새를 맡으며
그를 똑바로 쳐다보면서 소리 질렀다 죽여 버릴 테야
法도 모르는 놈 (후략)
—「어떤 싸움의 記錄」의 일부, 『뒹구는 돌』, 55쪽

이 시에 나타난 상처의 모습은 유년시절의 훼손된 가족관계에 의한 것임을 알 수 있다. 아버지의 실직과 와병, 형의 가출, 잦은 이사 등 가족의 훼손은 아버지의 무기력함에 그 원인을 둔, 가족으로부터 소외된 면을 형상화하고 있다. 특히 형과 아버지가 싸우고 있는 상황에서도 "나는 보고만 있"는 소외된 면을 보여준다. 다시 말해 시적 화자에게 있어서 가장 친밀한 가족마저 이웃이나 타자로 바라보는 소외된 면을 시사하고 있다.

아버지, 아버지! 내가 네 아버지냐
그해 가을 나는 살아 온 날들과 살아 갈 날들을 다 살아
버렸지만 壁에 맺힌 물방울 같은 또 한 女子를 만났다
(중략)
그래서 그레고르 잠자의 家族들이
埋葬을 끝내고 소풍 갈 준비를 하는 것을 이해했다
아버지, 아버지…… 씹새끼, 너는 입이 열이라도 말 못해
그해 가을, 假面 뒤의 얼굴은 假面이었다.
—「그해 가을」의 일부, 『뒹구는 돌』, 67쪽

가정은 욕망을 발현할 수 있는 최초의 장이다. 그런데 시적 화자는 "그해 가을 나는 살아 온 날들과 살아 갈 날들을 다 살아/ 버"리고, "그레고르 잠자의 家族들이/ 埋葬을 끝내고 소풍 갈 준비를 하는 것을 이해"하는 단계에 이른다. 또한 아버지에게 차마 입에 담기 어려운 욕설을 퍼부음으로써, 부성적 세계와의 갈등을 드러내고 있다. 이는 이성복이 자신의 마음의 스승으로 여기는 카프카의 영향[20]을 받아서 쓴 것인데, 「변신」에서 볼 수 있는 가족관계, 즉 인간의 벌레화와 가족의 불화를 나타내고 있다. 이처럼 이 시에서 가족의 위계 질서는 붕괴됐고, 가족 구성원들 사이의 불화와 가족으로부터의 소외 현상, 윤리성 상실이라는 왜곡된 욕망이 병적 징후로 발현되어 나타나고 있음을 알 수 있다.

(3) 자기 자신으로부터의 소외

> 내 병을 신경성으로 추단한 의사는 정신과에 추천서를 내주었다. 나는 그것을 찢어 버렸다. 내 육체가 정신에게 병을 건네주었다면 용서할 수 있으나, 정신이 육체의 정상적인 움직임을 방해했다면 수치스러운 일이다. 나는 정신의 童貞을 믿는다.[21]

이성복 시인은 1980년대를 대표하는 지식인으로, 질병으로 진단받기까지 자기 자신으로부터 소외된 상태를 보여준다. 병은 육체와 정신이 분리된 데서 생기는데, 시인은 개인적인 질병을 통해 의사의 진단

---

20) 카프카와 보들레르는 이성복의 마음속의 스승으로, 젊은 날의 그를 지탱케 했던 두 기둥으로 알려져 있다.

21) 이성복, 『그대에게 가는 먼 길』, 살림, 1990, 20쪽.

마저 거부하는 행위를 드러낸다. '정든 유곽'을 통해 따뜻한 시선을 보여 주었던 시인은 육체가 정신에게 병을 건네주는 것보다는 정신이 육체에게 건네주는 병을 거부하며 정신의 동정을 고백한다. 이처럼 시인은 철저하게 자신으로부터 소외된 경험을 한다.

6
여섯 살도 채 안 되어 개구리 헤엄을 배웠어
자꾸만 물 속으로 가라앉았지 깨진 유리병이
웃고 있었어 그래 나는 엄마를 불렀고
물결이 나를 넘어뜨렸지 내 이름을 삼켰어
(중략) 입과 肛門 사이 사랑은
交流로 흐르고 미치기 위해 나는 굶었지
순박한 사람들이 날으는 나를 돌로 후려치고
그래 나는 돌과 함께 떨어졌고 그래 나는
汽車에 뛰어 올랐지 그래, 나는 故鄕을 떠났어
—「口話」 중 일부, 『뒹구는 돌』, 25쪽

이 시에서도 시적 화자가 분열된 징후를 드러내고 있다. 시인은 자신의 삶이 고통스러웠기에 이 시에 나타나는 시적 화자를 통해 자신으로부터, 가족으로부터, 고향으로부터의 떠남을 보여준다. 이것은 시대에 민감한 시인의 성격을 잘 드러내고 있다.

2
(중략) 해장국 집에

들어갔다 선지 같은 記憶들을 씹었다, 뱉았다 그리고
지붕을 타고 도망쳐야 했다 달아나면서 꿈꾸며 다리
앞에서 檢問당하고 나는 돌아왔지만 내 꿈은 돌아오지
못하고……

—「소풍」 중 일부, 『뒹구는 돌』, 31쪽

이 시에서 시적 화자는 살기 위하여 먹는 데서도 고통에 시달리는 "선지 같은 기억들"을 씹었다 뱉는 행위를 반복한다. 도망치는 가운데서도 꿈을 꾸면서 "나는 돌아왔지만/ 내 꿈은 돌아오지 못"한다. 이것 역시 시인이 자기 자신의 꿈으로부터 분리된 면을 드러내고 있다. 그런 면은 「금촌 가는 길」 5에서 "어떻게 깨어나야 푸른 잎사귀가 될 수 있을까/ 기어이 흔들리려고 나는 全身이 아팠다"(『뒹구는 돌』, 47쪽)에서도 잘 나타나 있다. 시적 화자는 전신이 아파서 흔들린 게 아니라 흔들리기 위해서 전신이 아픈 모습을 드러내고 있다. 이것은 자신과 분리되는, 위태위태한 모습을 보여준다. 「모래내 · 1978년」 2에서 "노새야, 노새야 빨리 오렴/ 어린 날의 내가 스물 여덟 살의 나를 끌고 간다"(『뒹구는 돌』, 58쪽)는 고백은 어린 날의 내가 청년이 되어 그 당시 겪었던 끔찍한 일로부터 벗어나고 싶은 심정을 과거의 어린 나에게로 끌어들이고 있다. 자신으로부터 분리되고 소외되는 성향은 이후 시인의 비관주의를 형성해나간다. 그런 가운데 그의 관심은 『남해 금산』에서 본격적으로 사랑에 대한 탐구로 나아가게 된다.

4. 소외 극복과 사랑의 발견

프롬에게 있어서 사랑이란 분리된 것을 결합하고, 소외를 극복하는 것이다. 참다운 사랑은 진보적인 결합을 뜻하는데, 이러한 진보적 사랑은 세계와 자기 동료와 다시 결합하려는 인간의 깊은 욕구에서 생긴다. 사랑은 '자기 자신의 완전성과 격리감을 유지하는 조건 아래' 자기 이외의 어떤 사람이나 어떤 것과 '결합하는' 것이다.[22] 인간은 사랑으로서 타인과 관련지을 때만 다른 사람과 일체감을 느끼고 동시에 자신의 통합성을 유지할 수 있다.

『뒹구는 돌은 언제 잠 깨는가』가 자본주의 사회에서 고통받는 시인이 치욕으로부터 배운 사랑을 다룬 것이라면, 『남해 금산』에서는 그 사랑을 기다리며 참아내는 모성으로 변주되어 나타난다. 박혜경은 이 과정을 부성적 세계와의 갈등으로부터 모성적 세계와의 화해로 이전[23]하는 모습을 보여준다고 했는데, 이것은 현실의 치욕을 수용하여 인고하는 어머니의 사랑의 모습으로 구체화되어 나타난다. 그러므로 이성복 시에 있어서 사랑을 논의하기에 앞서 치욕의 의미를 짚어보는 것은 중요하다고 하겠다.

이성복에게 있어 문제는 아픔에 있는 것이 아니라 아프게 하는 것들에 있다. 아픔은 '살아 있음'의 징조이며, '살아야겠음'의 경보이다. 정신의 아픔을 넘어서 "자신이 병들어 있음을 아는 것은, 치유가 아니라 할지라도 치유의 첫 단계일 수는 있기 때문이다."(『뒹구는 돌』, 뒤표지

22) Erich Fromm, 김병익 역, 『건전한 사회』, 범우사, 1994, 40쪽.
23) 박혜경, 앞의 글, 258~259쪽.

글)「處刑」2에서 "치욕은 녹슨 못처럼 박혀 있"(『뒹구는 돌』, 101쪽)고, 「눈」1에서 치욕은 언젠가 "白旗를 날릴"(『뒹구는 돌』, 103쪽) 것이며, 「눈」3에서 "사슴 뿔을 단 치욕이 썰매를 끌고 달려"(『뒹구는 돌』, 104쪽) 간다. 여기서 보여주는 치욕은 부정적인 현실에서 벗어나고 싶은 의지를 담고 있는데, 이러한 모습이 『남해 금산』에 오면 더욱 집중적으로 나타난다. 「그리고 다시 안개가 내렸다」에서 "이곳에 입에 담지 못할 일이 있었"고, "가담하지 않아도 창피한 일이 있었"(『남해 금산』, 19쪽)으며, 「어제는 하루종일 걸었다」에서 그럴 때마다 "가슴은 여러 개로 分家하여 떼지어 날아갔"(『남해 금산』, 65쪽)고, 그것은 시적 화자의 어머니에게로 날아갈 것이다. 「꽃 피는 시절 · 1」에서 "마주 보는 이"의 "입김에도 얼마든지 아픈 것은 있"(『남해 금산』, 86쪽)지만, 치욕을 사랑으로 변모시키는 고통을 통해 사랑은 치욕을 감싸 안는다. 즉 이성복은 치욕이 결국은 사랑이라는 깨달음에 이른다. 병든 현실에서 치욕은 시인에게 환멸감을 자아내는 동시에 사랑의 한 방법임을 드러낸다. 깨인 의식으로 보는 현실은 치욕스럽지만, 시인은 사랑과 한 몸 되기로 한다. 이처럼 『남해 금산』의 처음과 마지막을 장식하는 「서시」와 「남해 금산」에 이르는 긴 과정은 치욕스런 현실의 고통을 통과하여 사랑에 도달해가는 것을 가능케 한다. 이때 치욕은 개인과 가정, 사회와 관련된 치욕이며, 시인은 존재 내면의 변화를

『남해 금산』 표지

보여주는 사랑을 통해 치욕의 고통을 감싸안는다. 이러한 치욕을 드러내는 부패의 이미지로는 '비린내'(「약속의 땅」), '상한 냄새'(「희미한 불이 꺼지지는 않았다」), '변자국'(「희미한 불이 꺼지지는 않았다」)에서 찾아볼 수 있다.

> 기억에는 평화가 오지 않고 기억의 카타콤에는 공기가 더럽고 아픈 기억의 아픈, 국수 빼는 기계처럼 튼튼한 기억의 막국수, 기억의 원형경기장에는 혀 떨어진 입과 꼭지 떨어진 젖과…… 찢긴 기억의 天幕에는 흰 피가 눈 내림, 내리다 그침, 기억의 따스한 카타콤으로 갈까요, 갑시다, 가자니까, 기억의 눅눅한 카타콤으로!
>
> ─ 「기억에는 평화가 오지 않고」 전문, 『남해 금산』, 15쪽

이 시에서 시적 화자는 고통과 치욕을 벗어나는 방법으로 "기억의 카타콤"으로 침잠해 들어간다. "기억의 원형경기장"에는 삶의 극단적인 모습들이 내재되어 있는데, 눈 내리다 그치고 난 뒤, 그것은 "기억의 따스한 카타콤"으로 변모되어 나타난다. 이것은 앞에서도 논의되었던 부정적인 현실인식으로부터 치욕의 현실을 사랑으로 끌어안는 인식의 전환을 보여준다. 그런데 시인은 현대의 삶을 치욕으로 보고 있으며, 밥 먹는 것조차 치욕으로 느낀다. 「치욕의 끝」에서 그 치욕은 "모락모락 김 나는 한 그릇 쌀밥"이며, "꿈 꾸는 일이 목 조르는 일 같아/ 우리 떠난 후에 더욱 빛날 철길"(『남해 금산』, 23쪽)인 것이다. 시인은 세계의 폭력성을 알면서도 '한 그릇 쌀밥' 때문에 부정된 현실에서 벗어나고 싶은 의지와 그런 현실에 얽매인 자기모순을 보여준다. 「치욕에 대하여」에서 그런 치욕이 시인에게는 아름다우며, 달며, 따스

하다는 역설적인 모습까지 보여준다.(『남해 금산』, 18쪽) 이렇게 아름답고, 달고, 따스하기까지 한 치욕은 자신의 일부이기도 하다. 「자고 나면 龜甲 같은 치욕이」에서는 "자고 나면 龜甲 같은 치욕이 등에 새겨"지고 "누이를 빼 놓고는 아무도 모"르며, 누이는 "오빠, 치욕이야"(『남해 금산』, 20쪽)라고 낮게, 낮게 소리친다는 부분은 근친상간적인 욕망까지 포함한다. 「자주 조상들은 울고 있었다」에서는 누이와 함께 하늘이라 믿었던 곳인 자갈밭에서 "자주 조상들은 울고 있"(『남해 금산』, 21쪽)는데, 이것은 집단적인 역사와 관계된 치욕을 보여준다. 「이젠 내보내 주세요」에서 "이젠 내보내 주세요 (중략), 풀어 주세요, 소리치겠어요, 악쓰겠습니다"(『남해 금산』, 34쪽)에서는 시적 화자의 절규하는 모습이 끈질긴 치욕으로 나타나기도 한다. 이런 끔찍한 현실 속에서 치욕을 사랑으로 변모시키기까지는 자기 자신과의 엄청난 내면적 투쟁을 수반한다. 이러한 절규 끝에 다음과 같은 시들이 탄생한다.

> 오래 고통받는 사람은 알 것이다
> 지는 해의 힘 없는 햇빛 한 가닥에도
> 날카로운 풀잎이 땅에 처지는 것을
>
> 그 살에 묻히는 소리 없는 괴로움을
> 제 입술로 핥아 주는 가녀린 풀잎
>
> 오래 고통받는 사람은 알 것이다
> 그토록 피해 다녔던 치욕이 뻑뻑한,
> 뻑뻑한 사랑이었음을

소리 없이 돌아온 부끄러운 이들의 손을 잡고
맞대인 이마에서 이는 따스한 불,
오래 고통받는 이여
이네 가슴의 얼마간을
나는 덥힐 수 있으리라
—「오래 고통받는 사람은」 전문, 『남해 금산』, 69쪽

이 시에 이르면, 세계는 근본적으로 부패하고 고통스러운 곳이지만, 사랑이라는 존재 내면의 변화를 통해 이 세계가 살만한 곳으로 바뀔 수 있음을 보여준다. "그토록 피해 다녔던 치욕"에서 시인은 그 궁극적 도달점인 '사랑'에 이른 것이다. "오래 고통받는 사람은 알 것이다/ 그토록 피해 다녔던 치욕이 뻑뻑한,/ 뻑뻑한 사랑이었음을" 깨달은 시적 화자는 이제 내면의 성숙에 이르게 된다. 오래 고통을 받았기에 그 고통 속에 내재된 치욕이 사랑이라는 인식을 얻기에 이른 것이다. 이로 인해 현실을 부정적으로 보던 시적 화자는 세상을 바라보는 시선이 바뀌게 된다. 치욕스런 현실과의 대립을 보여주던 이전의 관점에서 사랑으로의 화해를 보여주며, "부끄러운 이들의 손을 잡고/ 맞대인 이마에서"는 "따스한 불"이 인다. 이처럼 오래 고통받는 이들은 인고의 끝에 사랑을 확득하기에 이른다. 「문을 열고 들어가」에서 "문을 열고 들어가 너의 어미를 만나라"(『남해 금산』, 42쪽)에 오면 사랑의 대상이 '누이'에서 '어머니'로 바뀌는데, 비로소 어머니를 통해 치욕적인 현실을 사랑으로 변모시키는 모습을 보여준다. 「강」에서 "저렇게 흐르고도 지치지 않는 것이 희망이라면/ 우리는 언제 절망할 것인가"

(『남해 금산』, 40쪽)에서 '희망'은 어머니이며, 이런 모성을 통해 세계 속에서 살아가는 것들에 대한 깊은 외경과 사랑을 깨닫는 면을 볼 수 있다. 앞서 시인이 『뒹구는 돌은 언제 잠 깨는가』에서 부패한 현실을 치욕으로 받아들여 갈등을 이루었다면, 『남해 금산』에서는 치욕스런 현실을 사랑[24]으로 승화시키는 화해의 모습을 보여준다.

사랑하는 어머니 비에 젖으신다
사랑하는 어머니 비에 잠기신다
살 속으로 물이 들어가 물이 불어나도
사랑하는 어머니 微動도 않으신다
빗물이 눈 속 깊은 곳을 적시고
귓속으로 들어가 무수한 물방울을 만들어도
사랑하는 어머니 微動도 않으신다
발 밑 잡초가 키를 덮고 아카시아 뿌리가
입 속에 뻗어도 어머니, 뜨거운
어머니 입김 내게로 불어 온다

창을 닫고 귀를 막아도 들리는 빗소리,
사랑하는 어머니 비에 젖으신다

---

24) 프롬은 인간이 소외를 극복하기 위해 소유에서 벗어나 인간적인 능력을 회복해야 한다고 주장한다. 현대사회에 대한 프롬의 비판은 결국 경제적이기보다 심리적이며 그의 새로운 사회에 대한 구상이나 과정도 결국 윤리적이고 심리학적인 것에 더 큰 강조점을 두고 있다. 인간은 적절한 조건이 주어지면 평등·정의·사랑의 원리에 의해 움직이는 사회 질서를 수립할 능력을 가지며, 소외와 개인의 지적 발전 과정을 거친 뒤의 억압으로부터의 해방은 한층 더 높은 수준의 순수성에의 복귀를 가능하게 하기 때문이다.(정문길, 앞의 책, 194쪽)

사랑하는 어머니 비에 잠기신다
—「또 비가 오면」 전문, 『남해 금산』, 43쪽

이 시에서 어머니는 폭력에 맞서 끝없는 사랑으로 화자를 감싸주는 모습으로 나타나 있다. 그런 어머니는 물에 잠겨 있으면서도 고통스러운 현실과 폭력으로부터 사랑에 이르는 길을 보여준다. '치욕'으로부터 '사랑'으로의 전환된 모습은 부성으로 대변되는 대립과 갈등이 모성으로 대변되는 용서와 화해로 바뀌는 인식의 전환을 보여준다. 이것이 『남해 금산』의 화자가 도달한 사랑의 궁극적인 의미인 것이다. 즉, 이성복의 사랑은 현실의 아픔을 더불어 나누는 데 의미가 있다. 그러기에 고통을 통해 화해와 치유의 가능성까지 시사하는 어머니의 모습은 눈물겹다. 「분지 일기」에 이르면 "아침부터 해가 지는 분지,/ 나는 내 마음을 돌릴 수 없고/ 촘촘히, 촘촘히 내리는 비,/ 그 사이로 나타나는 한 분 어머니"(『남해 금산』, 52쪽)에서 보듯, 어머니는 절망에서 아들을 구원해주는 분으로 나타난다.

한 여자 돌 속에 묻혀 있었네
그 여자 사랑에 나도 돌 속에 들어갔네
어느 여름 비 많이 오고
그 여자 울면서 돌 속에서 떠나갔네
떠나가는 그 여자 해와 달이 끌어 주었네
남해 금산 푸른 하늘가에 나 혼자 있네
남해 금산 푸른 바닷물 속에 나 혼자 잠기네
—「남해 금산」 전문, 『남해 금산』, 88쪽

이 시에서도 고통스런 현실에의 섞임이 '물'로 상징되어 나타난다. 「또 비가 오면」에서 모든 고통에도 미동도 않으시던 어머니의 모습이 이 시에서는 "한 여자"(또는 "그 여자")인 시적 화자에게로 구현되어 나타난다. 시인은 아픔을 겪고 사랑을 더불어 나누는 모습을 우리에게 보여준다. 시인은 '뒹구는 돌'이라는 혼란스런 의식 내부의 공간에서 '남해 금산'이라는 무한히 열린 공간으로의 끊임없는 자기 소외의 극복에 이르게 된다. 이처럼 이성복 시에 나타난 소외는 구체적인 사회적 조건에서 유래하는 것과 개인의 심리적 현상에 기인한 것으로 볼 수 있는데, 사회적 조건을 변형하는 것은 개인으로서 힘든 일이므로 개인이 태도를 바꿈으로써 소외의 문제가 극복된다고 할 수 있다. 「사랑 日記」 2에서 "견디어라 얘야, 네 꼬리가 생길 때까지 아무도/ 만나지 마라, 아픈 것들의 아픔으로 네가 갈 때까지"(『뒹구는 돌』, 81쪽)에서 사랑은 아픔이며 그 아픔을 통과할 때만이 아픔 속에 내재된 소외를 극복할 수 있음을 보여준다. 「어째서 이런 일이 벌어졌을까」에서는 "나는 놀고 먹지 않았다/ 끊임없이 왜 사는지 물었고 끊임없이 희망을 접어 날렸다"(『뒹구는 돌』, 86쪽)면서 이 땅에 사는 시인의 존재 이유가 절망 속에서도 희망을 갖고, 「세월의 습곡이여, 기억의 단층이여」에서는 "우리가 아픈 것은 삶이 우리를/ 사랑하기 때문이다."(『남해 금산』, 16쪽)에서처럼 아픔을 품고 감내하면 사랑에 이르게 되는 면을 보여주고 있다. 이와 같이 소외는 자연으로부터, 사회로부터, 자기 자신으로부터 격리된 모습을 보여주지만, 새로운 인식과 끝없는 인고의 끝에 소외를 극복함으로써 사랑으로 변모하는 모습을 보여준다. 이것이 이성복이 폭력에서 사랑에 이르는 길이다.

5. 아픔의 인식과 치유의 가능성

이성복은 한국의 1980년대를 대표하는 시인으로서, 병든 시대 의식을 '정든 유곽'으로 파악한 빼어난 감수성을 보여준다. 유곽은 시적 화자에게 병든 징후를 드러내는 공간이다. 이성복은 『뒹구는 돌은 언제 잠 깨는가』에서 고통스러운 시대상을 표현하고 있으며, 『남해 금산』에서는 치욕적인 현실로부터 사랑에 이르는 과정을 잘 보여주고 있는데, 이는 고통 속에 내재된 치욕이야말로 사랑이라는 인식에 이른 결과이다.

프롬의 소외론에 의거해서 이성복 시를 분석해 보면 첫째, 자연으로부터의 소외를 들 수 있다. 「1959년」의 시에서 병든 세계와 병리 현상을 보여주는데, 이는 자연의 순환 질서의 파괴를 비롯한 사회 질서, 가족 내의 위계 질서가 붕괴되는 면을 보여주었다. 둘째, 사회로부터의 소외를 들 수 있다. 「정든 유곽에서」에서의 '유곽'은 근대로 들어서는 혼란스런 삶의 공간이자 병든 치욕의 공간으로 사회로부터 소외된 면을 드러내고 있다. 또한 이웃이나 타자로부터의 소외를 사회로부터의 소외에 포함시켜 살펴보았다. 「어떤 싸움의 기록」에 의하면, 시적 화자에게 있어서 가장 친밀한 가족마저 이웃이나 타자로 바라보는 소외된 면을 드러내고 있다. 셋째, 자기 자신으로부터의 소외를 들 수 있다. 시인은 시대의 질병을 겪은 뒤, 육체와 정신의 분리된 면을 보여주는데, 「소풍」 등에서 철저히 자신으로부터 소외된 면을 보여주고 있다.

『남해 금산』에서 치욕은 개인, 가정과 사회와 관련된 치욕이며, 이런 치욕스런 현실 속에서 아픔을 견뎌냄으로써 아픔 속에 내재된 소외를 극복하여 궁극적으로 사랑에 도달하게 된다는 점을 시인은 보여주고 있다. 이런 면은 「오래 고통받는 사람은」, 「또 비가 오면」, 「남해 금산」 등에 잘 나타나 있다. 「아들에게」에서 "詩를 쓰면서 나는 사랑을 배웠다"(『뒹구는 돌』, 87쪽)라는 시인의 고백에서 보듯, '뒹구는 돌'이라는 혼란스런 의식 내부의 공간에서 아픔을 감내하는 동안 '남해 금산'이라는 열린 공간으로 이어지는 사랑의 결실을 맺기에 이른다. 이것이 이성복 시를 통해 볼 수 있는 소외에서 삶을 끌어안는 사랑으로 건너가는 과정인 것이다. 그러기에 시대의 질병 속에서의 아픔의 인식은 치유의 가능성을 보여주는 맥락에 놓여 있다고 하겠다.

9장 김혜순 시에 나타난 욕망과 사랑

1. 몸의 글쓰기

1990년대 한국 시단의 두드러진 특징 중 하나는 여성 시인들의 활발한 활동이다. 1990년대 여성시의 향방은 '어미적 상상력', '무당적 상상력', '주모적 상상력', '새로운 존재론적 인식' 등으로 세분되는데, 그중 '무당적 상상력'은 김승희, 김혜순, 최승자, 박서원 등의 시에서 나타나 있다. 이들은 마녀적 광기를 통해 무의식 속에 깃든 타자성을 복원했다.[1] 무의식적 언어로 이루어진 한국 여성 시인들의 세계는 주로 기존 질서에 반하는 전복의 체제로서의 시학을 이룬다.

본고는 이런 한국 여성시를 대표하는 김혜순의 시세계를 분석 대상

1) 오형엽, 「전환기적 모색, 현대와 탈현대의 경계에서—1990년대 시의 지형도」, 『신체와 문체』, 문학과지성사, 1991, 75쪽.

으로 한다. 김혜순은 이성을 벗어난 사유, '몸'을 기본 테마—우리 몸이 무의식적 기본 텍스트다—로 하는 몸의 글쓰기를 보여준다. 그녀의 시에서 여성의 무의식을 드러내주는 '몸'은 욕망과 결부되어 나타난다. 필자가 김혜순의 시를 분석 대상으로 삼은 이유는 이런 욕망의 의미가 다층적인 면을 띠는 겹침의 시학을 보여주기 때문이다. 김혜순은 복잡다단한 현실을 있는 그대로 시 속에 끌어오지 않고 대신 새로운 현실을 만들어내는 프랙탈적 상상력을 보여준다. 그녀는 여러 가지 시점에서, 의식에서, 목소리에서 대상의 총체성을 파악하는 복합적인 세계 인식 방법을 보여준다. 이런 다성의 시학은 시간, 주체, 화자[2)]까지 겹치는 면을 드러낸다.

김혜순은 몇 겹의 사유에 의한 글쓰기를 시도하기 때문에 그녀의 글을 읽기가 쉽지 않다. 예를 들면, "페이지를 넘어 다시 노인이 고통스런 키스란 문장에 걸려/ 어쩌면 입맞춤이 고통스러울 수 있단 말인가 하고/ 애 낳다 죽은 원주민 아내의 입술을 더듬는 사이/ 노인이 연애소설을 읽고 세풀베다는 노인을 읽고 나는/ 세풀베다를 읽고 안 보이는 너는 나를 읽는 사이"(「네 겹의 텍스트 안으로 들어가기」의 일부)[3)]가 그러하다. 여기에서 '연애소설을 읽는 노인'이 있고 '노인을 읽는 세풀베다'가 있고 '세풀베다를 읽는 나'가 있고 '나를 읽는 너'가 있다.

---

2) "둘이면서 하나고, 하나이며 여럿인 여성시의 화자, 유령적 해체를 실현하는, 대신 말하기의 시의 화자가 등장합니다. 그때 시가 씌어지는 것입니다. 갑자기 말이 터져나와 입을 틀어막을 수도 몸을 묶어 버릴 수도 없는 상태 속에 빠진 것처럼 그렇게 한꺼번에 토사물 같은 것을 쏟아내는 것입니다. … 잠시 후 돌아보면 토사물이 다시 한 여성의 몸을 만들어가기 때문입니다."(조하혜, 「특별 대담: 고통에 들린다는 것, 사랑에 들린다는 것」, 『열린시학』 39호, 2006, 26~27쪽)

3) 김혜순, 『불쌍한 사랑기계』, 문학과지성사, 1997, 97~98쪽.

이들은 네 겹의 가닥으로 엉겨 있다. 한 예로 김혜순의 시는 이런 모습을 보여주기 때문에 그녀의 시를 읽어내는 것 역시 몇 겹의 사유를 요한다고 볼 수 있다.

그러므로 본고에서는 이런 욕망의 층위와 그 여러 겹의 의미가 김혜순의 전체 시집[4] 속에 어떻게 드러나는지 그 다층적인 면을 파악해 보고자 한다.

2. 무의식과 욕망

"여성으로서 나에게는 나를 키워준 전범이 없다."[5]는 김혜순은 지금까지 12권의 시집을 냈다. "내 몸 속에서 스스로의 몸을 비틀어나오는 것처럼, 그 시각, 아이의 움직임에 내 몸이 반응하여 움직이는 것처럼 그렇게 시는 내 몸 속에서 터져나온다." "여성시인들이여. 우리에겐 전통도, 선배도, 경전도 없다. 우리에겐 우리의 몸이 경전이다."

---

4) 본고에서 다루고자 하는 김혜순의 시집들은 다음과 같다.
1. 『한 잔의 붉은 거울』, 문학과지성사, 2004.
2. 『달력 공장 공장장님 보세요』, 문학과지성사, 2000.
3. 『불쌍한 사랑기계』, 문학과지성사, 1997.
4. 『나의 우파니샤드, 서울』, 문학과지성사, 1994.
5. 『우리들의 陰畵』, 문학과지성사, 1990.
6. 『어느 별의 지옥』, 청하, 1988.
7. 『아버지가 세운 허수아비』, 문학과지성사, 1985.
8. 『또 다른 별에서』, 문학과지성사, 1981.
앞으로는 논지의 흐름상 시집 발간 역순으로 번호와 쪽수만 언급하기로 한다. 김혜순의 제9시집 『당신의 첫』(문학과지성사, 2008)과 제10시집 『슬픔치약 거울크림』(문학과지성사, 2011), 제11시집 『피어라 돼지』(문학과지성사, 2016), 제12시집 『죽음의 자서전』(문학실험실, 2016), 제13시집 『날개 환상통』(문학과지성사, 2019)은 본고의 논의 대상에서 제외하기로 한다.

5) 〈제1회 계명 '문학 창작' 교실〉 강연회, 계명대학교 문예창작학과, 1999.10.1.

“그러기에 몸은 그 만물이 재료인 시의 조국이요, 어머니요, 신이요, 질료이자 영혼이다.” “몸은 욕망한다. 욕망은 결여이며, 의식과 무의식 속에서 현실적 생산을 일구어내는 것이다. 몸은 욕망 때문에 만물의 덫이 된다.”[6] 인용한 구절들에 의하면, 김혜순 시인은 몸에 의한 사유의 확장을 보여주는 글쓰기를 하고 있다.

그런데, 김혜순의 제8시집 『한 잔의 붉은 거울』을 보면, 그녀의 시는 “‘나’는 없다. ‘거울 속의 나’도 없다.”에서 출발해 “끊임없이 솟아오르는 ‘나’, 끔찍하게도 수없이 많은 ‘나’를 자기증식중인 ‘나’라는 텍스트가 있을 뿐이다”에 이른다. 그 ‘나’라는 텍스트란 거울에 비친 무수한 ‘나’들의 풍경이다.[7] 김혜순의 주체는 눈 떠보니 “네 안엔 나 깃들일 곳 어디에도 없구나/ 아직도 여기는 너라는 이름의 거울 속인가 보다/ … / 고독이란 알고 보니 거울이구나/ 비추다가 내쫓는 붉은 것이로구나 포도주로구나// … // … 내 안에는 너로부터 도망갈 곳이 한 곳도 없”(「한 잔의 붉은 거울」 1:18-19)음을 안다. 여기서 거울이란 고독을 의미하는데, 이 고독은 ‘나’의 사랑을 완성시켜줄 ‘너’가 실제로는 아직 존재하지 않는 “부재자”이며 결국 ‘나’는 “부재자의 인질”(「얼굴」 1:16-17)이라는 사실에서 비롯된다.[8] 특이한 것은, 김혜순이 성서에 나오는 선지자 요나를, ‘고래 뱃속의 요나’를 여성으로 치환한 점이고, 그것도 부재하는 것으로 그려냈다는 것이다.

---

6) 김혜순, 『여성이 글을 쓴다는 것은』, 문학동네, 2002, 149~150쪽, 232쪽, 249쪽, 251쪽.
7) 이수형, 「작품론 1: 거울에 대한 고찰—김혜순 光學을 위하여」, 『열린시학』 39호, 2006, 67쪽.
8) 이인성, 「‘그녀, 요나’의 붉은 상상」(해설), 김혜순, 『한 잔의 붉은 거울』, 166쪽.

어쩌면 좋아요
고래 뱃속에서 아기를 낳고야 말았어요
나는 아직 태어나지도 못했는데
(중략)
저 멀고 깊은 바다 속에서 아직 태어나지도 못한
그 여자가 울어요 그 여자의 아기도 덩달아 울어요
—「그녀, 요나」의 일부(1:12-13)

이 몸속에, '그녀인 요나'는 아기를 낳았지만, 그것은 부재하는 것으로 그려지고 있다. "아아, 어쩌면 좋아요?/ 나는 아직 태어나지도 못했는데/ 나는 아직 두 눈이 다 빛어지지도 못했는데"라는 구절이 그것을 잘 드러내고 있다. 김혜순의 최근 도달한 고독의 정점이 어디에서 기인하는지를 살펴보자.

초기 시집에서 보여준 김혜순의 상상력은 기괴 · 발랄하면서도 유쾌하다. 「우리 두 사람」(8:45)에서 그녀의 상상력—물음표 두 개가 두 사람으로 발전하는—은 놀랍고 신선하다. 「대결」(7:26-27)에서는 그녀만의 독특한 상상력인 죽음 유희의 전조를 보인다. 「내가 모든 등장인물인 그런 소설1」(3:30-32)에서 펼쳐지는 세계—여러 가닥의 자아—는 이미 2시집에 예견되어 있다. 「어른의 꿈」(7:76-77), 「딸을 낳던 날의 기억—판소리 사설조로」(7:112-113)의 시들 역시 그러하다. 3시집에 오면 가장 에로틱하고 관능적인, 살아 있는 말을 구사한다. 그런데 4시집에서는 죽은 것들을 가지고 하는 요리가 전개된다. 「죽음 아저씨와의 재미있는 놀이—술래잡기」(5:45), 「죽음 아저씨와의 재미있는 놀이—콩주머니 던지기」(5:46), 「죽음 아저씨와의 재미있는 놀이

—줄넘기」(5:84-85), 「시체는 슬픔 때문에 썩는다」(5:47)에서 시들은 '무서운 죽음과의 놀이'를 펼친다. 이런 시적 화자는 죽음 유희를 벌이다가 드디어 아버지를 잡아먹기까지 한다. "여자 시인인 나는/ 백 명의 아버지를 잡아먹고/ 그만 아버지가 되었구나"(「어쩌면 좋아, 이 무거운 아버지를」 4:49-50)라는 구절은 이를 잘 대변해 준다.

이렇게 죽음에 천착하던 시인이 몸에 대한 사유를 펼쳐나가는데, 이것은 여성으로서 자신의 몸을 말하는 방식이다. "꿈속에 있으면서 꿈속에 전령을 보내려고, 헛되이 허공중에…… 이 몸을 깨뜨리고 어떻게 밖으로 나가지?"(「서울」 4:92-93), "서울에서 지금/ 일천이백만 개의 숟가락이 밥을 푸고 있겠구나… // … 바람이 내 안으로 들어왔다 그대 안으로/ 들어가고, 다시 그대 숨이 내 숨으로/ 들어오면…"(「나의 우파니샤드, 서울」 4:125-127)에서 보듯, 김혜순은 서울, 혹은 타락한 세계의 공간을 하나의 몸으로 파악하고 있다.[9] 김혜순에게 있어서 서울은 경전이요, 그녀의 우파니샤드이다. 이 시적 화자의 몸인 동시에 서울이라는 몸은 욕망의 공간으로 치환되는데, 시인은 서울이라는 공간과 자신의 몸 사이를 넘나든다. 김혜순에게 '몸'은 세계를 바라보는 렌즈이며, 그것을 말하는 방식이며, 그것에 대항하기 위한 전략적 기제이다.[10]

그런 김혜순이 『불쌍한 사랑기계』에서는 프랙탈[11] 도형처럼 세상

---

9) 이문재도 이와 유사한 지적을 한 적이 있다. "그 서울은 그의 경전인 동시에 온갖 것들이 배설되고 썩어가는 창자이기도 하다. '서울 안에 다 있다'는 것이다."(이문재, 「김혜순: 시의 전투, 시인의 전쟁」, 『내가 만난 시와 시인』, 문학동네, 2004, 88쪽)

10) 송지현, 「현대 여성시에 나타난 '몸'의 전략화 양상—김혜순의 시세계를 중심으로」, 『한국문학이론과 비평』 15집, 2002, 373쪽.

11) 프랙탈(fractal)은 일부 작은 조각이 전체와 비슷한 기하학적 형태를 띤다. 이를 자기 유사

속에 몸담고 세상을 읽는 방법(3: 뒤표지 글)을 권한다. 프랙탈이란 기계론적 수학 용어로, 김혜순은 이를 세상을 이해하는 언술의 길로 이해한 것이다. 김혜순은 「딸을 낳던 날의 기억」을 통하여 여성의 몸을 무한대의 프랙탈 도형으로 읽는다.

거울을 열고 들어가니
거울 안에 어머니가 앉아 계시고
거울을 열고 다시 들어가니
그 거울 안에 외할머니 앉으셨고
외할머니 앉은 거울을 밀고 문턱을 넘으니
거울 안에 외증조할머니 웃고 계시고
외증조할머니 웃으시던 입술 안으로 고개를 들이미니
그 거울 안에 나보다 젊으신 외고조할머니
돌아 앉으셨고
그 거울을 열고 들어가니
또 들어가니
또 다시 들어가니
점점점 어두워지는 거울 속에
모든 웃대조 어머니들 앉으셨는데
그 모든 어머니들이 나를 향해
엄마엄마 부르며 혹은 중얼거리며
입을 오물거려 젖을 달라고 외치며 달겨드는데

성이라고 하는데 자기 유사성을 갖는 기하학적 구조를 프랙탈 구조라 한다. 위키피디아 참조.

(중략)

번개가 가끔 내 몸 속을 지나가고

(중략)

청천벽력.

정전. 암흑천지.

순간 모든 거울들 내 앞으로 한꺼번에 쏟아지며

깨어지며 한 어머니를 토해내니

흰 옷 입은 사람 여럿이 장갑 낀 손으로

거울 조각들을 치우며 피 묻고 눈 감은

모든 내 어머니들의 어머니

조그만 어머니를 들어올리며

말하길 손가락이 열 개 달린 공주요!

—「딸을 낳던 날의 기억—판소리 사설조로」의 일부(7:112-113)

김혜순이 여성 전체의 기억을 더듬은 방법은 '프랙탈 도형의 자기상사(自己相似)' 기법을 통해서이다. 프랙탈 도형의 특징 중, 자기상사란 어떤 도형의 부분이 전체 도형의 축소된 상이 되어 있는 것으로, 세상에는 이런 특징을 가진 것들이 다수 존재한다.[12)]

김혜순에게 있어 자기상사는 시간의 흐름과 관련을 맺고 있다. 김혜순은 딸을 낳는 진통의 과정을 거울을 열고 들어가는 것으로 표현한다. 거울 속에 어머니, 외할머니, 외증조할머니가 있고, 입술 속에 거울이 있고, 거울 속에 외고조할머니가 있고, 그 거울 속에 모든 웃대

12) 전수련, 「한국 여성시에 나타난 몸 이미지 분석—김정란, 김혜순, 최승자의 시를 중심으로」, 동국대학교 석사논문, 1999, 25쪽.

조 어머니들이 있고, 입술이 있고를 반복한다. 김혜순은 탈시간, 탈인과의 연장선상에서 어머니와 할머니와 딸이 되고, 신생아인 내 딸은 '모든 어머니들의 어머니'로 형상화된다. 시간과 공간을 가로질러 어머니와 할머니를 딸의 출산을 통해 만나게 하는 이러한 몸의 기억은 단순히 역사만을 가로지르는 것이 아니라 생명의 본질과 종의 기원으로 역진화하기에 이른다. 이것은 생물학적 상상력과 역진화하는 몸에 근거한 상상력으로, '신체/의식'을 뚫고 나가는 초월적인 힘을 가진다.

역진화를 보여주는 한 예로 박상륭의 『소설법』을 들 수 있다. 이 창작집 구성은 〈內篇〉(3편)과 〈外篇〉(4편) 그리고 〈雜篇〉(2편)으로 되어 있다. 〈內篇〉이란 장자의 근본사상을 담은「無所有」를 비롯한 3편이며 〈外篇〉, 〈雜篇〉이란 〈內篇〉의 뜻을 부연한 것이다. 〈雜篇〉은 그러니까 후대의 위작일 수도 있는 것이다. 창작집 구성법에서 보면 〈內篇〉에 실린「無所有」,「小說法」,「逆增加」 등 3편이 박상륭의 근본 사상이 깃든 진짜 작품에 해당된다. 〈外篇〉은 〈內篇〉에 대한 아주 친절한 본격적 주석인 셈이고, 〈雜篇〉이란 주석인 〈外篇〉을 다시 너무도 친절하게 해설해놓은 것이다. 그러므로 〈內篇〉에 묶인 3편이야말로 박상륭 문학의 핵심이자 방법론이라 할 수 있다. 그중「小說法」은 '기 · 승 · 전 · 결'의 구성으로 되어 있다. '잠자는 공주'가 어부왕(아더왕) 전설에 기인했다면, 이는 신화의 세계를 떠난 것이다. 이것은 곧 인간의 시대, 문화의 단계로 진화한 면을 보여준다. 그런데, '잠자는 공주'가 동화라면 전설에서 동화에로 한층 인간 쪽으로 접근해온 셈이다. 이 진화론이란, 무슨 법칙이랄까 자기증식 같은 타성이 있다. 그런데 다음 장인「逆增加」에 오면, 진화론에 대한 한 단계 비약을 위한 역증가 현상을 일차적으로 다루고 있다. 최초의 인간이자 살인자 카인의 등장이 이를 가리킨다. 하나님이 흙으로 자신의 형상대로 만든 아담('인간'이란 뜻)과 그 뼈로 만든 하와('생명'이란 뜻) 사이에서 최초의 인간이자 인간의 몸을 통해 탄생한 인류 최초의 아기인 카인(성서 표기는 '가인'으로 '얻음'이란 뜻)을 낳았다. 그러나 그 최초의 아기는 동생 아벨('공허' 또는 '허무'란 뜻)을 죽이는 무서운 결과를 가져온다. 이 부분은 '인류의 역사', '생명의 역사'에 있어서 역사와 생명을 거슬러 가는 면에서뿐만 아니라 자연과 인간 사이, 자연과 문화 사이에 있어서도 역진화의 면을 잘 드러내고 있다.[13]

『불쌍한 사랑기계』에는 '쥐'를 소재로 한 시가 6편이나 나온다. 「쥐」(3:11), 「傷寒」(3:20-21), 「이 밤에」(3:76-77), 「서울 쥐의 보수주의」(3:118-119), 「The Rat Race」(3:120-121), 「사일런트 나이트 홀리 나이트」(3:122-123)가 그것이다. 이 쥐는 『한 잔의 붉은 거울』 중 「갈겨쓴 편지」(1:107-108)에도 등장한다. 이때 쥐는 단순한 동물이 아니라 우리 '몸'에 대한 사유의 확장을 보이고 특히 「쥐」에서는 역진화하는 면이 잘 드러나고 있다.

① 그녀의 몸속으로 쥐가 드나든다 새끼를 낳아 기른다
그녀는 구멍투성이다
(중략)
쥐를 떼어버려 나는 편지를 쓴다
쥐들이 짠 망상이야 한없이 길어지는 그물이야
(중략)

---

13) 박상륭, 『소설법』, 현대문학, 2004.

그 오래된 사원의 지하엔 천 마리 쥐들이 숨어있대
인간으로 환생할 날을 기다린대
—「갈겨쓴 편지」의 일부(1:107-108)

①에서는 몸속에 '쥐'가 드나든다. 이 쥐는 새끼를 낳아 기르는 자기 증식적인 면을 보여주면서도 "쥐들이 짠 망상", "한없이 길어지는 그물"인 '구멍투성이'라는 점을 드러낸다.

② 환한 아침 속으로 들어서면 언제나 들리는 것 같은 비명. 너무 커서 우리 귀에는 들리지 않는. 어젯밤의 어둠이 내지르는 비명. 오늘 아침 허공중에 느닷없이 희디흰 비명이 아 아 아 아 흩뿌려지다가 거두어졌다. 사람들은 알까? 한밤중 불을 탁 켜면 그 밤의 어둠이 얼마나 아파하는지를. 나는 밤이 와도 불도 못 켜겠네. 첫눈 내린 날, 내시경 찍고 왔다. 그 다음 아무에게나 물어보았다. 너 내장 속에 불 켜본 적 있니? 한없이 질량이 나가는 어둠, 이것이 나의 본질이었나? 내 어둠 속에 불이 켜졌을 때, 나는 마치 압핀에 꽂힌 풍뎅이처럼, 주둥이에 검은 줄을 물고 붕 붕 붕 붕 고개를 내흔들었다. 단숨에 나는 파충류를 거쳐 빛에 맞아 뒤집어진 풍뎅이로 역진화해나갔다. 나의 존엄성은 검은 내부, 바로 이 어둠 속에 숨어 있었나? 불을 탁 켜자 나의 지하 감옥, 그 속의 내 사랑하는 흑인이 벌벌 떨었다. 이 밤, 창밖에서 들어오는 헤드라이트 불빛에 내 방의 상한 벽들이 부르르 떨고, 수만 개의 아픈 빛살이 웅크린 검은 얼굴의 나를 들쑤시네. 첫눈 내린 날, 어디로 가버렸는지 흰 눈은 하나도 보이지 않고, 창밖으로 불 밝힌 집들. 밤은 저 빛이 얼마나 아플까.
—「쥐」 전문(3:11)

②에서는 내시경을 찍고 온 내 몸을 한 마리 쥐로 묘사했다. '쥐'는 빙하기에도 살아남은 우주의 동물로, '넋, 혼, 미로 속의 현대인'을 상징한다. 그런데 그 '넋'은 내장 속에 있는 본질인 어둠이며, 그 검은 어둠의 존엄성은 역진화의 기억 속에 있다. "단숨에 나는 파충류를 거쳐 빛에 맞아 뒤집어진 풍뎅이로 역진화해나갔다."는 구절이 그걸 말해준다. 이것은 역사와 생명을 거슬러갈 뿐 아니라 인간과 문화에 있어서도 역진화의 면을 드러내고 있다. 김혜순은 몸의 공간 속으로 깊이 들어감으로써 그 안에 존재하는 시간적 흐름을 거꾸로 들어간다. 또한 어둠 속에 갇혀 돌아다니는 쥐의 속성을 이용해 어둠 속에 불을 켜는 내시경 찍는 장면을 묘사하면서, 어둠 속에 불을 켜는 것이 얼마나 불의 큰 아픔인가를 잘 말해주고 있다. 거꾸로 어둠이 불에 찔린 아픔, 침입당한 어둠의 아픔을 그려낸 것으로도 볼 수 있는데, 어둠 속에서 불을 간직하고, 불을 기억하는 것이 하나의 욕망으로 비치고 있다. 이는 욕망과 고독이 어우러지는 면을 잘 드러내고 있다.

『불쌍한 사랑 기계』 표지

③ 이미 죽은 나를 내가 오래 지켜본다

네가 한 장 한 장 보도 블록을 깔았던

몸 속 길들이 터진다

(중략)

내 입술 모양을 기억하는 건

저 설거지통 속의 은수저뿐이다

내 별자리마저 설거지통 속에 빠져버렸다

쥐가 한 마리 입 속 길로 드나든다

아니다 한 마리가 아니다

—「傷寒」의 일부(3:20-21)

③은 추위 때문에 "이미 죽은 나"를 내가 바라본다. 나를 기억하는 건 내 입을 드나들었던 은수저뿐이다. 그 입 속 길로 쥐가 드나든다. 여기에서 쥐는 식욕이라는 욕망을 드러내기도 하고, 죽음 욕망을 드러내기도 한다.

④ 감시용 카메라 뒤에 숨어서 밤마다

몸을 섞는 우리들 훔쳐보던 쥐가

여전히 길어지는 이빨을 날마다 갈아야 하는

수백 세기 동안의 진화를 다 엿보았다고 떠들어대는 쥐가

(중략)

몇십 년째 내 몸 속에 웅크린 죽음의 몸 그 뱃속에

열 손가락을 물어뜯으려 이를 가는

쥐가

이 밤에

—「이 밤에」의 일부(3:76-77)

④에 오면 쥐는 죽음마저 갉아먹으려 욕망한다. 아니 욕망을 갉아먹으려 든다. 김혜순의 시에서 욕망과 죽음 또한 긴밀한 관계에 놓여 있다.

⑤ 아침이 되자 떠난 모양인가 조용하다 어미는
그제야 일어나 숨을 쉰다 지난밤의 공포로
수상한 냄새를 풍기는 우리를 어미는 물어 죽인다 죽여선 내장도
먹는다 이빨을 벽에 갈아선 눈알도 파먹는다 그리곤 아무도 없고
언제나처럼 아비와 어미만 남는다 또 어미는 새끼를 밴 모양이다
—「서울 쥐의 보수주의」 5연(3:118-119)

그런 쥐가 ⑤에 오면 서울쥐를 대표하는데, 이는 '서울'이 모든 욕망의 집결지를 의미한다는 면에서 그 의미가 확연히 드러난다. 그 욕망은 끝없이 모든 것을 물어 죽기까지 하고 먹고 남은 아비쥐와 어미쥐는 다시 새끼를 배는 것으로 끝내고 있다. 끝없이 욕망하고, 죽음까지 치닫는 욕망을 보여주면서도, 그 욕망은 자기증식적인 면모를 잘 드러내준다.

⑥ 어디서 너를 만나건 너는 도망중이었어
(중략)
너는 정말 어디 있는 거야
나는 내 몸 속에서 네가 꾼 꿈이었을까

(중략)

언젠가 서울엔 살지 않을 거라면서

그러면서도 고양이처럼 나를 쫓는 서울에

오늘밤 지하 동대문역을 물밀어나가는 우리들

누군가의 피리 속으로 빨려 들어가는

쥐떼처럼

—「The Rat Race」의 일부(3:120-121)

이 쥐가 ⑥에서는 항상 "도망중"인 것으로 그려지고 있다. "감자 자루에서 쌀자루로 비누갑에서/ 책상 밑으로 루카치에서 들뢰즈로/ 지하실에서 다락방으로/ 정화조에서 우우 무덤으로/ …… / 심층에서 표층으로" 그와 더불어 이 쥐는 "오늘밤 지하 동대문역을 물밀어나가"며 "쥐떼처럼" "누군가의 피리 속으로 빨려 들어"간다. 이는 한곳에서 쉽게 욕망을 충족시킬 수가 없어서 또 다른 것을 무수히 욕망하는 다층적인 면을 그려주고 있다.

⑦ 뒤늦게 무덤을 파헤치자 이미 쥐들이 다 파먹은 시체가 나타났고 나는 등이 아팠다 등 속에 든 내장들이 아팠다 내장들이 비명을 지르며 뼈의 창살을 덜컹덜컹 흔들었고 인부는 살찐 쥐를 찾으려면 이 공동묘지를 다 뒤집어야 한다고 말했다 사십대 이후에 새 아기를 낳는 것이 유행이었고 이상하게 장미나무에서 철쭉이 피었다 아카시아에서 라일락 향기가 났다 벽제 화장터는 쉴새가 없었고 한 개의 관에 짝짝이 다리가 실려 자꾸만 도착했고 어떤 관 속엔 여자의 손 하나만

들어 있었다 화장부는 피곤해 죽을 지경이었다 …… 까만 눈을 뜨고
땅속을 뚫고 다니느라 이빨이 곡괭이처럼 갈아진 쥐들이 금방 눈떠
아직 털도 안 난 새끼들을 가득 품고

—「사일런트 나이트 홀리 나이트」의 일부(3:122-123)

쥐는 ⑦에서 아기 예수가 탄생하던 '고요한 밤 거룩한 밤'이 아니라 죽음이 판치고 비정상적인 사건이 일어나는 '사일런트 나이트 홀리 나이트'를 연출한다. "나 혼자 인적 끊긴 종로 거리를 오락가락하다/ DNA의 중앙선을 넘어 집으로 질주해 들어갔다/ 아이고 놀래라 이게 누구야/ 어머니는 귀신들이 먹을 음식을 장만하고 계셨다"(「섣달 그믐 밤, 서울 도착」 2:140-141)라는 진술에서 보듯, 총체적인 욕망의 공간인 서울에서, 시적 화자인 나는 밤늦도록 배회하다 집으로 돌아오는데, 귀가하는 나는 살아 돌아온 것인지, 죽어 돌아온 것인지도 모호한 상황에서 죽음과 욕망을 넘나든다. 욕망이야말로 삶을 추동하는 원동력인데, 이 욕망과 더불어 지상의 모든 존재들은 필연적으로 소멸과 죽음으로 흘러드는 것이다.

이상에서 보듯, 나는 '욕망하는 기계'[14]라 할 수 있다. 기계는 욕망하는 것이 되고, 욕망은 기계화된다. 즉 욕망은 기계로서 존재하고, 이런 의미에서 욕망과 기계는 따로 존재하지 않는다. 들뢰즈와 가타리는 욕망과 기계를 하나로 연결하여 '욕망하는 기계'라는 개념을 창안했다.

---

14) 질 들뢰즈·펠릭스 가타리 지음, 최명관 옮김, 『앙띠 오이디푸스』, 민음사, 1997, 15쪽. "이처럼 절단하고 채취하는 방식으로 작동하는 모든 것을 들뢰즈와 가타리는 '기계'라고 정의합니다. 기계란 다른 것과 접속하여 어떤 흐름을 절단하고 채취하는 방식으로 작동하는 모든 것을 지칭합니다."(이진경, 『노마디즘 1』, 휴머니스트, 2006, 131쪽)

"욕망은 기계고, 기계들의 종합이며, 기계적 배치다. 즉 욕망하는 기계다." "욕망하는 기계들은 아무것도 표상하지 않고, 아무것도 기호화하지 않으며, 아무것도 의미하지 않는다. 욕망하는 기계란 바로 우리가 그것으로 만들어내는 것이고, 우리가 무언가를 만들 때 사용하는 수단이며, 그것들 스스로 만들어내는 것이다."[15] 요컨대 욕망은 기계를 통해 작동하는 의지로, 기계로써 존재하며 기계를 통해 어떤 흐름을 절단하고 채취하여 현실적인 무언가를 생산한다. 이처럼 김혜순의 시에서 시적 화자인 나는 욕망을 갈구하고, 생산하는 욕망 기계이기도 하고, 죽음을 갈구, 생산하는 죽음 기계이기도 하다. 김혜순의 시에서 욕망하는 기계와 죽음 기계는 하나이고, 고독기계와도 하나이기도 하다.

3. 욕망의 다른 이름, 사랑

『불쌍한 사랑기계』의 한 축이 '쥐' 시리즈를 통해 '욕망하는 기계'의 면을 보여 주었다면, 다른 한 축에 오면 '사랑 기계'의 면을 보여준다. 이 욕망은 사랑을 갈구하는 존재이다. 역으로, 이 사랑을 갈구하는 욕망이야말로 존재를 작동시키는 유일한 동력이 된다. 그러니 모든 존재는 '불쌍한 사랑 기계'인 셈이다. 이 '불쌍한 사랑 기계'의 삶도 따지고 보면 '몸'에 대한 사유임에 틀림없다. 이 "내부를 향해 무한 증식되던 이 몸"(「시인」 2:144-145)처럼, 이 사랑은 주체를 몸 밖으로 쏟아내고자 하는 욕망인 것이다. 그것은 '나'라는 감옥을 구성하는 욕망인 동시에 그 감옥을 넘어서 타자들과 세계 속에 몸을 섞고자 하는 욕망이다.

---

15) 이진경, 앞의 책, 133쪽.

세상에! 네 몸 속에 이토록 자욱한 눈보라!
헤집고 갈 수가 없구나
누가 가르쳐주었니?
눈송이처럼 스치는 손길 하나만으로
남의 가슴에 이토록 뜨거운 낙인 찍는 법을
세상에! 돌림병처럼 자욱한 눈보라!
이 병 걸리지 않고는 네 몸을 건너갈 수가 없겠구나

갓 세상에 태어난 어린 새들이
모두 이곳으로 몰려와 털갈이라도 하고 갔니?
어린 시절 뜬금없이 재발하던 결핵이라도 도졌니?
몸 속이 너무 자욱해
내 발등 위로 쌓이는 눈송이들
이 세상 시간 밖으로 쫓겨난 건 아니니?

네가 태어나기 전 먼먼 옛날부터
뜨거운 손길로 아가의 심장을 만들어오시는 그분이
아무도 몰래 넣어준 세상에서 가장 무거운 주머니
그 별이 터져서 네 몸 속에서 쏟아지고 있는가 봐
이제로부터 이 별은 시간이 흐르기 시작하는 거야

모든 삶의 밑바닥에는 끔찍하게 무겁고, 끔찍하게
힘들고, 끔찍하게 뜨거운 것 있잖아?

그 뭉쳐진 것이 터지는 날
세상에! 눈보라처럼 흐느끼는 바이러스 같은 것!
나 어떻게 이 숨찬 눈보라 건너가지?
사랑은 사랑이 있는 곳에서 가장 많이 모자란다는데
—「자욱한 사랑」 전문(2:15-16)

이 '자욱한 사랑'의 눈송이들이 난분분하는 몸으로서의 주체, 이 기계—존재에 대한 탐구가 김혜순 시의 핵심적인 화두로 자리해 있다.[16] 시적 화자는 '사랑'이라는 '이 병'에 걸리지 않고는 "네 몸을 건너갈 수가 없"다. 이 '사랑'은 타자에로 건너가는 방식이면서 유일한 의사소통방식인 것이다. 이 사랑이야말로 "이 숨찬 눈보라 건너가"는 방식이다. 이 "사랑은 사랑이 있는 곳에서 가장 많이 모자란다." 그러니 이것은 사랑을 욕망하는 '불쌍한 사랑기계'가 아니고 무엇인가?

화가가 세필을 흔들어
자꾸만 가는 선을 내리긋듯이
그어서 뭉그려지려는 몸을
자꾸만 일으켜세우듯이
뭉개진 몸은 지워졌다가
또다시 뭉개지네

카페 펄프의 의자는 욕조처럼 좁고

16) 김진수, 「욕망하는 기계: 존재론의 신화적 비평」, 『문학동네』 24호, 2000, 462쪽.

저 사람은 마치 물고기 흉내를 내는 것 같아
입술 밖으로 퐁퐁 담배 연기를 내뿜고 있네
저 사람은 마치
비 맞은 개처럼 욕조마다 붙은
전화기를 붙잡고 혼자 짖고 있네
전화기는 붉은 낙태아처럼 말이 없고
나 전화기를 치마 속에 감추고 싶네

나는 내 앞에 있으면 좋을
사람에게 말을 거네
—한번만 생각해봐요
더러운 걸레 같은 내 혀로
있으면 좋을 그 사람의
젖은 머리를 닦네

탐조등은 한번씩 우리 머리를 쓰다듬고
나는 이제 몽유병자처럼
두 손을 쳐들고
무로 만든 철조망을 향해
걸어나가네
쇠줄에 묶인 개처럼
저 불쌍한 사랑기계들
아직도 짖고 있네
—「비에 갇힌 불쌍한 사랑 기계들」 전문(3:100-101)

현대인들은 고독하다. 우리 시대에 '불쌍한 사랑 기계'들은 많다. 타인에게 말을 걸 수 있는 방식인 전화기를 붙들어도 통화는 되지 않고 뚜뚜 울리는 소리만을 부여안고 비 맞고 서 있는 "불쌍한 사랑 기계들", 그것은 바로 우리 현대인들의 모습이다. 김혜순의 시에서 시적 화자는 한없이 사랑을 갈구하면서도, 그 방식은 비정상적이고 왜곡되어 나타난다. 마침내 전화기는 붉은 낙태아가 되고, 시적 화자는 그걸 치마 속에 감추고 싶어한다. 이는 의사소통을 몸의 언어로까지 끌고 가고 싶은 시적 화자의 욕망을 드러내고 있다. 그 욕망은 사랑의 극단까지 갈구해보지만, 여전히 "불쌍한 사랑 기계들"인 것이다.

너는 밤마다 이 기계를 하러 온다
문이 하나도 없는 기계
너는 어느 순간 공처럼
이 기계 속으로 뛰어들 수는 있다
그러나 들어오는 순간 너는 죽음을 먹게 된다
이 기계는 너를 먹고, 먹을 뿐
아는가, 너는 없다
오아시스에서 잠들었지만
자고 나면 늘 사막이라고나 할까

너의 손이 닿자 기계 전체가 살아난다
엠파이어 스테이츠 빌딩에서 내려다본 밤의 뉴욕처럼
기계 전체에 하나 둘 불이 켜지기 시작한다

너는 마치 경광등을 켠 앰뷸런스처럼
별들 사이를 헤엄쳐가는 핼리 혜성처럼
내 몸 안을 휘젓고 다닌다
고동치는 도시, 부르르 떠는 별의 골짜기
내 몸 속이 번쩍번쩍한다

그러나, 너, 착각하지 마라
차디찬 맥주라도 한 잔 마셔두어라
너는 이 기계의 서랍을 열어본 적이 있는가
서랍 속에는 너와 같은 모양의 쇠공들이
백 개 천 개 들어 있다
모두 불쌍한 사랑 기계 자체의 물건들이다

밤하늘에서 가늘게 떨고 있던 행성들을
통제하는 기분인가
인생 전체를 배팅하는 기분인가
그러나 속지 마라 떠들지도 마라
기계는 혼자서 자기 보존 프로그램대로
움직여가는 것일 뿐
너만을 모셔둘 곳은 이 기계 내부 어디에도 없다
네가 할 일이라곤 늘 처음으로 다시 돌아가는 것일 뿐
이 문 없는 기계가 만든 가없이 텅 빈 몸 속을 헤엄치는 것일 뿐
—「다시, 불쌍한 사랑기계」 전문(2:136-137)

불쌍한 사랑 기계에 다시 뛰어들면, 이 사랑 기계는 '죽음'을 수반하게 된다. 이 시는 역동적인 삶의 동력인 사랑에 대한 욕망, 즉 '에로스(eros)'와 그에 수반되는 죽음에 대한 욕망, 즉 '타나토스(thanatos)'가 맞물린 모습을 보여준다. 사랑을 갈구하는 욕망은 존재를 작동시키는 동력이고, 그 욕망에 의해 다른 존재는 사랑을 얻는다. 그 사랑을 얻은 존재는 계속해서 자신의 존재를 작동시키고, 그 사랑과 존재는 또 다른 사람 또는 욕망하는 대상을 사랑하는 동력이 된다. 끝없이 사랑과 욕망을 찍어내는 공장과 공장장. 이렇듯 김혜순 시인은 욕망하는 기계와 사랑 기계는 하나이며, 사랑 기계와 죽음 기계도 하나라는 것을 보여준다.

4. 욕망, 사랑, 죽음, 고독: 리좀적 사유와 글쓰기

김혜순의 시에서 욕망과 사랑과 죽음과 고독은 리좀적[17] 방식으로 연결되어 있고, 그녀는 이 세계를 욕망과 사랑과 죽음과 고독을 생산하는 공장으로 표현하고 있다. 김혜순 시인은 욕망 공장에서 욕망을, 사랑 공장에서 사랑과 고독을, 죽음 공장에서 죽음을 무수히 찍어내고 있다. 이 죽음은 그녀가 초기 시부터 천착해오던 테마이다. 그런데 그 욕망과 사랑과 죽음은, 그리고 6시집에서 8시집에서 천착하고 있는 고독은 욕망의 뿌리줄기가 뻗어나간 것처럼 마구 뒤섞인 모습을 보여준다.

김혜순은 이중, 삼중의 사고 속에 끝없이 타자로서 타자를 낳는 방

17) 예를 들어 칸나의 뿌리줄기와 같이 도중에 생명체를 만들면서 이동해가는 망상조직.

식, 여러 겹의 글쓰기 방식을 보여주었다. 이는 김혜순 시에서 접촉의 의미가 강한 여성—몸의 방식—을 통하여 욕망과 사랑과 죽음과 고독이 엉켜 있는 리좀적 사유의 방식을 보여 왔다. '욕망하는 기계'는 흙 속의 칸나 뿌리가 사랑과 죽음과 고독이 마구 뒤섞인 상태로 나타나는데, 이런 김혜순의 무의식은 하나의 중심으로 환원할 수 없는, 무리지어 움직이는 다양한 욕망의 집합이란 점에서 리좀적 다양체를 이룬다. 이 무의식은 우리의 신체를 통해 작동하는 우리 자신의 욕망이고, 그런 욕망에 의해 생산되는 기계와 실천들의 집합으로 김혜순의 시는 그런 점을 잘 드러내고 있다.

10장 이승하 시에 나타난 고통의 의미:
『욥의 슬픔을 아시나요』를 중심으로

1. 사회의 병리구조와 고통

1960년 경북 의성에서 출생하여 김천에서 성장한 이승하는 1984년 중앙일보 신춘문예에 「畵家 뭉크와 함께」가 당선됨으로써 시단에 등장하였다. 이 시로 그는 의도적인 말더듬기 수법을 통해서 독자들을 자기 쪽으로 끌어들이고 있다[1]는 평을 받았고, 1987년에는 첫 시집 『사랑의 탐구』에서 공포스러운 현실과 분단의 상황을 지양할 꿈을 동시에 보듬으면서 전통적인 우리 시의 리듬을 회복하려는 방법적 시도를 통해 우리 문학의 나아갈 길을 암시하였다.[2] 또한 그는 두 번째 시집 『우리들의 유토피아』를 통해 자기절제의 바탕에서 최대의 효과를

1) 조남현, 「인간다운 삶에의 목마름」, 이승하, 『우리들의 유토피아』, 나남, 1989, 130쪽.
2) 이승하, 『사랑의 탐구』, 문학과지성사, 1987, 속표지 글.

얻는 실험정신, 오늘의 우리의 삶을 똑바로 해부하고 어루만져주는 날카로운 지성과 따뜻한 시선, 인간주의에의 목마름으로 우리 시를 지켜주는 힘을 제시하였다.[3)]

그러나 세 번째 시집 『욥의 슬픔을 아시나요』에서 시인은 이전의 자기만의 독특한 한풀이라든가 실험정신 대신 우리 사회에 만연해 있는 '병적 징후', '병리 구조'를 드러내면서 인간의 고통 문제를 제기한다. 인간의 고통에 대한 인식은 우리를 성서적 공간인 욥기로 이끈다. 욥은 재산, 자녀, 자신의 육체에까지 재앙이 닥쳐 이유 없는 고난을 겪는다. 욥은 육체적인 고통뿐만 아니라 정신적인 고통, 영적인 고통까지 겪으면서 '신은 의로운 자의 편인가'라는 문제를 제기한다. 그러나 『욥의 슬픔을 아시나요』에서는 서문에서의 "어찌하여 내가 태에서 죽어 나오지 아니하였었던가 어찌하여 내 어머니가 해산할 때에 내가 숨지지 아니하였던가"(욥기 3:11)라는 인용을 제외하고는 어디에서도 욥이란 단어가 등장하지 않는다. 그럼에도 이 시집 전체에서 풍기는 욥의 슬픔은 이 땅에서 고통받는 이들, 즉 순결한 영혼들의 고통이라는 상징성[4)]을 띠고 있음은 분명하다. 또한 시인은 『폭력과 광기의 나날』에서도 이 거대한 세상에 난무하는 폭력을 사진을 통해 제시하고 있을 뿐 아니라 광기에 시달리는 자신과 이웃의 모습을 그려 보이고 있다. 이와 같이 두 시집을 통해서 욥의 상징하는 바를 유추해 보면, 우리는 고난의 문제에 직면하게 된다.

고난[5)]은 인간이 당면하는 근본 문제 중 하나이다. 돈(J. Donne)은

3) 조남현, 앞의 글, 143쪽.

4) 이광호, 「고통의 제의」, 이승하, 『욥의 슬픔을 아시나요』, 세계사, 1991, 136쪽.

5) 고난은 괴로움과 어려움을 말한다. 하나님은 세상을 심히 좋은 상태로 만드셨으나(창

"고난은 모든 사람의 공동 운명이며 세계 종교의 중요한 대의의 하나" 라고 했고, 폰 라토(G. von Rad)도 "인간 영혼의 깊이에 있는 많은 문제 중 인간 현실 속에 파고드는 문제는 바로 이 고난의 문제"[6]라고 하였다. 이러한 고난은 고통[7]과도 밀접한 관계를 이룬다. 본고에서는 고난의 문제를 육체적, 정신적인 아픔까지 수반하는 고통으로 파악하여 『욥의 슬픔을 아시나요』를 중심으로 고통의 시들을 분석한 뒤, 그 의미를 파악해 보기로 한다.

2. 『욥의 슬픔을 아시나요』에 나타난 고통

전체 3부로 구성되어 있는 『욥의 슬픔을 아시나요』에서 고통의 차원은 세 가지 측면에서 바라볼 수 있다. 1부 '미친 누이를 위하여', 2부 '나는 숫자와 부호들의 하수인인가', 3부 '죽음과의 싸움'이 그러하다. 욥기와는 달리 이 시집의 1부 '미친 누이를 위하여'에서는 고통의 원인이 명백히 드러나 있다. 이러한 병적 징후는 첫 시집 『사랑의 탐구』

1:31), 인간의 불순종에서 비롯된 죄악의 결과로 고난이 고통, 고뇌, 투쟁, 죽음 등의 형태로 생겨났다. 그래서 성경에 여러 고난의 예가 기록되어 있다. 야곱이 자기가 저지른 과오 때문에 많은 고난을 당하였고(창 31:42), 이스라엘 백성들은 애굽에서 고난당하였으며(출 3:17), 의인도 고난이 많다.(시 34:19) 그리스도가 당하신 고난은 고난의 극치였다.(히 2:18) 그러나 현재 성도가 당하는 고난은 장차 나타날 영광과 족히 비교할 수 없다고 바울은 선언한다.(롬 8:18) 그러므로 그리스도의 좋은 군사로 고난을 받자고 권면한다.(딤후 2:3)(라형택 편찬, 『로고스 New 성경사전』, 로고스, 2011, 98쪽)

6) 오정근, 「구약에 나타난 고난에 대한 연구—욥기를 중심으로」, 목원대 신학대학원 석사논문, 2002, 1쪽.

7) 고통은 몸이나 마음의 괴로움과 아픔을 뜻하는데, 이스라엘이 애굽에서 당한 고난(출 3:7), 고뇌와 번민(시 107:6), 음부에서 당할 고문 같은 괴로움(눅 16:23) 등을 표현하는 데 사용하였다.(라형택 편찬, 앞의 책, 110쪽)

에서부터 찾아볼 수 있다.

> 그날도 다름없이 어머니는 오래 통곡하시고 엎어진 밥상 흩어진 낱알들이 깔깔/ 웃었지…… 다 어디로들 갈까 우리도 어디론들 떠났으면 좋겠다 그자? 누이야, 기다려야 한다/ …… 나는 아버지가 더 불쌍해……
>
> —「동화」, 『사랑의 탐구』, 46~48쪽, 밑줄은 인용자

이 시에 의하면, 고통의 원인이 시인의 가정에 있음을 알 수 있다. 가장인 아버지는 상을 엎으시고(그 구체적인 원인은 나타나 있지 않지만), 어머니는 그 앞에서 흩어진 밥알들을 보고 통곡하고 있으며, 자식들은 이런 가정에서의 탈출을 꿈꾼다. 그런 시인은 세상을 견디는 방식으로 "신경안정제를 먹고야 잠이 드는"(「현기증」, 『우리들의 유토피아』, 26쪽) 지경에 이른다. 시적 화자는 이런 가정환경에서 정신적인 고통을 느끼며, 급기야는 육체적인 고통까지 느껴 약을 먹어야 잠을 잘 수 있는 것이다. "미쳐버린 스물네 살의 처녀를/ 너는 본 적이 있는가"(「길 위에서의 약속—볼프강 보르헤르트에 얽힌 추억」, 12쪽)[8]에 의하면, 시인의 고통의 제1원인으로는 "미쳐버린 스물네 살의 처녀" 즉 시인의 병든 누이에서 비롯됨을 알 수 있다. 더구나 "수십 번도 더 내가 살해하고 용서했던/ 부모와 형제(=가족=가축?)가 준 상처는/ (그 상처는 다른 누가 주는 상처보다 깊으리)"(「길 위에서의 약속—볼프강

8) 2장에서 인용되는 시는『욥의 슬픔을 아시나요』에 실린 시들이기 때문에 시 제목과 인용되는 쪽수만 적기로 한다.

보르헤르트에 얽힌 추억」, 13쪽)에서는 누이가 미쳐버린 원인이 가족사와 가족 구성원을 이루는 부모와 형제에게서 받은 상처에 있음을 알 수 있다.

…… 스물세 살부터

두눈의 초점을 잃어갔다 심야에 부나방처럼 돌아다니고
창문에다 쾅쾅 담요를 치고, 식사 도중에 저 혼자서
킥킥 웃기도 하고 퉁퉁 부은 눈으로 일어나기도 하고
고려대 부근 아무개 신경정신과 병원
— 가족이라도 3개월이 지나야 만날 수 있습니다

술병을 깨 들고 외치고 싶었다 웃통을 벗고서
심판할 테야! 너한테 폭력을 가한 우리 아버지를!
폭력을 사주한 우리 어머니를! 안암동에, 제기동에
서울역 앞까지 파도가 쳤다 무너지는 건물들,
떠다니는 사람들을 보았다 수많은 상처받은 혼을
—「병든 아이—에르바르트 뭉크의 그림 1」, 18~19쪽

또한 "너한테 폭력을 가한 우리 아버지를!/폭력을 사주한 우리 어머니를!"이란 위의 시구에서 보듯, 병든 누이와 그로 인한 시적 자아의 고통은 가족 내의 불화와 폭력에 의한 것임을 알 수 있다. 누이는 가정 폭력의 심각함 속에서 미쳐갔고, 지금은 "고려대 부근 아무개 신경정신과 병원"에 입원해 있음을 알 수 있다.

욕망의 역사를 움직이는 것은 惡이란다
모든 죽음은 언제나 타인의 죽음
모든 고통은 언제나 자신의 고통이란다

우리 둘의 거리는 불과 1미터
DMZ 너머보다 멀게 느껴진다
무엇이 우리를 가로막고 있기에……
아, 하늘이 없다
—「면회」, 20~21쪽

『욥의 슬픔을 아시나요』 표지

시적 화자는 병원에 면회를 가보지만, "모든 고통은 언제나 자신의 고통"일 뿐, 누이와의 거리는 좁혀지지 않는다. "DMZ 너머보다 멀게 느껴지"는 거리. 둘 사이에 막힌 담은 높기만 하다. 시적 화자는 누이가 병원에서 읽을 책 몇 권을 놓고 그 병원을 나온다.

누이야, 원수는 가장 가까운 곳에 있는 법
가장 미운 사람을 가장 많이 닮는 법
(중략)
매일 보는 겨레붙이가 알고 보면 얼마나 무서운 존재인지
무서워 치가 떨리는 城 城內 계단 밑 방
숨어서 울던 어린 네가 생각난다 城內는 무서워요
나를 내버려두지 말아요 나는 혼자 달아나곤 했다
자주 맞으면 아프지 않아 차라리 희열이다
면역이 된 내 몸과 만성이 된 내 마음이다만

(중략)

두 살 아래 내 누이야 오락가락하지 말고 나를 봐

작은오빠는 통나무란다 맞아도 맞아도

아프지 않아 아프면 어때 뒤죽박죽인 낮과 밤

싸우는 소리 환청으로 들려오는 계단 밑 방

나는 더 자라야 한다 건강해야 한다.

—「통나무」, 22~23쪽

이 시에 오면 폭력의 모습이 구체적으로 나타난다. "원수는 가장 가까운 곳에 있는" 부모 형제이다. 가족은 자주 싸웠다. 누이와 작은 오빠는 자주 맞은 것으로 보인다. 그러기에 작은 오빠는 "맞아도 맞아도 아프지 않"은 "통나무"가 된다. 그런 작은 오빠는 가출을 했었는지, "혼자만의 오오랜 여행에서 돌아"왔는데, 그런 작은 오빠를 "미쳐버린 누이"가 "표정 없이"(「귀향일기」, 24쪽) 맞아준다. 미쳐버린 누이로 인해 몹시도 괴로운 시적 화자는 "제망매가"를 부른다. "사람들아, 내 미친 누이에게 돌 던지지 말기를" 간곡히 바라며 "스물넷에 우주 하나 잉태한 내 누이를…… 죽일 수야 없으니 종신토록 짐"지겠다고 노래하며 "출렁이는 하늘에 술 뿌리면 나도 밤에 취해"(「祭亡妹歌」, 26쪽) 간다.

누이는 어느 날부터인가

월경이 멎고, 식욕을 잃었다

낮에 자고 밤에 바장이고

혼자 웃고 혼자 흐느끼고

(중략)

내 누이는 영원히 어린애란다

나와 누이를 연결시켜주는 끈은 없단다

버려진 내 누이, 너는 아직 곱게도 미쳐……

—「바람 그리기」, 14~15쪽

미친 누이의 증상은 이 시에서 잘 드러나고 있다. "월경이 멎고, 식욕을 잃"고, "낮에 자고 밤에 바장이고/ 혼자 웃고 혼자 흐느끼는…" 그런 미친 누이를 바라보는 시적 화자는 누이에 대해 심히 안타까워하고 있다. 버려진 누이는 곱게도 미쳤지만, 그런 "나와 누이를 연결시켜주는 끈"은 이 지구상에 없다. 그런 "영혼 병든 누이의/ 남은 생을 돌보아줄 곳을 찾아" 시적 화자인 나는 "경기도 광주군 도척면의 성분도에" 간다. 그곳에서 "뿌리 없는 어린 풀잎들"(입원 환자-인용자)은 "세상에 물을 주는 법을/ 온몸으로 배우고 있"(「성분도 직업재활원에서」, 16~17쪽)음도 본다. 여기에서 시적 화자는 타인(미친 누이)의 고통을 자신의 고통으로 받아들이고 있다. 이는 인간의 죄를 씻기 위해 십자가에서 돌아가신 예수의 대속의 의미에까지는 가지 못하지만, 타인의 고통을 절실히 자기 문제로 삼고 있는 면을 볼 수 있다.

…… 그 신경정신과 병원은 도시 변두리에 자리잡고 있었다. 3층 입원실의 창은 환자들이 뛰어내리지 못하게 모두 쇠창살이 부착되어 있었다.

2일 맑음

…… 약 없이 살아봤으면. 약 없는 세상에서 살아봤으면.

3일 흐림

…… 나의 태어남은 하나의 우연, 한낱 어처구니없는 우발적인 사건이었지. 모든 환난의 원천인 태어남이여. 사산아들의 무한한 자유여.

8일 비

…… 이제는 그 누구도

나를 거들떠보지 않아. 의사도, 간호원도, 친구들도, 그애마저도.

9일 비

〈이 규율과 질서는 여러분을 위해서입니다〉(중략)

장남한테는 끊임없이 〈서울대 법대에 가거라〉〈판검사가 되어야 한다〉

차남한테는 끊임없이 〈형을 좀 본받아라〉〈너는 육사에 가야 한다〉

—「병원에서 쓴 일기」, 27~30쪽

이 시에 오면 병원에 입원해 있는 자가 누이인지 시적 화자인지 불분명하게 보인다. 병의 원인은 차남인 시인을 장남과 뚜렷이 차별하는 부모에게서 기인하고 있음을 알 수 있다. 형과 자꾸 비교하면서 "너는 육사에 가야 한다"라는 부모의 주문이 시적 화자를 괴롭히고 있음을 알 수 있다.

코 푼 휴지처럼 우리는

이곳에 팽개쳐져 있다

쇠창살과 약물의 나날

몽롱한 눈을 하고 퍼먹는 밥

(중략)

양다리 사이의 치부를 자랑해 보일지언정

사회로부터 가족으로부터 친구들로부터

나 자신으로부터도 격리되어 있는데

—「정신병동 시화전 1」, 34쪽

우리의 소원은 통일이 아냐 당연히

당장 퇴원하는 것이지 퇴행하는 것이지

항문기로, 구강기로, 꼬부라진 현대 물파스 A 같은 모양으로

어머니 뱃속에서 숨쉬던 시절로

—「정신병동 시화전 2」, 36~37쪽

시적 화자는 쇠창살이 박힌 공간에 버려져 있고, "사회로부터 가족으로부터 친구들로부터" 심지어 "나 자신으로부터도 격리되어 있는" 모습을 보인다.[9] 이는 존재에 대한 불안과 공포가 가져온 소외된 모습

---

9) 필자는 「이성복 시에 나타난 소외 극복 과정 고찰—『뒹구는 돌은 언제 잠 깨는가』와 『남해 금산』을 중심으로」(『현대문학이론연구』 44집, 2011. 03, 179~200쪽)에서 이성복 시에 나타난 소외 양상을 자연으로부터의 소외, 사회로부터의 소외, 자기 자신으로부터의 소외로 나누어 분석하고, 소외 극복의 길은 사랑밖에 없음을 보여주었다. 즉 사랑은 아픔이며 그 아픔을 통과할 때만 아픔 속에 내재된 소외를 극복할 수 있으며, 그런 아픔의 인식이야말로 치유의 가능성을 보여주는 것이다. 이승하의 『욥의 슬픔을 아시나요』에서도 미친 누이는 사회, 가족,

을 보여준다. 정신병원은 쇠창살로 환자들을 가두고 있다. 이와 같이 고통의 대상이 미쳐버린 누이와 그녀를 바라보는 시인에게 있다면, '정신병동 시화전' 시리즈에 오면 누이와 비슷한 병을 앓고 있는 환자들의 아프고 고통스런 모습이 적나라하게 드러나 있다. 그런 "우리의 소원은 통일이 아니"라 "당장 퇴원하는 것"이다. 갇힌 자의 갑갑증과 인간 이하로 취급받는 데서부터 오는 진정한 바람인 것이다.

이제 아버지에 의해 가해지는 폭력은, 가부장적 권위주의가 잔존하고 있는 한국 사회에 대한 병리학적 인식으로 추정된다. 또한 이때 아버지의 권력은 가족사 내부의 문제일 뿐 아니라 기성사회 체제를 유지하는 가치들, 제도, 권력을 함축하고 있다. 그러므로 이때 병든 누이의 고통은 가족사적인 차원과 사회사적인 차원을 동시에 획득한다. 그리하여 미친 누이와 시적 자아의 고통이 한 사회 구조 전체의 착란 상태와 그 안에 감금된 실존의 분열증으로 확산[10]되기에 이른다.

> 우리는 그물에 갇혀 그물 바깥을 꿈꾸었고
> 그물의 밖은 결국 병원 안이었다
> (중략)
> 분열성 성격장애의 김형은 〈달님에게〉를
> 정신병적 우울증의 박씨는 〈겨울 연가〉를
> 만성 정신분열증의 미스 리는 〈바닷가에서〉를 쓰고 그렸다
> 망상은 왜 이렇게 많은지

친구들로부터 소외되고 있으며, 그런 미친 누이를 바라보는 시인 역시 사회, 가족, 친구들로부터, 심지어 자기 자신으로부터도 소외되어 가는 모습을 보이고 있다.

10) 이광호, 앞의 글, 138쪽.

피해망상 · 종교망상 · 과대망상 · 사랑망상 · 관계망상 · 죄과망상
이 모든 망상에 사로잡힌 사람들이 모여 연 시화전
조화로운 것과 조화롭지 못한 것이
성한 것과 성하지 않은 것이 모여
조화를 이루고 있다 위태롭게, 그런대로
시와 그림은 하나같이 바로 걸려 있다.
—「정신병동 시화전 3」, 38~40쪽

이 시에서는 정신병동에 갇힌 이들을 관찰하고 있다. 분열성 성격장애의 김형, 정신병적 우울증의 박씨, 만성 정신분열증의 미스 리 등. 이들이 겪는 망상도 가지가지다. "피해망상 · 종교망상 · 과대망상 · 사랑망상 · 관계망상 · 죄과망상" 등. 그들은 시와 그림을 그리면서 나날을 보내지만, 그것이 그들을 해방시켜 줄 수 있을까? 이 시는 정신의 분열과 감금이라는 삶의 양태는 개인적 차원이 아닌, 한 사회 전체의 병리 현상임을 드러내고 있다. 한 사회 전체가 거대한 정신병동이라는 것이다. 즉 세계는 병원이고 인류는 치료받아야 할 환자[11]라는 것이다. 시적 화자와 병든 누이의 고통은 아버지로 상징되는 '규율과 질서'에 의해 비롯되며, 그 속에서 순결한 영혼들은 미치고, 불안과 공포, 소외에 이르게 된다.[12] 여기에서 『욥의 슬픔을 아시나요』에서 유추해 볼 수 있는 욥은 미친 누이뿐만 아니라 시적 화자, 창살 안에 갇힌 정신병동의 환자들, 심지어 병동 밖의 거대한 사회에 살고 있는 이들을

11) 김정신, 『서정주 시정신』, 국학자료원, 2002, 11쪽.
12) 이광호, 앞의 글, 139쪽.

아울러 일컫는다고 볼 수 있다.

> …… 아름답지 못해 우리는
> 격리되어 있나 무엇에도 적응하지 못해, 적응했던 시절로 퇴행한
> (중략), 소리없이
> 몸으로 우는 법을 익히고 있는 멍청한 약물의 나날들.
> —「정신병동 시화전 4」, 41~42쪽
>
> 누구도 내게 일을 주지 않는다
> 말을 걸지 않는다
> 물을 마시고 싶을 때 물을 마실 수 없다
> 잠자고 싶을 때 잠을 잘 수 없다
> (중략)
> 약기운이 떨어지고 있다 약을 다오 약을
> 아아 약만 있으면…… 우리는 전쟁을 치르고 있다……
>
> 의문 없이 사는 것이 행복인가 불행인가
> —「狂」, 57~59쪽

이 시에서는 약물에 의지하며 살 수밖에 없는 환자들의 비애를 그리고 있다. 이들이 할 수 있는 것은 "온몸으로 우는 것"밖에 없다. 그런 우리는 너나 할 것 없이 다 미쳤다. 약만 있으면 사는 우리. 미쳤기에 약을 먹는다. 약 없이 우리는 살 수 없다. 약은 이제 우리의 신체의 일부가 돼 버린 것이다. 그런 나는 "그대, 얼음 위를 맨발로/ 걸어본

적이 있는가?/ … 눈물 흘리며 밥을 먹은 적이…/ 이 땅에서 오래 고통받은 이들/ 오래 괴로워한 이들은/ 오래 사랑할 수 있는 힘을 기를 것이다"(「그대, 얼음 위를 맨발로」, 62~63쪽)라는 인식에 이르러 사랑만이 모든 질병을 치료해 줄 것이라는 인식에 이른다. 사랑만이 환자들을 치료해 줄 것이라는 것을 깨닫게 된 것이다. 시인은 누이를 치료하기 위해 온갖 병원을 돌아다니다가 자신마저 고통에 처하게 되고, 그런 그를 낫게 해 줄 것은 사랑이라는 진실을 깨닫게 된다.

> <u>우리는 제각기, 스스로를 치료하기 위해 이곳에 모이지만</u>
> <u>우리가 쓴 시는 미친놈의 시임을,</u>
> <u>손수 그린 그림 위에 자작시를 써 벽에 붙이지만</u>
> <u>이 또한 미친 짓임을,</u> 우리가 더 잘 알지
> <u>얼마나 많은 고통의 덩굴을 헤치며 여기</u>
> <u>제3병동 치료실까지를 왔는지를</u>
> <u>병원 밖 덜 미친, 아직 안 미친 당신들보다</u>
> <u>우리가 더 잘 알지</u>
> (중략)
> <u>시를 쓰면서, 시를 웩웩 토하면서 우리는 배웠다</u>
> <u>내가 너한테 관심 갖는 것이 얼마나 아름다운 일인가를</u>
> <u>네가 나의 사랑을 받는 것이 얼마나 아름다운 일인가를</u>
> 누가 사랑을 아름답다 했는가를.
> —「정신병동 시화전 5」, 43~44쪽

이제 정신병동 시화전은 미친 사람들이 모여 있지만 아름답다. 서

로에게 관심을 갖고, 서로 사랑하고 사랑받을 때 아름답다는 것을 그들은 몸으로 체현한다. 그러기에 "〈나의 소원은/ 사랑받는 것/ 모든 이로부터/ 사랑받는 것〉"(「정신병동 시화전 2」, 36~37쪽)이며, 사랑이 얼마나 아름다운 것인지를 자각하기에 이른다. 약이 아니라 사랑만이 환자들을 치료할 수 있음을 고백하기에 이른다.

그러다가 시적 화자인 나는 "결혼식 때 고향 친구가 선물로 준/ 액자 속 예수"와 대작하게 된다. "그는 신이 된 인간"인 동시에 "인간의 괴로움을 겪은 신"이다. 시인은 "언젠가는 뼈도 없을 이 육체로" "참 오랜 세월 예수와 싸웠"음을 고백하며, "오늘은 이규동 박사의 약을 먹지 말기로 하자."(「예수와 대작하는 밤」, 46~47쪽)라고 하면서 '예수와 대작하는 밤'을 보낸다. 시적 화자도 예수처럼 인간의 질고를 안다. 그러기에 시적 화자는 "많은 별에다/ 旣成에 대한 증오의 화살을 쏘아 올리"면서 "어디를 가도 안주할 곳은 없어" 어둠 속을 표류한다. "지금은 밤"이고, 이 밤에 "몸부림치는 서로의 존재를 인식할 수 있"게 된다. 그래서 시적 화자는 이 젊은 별과 "희뿌연 새벽이 오기 전에" "온몸으로 뜨겁게, 뜨겁게/ 너와 결합하고 싶다"(「젊은 별에게」, 48~50쪽)라고 외친다. 그러기에 시적 화자인 나는 서문에서 "어찌하여 내가 태에서 죽어 나오지 아니하였었던가"라는 욥의 비탄의 고백을 자신의 고백으로 내뱉고 있다. 탄생 자체가 비극인 세상에서 얼마나 고통스러웠으면, 자신의 탄생을 저주하겠는가?

2부 '나는 숫자와 부호들의 하수인인가'에 이르러서도 시적 화자의 고통은 줄어들지 않는다. "이제 내 이름을 불러줄 사람은 없"으며 "나는/ 온몸이 계속 쑤셔 아무리 아파도 나는/ 소리 죽여 신음하고 울어야"(「수렁 속의 잠」, 52~53쪽) 한다.

충혈된 소리들이 신음 토하며 다가온다
죽어가면서, 죽는 그 순간까지도 우리는
교환가치에, 섹스에, 신제품에, 명분에다
넋을 팔겠지 (중략)
아아 우리는 지쳐 있다, 나날이 녹슬고 있다
—「불안—에드바르트 뭉크의 그림 2」, 54~55쪽

이 시에 오면, 우리의 영혼이 지쳐 있는 이유가 밝혀져 있다. 그런 우리는 늘 불안에 부유하고 있다. 그러기에 "벌거벗은 내 몸을 향해 쏟아지는 광선, 음향, 그때,/ 내가 들고 있던 것은 숟가락 하나, 숟가락 하나뿐."(「상황 4」, 56쪽)인 인식의 절정에 이른다. 목숨을 부지하기 위해 처절히 외치는 소리는 "숟가락 하나"의 인식에 머무르게 된다. "1987년/ 나는 대한민국 서울 사직동에 위치한/ 문예출판사 편집부에서 교정을 보고 있었다/ …… // 1990년/ 나는 대한민국 서울 을지로에 위치한/ 쌍용양회 기획실에서 화면을 보고 있었다."(「3년 사이」, 78~79쪽) 이제 고통의 원인은 언어와 기계에 있다. "1987년/ 언어가 내 의식세계를 지배하고/ 언어가 내 의식세계를 이끌어가고/ 언어가 내 의식세계를 차단하고 있"는 반면, 1990년/ 기계가 내 의식세계를 지배하고 있다/ 기계가 내 의식세계를 이끌어가고/ 기계가 내 의식세계를 차단하고 있다." 그러기에 시적 화자는 "만성두통인지 골머리가 아프"며, "기계 앞에 앉아서라도 시인이 되고 싶"(「3년 사이」, 78~79쪽)은 것이다. 이제 시적 화자는 '3년 사이'에 놀라운 변화를 보이고 있다. 자신의 경험한 아픔과 고통을 시로 표출하는 시인이 되고 싶다는 것이다. 이렇게 본다면, 시인은 아픈 몸을 이끌면서도 다른 정상인처럼 일을 하고 있으며, 그가 다루는 언어와 기계를 통해 자신을 표출하고 싶은 욕망을 가지게 된다.

나와 기계의 거래는
단 한번의 실수도
1원, 1일, 1초의 오차도 없다
기계는 놀랍도록 정직하다
기계는 나를 괴롭히지도 않는다
(중략)
기계를 두드리다 보면 나와 모두는
공통의 가치관을, 공통의 행동규범을
공통의 사고방식을, 공통의 질병을
갖게 된다 미래에 대한 비전을 제시하는
기계, 이제 그의 일부가 되고 싶다

기계 뒤에 서 있는 인간이 무섭다
—「기계와 나」, 80~81쪽

복구할 수 없는, 그 무엇으로도
재생할 수 없는 낱낱의 시간과 사물이
또 다른 우주로 빨려들어가 버렸다
블랙홀도 입자와 복사파를 방출한다는데
전지전능한 컴퓨터여, 너는 왜 나를 비웃는 거지?
—「나는 숫자와 부호들의 하수인인가」, 83쪽

시적 화자인 나는 기계의 일부가 되고 싶음을 토로한다. 무서운 것은 기계가 아니라 기계 뒤에 서서 기계를 부리는 인간인 것이다. 그런데 시적 화자는 전지전능한 컴퓨터 앞에서 "숫자와 부호들의 하수인 인가"라고 묻고 있다.

3부 '죽음과의 싸움'에 오면, 시적 화자의 죽음에 대한 사유는 고통의 심연을 건너온 한 인간이 아름다운 죽음을 준비하는 차원에 가깝다. 이러한 시적 화자의 고통에 대한 성찰은 깊은 종교적 인식에 다가 간다. 이 시집은 질병의 이미지들로 가득하다. 누이는 미쳐 병들었고, 시적 화자인 나 역시 병상에서 죽음과 싸우며, 무엇보다 한 사회 전체가 깊게 병들어 있다. 한 사회가 거대한 병동이고 그 안에 사는 사람들이 영혼의 질병을 앓고 있다. 성서 속의 욥의 고통은 신의 부재 때문이 아니라 신의 징벌에 의해 이루어진다는 데서 문제를 제기한다. 욥은 신의 정의 앞에서 인간의 정의를 내세우지 않음으로써 상처를 치유받았다. 욥의 고통처럼 시인의 고통은 제의적 성격을 지니고 있다. 욥에게 내려진 고통은 진정한 믿음으로 가는 통과의례와 같다. 이 시집은 한 개인의 은밀하고 어두운 실존적 체험이 사회적인 지평과 존재론적 지평을 획득해 나감[13]을 보여주고 있다. 타인의 고통을 통해 자신의 고통을 들여다보는 일이란 이처럼 두려운 일이다. 3부에 오면 고통이 극에 달한 나머지 시인은 죽음과의 싸움을 벌인다. "미지의 힘이여, 죽음과 싸우고 있는 제게 오시어"(「죽음과의 싸움」, 99쪽)라고 절규하면서도 "고통만은 늘 새로운 지상에서의 삶"(「수혈을 기다리며」, 101

---

13) 이광호, 앞의 글, 146쪽.

쪽)이라면서 고통의 극한 상황을 고백한다.

피 흘리는 사람은 언제나 나
혼자였어 거리에 쓰러진 나를 내버려두고
무수한 차들이 질주해갔으나

가진 것은 병 깊은 몸이 전부
환멸이 체내에 축척되어왔어
전세계가 나와 화해하지 않을 것을 알지만
나는 세계를 향해 미소짓는 법을 익혔지
(중략)
이 도시에서는
깊이 병든 몸보다
상처받은 혼의 아픔이 더 견디기 어렵더라
—「나와 너」, 116~117쪽

이 시에 이르면, 시적 화자는 이미 육체적으로 병이 깊은 상태에 있는데, 이것보다 더 힘든 것은 "상처받은 혼의 아픔"이라고 토로한다. 고통은 아픔을 수반하기에 그 인내에도 한계가 있는 것이다.

………… 山의 침묵에
저 絶對者의 침묵에 귀기울여야 하리
(중략)
타인을 길들이며, 내 스스로 타인한테 길들며

살아갈 길을 나에게 보여다오
(중략)
죽음으로써 모든 것은 완성되나
죽음으로 완성되는 것은 없지 않느냐
—「直指寺 뒤 黃岳山」, 126~127쪽

"이제 남은 일은 고작 고통과 친해지는 일뿐/ 살아 있는 나는 지금 잠복기의 환자임에 틀림없다/ … / 나는 죽음을 길들여야 한다/ 이 거대한 병동에서…"(「잠복기」, 『우리들의 유토피아』, 34~35쪽) 시인은 고통과 친해질 수밖에 없으며, 우리가 사는 세상인 거대한 병동에서 잠복기의 환자로서 죽음을 길들였던 데서, 또한 "내 병은/ 조기에 발견되지 않았을뿐더러/ 그 누구의 삶도 시한부인 것을… 돌이켜 보면 나는 암적 존재였다/ … / 퇴치할 수 없는 권력으로 군림하는/ 암세포가 될 수 있다 발암물질은/ 보이지 않지만 만연해 있다"(「나의 암세포」, 『우리들의 유토피아』, 40~41쪽)라고 고백하는 데서, 이제 죽음을 앞두고 있는 "암적 존재"로서 죽음과도 손을 잡을 수밖에 없다. 이렇듯 시인은 삶 속에 투영된 죽음과 동행할 수밖에 없는데, 이제 시적 화자는 죽음과의 싸움에서도 물러서서 죽음보다는 삶을 노래하기에 이른다. "죽음으로 완성되는 것은 없"다. 그러기에 "타인을 길들이며, 내 스스로 타인한테 길들며 살아갈 길"을 모색한다. 이는 나와 너의 관계를 의미한다. 이처럼 타자에의 발견이 곧 나의 의식의 확장을 가져온다. 이는 엄청난 인식의 변화이다.

성서에 나오는 욥의 고통은 타인을 위한 고통이 아니었다. 타인과는 아무런 상관이 없는 고통이었다. 욥의 고통은 대속적 고통이 아니었다. 레비나스의 관심은 타인이 받는 고통에 대해서 내가 어떻게 해야 하는가 하는 것이었다. 고통의 물음에 관련해서 관심의 축을 '나' 또는 '우리'로부터 '타인'으로 회전시킨 점에 레비나스의 독창성이 있다.[14] 이승하 시인의 독창성 역시 가정 폭력에 의해 상처받아 미쳐버린 누이의 고통에 대해 동정과 연민을 보이다가 시적 화자인 나도 스스로 타인의 고통을 앓아 버리는 데 있다는 것이다. 레비나스는 타인을 대신할 수 있을 때, 타인의 고통을 대신할 수 있을 때, 그때 비로소 이 세계 안에서는 연민과 동정과 자비와 가까움이 될 수 있다고 했다. "타인을 위한 볼모", 이것이 타인과의 연대성을 위한 조건으로, 타자의 수용, 타인의 짐을 대신 짊어짐이 주체성의 핵심[15]이라고 했다. 이처럼 인간은 고통 가운데서 타인의 존재를 만날 수 있다. 인간은 자기보존성을 지닌 동시에 타자성을 수용하는 존재이며, 안으로 향한 동시에 밖으로 향해 있는 존재인 것이다.[16] 즉 타자의 얼굴은 나에게 현현하는 것, 계시하는 것, 보여주는 것이다.[17] '대속(substitution)'은 레비나스가 말하는 윤리적 자아의 핵으로 타자에 대한 책임을 감수함, 타자의 가까움의 극치라 할 수 있다. 대속은 다른 사람들이 행한 것에 대해서까지도 또는 다른 사람들이 겪게 되는 고통에 대해서까지도 책임지는 존재를 의미한다. 레비나스는 존재의 고통을 타자로부터 영향받고 상처받을 수 있는 존재, 상처로 노출되는 존재, 타자에게 보여지고 고통을 대리하고 볼모로 잡힌 존재로 설명한다.[18]

---

14) 강영안, 『타인의 얼굴』, 문학과지성사, 2005, 233쪽.
15) 강영안, 위의 책, 228쪽.
16) 김연숙, 『레비나스 타자윤리학』, 인간사랑, 2001, 70쪽.
17) 김연숙, 위의 책, 121쪽.

3. 고통의 확장과 그 의미

이승하의 『욥의 슬픔을 아시나요』에 나타난 고통이 네 번째 시집 『폭력과 광기의 나날』에 이르면, 시인의 아픔이 구체화되어 나타난다. 1부 '폭력의 나날'에서 시인은 많은 사진과 그림을 제시하면서 폭력과 참혹의 현장을 보여준다. 『욥의 슬픔을 아시나요』에서 나타나던 가정 폭력이 여기에 이르면 전 세계적인 폭력으로 범위가 확장되고 있음을 알 수 있다. 시인은 동서고금을 통해서 무자비한 폭력을 드러내는데 객관적인 자료들을 제시한다. 폭력은 자신의 가정에만 있는 것이 아니라 지구 곳곳에서 자행되고 있음을 보여준다. 세상에 대한 원한으로 가족을 때리던 아버지와 무기력한 어머니를 벗어나 "인류의 역사는 폭력의 역사"[19](「폭력에 대하여」, 50쪽)라는 인식의 확장까지 보여준다.

> 인류의 역사는 폭력의 역사였습니다
> 소수민족에 대한, 약소민족에 대한
> 동족에 대한, 가족에 대한
> 폭력의 역사였습니다
> ....
> 폭력은 폭력을 낳고
> 폭력은 폭력을 확산시켜
> 큰 폭력이 작은 폭력을 지배할지라도

---

18) 김연숙, 위의 책, 225~226쪽.

19) 이승하, 『폭력과 광기의 나날』, 세계사, 1993. 이 장에서 인용하는 시들은 이 시집에 나오는 시들이기 때문에 시 제목과 인용하는 쪽수만 적기로 한다.

저는 폭력을 반대하는 자들 편에
가담하겠습니다, 형님
—「폭력에 관하여—동하 형님께」, 48~51쪽

4시집에서 시인은 누이와 자신의 트라우마를 제공한 아버지에 대해 구체적으로 서술한다. 그 아버지는 "『지리산』과 『태백산맥』을 읽으시는 아버지"로 "대학을 나온 지식인"이다.(「종이—지식인들에게」, 29쪽) 그런 아버지가 "누이가 한마디 뱉자마자 저 얼굴에 밥상을/ 방구석에 있던 밥상이 날아가자 어디를 맞았는지/ 누이는 우, 우, 숨을 한참 못 쉬다 울부짖고……/ 벌레처럼 누이는 비명도 못 지르고/ 벌레처럼 내도 죽은 시늉을 했었네"(「10대」, 45~47쪽)에서 보다시피, 가정폭력의 심각성을 불러온 것이다. 이러한 환경에서 시적 화자인 나는 "실수로 태어났"(「생명에 관하여」, 55쪽)다고 고백하며, "누이를 데리고 다닌 이 나라 정신병원의 수와/ 내 입 속으로 털어넣은 몹쓸 알약의 수를"(「본회퍼의 혼에게 띄우는 편지」, 63쪽) 세면서 가정에서보다 이 세상에서 더 큰 폭력과 광기가 넘친다고 의식의 확장된 면을 보이고 있다. 그 폭력은 "강력한 폭력 무자비한 폭력/ 집단에 의한 불가항력의 폭력"(「폭력과 광기의 나날」, 69쪽)으로, 폭력 없는 사회는 존재하지 않으며 또 광기 없는 사회도 존재하지 않는다고 역설하고 있다.

2부 '광기의 나날'에서 시인은 "나를 이 감옥에서, 이 세계에서/ 이 거대한 병동에서 내보내주어/ 철조망을 걷어주어…… 빨리!"(「잃어버린 관계」, 83쪽)라고 외친다. 이 거대한 병동에는 "술타령의 밤이 많아 입원한 금복주 최선생"이 있고, "사람을 마구 때려 입원한 록키 선생 조씨"(「정신병동 시화전 (6)」, 84쪽)가 있으며, "월남전 참전 용사 김장

수 씨" 외에도 "인간을 닮지 못한 우리 인간들"(「정신병동 시화전 (7)」, 86쪽)이 들끓고 있다. 그뿐만이 아니다. 그곳에는 "사랑할 대상을 찾지 못해/ 불면증이 심해진 정규 씨"가 있는데, "정규 씨는 하룻밤의 편안한 잠을 위하여/ 처음에는 약을, 나중에는 마약을/ 결국에는 몸을 망쳐 병원에 온 사람"(「정신병동 시화전 (9)」, 90~91쪽)이다. "히스테리의 송양도/ 노이로제의 박형도 와서"(「정신병동 시화전 (10)」, 93쪽) 있고, "응급실 쪽에서는 어디를 다쳤는지/ 차라리 죽여달라고"(「이 거대한 병동에서」, 95쪽) 고래고래 고함지르는 이도 있다. 또한 그곳에서는 "죽어서 퇴원하는 사람도 있"(「정신병동 시화전 (8)」, 88쪽)다. 살아서 퇴원하지 못하고 죽어서 퇴원하는 모순된 삶이 존재하는 것이다. 이 모두가 소외된 아픈 자들의 절규의 병동이기도 하다. 이 병동은 거대한 이데올로기의 병동인 동시에 거대한 조물주의 병동이기도 하다. 그곳에는 온갖 환자들이 득시글거린다. 그들은 불안과 공포 속에 망상과 불면증에 시달린다. 이 속에서 그들이 받은 상처도 상처지만, 그것보다 더 큰 것이 있다. 그들은 감옥에 갇힌 죄수보다도 큰 정신적, 육체적인 아픔을 겪으면서 "용서할 수 없는 고통도 고통이지만/ 사랑하는 것보다 더한 고통이 없다"(「불면증」, 108쪽)는 인식에 도달한다. 그들은 이 단순한 진리 하나를 깨닫기 위해 숱한 잠 못 이루던 나날들을 보낸 것이다.

시적 화자는 이제 잠복기 환자에서 회복기 환자로 접어든다. 시적 화자의 병은 미친 누이를 돌보는 데서 출발한 대속의 의미를 갖지만, 그 병의 원인이 마음의 갈등에서 온 것인지, 환경에서 온 것인지 고민하면서 신경안정제와 항우울제 없이는 밤을 보낼 수가 없게 된다. 이들이 지고 있는 십자가가 예수가 졌던 십자가보다 무거울지라도 시인은 "신의 의지로 창조되었다는 세상을 향해" "5년간 온갖 음식물과 약을 토해"(「신경성 위궤양」, 121쪽)낸다. 그는 이제 길고 긴 고통과 아픔을 통해 "깨어 있어야 하는 밤이/ 얼마나 고통스러운가"(「서울, 세기말의 밤」, 123쪽)를 알게 됐으며, "너의 짐을 져주는 일이 얼마나 고통스러웠던가"를 안다. 그러면서도 그는 "나의 짐 위에 너의 짐을 얹어/ 더 어두운 세계를 찾아서 가"(「짐진 자를 위하여」, 136~137쪽)겠다고 한다. 이처럼 2부의 광기의 시편들은 몸 안에 폭력이 깃든 생명들의 고통의 기록인 것이다.[20]

구약성서는 고통을 하나님의 구원 섭리의 한 도구, 이른바 '하나님으로터 오는 것'[21]으로 이해하고 있다. 특히 구약성서의 욥기는 인간의 삶에서 제기되는 고통에 대한 근본적이며 피할 수 없는 질문과 회의를 던지는 말씀의 보고이다.[22] "욥이 재 가운데 앉아서 질그릇 조각을 가져다가 몸을 긁고 있더니"(욥 2:8)에서 시작하여 "그러므로 내가 스스로 거두어들이고 티끌과 재 가운데에서 회개하나이다."(욥 42:6)에 이르면, 욥은 하나님과의 관계 속에서 고통을 이해하고 고통을 통해서 하나님과 더 깊은 인격적 관계를 맺게 됨을 알 수 있다. 이제 욥기와 비교하면서 『욥의 슬픔을 아시나요』에 나타난 고통의 의미를 파악해보기로 한다.

---

20) 정과리, 「주검과의 키스—이승하의 사진·그림·시」, 이승하, 『폭력과 광기의 나날』, 세계사, 1993, 151쪽.

21) 김이곤, 『구약성서에 나타난 고난 신학』, 한국신학연구소, 1989, 21~22쪽. 김성재, 「욥기에 나타난 고난의 신학」, 목원대 신학대학원 석사논문, 2007, 43쪽 재인용.

22) 루터(Martin Luther)는 "성서 안에서 가장 웅장하고 아름다운 책"이라 했고, 테니슨(Alfred Tennyson)은 "인간이 쓴 시 중에서 가장 위대한 시"라고 했으며, 칼라일((Thomas Carlyle)은 "성서 안팎에서 욥기에 비견할 만한 책은 없다"고 했다.(최형묵, 「고통 가운데서도 파멸하지 않는 인간의 삶: 『욥기』 다시 읽기」, 『진보평론』 27호, 2006, 215쪽)

첫 번째로, 인간은 고통을 하나님에 대한 인간의 죄의 대가인 형벌로 본다. 죄로 인해 인간은 하나님과의 관계가 파괴되고 그 결과로 망하게 되었다는 것이다. 이는 "죄 없는 곳에 사랑도 없고, 죄 없는 곳에 고통도 없다."[23]는 인과율에 근거한 사고방식을 일컫는다. 욥은 "온전하고 정직하여 하나님을 경외하며 악에서 떠난 자"(욥 1:1)였으나, 고통을 당했다. 욥은 의롭기 때문에 고통을 당한 것으로 나타나 있지만, 이는 죄와는 무관하게 인간에게 고통이 닥쳐올 수도 있다는 것을 보여준다. 그러나 『욥의 슬픔을 아시나요』를 살펴보면, 시적 화자와 미친 누이의 고통이 가정의 폭력, 특히 가부장적인 사회 제도의 폭력에 의한 것임을 알 수 있다. 욥기에서와 마찬가지로 그들이 겪는 고통은 죄의 대가인 형벌에 의한 것이 아님을 알 수 있다.

두 번째로, 욥은 아내와 열 명의 자녀, 많은 재산을 소유한 동방 땅의 큰 부자(욥 1:2)였다. 그런데 욥은 재산, 자녀, 건강까지 상실하게 된다. 게다가 아내의 독설과 친구들의 비난을 받는 극단적인 상태에 놓이게 된다. 욥의 고통의 원인은 욥의 믿음을 알아보기 위해 하나님이 사탄과 내기를 한 것에 있다. 그러나 욥은 "우리가 하나님께 복을 받았은즉 화도 받지 아니하겠느냐"(욥 2:10)라는 고백으로 모든 고통을 견디어낸다. "그러나 내가 가는 길을 그가 아시나니 그가 나를 단련하신 후에는 내가 순금같이 나오리라."(욥 23:10)라는 구절에서처럼, 욥의 당한 고통은 욥을 단련시키기 위한 하나님의 시험(test)으로 해석되기도 한다.[24] 즉 욥기에서는 인간을 교육시키기 위한 하나의

---

23) 김경수, 「'고난을 안다'는 것에 대하여—이사야서의 '고난 받는 종'과 욥의 고난 비교」, 『교수논문집』 제6권, 2002, 134쪽.

24) 김종두, 「『욥기』: 이해할 수 없는 고통과 하나님의 섭리」, 『기독교와 어문학』 제4권 1호,

시험으로 신이 고통을 허락한다는 것이다. 『욥의 슬픔을 아시나요』에서도 하나님께서 그들에게 고통을 허락하시는 것이 하나님의 위대한 섭리라는 것이다. 미친 누이로 인해 시적 화자의 고통과 아픔은 극에 달하지만, 고통은 인간의 구원을 위한 하나님의 은혜와 축복인 것이다.

세 번째로, 질병에 의한 고통을 들 수 있다. 욥과 같이 온전하고 정직하여 하나님을 경외하며 악에서 떠난 자가 세상에 없었는데, 사탄이 욥을 쳐서 그의 발바닥에서 정수리까지 종기가 나게 하였다. 욥이 재 가운데 앉아서 질그릇 조각을 가져다가 몸을 긁는 모습은 질병으로 인한 처절한 고통을 보여준다. 고통당하는 인간의 의로운 경건이 무의미하지 않기 위해서는 보상이라는 해결책이 필요하다. 이는 욥의 의로운 삶에 대한 보상일 뿐 아니라 하나님의 은총에서 비롯된 선물이기도 하다. 욥의 상태는 고통당하기 전보다 더 나아진다. 욥은 일곱 아들과 세 딸, 과거의 두 배나 되는 재산(양 만 사천, 낙타 육천, 소 천 겨리, 암나귀 천)이라는 큰 축복을 받았으며, 140년을 더 살면서 손자를 4대까지 보았다. 욥의 고통은 고통 그 자체를 위한 것이 아니라 인간의 생사화복이 하나님의 손에 달린 문제임을 확인시켜 주기 위함이다. 이와는 달리 『욥의 슬픔을 아시나요』를 보면, 미친 누이와 시적 화자는 처절하게 질병에 의한 고통을 받고 있다. 그것도 이 거대한 사회가 병원인 세상에서 누이는 정신병을 앓고 있다. 정신병은 우리 사회에서 드러내기를 꺼려하는 치명적인 병이다. '정신병동 시화전' 시리즈에 이르면, 정신병 환자들은 사회에서 격리된 암적 존재로 소외되어 고통당

2007, 42쪽.

하고 있음도 앞에서 살펴보았다. 욥은 고통의 대가로 몇 배의 축복을 받았지만, 이 시집에서는 보상에 대한 이야기가 나타나지 않는다.

네 번째로, '타인을 위한 대속의 고난'(혹은 고통)을 들 수 있다. 이사야서의 '고난 받는 종'은 마치 "도수장으로 끌려 가는 어린 양과, 털 깎는 자 앞에서 잠잠한 양 같이" 묵묵히 자신의 십자가를 졌다.(사 53:7) 남을 위하여 자신이 하나님으로부터 찔림과 상함과 버림받음의 징계를 받는 고통, 이는 실로 고통에 대한 구약적 이해의 금자탑인 것이다.[25] 이사야서에서 고난의 종이 받는 멸시, 슬픔, 고통은 자신의 죄 때문이 아니라 백성의 죄를 위해서(사 53:6)라는 속죄적 고난(혹은 고통)으로 이해된다. 그러나 욥기에서는 대속에 의한 고통이 아님을 보여주지만, 『욥의 슬픔을 아시나요』에서 시적 화자가 겪는 고통은 '타인(미친 누이—필자)을 위한 대속의 고난'(혹은 고통)임을 알 수 있다. 이 시집에서 미친 누이와 시적 화자가 당하고 있는 고통은 이중적이다. 심리적, 육체적인 고통과 '고독'에 의한 고통이 그것이다. 그들은 다른 사람들로부터, 사회로부터, 기계로부터 소외되어 있는 동시에 '숨어 계신 하나님' 앞에서도 소외되어 있다. 레비나스는 이를 "타인의 고통을 짊어진, 고통 받는 의인"[26]이라고 말한 바 있는데, 이는 우리 현대시사에 있어서 매우 소중한 일면을 보여주는 감동적인 장면이라고 볼 수 있다.

---

25) 임미순, 「구약성서의 '고난'에 관한 연구—욥기를 중심으로」, 목원대 신학대학원 석사논문, 2009, 12쪽.

26) 강영안, 앞의 책, 231쪽.

4. 고통, 문학의 치유적 힘

지금까지 이승하 시에 나타난 고통의 모습과 그 의미를 『욥의 슬픔을 아시나요』를 중심으로 살펴보았다.

먼저 『욥의 슬픔을 아시나요』에 나타난 고통의 모습을 보면, 가정폭력으로 인해 미쳐버린 누이가 등장하고 있다. 이때 아버지의 권력은 가족 내부의 문제일 뿐 아니라 기성 사회를 유지하는 가치, 제도, 권력을 함축하고 있다. 병든 누이의 고통은 가정과 한 사회 구조의 착란 상태를 보여준다. 여기서 추출해 볼 수 있는 욥은 미친 누이뿐만 아니라 시적 화자, 정신병동의 환자들, 심지어는 병동 밖의 거대한 사회에 살고 있는 이들 모두를 일컫는다. 그런데 이들은 가족뿐만이 아니라 친구들로부터, 사회로부터, 심지어는 자기 자신으로부터도 격리된 모습을 보여준다. 이는 존재에 대한 불안과 공포가 가져온 소외된 모습이라 할 수 있다. 이러한 모습은 『폭력과 광기의 나날』에 이르면, 그 범위가 전 세계적으로 확장되어 나타나는데, 이는 시인이 가정에서보다 세상에서 더 큰 폭력과 광기가 넘쳐난다고 보기 때문이다.

이러한 분석을 바탕으로 『욥의 슬픔을 아시나요』에 나타난 고통의 의미를 다음과 같이 정리할 수 있다.

첫째, 인간은 고통을 하나님에 대한 인간의 죄의 대가로 본다. 그러나 욥이 죄와 무관하게 고통 받은 것처럼, 『욥의 슬픔을 아시나요』에서도 미친 누이와 시적 화자가 겪는 고통은 죄의 대가인 형벌에 의한 것이 아님을 알 수 있다.

둘째, 욥이 당한 고통이 욥을 단련시키기 위한 하나님의 시험으로 볼 수 있는 것처럼, 『욥의 슬픔을 아시나요』에서도 그들에게 고통을 허락하심은 하나님의 위대한 섭리라는 것이다.

셋째, 욥과 마찬가지로 시적 화자와 누이도 질병에 의한 고통을 받았다. 그러나 욥은 나중에 고통의 대가인 보상을 받지만, 『욥의 슬픔을 아시나요』에서는 명확한 보상이 제시되지 않는다. 존재에 대한 아픔과 고통은 제시되어 있으나, 욥기에서처럼 명확한 보상과 결과가 제시되지 않은 채 끝나고 있다.

넷째, 욥이 겪는 고통은 대속에 의한 고통이 아님이 분명하지만, 『욥의 슬픔을 아시나요』에서 시적 화자가 겪는 고통은 '타인을 위한 대속의 고난'의 성격을 띤다. 그런 점에서 『욥의 슬픔을 아시나요』에 나타난 고통의 의미는 우리 현대시사에서 매우 소중한 면을 보여준다고 하겠다.

"병든 몸이 낫지 않아 더 아픈 영혼을 치료하고 싶으시면/ 하늘을 향해 가파른 계단을 걸어서 올라갔다가/ 땅을 향해 가파른 계단을 걸어서 내려가야 합니다"(「元曉와의 만남」, 『욥의 슬픔을 아시나요』, 130쪽) 시인은 "병든 몸이 낫지 않아 더 아픈 영혼을 치료하고 싶"어 오늘도 고통 속에서 하늘과 땅을 오르내리고 있다. 고통 속에 신음하면서도 더 아픈 이들에게 살아갈 힘을 주고 있는 것이다. 개인의 고통을 넘어 인간의 고통을 읽어낸 이승하 시인의 작업은 오늘날에도 문학의 치유적 힘을 믿는 이들에게 중요한 의미를 지닌다. 그는 고통을 드러냄으로써 고통받는 이들을 치유하는 고통의 시학을 형성하고 있는 것이다.

초출 일람

1부 최승자 시 연구

김정신, 「최승자 시에 나타난 '자기고백'의 의미」, 『현대문학이론연구』 54집, 2013.9, 55~76쪽.

_____, 「최승자 시에 나타난 부정의 정신」, 『현대문학이론연구』 58집, 2014.9, 183~207쪽.

_____, 「최승자의 번역 텍스트와 초기시에 나타난 고통의 시학—고호, 실비아 플라스, 짜라투스트라의 영향을 중심으로」, 『한국문학이론과 비평』 제69집 4호, 2015.12, 33~63쪽.

_____, 「최승자 시에 나타난 사랑의 의미—번역 텍스트 『상징의 비밀』이 5시집 『연인들』에 미친 영향 관계를 중심으로」, 『한국시학연구』 49집, 2017.2, 11~38쪽.

2부 한국 근현대시 다시 읽기

김정신, 「김혜순 시에 나타난 욕망과 사랑」, 『문학과 언어』 30집, 2008.5, 185~208쪽.

_____, 「구상 시의 존재론적 탐구와 영원성—『그리스도 폴의 강』과 『말씀의 실상』을 중심으로」, 『문학과 종교』 15권 1호, 2010.4, 61~80쪽.

_____, 「이성복 시에 나타난 소외 극복 과정 고찰—『뒹구는 돌은 언제 잠 깨는가』와 『남해 금산』을 중심으로」, 『현대문학이론연구』 44집, 2011.3, 179~200쪽.

_____, 「이승하 시에 나타난 고통의 의미—『욥의 슬픔을 아시나요』를 중심으로」, 『문학과 종교』 16권 3호, 2011.12, 47~71쪽.

_____, 「서정주 초기시의 수난 양상과 부활의 의미—『화사집』을 중심으로」, 『문학과 종교』 18권 1호, 2013.4, 15~37쪽.

_____, 「윤동주의 탄식시 연구」, 『한국시학연구』 43집, 2015.8, 205~230쪽.

참고문헌

1부 최승자 시 연구

기본 자료

최승자, 『이 시대의 사랑』, 문학과지성사, 1981.

_____, 『즐거운 일기』, 문학과지성사, 1984.

_____, 『기억의 집』, 문학과지성사, 1989.

_____, 『한 게으른 시인의 이야기』, 책세상, 1989.

_____, 『내 무덤, 푸르고』, 문학과지성사, 1993.

_____, 『어떤 나무들은—아이오와 일기』, 세계사, 1995.

_____, 『연인들』, 문학동네, 1999.

_____, 『쓸쓸해서 머나먼』, 문학과지성사, 2010.

_____, 『물 위에 씌어진』, 천년의시작, 2011.

_____, 『빈 배처럼 텅 비어』, 문학과지성사, 2016.

데이비드 폰태너, 『상징의 비밀』, 최승자 옮김, 문학동네, 1998.

알프레드 알바레즈, 최승자 옮김, 『자살의 연구』, 청하, 1982.

어빙 스톤, 최승자 옮김, 『빈센트, 빈센트, 빈센트 반 고흐』, 까치, 1981.

프리드리히 니체, 최승자 옮김, 『짜라투스트라는 이렇게 말했다』, 청하, 1984.

논문 및 저서

강영계, 「『짜라투스트라는 이렇게 말하였다』의 실존적 의미」, 『통일인문학논총』 제26집, 1994.

구유미, 「최승자 시 연구」, 한국교원대 석사논문, 2005.

권희돈, 「수용미학이란 무엇인가」, 『새국어교육』 46권 0호, 1990.

김 현, 「게워냄과 피어남—최승자의 시세계」, 『말들의 풍경』, 문학과지성사, 1990.

김도남, 『상호텍스트성과 텍스트 이해 교육』, 박이정, 2003.

김수영, 「시작 노우트」, 『김수영 전집 2』(개정판), 민음사, 1996.

김수이, 「최승자론—사랑과 죽음」, 『풍경 속의 빈 곳』, 문학동네, 2002.

김승희, 「한국 현대 여성시의 고백시적 경향과 언술 특성—최승자, 박서원, 이연주를 중심으로」, 『여성문학연구』 18권, 2007.
김용희, 「죽음에 대한 시적 승리에 대하여—말의 공간, 죽음의 공간, 최승자의 시 읽기」, 『평택대 논문집』 13호, 1999.
김윤정, 「최승자 시에 나타난 사랑의 의미와 세계인식의 변화 연구」, 동의대 석사논문, 2012.
김정신, 「최승자 시에 나타난 '자기고백'의 의미」, 『현대문학이론연구』 54집, 2013.9.
_____, 「최승자 시에 나타난 부정의 정신」, 『현대문학이론연구』 58집, 2014.9.
_____, 「최승자의 번역 텍스트와 초기시에 나타난 고통의 시학—고흐, 실비아 플라스, 짜라투스트라의 영향을 중심으로」, 『한국문학이론과 비평』 제69집, 2015.
김정휘, 「실비아 플라스의 고백시 연구」, 중앙대 석사논문, 2001.
김향라, 「한국 현대 페미니즘시 연구—고정희 · 최승자 · 김혜순의 시를 중심으로」, 경상대 박사논문, 2010.
김형기, 「'포스트드라마 연극'의 개념과 영향미학」, 『브레히트와 현대연극』 24권 0호, 2011.
더글라스 알렌, 『엘리아데의 신화와 종교』, 유요한 옮김, 이학사, 2008.
민성길 외, 『최신정신의학』(제4개정판), 일조각, 2004.
박성창, 『수사학과 현대 프랑스 문화이론』, 서울대학교출판부, 2003.
박주영, 「실비아 플라스와 최승자 시에 나타난 여성 분노의 미학적 승화」, *Comparative Korean Studies*, 20권 1호, 2012.
박찬기 외, 『수용미학』, 고려원, 1992.
빈센트 반 고흐, 신성림 옮김, 『반 고흐, 영혼의 편지』, 예담, 1999.
빈센트 반 고흐, 정진국 역, 『고흐의 편지』(1권, 2권), 펭귄클래식 코리아, 2011.
손봉호, 『고통받는 인간』, 서울대학교출판문화원, 2011.
송 무, 「고백시의 성격과 의의」, 『영미어문학연구』 1집, 1984.
신영연, 「최승자 시의 실존의식 연구」, 한남대학교 박사논문, 2018.
신정현, 「로웰(Lovert Lowell)과 플라쓰(Sylvia Plath)의 고백시: 합리주의 문명과 예술에 대한 거세공포증」, 『현대 영미시 연구』 2집, 1997.
실비아 플라스, 윤준·이현숙 옮김, 『巨像』, 청하, 1986.

심은정, 「최승자론—〈부정적 서정성〉을 중심으로」, 동국대 석사논문, 2001.
어빙 스톤, 최승자 역, 「번역을 마치고 나서」, 『빈센트, 빈센트, 빈센트 반 고흐』, 까치, 1989(7판).
유 준, 「사랑의 형이상학에 관한 연구: 오정희와 최승자의 작품을 중심으로」, 고려대 박사논문, 2013.
유요한, 「거인 엘리아데의 어깨 위에서: 엘리아데 비판에 대한 엘리아데 관점의 답변」, 『종교학연구』 제30집, 한국종교학연구회, 2012.11.
유희석, 「Robert Lowell의 고백시와 그 역사적 의미」, 서울대 석사논문, 1989.
윤향기, 「한국 여성시의 트라우마 치유에 관한 무의식 비교 연구—최승자·김혜순을 중심으로」, 『비평문학』 48집, 2013.
이경호, 「삶의 긍정, 부정 혹은 그 사이」, 『세계의 문학』, 1989년 가을호.
이광호, 「위반의 시학, 혹은 신체적 사유—최승자론」, 『위반의 시학』, 문학과지성사, 1993.
이상희, 「사랑과 죽음의 전문가」, 『현대시세계』, 1991년 10월호.
이재복, 「몸과 자궁의 언어—최승자론」, 『현대시학』, 2000년 2월호.
이재헌, 「최승자 詩의 自我意識 연구」, 단국대 박사논문, 2012.
장석주, 「고독한 자의식의 신음 소리 최승자」, 『나는 문학이다』, 나무이야기, 2009.
_____, 「죽음 · 아버지 · 자궁 그리고 시쓰기—최승자론」, 『문학, 인공정원』, 프리미엄북스, 1995.
정과리, 「방법적 비극, 그리고 최승자의 시세계」, 최승자, 『즐거운 日記』, 문학과지성사, 1984.
정선아, 「"not to be" : Hamlet의 부정의 정신」, 서울대 석사논문, 2001.
정효구, 「최승자론—죽음과 상처의 시」, 『현대시학』, 1991년 5월호.
지은경, 「최승자 시 연구—실존의식과 페미니즘을 중심으로」, 명지대 박사논문, 2007.
진형준, 「긍정에 감싸인 방법적 부정, 혹은 그 역」, 최승자, 『기억의 집』, 문학과지성사, 1989.
차봉희 편저, 『수용미학』, 문학과지성사, 1985.
천정환, 『자살론』, 문학동네, 2013.
최병현, 『시와 시론: 미국 현대시—1950년대 이후』, 한신문화사, 1995.
줄리아 크리스테바, 김영 옮김, 『사랑의 역사』, 민음사, 1995.

키에르케고르, 임춘갑 역, 『사랑의 役事(상)』, 종로서적, 1982.
키에르케고르, 임규정 옮김, 『불안의 개념』, 한길사, 2006.
키에르케고르, 임규정 옮김, 『죽음에 이르는 병』, 한길사, 2012.
파스칼 보나푸, 송숙자 옮김, 『반 고흐 태양의 화가』, 시공사, 1995.
폴 틸리히, 차성구 역, 『존재의 용기』, 예영커뮤니케이션, 2011.
A. E. 와일더 스미스, 김쾌상 역, 『고통의 역설』, 심지, 1983.
Alice W. Flaherty, 박영원 역, 『하이퍼그라피아』, 휘슬러, 2006.

인터넷 참고자료
http://blog.naver.com/PostView.nhn?blogId=tarot4heal&logNo=220852396800, 2016.12.26. 검색.
http://ko.wikipedia.org/wiki/%ED%83%80%EB%A1%9C/, 2015.2.18. 검색.

2부 한국 근현대시 다시 읽기

5장 서정주 초기 시의 수난 양상과 부활의 의미

기본 자료
서정주, 「나의 방랑기」, 『인문평론』, 인문사, 1940.3.
_____, 「속 나의 방랑기」, 『인문평론』, 인문사, 1940.4.
_____, 『화사집』, 남만서고, 1941.
_____, 『서정주문학전집 5』, 일지사, 1972.
_____, 『未堂 徐廷柱 詩全集 1』, 민음사, 1991.
_____, 『미당 자서전 2』, 민음사, 1994.

논문 및 저서
강사문·나채운 감수, 『청지기 성경 사전』, 시온성, 2003.
강연호, 「『화사집』의 시집 구조와 특성 연구」, 『영주어문』 19집, 2010.

김정신, 『서정주 시정신』, 국학자료원, 2002.
김희보, 『(Visual) 신약성서 이야기』, 한국장로교출판사, 1999.
노승욱, 「윤동주 시에 나타난 고백의 기독교적 성격 연구」, 『신앙과 학문』 16권 1, 2011.
라형택 편찬, 『로고스 New 성경 사전』, 로고스, 2011.
박선영, 「서정주 초기시에 나타나는 감금의 공간 메타포 연구」, 『어문연구』 56집, 2008.
송기한, 「서정주 초기시에서의 '피'의 근대적 의미」, 『한중인문학연구』 36집, 2012.
송 욱, 「서정주론」, 『미당 연구』, 민음사, 1994.
신범순, 『한국 현대시의 퇴폐와 작은 주체』, 신구문화사, 1998.
야고보·알베리오네. 표동자 역, 『수난과 부활의 신비』, 성바오로출판사, 1982.
유성호, 「『화사집』의 기독교적 구성 원리」, 『근대시의 모더니티와 종교적 상상력』, 소명출판사, 2008.
윤재웅, 『미당 서정주』, 태학사, 1998.
임수만, 「윤동주 시의 실존적 양상」, 『한국현대문학연구』, 24집, 2008.
정영진, 「서정주 자전적 텍스트와 『화사집』의 관계 연구」, 인하대 석사논문, 2007.
조연현, 「원죄의 형벌」, 『미당 연구』, 민음사, 1994.
김의원 외 편찬, 『(개역개정) 좋은성경』, 성서원, 2009.
천이두, 「지옥과 열반」, 『미당연구』, 민음사, 1994.
최현식, 『서정주 시의 근대와 반근대』, 소명출판사, 2003.
金素雲, 白川豊, 鴻農映二 訳. 『未堂 · 徐廷柱詩選―朝鮮タンポポの歌』. 冬樹社, 1982.

6장 윤동주의 탄식시 연구

기본 자료
왕신영 외, 『사진판 윤동주 자필 시고전집』, 민음사, 1999.

논문 및 저서
강신주, 「한국 현대 기독교시 연구―정지용, 김현승, 윤동주, 최민순, 이효상의 시를 중심으로」, 숙명여자대학교 박사논문, 1991.

권오만, 『윤동주 시 깊이 읽기』, 소명출판, 2009.
김상기, 「시편 22편: 탄식과 찬양의 변증법」, 『신학연구』49, 2006.
김상철, 「윤동주 시의 기독교 정신 연구」, 장로회신학대학교 석사논문, 2012.
김옥성, 「윤동주 시의 예언자적 상상력」, 『문학과 종교』15권 3호, 2010.
김이곤, 「탄식시」, 『오늘의 시편 연구』, 문희석 편, 대한기독교서회, 1974.
김종민, 「윤동주 시의 성서적 배경 연구—윤동주와 다윗의 내면의식 비교를 중심으로」, 순천대학교 석사논문, 2010.
남기혁, 「윤동주 시에 나타난 윤리적 주체와 저항의 의미—'天命'으로서의 시쓰기와 '시인'의 표상을 중심으로」, 『한국시학연구』 36호, 2013.
라형택 편찬, 『로고스 New 성경사전』, 로고스, 2011.
문익환, 「동주형의 추억」, 『하늘과 바람과 별과 詩』, 1974.
박연숙, 「윤동주 시에 나타난 기독교 시정신 변모 양상」, 건국대학교 교육대학원 석사논문, 2002.
박이도, 「한국 현대시에 나타난 기독교 의식—윤동주 · 김현승 · 박두진의 시를 중심으로」, 경희대학교 박사논문, 1984.
박춘덕, 「한국 기독교시에 있어서 삶과 신앙의 상관성 연구—윤동주 · 김현승 · 박두진을 대상으로」, 부산대학교 박사논문, 1993.
송우혜, 『윤동주 평전』, 푸른역사, 2004.
윤일주, 「윤동주의 생애」, 『나라사랑』23호, 1976.
이영미, 「예언적 영성으로서의 탄식: 애가의 탄식과 구원신학」, 『구약논단』 15권 4호, 2009.
장덕순, 「윤동주와 나」, 『나라사랑』 23호, 1976.
정병욱, 「잊지 못할 윤동주의 일들」, 『나라사랑』 23호, 1976.
한홍자, 『한국의 기독교와 현대시』, 국학자료원, 2000.
엘리아데, M.,박규태 옮김, 『상징, 신성, 예술』, 서광사, 1991.
Hornby, A.S., Oxford advanced learner's dictionary of current English, Oxford: Oxford University Press, 2000.
최명덕, "제2강 시편 42편 연구", cafe.daum.net/dse.123/CDHF/108 참조. 2010.1.6.

7장 구상 시의 존재론적 탐구와 영원성

기본 자료

구 상, 『구상 시전집』, 서문당, 1986.

_____, 『구상문학총서 제2권: 오늘 속의 영원, 영원 속의 오늘』, 홍성사, 2004.

_____, 『구상문학총서 제3권: 개똥밭』, 홍성사, 2004.

논문 및 저서

강 엽, 『17세기 영시의 이해』, 부산대학교출판부, 2004.

구 상, 『구상문학선』, 성바오로출판사, 1975.

_____, 『구상자전시집—모과 옹두리에도 사연이』, 현대문학사, 1984.

_____, 『시와 삶의 노트』, 자유문학사, 1988.

_____, 「시와 형이상학적 인식」, 『구상문학총서 제5권: 현대시창작입문』, 홍성사, 2006.

_____, 「시집 『응향』 필화사건」, 『구상문학총서 제1권: 모과 옹두리에도 사연이』, 홍성사, 2002.

_____, 「에토스적 시와 삶」, 『인류의 맹점에서』, 문학사상사, 1998.

구중서, 「잃어버린 나를 찾아서」, 『문학과 현대사상』, 문학동네, 1996.

김동리, 「문학과 자유의 옹호—시집『응향』에관한결정서를박함」, 『백민』 제3권 4호, 1947.6.

김봉군, 「구상 문학을 재점검한다」, 『월간문학』, 2009년 9월호.

_____, 「시와 믿음과 삶의 일치」, 『구상자전시집—모과 옹두리에도 사연이』, 현대문학사, 1984.

김윤식, 「구상론-상」, 『현대시학』, 1978년 6월호.

김은경, 「구상의 연작시 연구—『그리스도 폴의 강』을 중심으로」, 호남대 석사논문, 2008.

김의원 외 편찬, 『(개역개정) 좋은성경』, 성서원, 2009.

김현종, 「'「응향」 사건'에 대하여」, 『문예시학』 제7집, 1996.

백인준, 「문학예술은인민에게복무하여야할것이다—원산문학가동맹편집시집『응향』을평함」, 『문학』 3호, 1947.4.

서동인, 「시집 『응향』 필화사건을 둘러싼 좌·우익 논쟁 고찰」, 『성균어문연구』 제 36집. 2001.
안토니 티그(Anthony Graham Teague), 「깊은 명상과 신비에 눈뜬 시」, 구상, 『두 이레 강아지만큼이라도 마음의 눈을 뜨게 하소서』, 바오로딸, 2001.
우종상, 「구상 시 연구—현실의식과 구원사상을 중심으로」, 계명대 박사논문, 2007.
윤장근, 「구상 시인의 정 넘치는 성품」, 시인구상추모문집 간행위원회 엮음, 『홀로와 더불어』, 나무와 숲, 2005.
이승하, 「진리의 증득을 위한 몸부림의 시학을—구상 시인과의 대화」, 『한국 시문학의 위기를 극복하기 위하여』, 중앙대학교 출판부, 2001.
이승훈, 「한국전쟁과 시의 세 양상—구상, 박양균, 전봉건의 경우」, 『현대시학』, 1974년 8월호.
이운룡, 「가톨리시즘과 구상 시의 형상성」, 『종교연구』, 1991.
_____, 「한국 기독교시 연구—김현승·박두진·구상을 중심으로」, 조선대 박사논문, 1988.
이은봉, 「고전 읽기를 통해 맺은 인연」, 시인구상추모문집 간행위원회 엮음, 『홀로와 더불어』, 나무와 숲, 2005.
이인복, 『우리 시인의 방황과 모색』, 국학자료원, 2002.
쟈그 마리땡(Jacques Maritain), 『시와 미와 창조적 직관』, 성바오로출판사, 1985.
조선문학가동맹 편, 「시집 『응향』에 관한 결정서: 북조선문학예술총동맹중앙상임위원회의 결정서」, 『문학』 3호, 1947.4.
홍문표, 『신학적 구원과 시적 구원—키에르케고르와 김현승의 고독에서 구원까지』, 창조문학사, 2005.

8장 이성복 시에 나타난 소외 극복 과정

기본 자료

이성복, 『뒹구는 돌은 언제 잠 깨는가』, 문학과지성사, 1980.
_____, 『남해 금산』, 문학과지성사, 1986.
_____, 『그대에게 가는 먼 길』, 살림, 1990.

논문 및 저서
김승원, 「에리히 프롬의 인간 소외에 대한 연구」, 조선대 교육대학원 석사논문, 2000.
김 현, 「따뜻한 悲觀主義—이성복론」, 『현대문학』, 1981.
남진우, 「닫힌 世界 열린 意識」, 『언어의 세계』 제3집, 1984.
류철균, 「流謫과 회상—이성복론」, 『현대문학』, 1988.
박덕규, 「恨의 얽힘과 풀림」, 『문예중앙』, 1982.
박혜경, 「닫힌 현실에서 열린 〈세계〉로」, 『문학정신』, 1989.
안형관, 『인간과 소외』, 이문출판사, 1995.
이강언 외 편, 『현진건 문학 전집 1』, 국학자료원, 2004.
이경수, 「유곽의 체험—이성복론」, 『외국문학』, 1986.
임철수, 「에리히 프롬의 소외에 관한 연구」, 감리교 신학대학교 석사논문, 1986.
장석주, 「방법론적 부드러움의 詩學—이성복을 중심으로 한 80년대의 시의 한 흐름」, 『세계의 문학』, 1982.
정문길, 『소외론 연구』, 문학과지성사, 1998.
홍정선, 「치욕에서 사랑까지」, 『우리 세대의 문학』 6집, 문학과 지성사, 1987.
Fromm, Erich, 김남석 옮김, 『인간소외』, 을지출판사, 1995.
Fromm, Erich, 김병익 옮김, 『건전한 사회』, 범우사, 1994.
Hegel, Georg Wilhelm Friedrich, 두행숙 옮김, 『헤겔미학Ⅰ』, 나남출판사, 1997.
Pappenheim, Fritz, 정문길 옮김, 『근대인의 소외』, 정음사, 1985.

9장 김혜순 시에 나타난 욕망과 사랑

기본 자료
김혜순, 『또 다른 별에서』, 문학과지성사, 1981.
_____, 『아버지가 세운 허수아비』, 문학과지성사, 1985.
_____, 『어느 별의 지옥』, 청하, 1988.
_____, 『우리들의 陰畵』, 문학과지성사, 1990.
_____, 『나의 우파니샤드, 서울』, 문학과지성사, 1994.
_____, 『불쌍한 사랑기계』, 문학과지성사, 1997.
_____, 『달력 공장 공장장님 보세요』, 문학과지성사, 2000.

_____, 『여성이 글을 쓴다는 것은』, 문학동네, 2002.
_____, 『한 잔의 붉은 거울』, 문학과지성사, 2004.

논문 및 저서
김진수, 「욕망하는 기계: 존재론의 신화적 비평」, 『문학동네』 24호. 2000.
박상륭, 『소설법』, 현대문학, 2005.
송지현, 「현대 여성시에 나타난 '몸'의 전략화 양상―김혜순의 시세계를 중심으로」, 『한국문학이론과 비평』 15집, 2002.
오형엽, 「전환기적 모색, 현대와 탈현대의 경계에서―1990년대 시의 지형도」, 『신체와 문체』, 문학과지성사, 1991.
이문재, 「김혜순: 시의 전투, 시인의 전쟁」, 『내가 만난 시와 시인』, 문학동네, 2004.
이수형, 「작품론 1: 거울에 대한 고찰―김혜순 光學을 위하여」, 『열린시학』 39호, 2006.
이인성, 「'그녀, 요나'의 붉은 상상」(해설), 김혜순, 『한 잔의 붉은 거울』, 문학과지성사, 2004.
이진경, 『노마디즘 1』, 휴머니스트, 2006.
전수련, 「한국 여성시에 나타난 몸 이미지 분석―김정란, 김혜순, 최승자의 시를 중심으로」, 동국대석사논문, 1999.
조하혜, 「특별대담: 고통에 들린다는 것, 사랑에 들린다는 것」, 『열린시학』 39호, 2006.
질 들뢰즈·펠릭스 가타리 지음, 최명관 옮김, 『앙띠 오이디푸스』, 민음사, 1997.

인터넷 참고자료
https://ko.wikipedia.org/wiki/%ED%94%84%EB%9E%99%ED%83%88 2019.3.19. 검색

10장 이승하 시에 나타난 고통의 의미

기본 자료
이승하, 『사랑의 탐구』, 문학과지성사, 1987.

______, 『우리들의 유토피아』, 나남, 1989.
______, 『욥의 슬픔을 아시나요』, 세계사, 1991.
______, 『폭력과 광기의 나날』, 세계사, 1993.

논문 및 저서

강영안, 『타인의 얼굴』, 문학과지성사, 2005.
김경수, 「'고난을 안다'는 것에 대하여—이사야서의 '고난 받는 종'과 욥의 고난 비교」, 『교수논문집』 제6권, 2002.
김연숙, 『레비나스 타자윤리학』, 인간사랑, 2001.
김이곤, 『구약성서에 나타난 고난 신학』, 한국신학연구소, 1989.
김정신, 『서정주 시정신』, 국학자료원, 2002.
______, 「이성복 시에 나타난 소외 극복 과정 고찰—『뒹구는 돌은 언제 잠 깨는가』와 『남해 금산』을 중심으로」, 『현대문학이론연구』 제44집, 2011.
김종두, 「『욥기』: 이해할 수 없는 고통과 하나님의 섭리」, 『기독교와 어문학』 제4권 1호, 2007.
라형택 편찬, 『로고스 New 성경사전』, 로고스, 2011.
오정근, 「구약에 나타난 고난에 대한 연구—욥기를 중심으로」, 목원대 신학대학원 석사논문, 2002.
이광호, 「고통의 제의」, 이승하, 『욥의 슬픔을 아시나요』, 세계사, 1991.
임미순, 「구약성서의 '고난'에 관한 연구: 욥기를 중심으로」, 목원대 신학대학원 석사논문, 2009.
정과리, 「주검과의 키스—이승하의 사진 · 그림 · 시」, 이승하, 『폭력과 광기의 나날』, 세계사, 1993.
조남현, 「인간다운 삶에의 목마름」, 이승하, 『우리들의 유토피아』, 나남, 1989.
최형묵, 「고통 가운데서도 파멸하지 않는 인간의 삶: 『욥기』 다시 읽기」, 『진보평론』 27호, 2006.